KB046158

삼국지

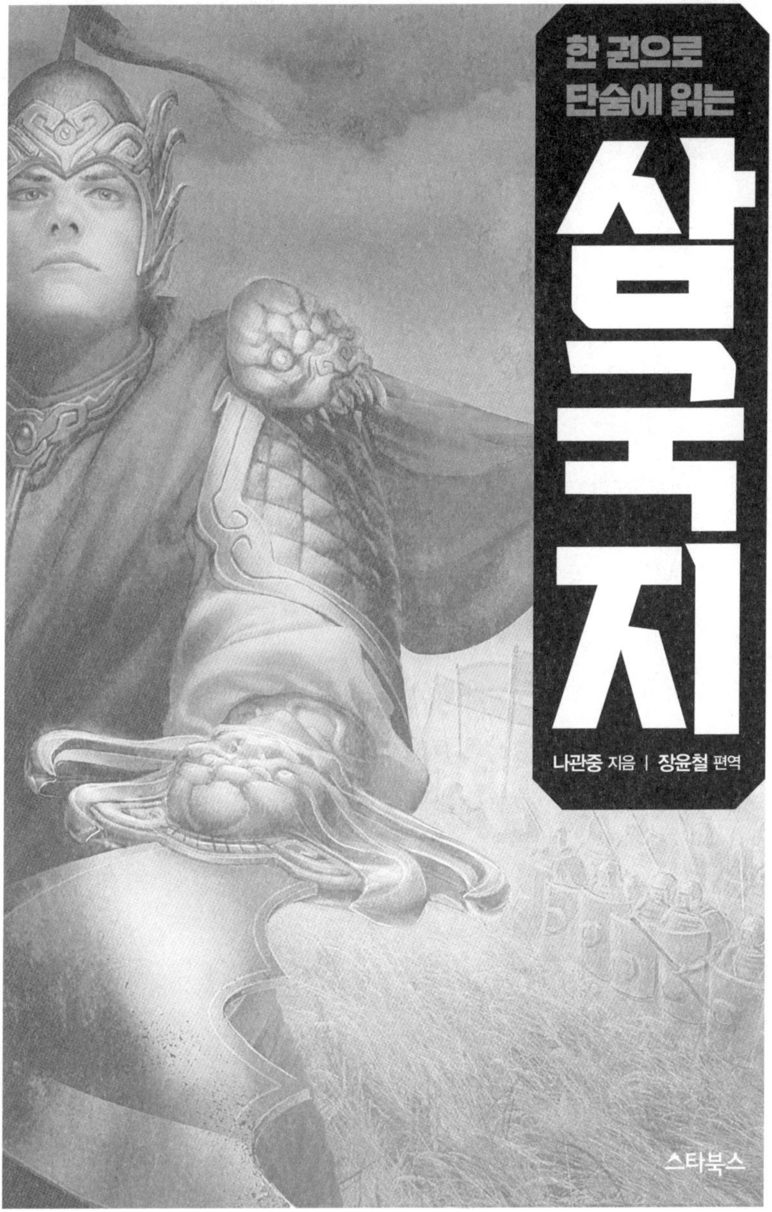
한 권으로
단숨에 읽는
삼국지
나관중 지음 | 장윤철 편역
스타북스

한 권으로 충분한
한 번은 꼭 읽어야 할
소설『삼국지』

다시『삼국지三國志』가 우리 곁으로 왔다. tvN '요즘 책방—책 읽어
드립니다'라는 방송 프로그램에서 2회에 걸쳐『삼국지』를 다뤘기 때문
이다.

『삼국지』를 한 번도 읽지 않은 사람과 세 번 이상 읽은 사람과는 상
대하지 말라는 말이 있는데, 한 번도 읽지 않은 사람은 무지하고 세 번
이상 읽은 사람은 사람을 다루는 술수가 영악해진다는 것이 그 이유이
다. 그만큼『삼국지』안에 인생의 모든 것이 담겨 있다고 해도 과언이
아니다.

하지만『삼국지』에서 전해지는 인생의 지혜를 단순한 처세를 위한
목적으로 들여다볼 수는 없을 것이다. 같은 상황에서 드러나는 유비,
조조, 손권, 관우, 조자룡 등의 인간상과 그 안에 등장하는 제갈량 등
무수한 고수들이 펼치는 승부를 위한 지략 그리고 권력을 향한 배신

앞에서도 빛바래지 않는 충의와 절개를 확인하는 과정이 진한 감동으로 다가오기 때문이다.

『삼국지』는 방대한 양에 걸맞게 400여 명이 넘는 인물과 수많은 전투가 나오고, 그 사이에서 오가는 암투와 지략의 양으로 인해 제대로 이해하며 읽기 위해서는 긴 호흡을 필요로 한다. 그래서 여전히 『삼국지』에 손 댈 생각을 하지 못한 사람들뿐 아니라 읽고도 제대로 각 인물과 역사에 대해 이해하지 못한 사람들도 부지기수다. 『삼국지』를 한 권의 핵심적 분량으로 압축하여 편역한 이유이다.

우리나라에 편역되어 나온 나관중羅貫中의 『삼국지』는 평균 권수가 10권에 이르는 방대한 소설이다. 현재 우리에게 널리 알려진 나관중의 『삼국지』는 진晉나라의 학자 진수陳壽가 편찬한 역사서 『삼국지』를 바탕으로 집필한 소설이다. 진수의 『삼국지』는 표表나 지志는 별도로 하고 위서魏書 30권, 촉서蜀書 15권, 오서吳書 20권의 합계 65권으로 되어 있으니 참으로 방대하다. 진수는 촉한蜀漢에서 벼슬을 하다가 촉한의 멸망 뒤 위나라를 이은 진으로 가서 벼슬을 하였기에 위나라만을 정통 왕조로 하여 비판을 받기도 했다.

원작자인 나관중에 대해서는 선명히 알려진 것은 없지만 일설에 의하면 이민족인 원나라에 항거하는 농민 봉기에도 가담했다고 한다. 이를 보면 나관중이 당대 민중이 추구하던 인의론仁義論과 한족 정통성에 근거를 두고 『삼국지』를 집필하였음을 알 수 있다.

나관중이 지은 『삼국지』의 원이름은 『삼국지통속연의三國志通俗演義』로 그 이후에도 여러 작가를 거치며 개작이 이루어진 것으로 보인다. 소설 『삼국지』는 중국 후한 시대 위魏·촉蜀·오吳 삼국이 통일왕조를 이룩하기 위한 혈전이 끊이지 않던 시대의 역사서 『삼국지』를 기반으로 집필하였기에 그만큼 박진감이 넘치고 방대하다. 여기서 방대하다 함은 분량만을 뜻하는 것이 아니라 목숨을 걸고 진행되는 현장에서만 감히 나올 수 있는 현실 세계의 정수가 들어 있다는 말이다.

따라서 한 권으로 읽는 이 책은 빠른 사건 전개, 핵심적 사상·사건· 지략의 기술을 평이하게 담으면서도 고전 『삼국지』의 성격을 간직하도 록 편역했다. 이 책을 통해 그간 방대한 양으로 인해 지레 『삼국지』를 외면했던 독자들이나 온전히 이해하지 못한 독자들이 삶의 격렬한 현 장에서 빛난 인생의 승부와 감동을 느끼게 되길 간절히 바란다.

차례

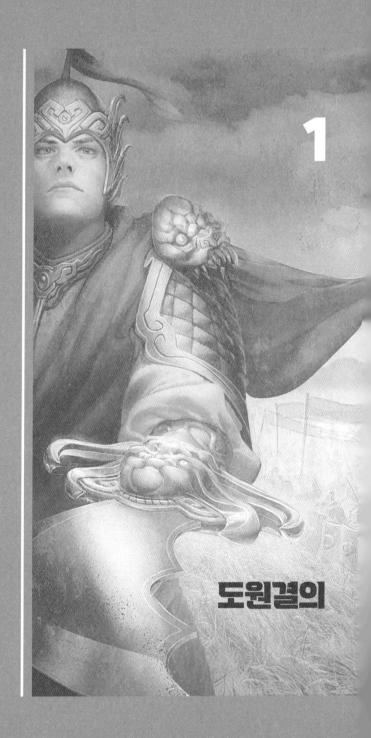

1

도원결의

황건적의 난

동한東漢 말 황제인 영제零帝가 무능하여 황제 구실을 제대로 못하자 환관들이 이 틈을 타 세도를 부리며 권력을 휘둘렀다. 장양張讓을 중심으로 한 10명의 환관들이 모여 온갖 간악한 짓을 다하니 사람들은 이들을 십상시十常侍라고 불렀다. 이들이 황제에게 아첨하고 나라를 휘저어 조정이 부패하고 민생이 도탄에 빠지니 온 천하에 근심이 끊이지 않았다. 민심이 흉흉하고 나라가 뒤숭숭해지니 이를 참다못해 민란이 일어났다.

머리에 황색 띠를 두른 의적들이 난을 일으키니 이것이 바로 장각張角, 장보張寶, 장량張梁 형제가 이끄는 황건적의 난이다. 황건적의 난이 일어나자 이에 따르는 자가 50만에 달했다. 무능한 황제와 부패한 조정에 분노가 폭발한 의적들은 용감하고 광폭하여 가는 곳마다 대승을 거두니 관군은 황건적의 소문만 듣고도 질겁하여 줄행랑을 쳤다.

황건적의 난으로 온 나라가 들끓고 관군이 패전을 거듭하자 영제는 서둘러 조서를 내려 각 지역의 장군들을 불러 모았다. 영제는 장군들에게 황건적의 난으로 천하와 조정이 위험에 빠지게 되었으니 이들을 소탕하여 천하를 태평케 하고 대장부로서 큰 공을 세우라고 명했다. 또 한편으로 중랑장中郞將·노직盧植·황보숭皇甫嵩·주준朱俊에게 영을 내리기를 관병을 모아 세 방향으로 출정하여 의병들을 진압하라 했다.

황건적은 세를 넓혀 급기야 유주幽州로 몰려가기 시작했다. 유주 태수太守 유언劉焉은 황건적이 무서운 기세로 구름처럼 몰려오자 상황이 급박함에 어쩔 줄 몰랐다. 그러나 곧 마음을 가라앉히고 급히 교위校尉 추정鄒靖을 불러들여 논의했다.

"황건적이 메뚜기 떼처럼 몰려오고 있소. 유주가 함락되면 큰일이오. 어찌하면 좋겠소?"

유언이 대비책을 물어오자 추정은 궁여지책 끝에 대답했다.

"지금 유주의 병력으로 황건적을 상대하기는 턱없이 부족합니다. 고을마다 방을 붙여 관군을 모집해야겠습니다."

"그 방법뿐이라면 그대로 해야겠지요."

유언은 당장 영을 내려 고을마다 황건적을 물리칠 관군을 모집한다는 방을 붙이게 했다.

생사를 같이하는 도원결의

탁현琢縣에는 유비劉備라는 자가 있었다. 자字는 현덕玄德이라 하고 혈통을 거슬러 올라가면 한漢나라 황실 중산정왕中山靖王의 후손이었다. 유비는 신발을 팔고 천을 짜는 일을 하고 있었으나 기개가 남다르고 인품이 고상하여 누구나 그의 온몸에서 뿜어 나오는 영웅의 기질을 느낄 수 있었다. 키가 7척 5촌으로 기골이 장대하고 긴 귀는 어깨에 드리워졌으며 두 팔을 내리면 손끝이 무릎 아래로 내려올 만큼 길었다. 긴 귀는 민심을 헤아리는 넓은 품성을 나타내고 긴 팔은 그가 귀한 인물임을 나타냈다. 유비의 모든 것이 그가 장차 천하를 위해 큰일을 할 인물임을 말해주고 있었다.

유비는 길을 가다 사람들이 모여 무언가를 열심히 보고 있는 모습을 보고 자신도 발길을 그쪽으로 향했다. 벽에는 황건적을 진압할 관군을 모집한다는 방이 붙어 있었다. 그는 방을 읽다가 저도 모르게 깊이 탄식하며 길게 한숨을 내쉬었다. 그런데 홀연 누군가 등 뒤에서 우렁차게 말했다.

"대장부가 나라를 위해 온몸을 바치고 있어도 모자랄 시국에 어찌하여 탄식만 하고 있는가? 천하를 위해 큰일을 해야 할 사람이 이렇듯 한숨만 내쉬고 있다니. 아아, 참으로 안타깝구나!"

유비는 순간 피가 거꾸로 솟는 듯했다. 유비는 고개를 돌려 자신에게 이런 말을 하는 자가 누구인지 바라보았다. 그는 키가 8척이요, 얼굴은 표범과 같고 눈이 부리부리하며 제비 같은 턱과 범 같은 목을 가진 무장의 위용이 가득한 사내였다. 유비는 그에게 통성명을 청했다.

"나는 성이 장張이고 이름이 비飛이며 자는 익덕翼德이라 하오. 지금은 술 팔고 돼지 잡는 일을 생업으로 하고 있지만 그저 당장 먹고 살려고 하는 것이지 대장부로서 이 일을 평생 할 생각은 없수다. 난 어서 나라를 위해 큰 공을 세우고 싶소."

"이 사람 역시 그 뜻을 소망하오."

유비와 장비는 뜻이 맞아 오랜 친구처럼 마음이 통했다. 그들은 서로에게 술잔을 청하며 술집에서 이야기꽃을 피웠다. 앞으로의 포부와 천하의 일을 논하며 대장부끼리의 우의를 다지고 있는데 갑자기 주점으로 위풍당당한 사내가 문을 열고 들어왔다.

키가 9척이며 수염이 2척 길이에 얼굴은 커다란 대추 같고 입술은 그린 듯 붉었으며 눈빛은 번뜩이며 살아 있고 꿈틀거리는 눈썹은 누에고치처럼 굵고 길었다. 유비는 이 사내의 범상치 않은 됨됨이를 알아보고 자리를 같이 청하며 술을 대접했다.

"일행이 없으시다면 우리 합석하심이 어떠하오?"

사내는 호쾌하게 대꾸했다.

"그거야 어려운 일이 아니지요."

세 사내는 한자리에 모여 같이 통성명을 했다. 모두가 천하 제일가는 장군의 위용을 가졌으며 금방 서로의 인물됨을 알아보았다. 주점 문을 열고 들어온 얼굴이 붉은 대장부가 우렁찬 목소리로 자기소개를 했다.

"난 성이 관關이며 이름은 우羽고 자는 운장雲長이라 하오. 난 본디 불의를 참지 못하는 성격이라 의협심에서 10여 명의 못된 무리를 죽이고 그 죄를 면하려고 강호를 떠돌고 있소. 그런데 떠돌아다니다 황건적을 물리칠 관군을 모집한다는 방을 보고 내 힘을 나라를 구하는 데 바치고자 관병에 지원하려 하오."

유비, 관우, 장비 모두는 서로가 천하를 위해 큰일을 하고자 하는 뜻을 가졌음을 알고 금세 의기투합했다.

"이렇게 마음이 같을 수가!"

마을로 내려간 세 영웅은 굳은 결의를 다지고 천하 대사를 밤새 논의하였다.

이튿날 세 사람은 마을 뒤편의 도원桃園으로 갔다. 그들은 그들만의 의식을 위해 도원에 향을 피우고 까마귀, 백마, 소 등의 제물을 늘어놓은 다음 하늘을 향해서 정중히 절을 올렸다.

"우리 세 사람은 서로 성은 다르지만 생사를 함께하는 형제가 되어 나라를 구하기 위해 서로 힘을 합칠 것을 맹세합니다."

그들은 돌아가면서 절을 올린 뒤 하늘에 대한 의식을 마쳤다. 유비가 가장 나이가 많으니 맏형이 되고 그 다음 관우가 둘째가 되고 가장 나이가 어린 장비가 막내아우가 되어 의형제를 맺었다.

"우리는 이제 죽는 그날까지 형제의 도를 다할 것을 약조했소. 변치 않는 마음으로 장부의 의를 다합시다."

이 결의로 세 사람은 피를 나눈 친형제보다 더 진한 의리와 우의로 뭉친 사이가 되었다.

장비는 검을 만드는 데 달인이 된 장인을 한 명 청하여 유비가 쓸 쌍고검雙股劍과 관우가 쓸 청룡언월도靑龍偃月刀, 자신이 쓸 긴 창인 장팔점강모丈八点鋼矛를 만들게 했다.

"정성을 다하여 만들어 올리겠습니다."

장인은 쇠를 녹이고 달구고 두들겨서 그들 의형제들이 사용할 병장기를 제조했다.

때가 무르익기를 기다려 온 세 영웅은 드디어 5백여 명의 용사를 모아 유주 태수 유언을 찾아갔다. 그들이 자신들의 뜻을 밝히며 황건적을 물리치고 나라를 위해 무공을 떨치겠다고 하니 유언은 크게 기뻐하며 맞아들였다. 얼마 후 황건적이 탁군琢郡을 범한다는 보고가 날아들자 유언은 유비, 관우, 장비 세 형제를 전장으로 보냈다.

"부디 황건적의 무리들을 쓸어버리시길 바라오."

유비, 관우, 장비 세 영웅은 전장에서의 사기가 하늘을 찌를 듯했다. 그들은 물 만난 고기처럼 거침없이 전장을 누벼, 얼마 지나지 않아 탁군과 청주青州를 함락시키는 큰 공을 세웠다. 그리고는 광종廣宗의 노식盧植이 패전 위기에 처하자 세 영웅은 노식의 수하에서 활약하기 시작했다. 노식은 그들에게 영천潁川으로 가서 황보숭과 주준을 도와 난을 평정할 것을 명했다.

"우리 형제들은 즉시 영천으로 이동하도록 하겠습니다."

유비는 관우와 장비 두 아우와 군사들을 이끌고 깊은 밤을 타 영천으로 향했다.

이때 영천의 정세는 이미 관군에게 기울고 있었다. 황건적의 난을 주도한 의군 대장 장보·장량 형제는 전장에서 패하여 군사를 이끌고 도주하고 있었다. 패전하여 도망치던 이들 형제 앞에 홀연 붉은 깃발을 휘날리며 한 무리의 군대가 사납게 돌진해 왔다.

"목을 늘어트리거라."

맨 앞에서 지휘하는 장군은 키가 7척에 이르는 장대한 기골을 가졌으며 가느다란 눈에는 날카로운 광채가 흘렀다. 멀리서도 상대를 제압하는 심상찮은 기질을 지닌 이 무장의 성은 조曹, 이름은 조操이며, 자는 맹덕孟德이었다. 조조가 이끄는 붉은 깃발 휘하의 병사들에게 장씨 형제가 이끄는 황건적 부대는 추풍낙엽처럼 무참히 쓰러져 갔다.

영천의 난이 평정되었으므로 유비는 아우들과 함께 병사들을 데리고 광종으로 방향을 돌렸다. 이들이 광종으로 가는 길을 절반쯤 갔을 때 죄인을 호송해 가는 한 무리의 관군과 마주치게 되었다. 머리는 산발로 흐트러지고 온몸은 오랏줄로 묶이어 마차에 실려 끌려가는 죄인은 노식이었다.

"아니, 이게 무슨 일이십니까?"

유비, 관우, 장비가 대경실색하여 자초지종을 물으니 노식은 탄식을 토해냈다.

"조정의 명을 받고 환관 좌풍左豊이 정황을 살피러 와서는 뇌물을 내놓으라 하더군. 내가 군량도 모자란 판에 그럴 수 없다고 했더니 나를 모함하여 죄를 뒤집어 씌워 끌고 가고 있네."

이 말에 성정이 급한 장비는 분을 참지 못하고 앞으로 불쑥 나섰다.

"형님, 당장 관군들을 죽이고 장군을 구해 드립시다."

그러나 유비는 신중한 얼굴로 성격이 불같은 아우 장비를 만류했다.

"조정에서 공평하게 시비를 가릴 것이니 나서지 말라."

유비, 관우, 장비는 일이 이렇게 되자 탁군으로 돌아가기로 했다. 그런데 뜻밖에도 황건적들이 탁군으로 가는 길목을 온통 새카맣게 점령하고 있었다. 그들이 한나라 장군 동탁董卓을 빙 둘러싸고는 죽이려 하고 있었다.

"우리가 길을 뚫어야겠다."

"알겠습니다. 형님!"

유비, 관우, 장비는 목숨을 걸고 황건적들과 싸워 동탁을 구해냈다. 그러나 그들 덕에 목숨을 건진 동탁은 세 사람이 아무 관직이 없는 평민들이라는 것을 알게 되자 고마워하기는커녕 대수롭지 않게 여기며 무시했다.

"저런 개자식을 그냥 확!"

분개한 장비가 동탁을 죽이려 하자 또다시 유비가 만류했다.

"참게. 그리 흥분하지 말고."

"분해서 그렇습니다. 은혜도 모르는 쓰레기 같은 놈에게 우리가 무시를 당했으니."

세 형제들은 도로 발걸음을 재촉하여 주준을 도와 황건적을 진압하러 갔다. 주준은 유비를 선봉대장으로 삼고는 장보를 치러 갔다. 세 형제의 무공은 더욱 빛을 발했다. 이미 주준의 군대에게 승세가 기울고 있었다. 이때 유비가 쏜 화살이 장보의 좌측 어깨에 박히자 관우와 장비는 기회를 놓치지 않고 더욱 몰아쳐 기습해 들어갔다.

"안 되겠다. 후퇴하라."

황건적들의 세가 밀리기 시작했다. 장보는 화살을 맞은 채로 꽁지가 빠지게 도망을 쳤고 세 영웅은 대승리를 거두고 의기양양하게 돌아왔다.

황건적은 패색이 짙었다. 겨우 조홍趙弘, 한충韓忠, 손중孫仲만이 남아 완성宛城을 지키고 있었다. 주준은 진격을 명했다. 유비, 관우, 장비와 손견孫堅이 무서운 기세로 완성을 취해 들어가니 완성은 순식간에 이들의 손에 떨어졌다. 이로써 황건적의 난은 완전히 평정되었다. 큰 공을 세운 유비, 관우, 장비와 수하의 병사들은 대사를 훌륭히 완수하고는 주준을 따라 북경으로 돌아왔다.

'우리 세 형제가 자랑스럽다.'

북경으로 입성하는 그들의 가슴은 벅참과 자랑으로 차올랐다.

황건적의 난이 관군에 의해 진압되자 조정에서는 공을 세운 이들을 치하하며 버슬을 내려주었다. 유비, 관우, 장비는 세운 공이 컸으나 이들을 시샘하고 경계하는 자들이 많아 아무도 그들의 공을 알리지 않았다. 유비에게 겨우 안희현安喜縣의 현위縣尉 자리가 주어지자, 의롭고 청렴한 유비는 소신대로 깨끗이 자리를 지키려 하였다. 따라서 유비는 뇌물과 거리가 멀었고, 뇌물을 바치지 않음을 괘씸히 여긴 독우督郵의 모함으로 넉 달 만에 현위 자리에서 쫓겨나고 말았다.

'난 부도덕한 짓을 저지르지 않았거늘…. 참으로 어이가 없구나.'

유비는 억울한 누명을 해명하려 독우를 찾아갔으나 번번이 독우의 문전박대를 받으며 내쫓겼다.

성질이 불같고 의협심이 강한 장비는 형님인 유비가 수모를 당하자 더는 참을 수가 없었다. 술기운을 빌어 역관驛館으로 달려간 장비가 독우를 끌어냈다.

"네가 무슨 죄를 지었는지 알렸다!"

장비의 기세등등함과 무지막지한 힘에 주눅이 든 독우는 감히 반항할 엄두도 내지 못하고 사시나무 떨듯 떨며 장비가 하는 대로 둘 수밖에 없었다.

"왜 이러십니까?"

장비는 독우를 말뚝에 묶고 버드나무 가지를 채찍으로 삼아 무섭게 패기 시작했다.

"맞아 보면 알게 된다."

치솟는 분을 참지 못한 장비는 버드나무가지 십 수 개가 부러지도록 독우를 내리쳤다.

"어이구, 어이구."

독우는 장비에게 맞아 온몸의 살이 다 헤어져 걸레처럼 되었다. 장비가 독우를 초주검을 만들어 놓자 이 사실은 곧 관가에 알려졌다.

"이런 괘씸한 놈이 있는가?"

관가에서는 유비가 앙심을 품고 장비를 사주했다고 여기고는 당장 유비를 잡아들이라는 영이 떨어졌다.

"일단 몸을 피해야겠네."

"형님, 죄송합니다."

유비는 부드럽게 말했다.

"이것이 어찌 아우의 잘못만을 탓할 일이겠는가?"

유비, 관우, 장비는 어쩔 수 없이 대주代州로 몸을 피해 천천히 앞일을 논의하기로 했다.

조조의 등장

한나라 왕조는 영제의 무능과 환관의 전횡으로 벼랑 끝에 서게 되었다. 조정에는 이미 망국의 기운이 돌고 있었으나 영제는 정신을 차리지 못하고 여전히 환관을 총애했으며 방탕한 생활에 빠져 나랏일을 팽개쳐 두고 있었다. 영제의 총애를 등에 업고 정사를 휘젓던 십상시는 더욱 기고만장해졌다. 몇몇 충신들만이 나라를 염려하며 통탄할 따름이었다. 그러나 이들마저 하나둘씩 십상시에 의해 제거되어 갔다. 바야흐로 환관들의 세상이 되어 정국은 혼란하기 그지없었다.

충신 유도劉陶는 영제를 알현하여 통곡으로 간언했다.

"폐하, 부디 십상시를 죽이고 이제 나랏일을 돌보소서. 그들은 폐하를 미혹시켜 나라를 망치고 있사옵니다."

영제가 역정을 내며 명을 내렸다.

"당장 저 고얀 놈을 옥에 가두어라! 참형에 처해야겠다!"

진탐陳耽도 영제 앞에 머리를 조아리며 피를 토하듯 간하였다.

"폐하, 유도는 충신이옵니다. 백성이 굶주리고 도적이 날뛰니 이 모두 십상시가 폐하의 귀와 눈을 가리고 나랏일을 돌보지 못하게 하여 생긴 화입니다."

영제는 더욱 노하여 진탐도 옥에 가두도록 했다. 밤이 깊어지자 십상시는 심복을 시켜 유도와 진탐을 죽이라 했다.

"아예 없애버려라."

두 충신은 옥중에서 십상시의 하수인에 의해 비명에 가고 말았다.

중평中平(189) 6년 4월, 황음무도하고 방탕한 생활에 빠져 있던 영제는 병색이 완연하여 죽음을 눈앞에 둔 것이 보였다. 그는 둘째 아들 유협劉協을 황제에 봉하려 했으나 간교한 중상시中常侍 건석蹇碩은 영제에게 간교를 부렸다.

"둘째 왕자 협을 황제로 봉하시려면 먼저 하진何進을 제거해야 합니다. 그래야 협 왕자께서 제위에 오르신 후 후환이 없을 것입니다."

하진은 태자 유변劉辯의 외숙이자 후한의 대장군이기 때문이었다. 어리석은 영제는 건석의 말을 좇아 하진을 죽일 계획을 품고 은밀히 하진의 입궁을 명했다. 하진은 첩자를 통해 건석과 영제의 음모를 알고 있었다.

'입궐하면 죽는다!'

우선 핑계를 대고 입궁을 거절한 하진은 궁리를 짜내기 위해 골몰했다. 중대신을 불러 온갖 묘책을 떠올리느라 녹초가 되어 갈 무렵 궁

내 첩자가 헐레벌떡 문을 열고 들어와 급보를 알려 왔다.

"영제께서 승하하셨습니다."

천운은 하진의 편인 듯했다. 하진은 원소袁紹에게 명해 병력을 지휘하여 앞장서 길을 인도하게 하고, 자신은 중대신의 호위를 받으며 입궁하여 영제의 관 앞에서 태자 유변의 황제 즉위를 위풍당당하게 선언했다.

유변이 황제가 되자 유협을 제위에 앉히려는 음모는 일단락되었다. 하지만 어린 유변은 꼭두각시 황제에 불과해 영제의 모친 동태후董太后가 실권을 장악했으며 그것도 모자라 그녀 역시 환관 장양의 아첨에 넘어가 환관과 손발을 맞춰 국정을 좌지우지하기 시작했다.

동태후는 유협을 진류왕陳留王에 봉하고 자신의 오라비는 표기驃騎 장군에 봉하여 자신의 기반 세력을 다져갔다. 동태후가 국사의 모든 일을 장양과 의논하여 결정하니 궁궐은 동태후와 장양의 세상이었다.

유변의 모친이자 동태후의 며느리인 하태후何太后는 동태후와 장양의 횡포를 더는 눈감기가 어려웠다.

'도저히 참을 수가 없구나.'

동태후와 결판을 보기로 마음먹은 하태후는 날을 잡아 연회를 베풀어 동태후를 청했다. 연회가 무르익자 하태후가 조심스럽게 말을 꺼냈다.

"동태후 마마, 요즘 나랏일을 돌보시느라 용안이 많이 수척해지셨나이다. 나랏일은 응당 황제와 대신이 맡을 일이지 아녀자의 일은 아니라 생각됩니다. 부디 아녀자의 덕도를 지키시고 장양의 꾐에 빠져 조정을 어지럽히고 나랏일을 망치지 마옵소서."

동태후는 당장에 노발대발하며 연회상을 둘러엎고 며느리에게 육두문자를 퍼부었다. 동태후와 하태후 고부간의 싸움으로 연회장은 순식간에 아수라장이 되었다.

시어머니 동태후에게 갖은 수모를 당한 하태후는 분을 삭이지 못해 화병이 날 지경이었다. 그녀는 오라비 하진을 궁으로 불러 밤새 동태후를 제거할 음모를 세웠다. 다음 날 하진은 동태후에게 아뢰었다.

"하간河間에 태후 마마가 쉬실 멋진 궁이 있으니 모시고 싶사옵니다."

그 말은 동태후를 성 밖으로 유인하려는 미끼에 불과했다. 하간에 도착한 동태후는 하진이 숨겨 놓은 자객에 의해 허망하게 살해되고, 동태후의 죽음을 안 그녀의 오라비 동중董重은 화가 자신에도 미칠 것이 두려워 스스로 목숨을 끊었다.

동태후가 제거되자 모든 권력은 자연 황제의 모친인 하태후에게 넘어갔다. 새로이 조정의 실세로 떠오른 하태후 역시 환관들의 아첨과 간교에 넘어가 나라를 들어먹는 것은 다르지 않았다. 환관들의 기세는 하늘을 찌르고 그 횡포는 이루 말할 수 없었다. 원소 등 대신들은 하진에게 충고를 아끼지 않았다.

"하태후 수하의 환관들이 나라를 좌지우지하고 있소. 지금 제거하지 않으면 더 큰 화가 닥칠 거요. 병력을 모집해 환관들을 남김없이 처단해야 하오."

주부主簿 진림陳琳이 나서 말했다.

"그리하면 분명 천하에 대란이 일어날 것입니다."

그때 난데없이 어디선가 박장대소하는 소리가 들려왔다. 모두의 눈길이 웃음소리가 나는 쪽으로 향하니 거침없이 웃어대는 이는 다름 아닌 조조였다.

조조의 박장대소는 그칠 줄을 몰랐다. 하진이 조조에게 물었다.

"무슨 연유로 그렇게 웃어대고 있소?"

조조는 거침이 없었다.

"그저 환관들의 목을 날리면 그만인 일로 병력을 모집한다니 소인이 어찌 웃지 않을 수 있겠습니까? 망나니 하나만 있으면 끝날 일이거늘 병사를 모집하다니요?"

이 말을 들은 하진은 조조가 속으로 딴 뜻을 품고 있다는 의심이 들었다. 조조는 하진의 불편한 심사를 눈치채고 물러날 수밖에 없었다. 조조는 밖에서 홀로 조용히 탄식하며 뇌까렸다.

"필경 머지않아 온 천하를 어지럽히고 근심케 할 자가 나타나겠다."

서량西涼의 동탁은 병력을 이끌고 북경으로 들어갈 기회를 호시탐탐 엿보고 있었다. 그러던 차에 하진이 비밀스레 병력을 모집한다는 소식이 들리자 기뻐서 어쩔 줄을 몰랐다.

"기회가 왔다."

그는 사위 이유李儒를 시켜 황제 유변에게 환관의 악행 근절을 위한 상소문을 올리게 했다. 그리고는 서둘러 영을 받들어 20만 대군을 모집하기 위한 채비에 들어갔다. 20만 병력을 끌고 입성할 생각에 동탁은 잠시도 앉아 있을 수가 없었다. 그의 가슴은 이미 조정에 들어가 권세를 잡는 꿈에 부풀 대로 부풀었다.

하태후의 오른팔이던 환관 장양은 첩자를 통해 하진이 환관들을 치기 위해 비밀스레 병력을 모집한다는 사실을 알고, 수하에 있던 자객을 가덕문嘉德門에 잠복시켰다. 이런 사태를 감지한 하진의 심복들은 그에게 목숨을 보존하려면 궁에 발길을 끊고 조심해야 한다고 간곡히 청했다.

"감히 누가 날 해할 수 있겠는가?"

하태후와 황제를 등에 업고 막강한 권세를 부리던 하진은 두려울 게 없다고 여기고 심복들의 간언을 흘려들었다. 하태후의 부름을 받고 입궁하던 하진은 결국 장양이 보낸 자객에 의해 단칼에 가고 말았다.

원소와 조조는 하진이 궁에 들어간 지 한참이 지나도 나올 기미가 없자 문 밖에서 소리쳤다.

"장군께서는 어서 나오셔서 마차에 오르시지요."

그러자 장양과 그의 심복들이 죽은 하진의 목을 베 궁벽에 매달아 보여 주며 통쾌하게 웃어 젖혔다.

"하진은 진작 세상을 하직했다."

하진이 무참히 피살된 것을 본 원소는 기절할 듯 놀랐다. 분노와 살기를 참지 못한 그는 곧장 조조와 함께 군사를 이끌고 칼과 창을 마구 휘두르며 궁 안으로 진격해 들어갔다. 원소와 조조의 군사들은 닥치는 대로 불을 지르고 환관과 그 추종자들을 죽였다. 순식간에 궁궐은 곳곳에서 불길이 타오르고 비명과 피비린내가 진동하니 그야말로 생지옥이었다.

환관들은 자신들의 세가 불리함을 알고 있었다. 원소와 조조의 군사들이 마지막으로 노리는 것은 장양의 목숨이었다.

"급하다."

장양은 황급히 황제와 진류왕을 데리고 북망산北邙山으로 피난을 갔다. 그러나 하진의 부하들이 바로 뒤에서 쫓아왔기에 더 이상 도망칠 곳이 없음은 자명한 일이었다. 군사들의 칼에 죽임을 당하면 시신도 온전치 못할 판이었다.

"차라리 물귀신이 되는 편이 낫다."

눈앞에 보이는 시퍼런 강물로 장양은 자신의 몸을 날렸다. 나라를 손바닥 위에 올려놓고 주무르던 장양은 순식간에 강물 속으로 사라지고 말았다.

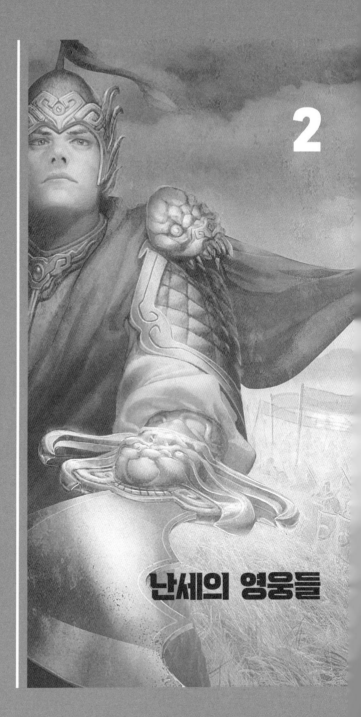

2

난세의 영웅들

동탁의 세상

호시탐탐 권력 잡기를 고대해 온 동탁은 재빨리 정세를 파악하고 자신에게 유리한 쪽으로 상황을 장악해 나갔다. 하진이 죽고 황제와 환관들이 도망쳐 조정과 군사는 어지럽고 질서가 없는 틈을 이용한 것이다.

"앞으로는 내가 너희들을 거둬주마."

동탁은 이 틈을 타 하진의 병력을 모조리 자기 손에 넣었다. 이제 그의 병력은 나라 안에서 최고였다. 병력을 가진 자에게 권력이 따르는 것이 명백한 이치였으니 이제는 동탁의 천하가 된 듯했다. 그 행동의 방자함과 교만함은 이를 데가 없었다.

"나의 시대가 왔도다!"

동탁은 스스로 천자인 양 행세하며 항상 철갑 옷을 입은 기마병을 이끌고 시내를 휘젓고 다니며 궁궐을 출입했다.

어느 날 중대신들을 불러 연회를 베풀던 동탁이 문득 말을 꺼냈다.

"지금 천자를 폐하고 둘째 왕자님을 제위에 앉히는 것이 어떻소?"

이 말을 듣고 자리에 있던 사람들은 놀라 입을 다물지 못했다. 동탁의 권세가 두려워 누구 하나 반박할 엄두도 내지 못하고 있는 때에 정원丁原이 반대하고 나섰다.

"그게 무슨 말씀이시오? 신하가 천자를 폐하다니 아니 됩니다."

동탁은 크게 노하여 곧 검을 뽑아 정원을 죽이려 했다. 이유가 정원을 호위하는 여포가 칼집에 손을 가져가는 것을 보고는 서둘러 장인 동탁의 행동을 만류했다.

"고정하십시오."

여포가 지키고 있는 한 정원에게 손을 댔다가 무슨 일이 생길지 몰랐다. 이를 눈치챈 동탁도 분한 마음을 가라앉힐 수밖에 없었다. 여포는 대단히 위압적인 장수라 그를 상대할 수 있는 장수는 매우 드물었다.

동탁은 정원이 괘씸해 견딜 수가 없었다. 어떻게 정원을 손 봐 줄지 곰곰이 생각하던 차에, 돌연 밖이 소란해지며 병사 하나가 헐레벌떡 달려와 급보를 전했다.

"밖에 정원의 군사들이 진을 치고 싸움을 걸어옵니다."

동탁은 정원의 맹랑함과 겁 없음에 혀를 차며 서둘러 채비를 갖추고 나갔다.

"어떤 놈이 이토록 무모한가?"

알고 보니 정원의 오른팔 심복이자 수양아들인 여포가 앞에서 군대를 지휘하고 있지 않은가. 여포의 당당하고 위협적인 자태는 보기만 해도 사람을 주눅 들게 했다. 동탁은 사태가 심각하다는 것을 깨달았다.

'여포란 놈이 존재하는 이상 어떤 일이고 어렵겠다.'

하루 만에 정원과 여포에게 더 우스운 꼴을 당하게 된 동탁은 수치와 경악으로 진정이 되지 않았다. 게다가 슬그머니 불안감에 빠지기 시작했다. 이러다가 정원과 여포에게 밀려 자신의 야심이 물거품이 되는 것 아닌가 싶었던 것이다. 장군 이숙李肅이 좌불안석인 동탁에게 다가와 말했다.

"소인은 여포와 같은 고향 사람입니다. 소인이 여포의 사람됨을 알고 있습니다. 그는 재물에 약하니 황금과 명마를 하사하시면 쉽게 마음이 돌아서 정원을 배신하고 우리 편으로 돌아설 것입니다."

"그게 사실인가?"

눈이 번쩍 뜨인 동탁은 상당한 황금과 명마를 끌어내어 은밀히 여포에게 전했다.

여포가 이利에만 눈이 멀어 의義는 가벼이 여기는 배은망덕하고 교활한 인간임은 사실이었다. 장수의 기량을 지니고 있으나 사람됨은 보잘 것이 없었다.

"나를 알아주니 기꺼이 도모하겠소."

동탁이 전한 황금과 명마를 받은 여포는 너무도 간단히 넘어왔다. 추호도 여포를 의심하지 않던 정원은 믿는 도끼에 발등이 찍혀 여포의 손에 죽고 말았다. 여포는 정원의 목을 베어 들고 동탁을 찾아가 그 목을 바치며 머리를 숙였다.

"소자는 이제 장군의 아들입니다. 부디 저를 거두어 주신다면 아버지로 섬기며 목숨을 바쳐 충성을 다할 것이옵니다."

동탁은 흐뭇함과 안도감에 입이 귀밑까지 찢어졌다. 눈에 가시 같은 정원을 제거하고 용맹한 여포를 얻자 천하를 석권한 것만 같았다.

동탁은 여포의 합세로 더욱 막강한 군사력을 갖게 되었다. 대신들은 동탁이 정원을 제거하고 여포를 끌어들여 입지가 한층 공고해지자 감히 그에게 어떤 반론도 하지를 못했다. 불복하면 당장 벼슬에서 쫓겨나거나 목이 달아날 판이니 어쩔 수 없이 황제 유변을 폐하고 이제 겨우 아홉 살이 된 유협을 새 황제로 봉한 뒤 연호를 초평初平으로 바꾸었다.

아홉 살 난 황제가 조정에서 국정을 돌볼 수 있을 리 만무했다. 동탁은 재상이 되어 조정의 실권을 완전히 장악하고는 어린 황제를 대신해 모든 권력을 행사하였다.

이때 대담하게도 끝까지 동탁이 황제를 폐하고 새 황제를 봉하는 것에 반대한 이가 있었으니 바로 원소였다.

"난 절대 받아들이지 못하겠다."

그는 유변이 폐위되고 유협이 황제가 되자 관직을 버리고 수하의 병사들을 이끌고 익주益州로 떠났다. 하지만 원소의 큰 됨됨이와 능력을 높이 사던 동탁은 그를 한편으로 끌어들이고 싶었다.

'그는 장부이다. 장부를 알아주는 것이 영웅이지.'

자신에게 반발하는 이는 당장 처단하던 동탁이 원소를 죽이지 않을 뿐 아니라 발해渤海의 태수로 임명하여 새 관직까지 하사하는 호의를 베푸니 참으로 놀라운 처사였다.

나이 어린 황제를 새로 봉하고도 동탁은 폐위된 황제와 그 어미인 하태후가 마음에 걸렸다. 그는 유변과 하태후를 영안궁永安宮에 가두 어 놓고 사람을 보내 감시하게 했다. 하루는 동탁에게 유변이 폐위의 분노와 원망을 시로 읊으며 터뜨리고 있다는 밀고가 전해졌다.

'살려 두는 것은 언제나 후환이 따른단 말이야.'

마음이 언짢아진 동탁은 내친김에 이유를 시켜 유변을 독살하고 그 처첩들도 모두 죽이라고 명했다. 이에 비운의 황제는 권력의 다툼에 말려들어 살해되고 말았다.

유변을 죽이고 난 동탁은 더욱 방자해져서 날마다 밥 먹듯 궁궐을 들락거리며 권세를 휘둘렀다. 그는 감히 천자의 옥좌에서 잠을 잤고 궐내의 여자들을 겁탈했다.

'나 동탁의 세상이 된 것이다.'

수하의 병사들도 그를 본떠 약탈과 만행을 일삼았지만 동탁은 그들을 방임하고 오히려 한술 더 떠 잔악무도하기 그지없는 가학적인 놀이를 즐겼다. 사병들을 시켜 살인 놀이를 벌이니 한번은 희생된 목숨이 1천여 명에 달했다.

여백사 가족을 죽이고

동탁의 악행이 갈수록 수위가 높아지자 조정은 분노와 탄식으로 가득했다. 발해 태수 원소는 사도司徒 왕윤王允을 불러 은밀히 논의했다.

"동탁을 그냥 두어서는 안 되겠소. 방법을 강구하려 하니 옛 대신들을 모셔 오시오."

왕윤이 명을 내려 옛 대신들이 모이자 원소는 그들을 앉혀 놓고 입을 열었다.

"군사를 일으켜 궁궐로 들어가 동탁의 목을 베야 합니다. 이대로는 나라가 끝장이 날 게 뻔하오."

"그럼 어쩌면 좋겠소?"

비밀스레 머리를 맞대고 원소와 대신들은 대책을 논의했다. 하지만 병권이 동탁에게 있으니 그들 수하의 병사는 얼마 되지 않았다. 황제는 어린 꼭두각시이고 왕실은 힘을 잃은 지 오래였다. 무력감에 절망한 옛 대신들은 이제 한나라 왕실이 그 운을 다했다는 생각이 들었다. 하나둘 흐느껴 울다가 마침내 모인 대신들 모두가 대성통곡을 하기 시작했다.

들리는 것은 애처로운 울음소리뿐인데 느닷없이 박장대소를 호탕하게 터뜨리는 자가 있었으니 또 조조였다. 그는 우스워 죽겠다는 듯 허리가 끊어지게 웃으며 말했다.

"조정의 모든 대신들이 밤새워 울고 내일까지 울고 또 내일 다시 밤새워 울면 동탁의 목이 떨어집니까?"

조조는 이내 정색을 하고 말을 이었다.

"동탁의 소인에 대한 신임은 꽤 두터운 듯합니다. 내게 명검 칠성보검七星寶劍을 빌려 주시오. 내 손으로 동탁의 목을 가져오겠소."

조조의 말이 끝나자 방 안의 분위기는 순식간에 희색이 돌았다. 좌중에 이런 용감한 인물이 있으리라고는 전혀 생각지도 못했던 것이다.

"그대가 황실의 법도를 세울 수만 있다면 얼마나 다행한 일이겠는가."

왕윤이 크게 기뻐하며 친히 조조에게 술을 따라주었다. 조조는 술잔을 들며 동탁을 죽이겠다는 맹세를 거듭했다. 그리고는 칠성보검을 가지고 돌아갔다.

다음 날 조조는 동탁의 목을 칠 칠성보검을 차고는 동탁을 찾아갔다. 그들은 이미 만날 약속을 정해 놓고 있었다. 조조가 고의로 약속보다 늦게 도착하자 동탁은 몹시 기분이 상했다.

"대체 무슨 연유로 이렇게 늦게 왔는가?"

조조가 허리를 굽히며 대꾸했다.

"정말 죽을죄를 지었사옵니다. 소인은 재상님을 빨리 뵙고 싶었으나 말이 제 길을 가지 아니하고 말을 듣지 않아 오는 길이 지체되었사옵니다. 본디 소인의 말이 종자가 좋지 못해 마땅치 않았는데 이런 죄까지 짓게 했으니 응당 없애려 생각하고 있사옵니다. 부디 용서해 주십시오."

조조가 사죄하자 이내 마음이 풀린 동탁은 여포에게 명하여 명마 한 필을 가져오게 했다. 여포가 밖으로 나가고 동탁이 혼자 남게 되자 조조는 곧 칼을 뽑으려 했다.

'가만, 동탁의 솜씨도 예사롭지 않지.'

순간 조조는 동탁의 엄청난 힘과 뛰어난 검술을 대적할 수 있을지 자신이 없어졌다. 조조는 동탁의 눈치를 보면서 슬그머니 칼집에서 손을 내렸다.

동탁은 체구가 워낙 거구여서 오랫동안 앉아 있는 것을 힘겨워했다. 역시나 동탁은 얼마 되지 않아 침상으로 올라 몸을 눕히고는 옆으로 돌아누웠다. 조조는 이 틈을 놓치지 않고 칼을 뽑았다.

'기회다.'

조조에게 이상한 낌새를 느끼던 동탁은 벽에 걸린 거울로 조조의 일거수일투족을 보고 있었다. 그는 갑자기 돌아누우며 칼을 뽑아든 조조를 정면으로 바라보았다. 영민하고 교활한 조조는 순간적인 기지를 발휘해 자연스레 동탁 앞에 무릎을 꿇고는 공손하게 두 손으로 칼을 받들며 말했다.

"소인의 마음입니다. 부디 칠성보검을 바치니 거두어 주십시오."

절체절명의 위기를 간신히 모면한 조조는 동탁이 자신을 의심하고 있음을 깨닫고는 말을 시험한다는 구실을 대고 밖으로 나가 여포에게 말고삐를 받아 들었다. 훌쩍 말 등에 올라탄 조조는 전속력으로 날듯이 도망쳐 동남쪽으로 내달렸다.

"거기 멈춰라."

동탁의 병졸들이 그를 뒤쫓았지만 목숨을 걸고 도주하는 조조를 잡을 수는 없었다. 동탁은 조조가 자신을 암살하려던 음모를 알고 당장 영을 내렸다.

"조조의 얼굴을 그려서 고을마다 방을 붙여라! 조조를 잡아들이는 자에게 큰 상을 내리겠다!"

조조는 동탁의 추적을 피해 도주하는 도중 모현牟縣에서 지키고 있던 군사들에게 잡히고 말았다. 사병들은 조조를 결박해 현령縣令 진궁陣宮 앞으로 끌고 왔다. 진궁은 옛날부터 조조의 지모와 재능을 흠모해 왔기에 손수 내려와 조조의 포박을 풀어주었다. 이내 상석에 조조를 앉힌 진궁은 큰절을 올리며 자신의 충의를 받아 줄 것을 청했다.

"저를 거두어 주십시오."

끝내 관직을 버린 진궁은 조조를 모시고 도주 길에 동행했다. 둘은 조조의 부친과 의형제를 맺은 여백사呂伯奢의 집에 몸을 기탁했다.

여백사는 조조를 몹시 반기며 안으로 들였다.

"마음 놓고 묵어가게. 대접할 것이 없으니 나는 술이라도 한 병 사러 가겠네."

"다녀오십시오."

조조가 여백사를 보낸 뒤, 홀연 부엌에서 여백사의 가족들이 하는 말이 들려왔다.

"매어 놓고 죽일까?"

조조는 크게 놀라 긴장했다.

"이것들이 나를 팔아 한 몫 잡으려 했구나!"

생각이 이에 미치자 조조는 닥치는 대로 칼을 휘둘러 여백사의 일가족을 몰살해버렸다. 정신을 차리고 보니 뜻밖에도 부엌 한구석에서 돼지 한 마리가 꿀꿀 거리며 기어 나오는 것이었다.

"아차!"

황급히 말을 타고 여백사의 집을 나오던 조조는 술을 사 가지고 오던 여백사와 마주치자 그 또한 가차 없이 죽이고 말았다. 진궁은 조조를 책망했다.

"어찌하여 한낱 의심하는 마음이 든다 하여 사람을 죽이셨습니까? 정말로 불의한 일을 하셨습니다."

그러자 조조는 싸늘하게 말했다.

"자네가 감히 지금 내게 의에 대해 가르칠 참인가?"

조조의 눈길에 소름이 끼치며 진궁은 순간 등골에 한기가 흐름을 느꼈다. 그는 당장 몰래 짐을 싸서 조조를 버리고 홀로 길을 떠났다.

조조는 도피를 마치고 고향 진류陳留로 돌아와 의병을 모집했다. 이대로 계속 동탁을 피해 다니기만 할 수는 없는 노릇이었다. 그는 마침내 동탁과 정면으로 맞서기로 결심했다.

"어디 한번 해보자!"

조조는 천자의 조서를 위조하여 각 성에 동탁을 타도하기 위한 칙서를 내리고 격문을 띄웠다. 나라를 바로잡겠다고 자원하는 의병들이 벌 떼처럼 몰려드니 진을 치고 늘어선 대열이 2백 리 밖까지 이어졌다. 유비, 관우, 장비도 공손찬公孫瓚을 따라 의병 연합군에 가담했다.

조조는 모여든 연합군과 동맹을 다지고 대의를 맹세하는 의식을 가졌다. 소와 돼지를 제물 삼아 분향을 피우고 연합군 수장들의 피를 뽑아 잔에 담은 다음 그 피를 찍어 동맹을 다짐하는 혈서를 썼다.

원소가 연합군의 대장이 되어 지휘권을 갖게 되었다. 그는 동생 원술袁術에게 군량과 말먹이를 담당하게 하고 장사長沙 태수 손견孫堅은 전 부대의 선봉으로 명하였다. 만반의 준비를 갖추고 전의를 가다듬은 그들은 병사들을 이끌고 사수관汜水關으로 향했다.

동탁은 연합군이 동맹하여 쳐들어온다는 급보를 받았다. 동탁은 감히 자신에게 도전해 오는 무리들이 괘씸하여 화를 참을 수가 없었다. 빨리 손을 써야 했기에 그는 재빨리 군사 회의를 소집하여 대책을 논의했다. 여포는 숨을 죽이고 동탁 옆에서 명을 기다렸다.

"소장小將에게 기회를 주옵소서."

갑자기 화웅華雄이 나서더니 일을 맡겠다고 했다. 동탁은 그가 자신만만하고 패기 있게 나서자 5만 명의 보병을 주어 밤에 사수관으로 가서 연합군과 맞서게 했다.

손견의 부장部將 정보程普가 화웅 수하의 부장副將 호진胡軫에게 죽임을 당하자 손견의 군대는 화웅의 군대에게 쫓겨 사수관의 전방으로 쫓겨 갔다. 원술은 여우를 피하려다가 호랑이를 만나게 된 것이 아닌가 하여 슬그머니 걱정이 되었다. 원술은 손견에게 군량 지급을 중단하여 군심을 산란하게 만들었고 이런 마당에 급기야는 화웅의 군대에게 밤 기습을 당하게 되었다.

"기습이다!"

"피해랏."

군심이 흐트러지고 전략도 없는 상황에 느닷없이 당한 공격으로 손견의 부대는 참담하게 완패했다.

대승을 거둔 화웅은 용기백배해졌다. 연합군 장군들의 목까지 베어 들고 돌아오니 그 사기는 하늘을 찌를 듯했다.

반면 원소는 패전의 충격을 받아 할 말을 잃고 고민에 빠져 있었다. 모든 사병이 다 풀이 죽은 채 대책을 고심하고 있을 때 갑자기 천둥같이 우렁찬 목소리가 들려왔다.

"소인이 화웅의 목을 베 깃발 위에 꽂고 돌아오겠습니다. 만일 소인이 이를 행하지 못하면 제 목을 치십시오."

이렇듯 용감한 말을 한 자는 관우였다. 원술은 한낱 비천한 졸개가 대담하게 큰소리를 치자 기가 막히고 부아가 치밀었다. 그러나 연합 군의 사기가 바닥을 치는 마당에 분통이 터진다고 성깔을 부릴 수도 없는 노릇이었다. 잠시 침묵이 흘렀다.

이때 조조가 관우를 독려했다.

"좋은 생각이오. 관운장을 믿고 보냅시다."

그리고는 관우에게 지극히 공손한 태도로 뜨거운 술을 따라 주었 다. 술잔을 받으며 관우는 호기 있게 말했다.

"고맙소. 이 술은 임무를 마치고 돌아와 마시겠소. 잠시 술잔을 내 려놓지요."

관우는 나는 듯이 가볍게 말 위로 올라탔다.

"이랴 하!"

말을 몰고 달려 나간 관우는 얼마 지나지 않아 바람처럼 돌아와 목 하나를 바닥에 팽개쳤다. 과연 화웅의 수급이었다. 술잔 속 술의 뜨거 운 기운이 아직 식지 않았으니 정말 순식간에 일어난 일이었다.

"오!"

"이… 이런 일이?"

모두들 놀라 입을 벌리고 할 말을 잃고 있었다. 그러나 이어 관우에 게 경탄의 눈길과 찬사가 쏟아졌다.

얼마 후 동탁은 친히 군대를 이끌고 호뢰관虎牢關에서 연합군과 격 전을 벌였다. 여포도 출전하여 여덟 방향으로 공격해 들어오는 제후들을 물리치고 대승을 거두었다. 동탁 진영의 군인들은 사기가 크게 진작되고 그 명성과 위엄도 천하에 알려지니 두려울 것이 없었다. 이에 반해 동탁과 여포의 선전으로 연합군은 패색이 짙었고 전설처럼 들려오는 동탁과 여포에 대한 이야기로 더욱 위축되었다. 조조는 여포의 용맹함과 영특함이 출중한 것을 보고 여포가 동탁 곁에 있는 한 승산이 없다는 생각이 들었다. 그는 급히 원소에게 가 열여덟 제후들을 불러 함께 대책을 세워야 한다고 건의했다.

조조의 건의로 긴급회의가 열렸다. 그러나 의견은 분분했고 별다른 묘책도 나오지 않았다. 설상가상으로 여포가 거듭 공격을 해왔다. 태수 공손찬이 가서 맞섰으나 눈 깜짝할 사이에 대패하고 말았다. 여포는 성난 호랑이처럼 밀고 들어왔으며 그의 검과 창이 닿는 곳마다 풀 베이듯 병사들이 쓰러져 갔다.

"이놈, 기다려라!"

장비가 여포를 상대하려고 말을 몰아 접근했으나 둘의 접전은 승부가 나지 않았다. 그야말로 막상막하의 대결이었다. 이에 유비와 관우가 달려들어 장비를 거들었다. 세 형제가 여포를 에워싸고 덤비니 제아무리 여포라지만 당해낼 길이 없었다.

"일단은 물러나자."

여포는 마침내 대책을 포기하고 자기 진영으로 후퇴했다. 여포가 물러서면서 여포 군대도 김이 빠져 연합군에게 패하여 쫓기니 드디어 연합군이 승리를 거두었다.

여포 군대가 장비, 유비, 관우에게 몰려 쫓겨 들어오자 동탁 진영의 사기와 전의도 한풀 꺾이게 되었다. 동탁은 이를 갈며 발을 동동 굴렀지만 이미 끝난 싸움이었다. 이때 동탁 진영에서 모사꾼 노릇을 하는 사위 이유가 다가와 속닥거렸다.

"일이 이렇게 되었으니 이제 더는 갈 곳이 없습니다. 황제, 황비와 백성들을 인질로 삼고 조정을 장안長安으로 옮기시지요. 그러면 저들도 별 수 없을 것입니다."

동탁은 눈을 가느스름하게 뜨며 고개를 끄덕였다. 동탁은 이유의 계략에 따라 낙양洛陽에 불을 지르고 황제, 황비와 백성을 볼모로 잡아 수도를 장안으로 옮겼다.

연합군은 세를 몰아 낙양까지 진입했으나, 그곳부터는 더 이상 진격하지 않았다. 조조는 승세를 타고 계속 공격해 들어가야 한다고 주장했다.

"하지만 장안까지는 무리입니다."

"저들이 황실을 볼모로 잡고 있으니 계속 압박을 가하는 일은 생각해 봐야 합니다."

제후들 중 어느 한 사람도 조조의 뜻에 따르려 하지 않았다. 그들은 이미 지쳐 있었고 슬금슬금 딴 생각이 싹트고 있었다. 조조는 분노하면서 탄식했다.

'참으로 저들은 큰일을 함께 이루지 못할 소인배들이로다.'

조조는 1만여 명의 병력을 이끌고 길을 떠났다. 하지만 이유는 연합군이 추격해 올 것을 대비해 형양滎陽에 군사들을 매복시켜 놓고 있었다. 이것을 내다보지 못한 조조는 동탁의 매복병에게 참패하여 목숨만 간신히 건진 꼴이 되었다. 1만여 명의 군사 중 겨우 5백여 명만 남은 치욕스런 패배였다.

"낭패를 당하고 말았구나."

조조는 원소 등 나머지 사람들도 제각기 딴마음을 먹고 있음을 눈치채고는 이들과 함께 대사를 논할 수 없다 여기고 남은 병사를 이끌고 양주揚州로 향했다.

초선의 미인계

낙양에 남은 손견은 황궁 안의 뜰을 거닐다가 우물 속에서 신비한 광채가 비쳐 올라오는 것을 보고는 건져 올렸다. 뜻밖에도 그것은 옥새였다. 정보는 이를 보고 재촉했다.

"옥새를 얻은 자는 반드시 나라의 군주가 될 운명이라 전해지고 있습니다. 어서 고향인 강동江東으로 가서 대사를 도모해 보소서."

오히려 원소가 차분히 정보를 타일렀다.

"이 옥새는 응당 한나라 왕조의 것이니 본 주인에게 돌려주어야 후환이 없을 걸세."

그러나 손견은 아랑곳하지 않은 채 옥새를 쥐고는 병사들을 이끌고 가 버렸다. 원소는 손견이 옥새를 손에 넣고 자기 휘하에서 떠나자 시기심이 일고 마음 한쪽이 편치 않아 가만히 있지 못했다. 그는 형주荊州 자사刺史 유표劉表에게 서신을 띄웠다.

〈손견이 옥새를 훔쳐 왕조에 돌려주지 않고 병사를 이끌고 가버렸습니다. 이는 그가 필경 역적모의를 하고자 함과 다를 바 없으니 응당 처단해야 할 줄로 아뢰옵니다.〉

편지를 읽고 몹시 노한 유표는 군사를 일으켜 손견에게서 옥새를 빼앗으려 했다. 이때부터 손견과 유표는 서로 철천지원수가 되었다. 한편 연합군도 이미 삼분오열되어 각 제후마다 제각기 병사를 데리고 갈 길을 갔다. 유비, 관우, 장비도 평원으로 돌아갔다. 이로부터 제후들 간의 영토 싸움이 그칠 줄 모르니 크고 작은 전쟁으로 나라가 편할 날이 없었다.

공손찬과 원소가 익주를 차지하려고 싸움을 벌이던 중 공손찬이 싸움에서 패하여 산속 깊은 곳으로 숨게 되었다. 원소는 문축文丑을 보내 공손찬을 끝까지 쫓아가 죽일 것을 명했다. 공손찬은 뒤쫓아 온 문축에게 목숨을 잃기 일보 직전에 처했다.

"거기 멈추어라!"

순간 난데없이 한 소년 장군이 어디선가 달려와 공손찬을 구해주었다. 소년 장군은 본디 원소 수하의 하급 장군이었으나 원소가 덕이 부족함을 알고는 공손찬의 수하가 되어 충성을 바치려고 온 것이었다. 그의 성은 조趙, 이름은 운雲이라 했으며 상산常山 출신으로 자는 자룡子龍이라 했다. 조자룡의 무예는 출중하여 어린 나이를 의심케 할 정도였기에 공손찬은 크게 기뻐하며 그를 거두었다.

원소와 공손찬의 전쟁이 갈수록 치열해지자 유비, 관우, 장비도 공손찬을 도우러 왔다. 그들은 공손찬에게 새로이 충성을 맹세하고 들어온 조자룡과도 만나게 되었다. 조자룡은 됨됨이가 사나이답고 의와 충을 목숨처럼 소중히 여겼으며 무예는 천하에 둘째가라면 서러울 정도였다. 유비는 이런 조자룡을 몹시 아꼈으며 조자룡 또한 유비의 인물됨과 의로움을 알아보고 진심으로 유비를 따랐다. 두 사람은 서로에게 뜨거운 우정과 존경을 느끼고 깊이 신뢰하였다.

그렇지만 얼마 후 원소와 공손찬이 화해하여 전쟁이 끝나자 헤어져야 할 상황이 되었다. 유비와 조자룡은 이별이 아쉬워 눈물이 그칠 줄 모르고 쏟아졌다.

"부디 나중에 꼭 만나세."

유비는 억지로 돌아서며 떨어지지 않는 발길로 두 형제들과 평원으로 돌아갔다.

원소가 공손찬과의 화해로 휴전을 했을 때 손견은 이내 군대를 끌고 번성樊城으로 가 유표를 공격했다. 손견은 유표가 길을 막고 옥새를 강탈해 간 치욕과 분노를 하루도 잊은 적이 없었다. 그는 유표에게 반드시 복수를 하고 싶던 차에 지금이 절호의 기회다 싶었다. 이를 악물고 머리를 짜내어 치밀한 전략을 세운 손견은 마침내 번성을 공격하여 점령하고는 양양襄陽마저 겹겹이 포위했다.

번성이 손견의 병사들에 의해 포위되자 유표는 긴급회의를 열었다. 유표는 궁리 끝에 장병 5백여 명이 몰래 포위망을 뚫고 빠져나가 원소에게 구원 요청을 하는 수밖에 없겠다고 밝혔다. 그러자 부장 괴량蒯良

이 묘책을 내놓았다.

"포위망을 뚫고 나간 장병들을 석산碩山에 매복시켜 놓고 적을 이리로 유인하여 공격하면 손견을 은밀하고 기막히게 해치울 수 있습니다. 그러면 구차하게 원소에게 도움을 청하지 않아도 되지 않습니까?"

유표는 괴량의 묘책에 무릎을 쳤다.

이때 손견은 계속 커다란 승리를 이룬 탓에 교만이 하늘을 찔렀다. 손견은 단신으로 유표의 병사들을 추격하다가, 괴량의 전략으로 매복된 병사들이 쏘는 무수한 화살과 돌에 맞아 어이없게 죽음을 맞이했다.

손견의 아들 손책孫策은 방년 17세로 홍안의 소년이었으나 그릇이 남달랐고 가슴에 품은 뜻이 원대했다. 부친이 전장에서 세상을 떠나자 그는 손수 군대를 이끌고 강도江都에 주둔하며 사병을 모집했다.

"나를 따르라!"

손책은 지도자의 기질을 타고났을 뿐 아니라 자신을 낮추는 겸손함과 덕까지 갖추고 있었다.

'나이는 어리지만 그는 존경할 만하다.'

손책의 인물됨을 알아본 영웅호걸들이 앞다투어 그에게 몰려들기 시작했다.

동탁은 손견이 죽었다는 소식을 듣자 큰 시름을 하나 덜어 속이 시원하고 날아갈 듯 편안했다.

'손견이 눈을 감았다니 큰 걱정이 사라졌구나. 하하하.'

앞으로 정말 두 발 쭉 뻗고 잘 수 있을 것 같았다. 경쟁자가 사라진 만큼 동탁의 간악함은 갈수록 극에 달해 모든 사람들을 경악케 했다.

한번은 만조백관들을 청하여 연회를 베푸는데 연회 도중에 갑자기 수백 명의 병졸들이 연회장으로 끌려 들어왔다. 동탁은 그 자리에서 영을 내려 손목을 자르고 눈을 파내어 그것을 가마솥에 넣어 삶게 했다. 놀란 관리들은 이 끔찍하고 잔인한 광경에 온몸을 떨며 차마 젓가락을 들지 못하였다. 동탁만이 재미있어 죽겠다는 듯 껄껄 웃어 젖혔다.

동탁의 반인륜적 행위는 그 끝을 몰랐다. 또 한 번은 관리들을 초청하여 연회를 즐기다가 느닷없이 사공司空 장온張溫을 끌어내리라고 명했다. 명령이 떨어지자 시종들은 장온을 끌어내리더니 어디론가 데려갔다. 잠시 뒤 시종들은 붉은 쟁반 위에 놓인 장온의 머리를 들고 와서는 동탁에게 바쳤다. 동탁은 놀란 관리들이 혼비백산하여 정신을 못 차리는 모습을 보고는 능글맞게 떠들었다.

"놀랄 것 없네! 글쎄 이놈이 원술과 짜고는 나를 해치려 하지 않았겠나! 그래서 어쩔 수 없이 내가 먼저 손을 봤네."

관리들은 그저 겁에 질려 침묵을 지켰다.

사도 왕윤은 연회가 끝나고 돌아와 자리에 누웠으나 잠이 올 리 만무했다. 왕윤은 동탁이 저지르는 짓거리를 보고만 있어야 하는 것이 한심했다.

'아, 세상이 이토록 무심하단 말인가?'

야심한 밤에 홀로 뜰에 나와 하늘을 바라보니 저절로 눈물이 흘렀다. 문득 여인의 긴 한숨 소리가 들렸다. 왕윤이 놀라 돌아보니 초선이 그를 바라보며 길게 탄식하고 있었다. 초선은 노래 부르는 기녀로 왕윤이 수양딸로 삼아 데리고 있었다.

"너는 어찌하여 늦은 밤에 혼자 나와 한숨을 쉬고 있느냐?"

초선이 고운 자태로 답하였다.

"소첩은 어르신의 근심을 조금이나마 나누고 싶습니다. 그리하여 키워 주신 은혜를 갚고 싶사오니 부디 기회를 주십시오."

이 말을 들은 순간 왕윤의 머리에 섬광처럼 스치는 생각이 있었다. 왕윤은 초선의 손을 잡으며 정색을 지었다.

"초선아! 나라의 운명이 네 손에 달려 있다."

동탁을 제거할 묘책이 떠오른 왕윤은 날을 잡아 여포를 연회에 초대했다. 그리고 초선을 불러 여포의 옆에서 시중을 들게 했다.

'오! 아름답구나.'

여포는 초선의 눈부시게 요염하고 아름다운 자태에 넋을 잃고는 눈을 떼지 못했다. 게다가 초선이 작정하고 여포에게 추파를 던지며 몸을 기대 오니 여포는 황홀하고 정신이 어지러워 자리에 앉아 있지 못할 지경이었다. 왕윤은 일이 계획대로 진행되는 것을 보고는 회심의 미소를 지었다. 왕윤은 틈을 엿보아 여포에게 운을 뗐다.

"초선이 비록 부족한 점이 많으나 어여삐 여기신다면 첩으로 맞으심이 어떻지요?"

여포는 이것이 꿈인가 생신가 싶었다. 뛸 듯이 기뻐하며 왕윤에게 코가 땅에 닿도록 세 번이나 절을 하고 돌아갔다.

왕윤은 다음 날에는 동탁을 청하여 연회를 베풀었다. 역시 연회 석상에 초선을 불러 노래와 춤을 추게 하여 흥을 돋우게 했다.

"이런 미인을 숨기고 있었다니?"

동탁은 아름다운 초선의 하늘하늘 춤을 추는 자태와 빼어난 노랫소리에 완전히 넋이 나가 색심이 발동을 했다. 왕윤은 이번에도 계획대로 일이 착착 진행되어 감을 눈치챘다. 그는 동탁에게도 조용히 속삭였다.

"비록 미천하고 모자라나 초선을 첩으로 거두어 보살펴주심이 어떨지요?"

동탁은 흥분과 기쁨을 감추지 못하며 왕윤에게 고맙다는 말을 되풀이했다. 왕윤은 사람을 시켜 초선을 동탁과 함께 궁으로 가게 했다.

동탁을 모시게 된 초선이 온갖 교태와 아양을 부리며 동탁의 비위를 맞춰주니 동탁은 초선에게 살살 녹아들었다. 그런 초선이 여포와 눈만 마주치면 양 미간을 근심이 가득한 듯 찡그리고 눈에는 이슬이 맺혔다.

'으으, 괴롭구나.'

이것이 여포의 눈에는 초선의 마음이 자신에게 있으나 억지로 동탁의 곁에 있는 듯 보였다. 여포는 초선을 빼앗긴 분노를 못 이겨 당장 동탁과 한바탕 전쟁을 치르고라도 초선을 차지하고 싶었지만 우선 참을 수밖에 없었다.

드디어 여포는 기회를 엿보아 봉의정鳳儀亭에서 초선을 만났다. 두 사람은 모처럼 애틋한 정을 서로에게 호소하였다.

"거기서 뭣들 하는 것이냐?"

난데없이 벼락 치듯 진동하는 노성을 지르며 동탁이 나타났다.

"진정 네놈이 날 무시하는 것이냐?"

동탁은 여포가 애첩 초선을 희롱하는 것을 보자 눈이 뒤집혀 당장 창을 빼들고 여포에게 겨누었다.

"왜들 이러십니까?"

이유의 지혜로운 만류로 극한 상황은 면했지만 동탁과 여포의 사이는 이로써 돌이킬 수 없이 금이 가고 있었다.

동탁이 여포에 대한 화를 풀지 못하자 모사꾼 이유가 조용히 설명했다.

"한낱 계집 때문에 명장이자 심복인 여포를 내치시겠습니까? 크게 생각하시고 마음을 넓게 가지십시오."

동탁은 그 말에 일리가 있다고 여기고는 오히려 초선을 여포에게 양보할 마음까지 먹게 되었다. 초선이 이를 알아채고 동탁의 마음을 돌리기 위한 연극을 꾸몄다. 그녀는 칼을 뽑아 자신의 목에 겨누고는 눈물을 흘리며 동탁에게 선포했다.

"죽어도 태사太師님 곁을 떠날 수 없습니다. 여포에게 가느니 차라리 소첩의 손으로 이 천한 목숨을 끊겠습니다."

동탁은 황급히 초선을 말리며 다시는 여포에게 보내겠다는 말은 입에 담지 않겠다고 거듭 맹세했다.

여포는 이제 초선을 빼앗겨 영영 가질 수 없게 되었다고 생각하니 미칠 것 같았다.

'초선! 아아 초선.'

자나 깨나 앉으나 서나 초선의 모습이 눈에 밟혀 병이 날 것 같았다. 초선의 미색을 이용해 여포와 동탁을 이간질시키기로 작정한 왕윤은 자극적인 말로 여포를 더욱 부추겼다. 왕윤의 책략에 말려든 여포는 왕윤과 손을 잡고 동탁을 제거할 음모를 꾸미기 시작했다.

왕윤과 여포는 머리를 맞대고 아무도 모르게 일을 진행시켰다. 이들은 도위都尉 이숙을 보내 동탁에게 한조漢朝 천자께서 조서를 내려 천자 자리를 물려주고자 하니 서둘러 입궁하라는 명을 전하게 했다.

"드디어 때가 왔구나."

동탁은 왕윤이 이미 명을 내려 수선대受禪臺까지 만들게 했다는 얘기를 듣고는 이숙과 함께 일각의 지체도 없이 수도로 들어갔다. 물론 이것은 왕윤이 동탁을 죽이고 왕조를 구하고자 꾸민 일이었다.

왕윤은 일찌감치 궁 안에 숨어 있었다. 동탁의 마차가 도착하자 매복해 있던 왕윤의 사병들이 동탁에게 창을 빼들고 찌르며 공격해 왔다. 그러나 동탁은 옷 속에 철갑 옷을 입고 있어 아무리 창으로 찔러도 죽일 수가 없었다. 위험을 감지한 동탁이 소리를 질렀다.

"여포는 어디 있느냐? 어서 나와 나를 구하라!"

"소자 여기 있사옵니다."

여포가 대답하며 동탁의 앞에 나타나자 동탁은 순간 안도했다. 그러나 여포는 동탁을 살리기는커녕 창으로 그의 목을 깊숙이 찔렀고 이숙은 이 틈을 놓치지 않고 동탁의 목을 베었다.

왕윤은 동탁의 시체를 저잣거리에 팽개쳐 놓으라 명했다. 그런데 시중侍中 채옹蔡邕이 자신의 재능을 알아주고 지우知遇한 동탁의 은혜를 잊지 못해 동탁의 시체 앞에서 대성통곡을 하며 그의 죽음을 애도했다.

"어처구니없는 놈이로구나."

왕윤은 채옹을 잡아들여 극형에 처하려고 했다. 모두가 채옹은 세상에 널리 알려진 귀한 인재이니 살려 두어 한사漢史를 계속 쓰게 해야 한다고 왕윤을 만류했지만 왕윤은 채옹이 앞으로 한사를 기록하며 자신을 비방하는 내용을 쓸까 봐 두려웠다.

'살려 두면 후환이 될 놈이야.'

왕윤은 채옹을 옥에 가두었다가 결국 목을 졸라 죽이고 말았다. 왕윤은 꺼림칙한 자들은 깡그리 몰살시켰다. 옛날 동탁의 부장인 이각李催, 곽사郭汜, 장제張濟, 번주樊稠도 왕윤이 자신들을 헤치려 하자 용서를 빌며 사면을 청했다가 거절당하였다. 이에 넷이 당을 지어 군사를 일으켜 수도로 쳐 올라갔다.

"아무래도 몸을 피해야겠습니다."

여포도 이를 당해내지 못하고 왕윤에게 함께 도망칠 것을 권하였으나 왕윤은 이를 일언지하에 거절했다. 여포는 어쩔 수 없이 원술을 찾아가 투항했다.

곽사와 이각은 병사들을 끌고 황궁을 에워싼 뒤 난동을 부리다가 황제인 헌제獻帝가 선평문宣平門에 올라 모습을 나타내자 마침내 소란을 멈추었다. 곽사는 헌제에게 왕윤을 넘겨주면 군사를 돌려 돌아가겠다고 했다. 헌제는 선뜻 왕윤을 내줄 만큼 마음이 모질지 못했다.

"내가 나가마."

왕윤은 황제를 지키기 위해 스스로 누각에서 뛰어내렸다. 곽사와 이각은 왕윤을 칼로 사정없이 난도질하여 죽였다. 이때부터 조정의 대권은 곽사와 이각 두 사람에게 넘어가게 되었다. 실세를 장악한 곽사 패거리들도 마찬가지로 거리낌 없이 잔혹하게 조정을 휘젓고 다녔다.

서량 태수 마등馬騰과 병주幷州 태수 한수韓遂는 군사를 일으켜 왕실을 구하기로 했다. 이제 갓 열일곱인 마등의 아들 마초馬超는 어린 나이에도 총명하고 용감하기가 범상치 않았다. 적진을 헤치고 들어가 장군들을 연이어 쓰러뜨리며 돌진하였다. 마침내는 군사들을 이끌고 장안으로 들어갔으나 후에 군량과 말먹이가 부족하여 어쩔 수 없이 후퇴하기에 이르렀다. 곽사의 무리들은 이때를 놓치지 않고 끝까지 추격해 들어가니 서량의 군대는 크게 패하여 돌아갔다.

한편 산동山東의 조조는 황건적들을 토벌한 공로로 명망이 온 천하에 드높아져 있었다. 조정에서는 그를 진동鎭東장군으로 봉했다. 조조는 조금씩 자신의 뜻과 야망을 펼칠 준비를 해 나갔다. 그러기 위해선 무엇보다 기반 세력을 굳혀야 했다. 조조가 같이 일할 인재를 모집한다고 하자 널리 알려진 모사인 순욱荀彧, 순유荀攸까지도 그에게 달려왔다. 순식간에 장안에 알려진 유능한 문인과 무장들이 조조의 수하로 구름 떼처럼 몰려들었다.

배신자 여포의 용맹

점차 기틀을 잡아가던 조조는 아버지와 가족들 생각이 간절해졌다. 그는 사람을 진류陳留로 보내 가족들을 데려오게 했다. 조조의 가족 일행은 도중에 서주徐州를 지나다가 그곳에서 태수 도겸陶謙의 호의로 융숭한 대접을 받으며 잠시 머물게 되었다. 그러나 도겸 수하의 못된 놈이 재물을 몹시 탐내 조조의 가족을 몰살시키고 재물을 훔쳐 달아나고 말았다.

"이것들을 모조리 씨를 말려주마!"

가족을 잃은 조조는 노기와 살기가 충천하여 대군을 이끌고 서주로 향했다. 조조는 가족의 원수를 갚겠다며 서주 사람은 보이는 대로 다 쓸어 죽이며 백성들까지도 마구잡이로 살육하기 시작했다.

동군종사東郡從事 진궁은 도겸과 교분交分의 정이 매우 각별했다. 진궁은 조조가 도겸에게 원한을 품고 서주의 양민들을 마구 학살하고 있다는 소식을 듣고 조조에게 달려갔다.

"그만 군사를 거두어 더 이상 무고한 백성에게 죄를 짓지 마십시오."

그렇지만 조조는 진궁의 충고를 받아들이지 않았을 뿐 아니라 옛날에 여백사의 일가족을 몰살하자 자신을 나무라고 떠난 일을 질책했다.

"그대는 날 배신하고 떠난 적이 있거늘 이제 또 그와 같은 소리로 날 자극하는가?"

진궁은 자신의 권유가 아무 소용없게 되자 도겸을 다시 볼 낯이 없어, 진류의 장막張邈을 찾아갔다. 상황이 악화되자 도겸은 스스로 결박을 짓고 조조에게 항복하여 난리를 수습하겠노라고 밝혔다.

"아니 됩니다."

부하 미축糜竺이 반대하고 나섰다. 미축은 서신을 가지고 북해北海 태수 공융孔融을 찾아가 지원을 요청하겠다고 했다.

"그대의 뜻대로 해보게."

도겸은 공융의 말을 따라 서신을 써주며 북해로 보내고 편지 한 통을 더 써서 청주로 가서도 구원을 요청하게 했다. 마침 공융은 황건적의 기습을 받아 포위되고 말았다. 공융은 이 난관을 헤칠 방법을 생각하다가 유비에게 도움을 청하자는 생각이 떠올라 사자를 보내 유비에게 구원병을 청했다.

"우리를 기억하고 있었다니!"

유비는 공융이 세상에 유비의 존재가 있음을 알아준다는 사실에 감동반아 아우 둘과 정예부대 3천을 이끌고 북해로 가서 공융을 구하기로 했다.

유비는 관우, 장비 그리고 3천 병마와 함께 북해로 가서 공융을 도왔다. 황건적은 세 영웅과 그 부대에게 몰려 패색이 짙어 갔다. 관우가 황건적의 수령 관해管亥의 목을 베자 황건적의 포위는 순식간에 와해되어 유비의 구원병이 대승을 거두었다. 공융이 한 번 더 도움을 청하며 서주로 가서 조조를 막아 달라고 하자 유비는 이 또한 받아들였다.

"그렇게 하지요."

유비는 서주로 향하기 전 공손찬에게 가서 병사 2천과 장군 조자룡을 구원병으로 지원받았다. 야심한 밤을 타 서둘러 서주에 도착한 유비는 장비와 함께 도겸을 만났다.

"이리 달려와 주어 감사하오."

"조조가 이토록 무례하니 우리 형제들은 성심을 다하여 도겸 태수님을 도우리다."

그들은 어떻게 조조를 대적할 것인가를 논의했다. 그러던 중 군사를 일으켜 싸우기 전에 먼저 유비가 조조에게 휴전을 권하는 글을 띄워 조조를 진정시켜 보자는 의견이 나오자 모두 찬성하며 그리하자고 했다.

"싸우지 않고 물리치는 것이 최선이다."

이 무렵 조조에게 급보가 날아들었다. 조조가 부친의 죽음을 설욕한다고 복수에 눈이 뒤집힌 틈을 타 여포가 연주兗州와 복양濮陽을 공격하여 점령했다는 소식이었다.

"이럴 수가?"

조조는 마음이 조급해져 그대로 있을 수가 없었다. 조조는 옛정을 생각해 유비의 휴전을 받아들이는 척하고는 황급히 군사를 철수하여 연주로 향했다.

조조가 서주에서 물러가자 도겸은 유비에게 태수의 자리를 이양하여 계속 서주를 지켜 달라고 요청했다.

"아닙니다. 그건 도리가 아니지요."

유비는 강경히 거절하며 태수 자리를 받지 않으려 했다. 유비의 태도가 완강하여 좀처럼 허락지 않으니 도겸은 할 수 없이 유비에게 소패小沛라는 작은 지방에 잠시 머물며 서주를 지켜 줄 것을 간곡히 청했다.

"태수님의 뜻이 정 그러하다면 알겠습니다."

유비는 도겸의 진심을 뿌리칠 수 없어 잠시 소패에 머물기로 했다.

조조는 군대를 이끌고 복양으로 돌아가 진을 쳤다. 여포는 5만 명의 병마를 이끌고 포진해 있었다. 여포와 조조는 서로 마주하고 접전을 벌였으나 조조 진영의 장군 하후돈夏侯惇과 악진樂進은 모두 여포의 상대가 되지 못했다. 조조의 군대는 여포에게 크게 패하여 30리 밖으로 쫓겨 가서야 겨우 진영을 다듬었다.

"여포란 놈이 맹장은 맹장이로다."

조조는 다시 여포를 공격할 준비를 하여 밤에 여포의 군대를 기습하기로 마음먹었다. 밤이 깊어 오자 조조는 군대를 이끌고 여포의 서쪽 진영을 공격했다. 기대와 달리 뜻밖에도 여포는 미리 만반의 준비를 해 두고 있었다. 조조는 또다시 참패하여 여포에게 쫓기게 되었다.

"이번에야말로 조조를 죽일 수 있으리라."

여포가 승세를 몰아 집요하게 쫓아오니 조조는 당황하여 어찌할 바를 몰랐다. 다행히 하후돈이 군사를 끌고 도우러 왔다. 천운은 조조의 편이었다. 갑자기 먹구름이 몰려오며 때 아닌 폭우가 쏟아져 눈을 뜰 수가 없을 정도였다.

"빌어먹을, 조조 놈의 명이 참으로 길구나."

여포는 부아통이 터지는 걸 간신히 참고 할 수 없이 말 머리를 돌렸다.

조조와 여포는 서로 팽팽히 맞서며 한 치도 물러서지 않았다. 진궁은 조조가 승리에 조급해하고 있음을 알고는 여포를 위해 계략을 꾸며 주었다. 진궁은 여포에게 복양에 사는 전田 모某라는 거부巨富를 이용해 조조의 귀에 헛소문이 들어가게 하자고 했다.

"좋소."

이렇게 해서 전 모라는 거부는 여포가 성을 비우고 없으니 조조가 치고 들어와 승리할 수 있는 절호의 기회라는 말이 퍼지도록 했다.

"기회를 놓치는 것은 어리석은 일이지."

조조는 이 소문을 듣고는 당장 성을 칠 채비를 갖추었다. 조조는 속임수가 있으리라고는 꿈에도 생각지 못했고 그저 다시없는 기회라고 여기며 군대를 몰고 성 안으로 들어갔다. 성을 비웠다던 여포는 멀쩡히 성 안에서 군사를 지휘하고 있었다.

"기다리고 있었다."

여포는 말을 달려 정면으로 조조에게 다가왔다.

"이크."

여포를 알아본 조조가 손으로 얼굴을 가리고 도망치려 하는데 여포가 쫓아와 조조의 투구를 창으로 두드리며 물었다.

"조조는 어디 있느냐?"

조조는 한 손으로 얼굴을 가리고 다른 한 손으로 엉뚱한 방향을 가리켰다. 여포는 그 방향으로 말을 돌려 달려갔고 조조는 타고난 기지로 한 차례 목숨을 건져 도망쳤다. 아슬아슬하게 성을 나와 진영으로 돌아온 조조가 고개를 젖히며 크게 웃어댔다.

"그깟 필부의 계략에 나를 빠뜨리다니! 내가 반드시 갚아주리라!"

조조는 득달같이 여포에게 보복할 계략을 짜냈다. 그는 부하들을 시켜 자신이 죽었다고 거짓 소문을 퍼뜨리게 한 뒤 군영 안에서 소복을 입고 장례를 치르도록 했다. 여포는 과연 조조의 계략에 빠져 이때다 하고 적진을 기습했고, 여포의 군대는 매복해 있던 조조의 병사들에게 대패당해 쫓겨 돌아갔다.

그러던 중 느닷없이 병충해가 돌아 농작물에 큰 피해를 입었다. 이로 인해 양쪽 군대 모두 군량이 모자라게 되었다.

이때 서주 태수 도겸은 병세가 위독해져 죽음을 눈앞에 두고 있었다. 그는 재삼 유비에게 간절히 부탁했다.

"내 이 세상에서 마지막 부탁이오. 부디 태수 자리를 받아 서주를 다스려주시오."

유비는 마지막까지 고개를 저어 사양했다.

"태수님의 자제분들이 계시건만 어찌 그 자리를 제가 받는단 말입니까? 옳지 못한 일입니다."

유비는 완강하게 태수 자리를 마다했다. 얼마 지나지 않아 도겸이 세상을 떠나자 서주 백성들은 유비에게 몰려와 읍하며 자신들의 태수가 되어 서주를 지켜줄 것을 간곡히 청하였다. 관우와 장비도 극구 권하였다.

"형님, 백성들의 마음은 하늘의 마음이라 하였습니다. 이제 그만 받아들이시지요."

장비는 유비가 하도 답답하게 굴자 성질까지 내었다.

"그놈의 의리, 그 망할 놈의 예의!"

유비는 마침내 수락하여 서주목이 되었다. 유비가 서주 태수의 자리를 이어 받았다는 소식이 전해지자 조조는 더욱 분기탱천하여 이를 갈았다.

"유비 놈이 앉아서 거저 서주를 손에 넣었다 이 말이렷다. 당장 군사를 몰고 가 유비를 죽이고 부친의 원수를 갚아야겠다."

모사 순욱이 그런 조조를 만류했다.

"이미 서주 백성들이 유현덕에게 복종했으니 서주를 치면 그들이 결사적으로 막으려 할 것입니다. 차라리 영천 등에 남아 있는 황건적 잔당을 소탕하고 양식을 취해 군량을 버는 것이 양책良策이 아닐까 싶습니다."

조조는 이를 수긍하고 받아들여 황건적을 토벌하러 갔다. 그 와중에 조조는 갈파葛陂에서 계략을 써서 허저許褚라는 장사를 얻었다. 조조는 힘이 천하장사에 싸움에 능한 허저를 도위에 봉했다.

조조는 얼마 지나지 않아 연주와 복양을 수복했다. 여포는 완전히 조조의 올가미 속에 놓이게 되자, 진궁의 말을 따라 유비에게 가서 투항했다. 관우와 장비는 유비에게 직언하며 만류했다.

"여포는 정원과 동탁을 모두 배신한 자입니다. 절개와 충의가 부족하니 받아들이면 큰 화가 될 것입니다."

유비는 사람됨이 관대하고 후덕하여 차마 여포를 내칠 수 없었기에, 여포를 소패에서 잠시 머무르게 했다.

"나를 찾아온 손님을 부당하게 내몰 수는 없는 일이다."

장비의 술버릇

조조는 황건적을 소탕하여 산동을 평정했다. 조정에서는 그를 건덕
建德장군에 봉했다. 이때까지 곽사와 이각이 여전히 조정을 장악하고
있었고, 황제인 헌제가 이들 때문에 받는 고통은 말할 수 없었다. 태위
太尉 양표楊彪가 헌제에게 은밀히 간하였다.

"곽사의 처가 투기가 심하니 이간질을 시켜 서로를 죽이게 하면 되
지 않겠습니까?"

"태위께서 손을 써 보세요."

헌제는 양표에게 기회를 엿보아 일을 진행시키도록 했다.

양표의 아내는 곽사의 처에게 곽사가 이각의 처와 불륜한 관계를
맺고 있다고 은밀히 일러주었다. 이를 곧이들은 곽사의 처는 질투와
분노로 몸을 가누지 못하였다.

'이것들이 짐승이나 하는 짓거리를 해?'

그녀는 남편에게 보복하기 위해 일을 꾸몄다. 이각이 곽사에게 보내온 음식에 몰래 독을 넣고는 곽사가 보는 앞에서 개에게 던져주었다. 개가 음식을 먹고 죽자 곽사는 이각에게 의심을 품게 되었다.

"절대 믿어서는 안 됩니다."

게다가 하루는 곽사가 이각의 집에서 열린 연회에 갔다 돌아와서 복통을 일으키니 곽사의 아내는 이각이 고의로 연회 음식에 독을 넣었다고 길길이 뛰었다. 이때부터 곽사와 이각의 관계는 점차 벌어지기 시작했다.

얼마 안 되어 곽사와 이각은 서로 반목하며 철천지원수지간이 되었고 마침내는 장안성 밖에서 군사들을 동원하여 쉴 새 없이 난투극을 벌이는 지경에 이르렀다.

"황실을 우선 장악하라!"

"절대 밀려서는 안 된다. 고관들을 인질로 삼아라."

이각이 주도권을 잡기 위해 황제와 비를 자신의 진영으로 데려가자 곽사는 60여 명의 고관들을 볼모로 삼아 자신의 진영에 붙들어 두었다.

곽사와 이각의 둔병들은 성 밖에서 날이면 날마다 서로 싸우고 죽이기를 그칠 줄 몰랐다. 그러기를 60여 일, 이각 수하의 부장 양봉楊奉은 이각에 대해 불만을 품게 되었다.

'이대로 있을 수는 없다.'

양봉은 이각을 죽이고 천자를 구하려고 계획했으나 비밀이 새 나가고 말았다.

"네놈의 목을 베리라."

이각은 병사를 이끌고 양봉을 죽이러 갔다. 양봉은 병력이 모자라 이각을 상대할 수 없었기에 군사들을 데리고 서안西安으로 도주했다.

장제는 이각과 곽사를 화해시키고 난리를 수습하기 위해 섬서陝西에서 대군을 통솔하고 있었다. 그는 어느 한편이라도 화해에 반대하면 즉각 그편을 공격하여 몰살시키겠다고 했다.

"받아들이지 않을 수가 없구나."

"자칫하다간 끝장을 당하고 말겠어."

이각과 곽사가 하는 수 없이 휴전하고 화해를 하자, 장제는 천자에게 표를 올려 홍농弘農으로 행차하시라 청하였다. 곽사는 대관들을 풀어주어 황제와 동행하게 했을 뿐 아니라 병사들도 파견하여 황제를 동도東都로 모시고 가게 했다. 황제의 마차가 패릉覇陵에 이르렀을 무렵 약속을 깨뜨린 곽사가 군사를 몰고 와서는 황제를 탈취해 데려가려 했다.

다행히 이를 눈치챈 양봉이 서황徐晃에게서 구원병을 이끌고 황제를 구하러 왔다. 여기에 천자의 외척인 동승董承도 병력을 끌고 와 가세하니 곽사도 감히 황제를 어쩌지 못했다. 그들은 힘을 합쳐 황제를 보위하여 무사히 황하黃河를 건넌 뒤 우마차를 타고 대양大陽과 안읍安邑을 지나 마침내 낙양에 도착했다.

이 무렵 재해로 인해 나라 전체에 든 흉작으로 먹을 것이 변변치 않았다. 황제와 황비는 연뿌리나 고구마로 끼니를 때우고 초가집에 기거해야 했다.

낙양의 황궁은 모두 불에 타 없어졌고 거리는 황량하고 을씨년스럽기 짝이 없었다. 겨우 수백 명의 백성들만이 남아 낙양을 지키고 있었다.

'아, 비참하기 짝이 없구나.'

황제는 끼니를 제대로 때울 양식도 없고 기거할 집도 제대로 없는 신세였다. 엎친 데 덮친 격으로 곽사와 이각이 또 황제가 있는 곳으로 몰려와 난동을 부리니 황제 일행은 어쩔 수 없이 조조에게 몸을 의탁하러 산동으로 떠나야 했다.

조조는 비밀스레 내려온 조서를 받들어 병마를 이끌고 낙양으로 가 황제를 알현하였다.

"낙양은 앞서 모든 것이 불타 폐하께서 기거하시기도 마땅찮으니 응당 황궁을 옮겨야 합니다. 허도許都가 재정이 풍족하고 양식이 넉넉하여 백성들이 살기에도 부족함이 없으니 허도를 수도로 삼음이 좋을 줄로 아뢰옵니다."

조조가 황제에게 권하자 황제도 이를 윤허하였다.

"그대의 뜻에 따르리다."

조조는 수레를 호위하여 허도로 갔다.

조조는 모사를 불러 유비와 여포를 공격해 원수 갚을 일을 논의했다. 순욱은 '호랑이 두 마리를 싸움 붙여 서로 잡아먹게 하는' 계책을 내놓았다. 내용인즉, 유비를 관직에 봉하면서 그에게 조서를 내려 여포를 죽이라는 명을 내리자는 계략이었다.

"그것 참으로 훌륭한 계략이다."

이야말로 조조가 직접 나서 싸울 필요조차 없이 편안하게 원한을 씻는 묘책이 아닐 수 없었다. 조조는 그 계략을 몹시 마음에 들어 하며 실행하기로 했다. 관직에 봉하는 동시에 여포를 죽이라는 밀서를 받은 유비는 난감하기 짝이 없었다.

"일을 어찌하면 좋소?"

그는 뭇 사람들을 불러 이 일을 터놓으며 상의했다. 조심성 없는 장비는 여포에게 유비가 밀서를 받은 일을 발설하였고, 유비는 이왕 이렇게 된 바에는 여포에게 모든 것을 알리는 편이 낫다고 여겨 여포에게 밀서를 보여주었다. 그리고는 여포에게 다짐했다.

"절대 이처럼 의에 어긋나는 일은 하지 않을 테니 안심하고 계시오."

여포는 그의 진심에 감동받아 거듭 감사를 표했다.

조조는 계략이 물거품으로 돌아가자 또 다른 계략을 꾸몄다. 이번에는 '호랑이를 몰아 이리를 삼키기'였다. 이 계략인즉 유비가 황제에게 표를 올려 남군南郡을 차지하게 해 달라 했다고 원술에게 은밀히 일러주고, 후에 유비에게 칙서를 내려 원술을 치게 만드는 것이었다.

'그 둘이 충돌하면 빈틈이 생기리라.'

유비와 원술 양편이 싸우게 만들면 여포는 틀림없이 딴마음을 먹을 것이고, 유비는 처음부터 끝까지 함정에 빠져 앞뒤 재볼 틈이 없어지거나 하나를 생각하다 다른 하나를 놓치는 형국이 될 것이니 참으로 묘안이었다.

유비는 명을 받고 이것도 조조가 꾸민 간교임이 분명하다고 느꼈다. 그렇다고 감히 어명을 거역할 수도 없는 노릇이었다. 장비는 유비에게 장담했다.

"형님은 다른 걱정 말고 다녀오시오. 성은 이 아우가 책임지고 지키겠수다!"

하지만 유비는 장비의 술버릇이 사뭇 걱정되었다. 장비는 절대 술을 마셔서 일을 그르치지 않겠다고 굳게 약속했으나 유비가 성을 나서자마자 언제 무슨 말을 했냐는 듯 관원들을 모아 놓고 술을 퍼마시기 시작했다.

술버릇이 고약한 장비는 별다른 이유 없이 트집을 잡아 조조의 아들 조표曺豹를 때리며 괴롭혔다. 만취하여 난동을 부리던 장비가 마침내 깊은 잠에 빠져 깨어날 줄 모르게 되자 장비에게 앙심을 품은 조표는 여포에게 연락을 취해 그를 성 안으로 끌어들였다. 여포는 간단히 서주를 점령했다.

원술은 기회를 놓치지 않고 여포와 결탁하여 유비를 협공했다. 불행 중 다행으로 유비는 그 사이를 빠져나와 도망칠 수 있었으나 성을 빼앗기고 군사도 잃게 되었다. 그러나 유비가 갖고 있는 군자의 성품과 인덕 때문에 의리 없는 여포조차도 그를 완전히 저버릴 수는 없었다.

"내 은혜를 입었으니 마지막까지 궁지로 몰아세우지는 않으리다.

소패로 가시오."

유비는 여포의 청을 받아들여 소패에 머물기로 했다.

다시 손책의 이야기를 해 보면, 그는 원술 수하에서 여러 차례 큰 공을 세웠으나 그다지 인정받지 못하였다. 손책은 점차 불만이 누적되어 이대로 있을 수 없다는 생각이 들었다. 결단을 내린 그는 부친 손견이 남겨준 옥새를 원술에게 저당잡히고는 군사 3천을 빌렸다. 그는 주유周瑜 등 군사들을 이끌고 강동으로 가 원하던 업을 쌓기 시작했다. 얼마 지나지 않아 손책의 군사들은 수없이 많은 성을 점령하여 이름을 떨치게 되었고, 어느 정도 기반이 잡히자 손책은 원술에게 사람을 보내 옥새를 돌려 달라고 요구했다.

당연히 원술은 옥새를 돌려주지 않으려 할 뿐 아니라 오히려 손책이 군사를 일으킨 일을 문책하려 들었다. 그러자 옆에 있던 원술의 모사가 둘의 이해관계를 조목조목 분석해주며 다른 결정을 내리기를 간했다. 그리하여 원술은 손책에게 유비를 칠 것을 명하고, 한편으로는 여포에게 선물을 보내 여포가 유비 편에 서서 동조하는 것을 막으려고 했다.

'이것은 결국 날 잡으려는 속셈이다.'

여포는 곰곰이 계산을 따져 보고는 유비를 지원하고 원술의 진정책을 거절하기로 했다. 입술이 없으면 이가 시린 법이었다. 여포는 어떻게 처세할지 명답을 얻었다.

그는 원술의 대군이 도착하자 양편의 대장인 기령紀靈과 유비를 진

안으로 청한 뒤 연회를 베풀어 화해를 권하였다. 기령이 완강히 거절
하자 여포가 다른 제안을 했다.

"기령 장군께서 이토록 완강하시니 이렇게 합시다. 원문轅門 밖에
창을 꽂아 놓고 소인이 활을 쏘겠습니다. 창끝을 명중시키면 화해를
하시고 빗나가면 원하시는 대로 전쟁을 하시지요. 어떻습니까?"

기령은 여포가 원문 밖의 창끝을 명중시키는 것은 불가능하다 생각
되어 쾌히 찬성하였다.

"좋소."

그런데 기령의 예상과 달리 여포가 창을 한 번에 명중시키자 기령
은 어쩔 수 없이 유비와의 화해에 응해야 했다.

원술은 여포가 수를 써서 일이 틀어지자 분하여 견딜 수 없었다.

'관계가 소원한 사람이 친한 관계를 이간질할 수는 없다.'

원술은 계교를 꾸미며 여포에게 사돈을 맺고 싶다는 뜻을 전하였다.
여포가 원술의 제안을 흔쾌히 받아들여 여포의 딸을 원술 쪽에 보내
는 날이 되었다. 이 소식을 알게 된 진등陳登의 부친 진규陳珪는 이날
병든 몸을 이끌고 여포에게 와 입을 열었다.

"장군이 죽을 때가 다 된 듯하여 미리 조문을 좀 왔습니다."

여포는 그제야 원술의 계략을 눈치채고 급히 사람을 보내 딸을 도
로 데려오게 했다.

장비는 자신의 술버릇이 화가 되어 여포에게 성과 군사를 빼앗긴
일이 두고두고 분하였다. 성미가 거칠고 경솔한 면이 있는 장비는 마

침내 도적으로 변장하여 여포의 마필을 빼앗았다.

"당장 나오너라!"

여포는 이에 노기가 충천하여 군사를 끌고 유비를 찾아와 장비가 자신의 마필을 빼앗은 사실을 문책했다.

'아! 더 이상 여기서 머무르기에는 불가능하다.'

유비는 소패도 오래 머물 곳이 못됨을 알고는 병사들을 이끌고 허도의 조조에게로 갔다.

유비가 조조에게 의탁하러 오자 조조의 모사들은 의견이 분분했다. 모사들은 제각기 합당한 이유를 대며 혹자는 유비를 죽여야 한다고 했고 혹자는 유비와 손을 잡아야 한다고 했다. 양쪽 부하들의 의견을 곰곰이 듣던 조조가 대의를 분명히 했다.

"한 사람을 죽여 천하의 인심을 잃어선 안 된다."

조조는 유비를 받아들여 머물게 하기로 했다. 뿐만 아니라 유비에게 병력 3천과 양식 1만 곡을 하사하고 예주목에 봉하니 실로 상당한 예우였다.

"우리 손을 잡고 여포 놈을 제거합시다."

"그러지요."

유비와 조조는 함께 여포를 칠 것을 약속했다. 조조가 여포를 무찌르기 위해 만반의 준비를 갖추고 군사를 일으키려던 중 장제의 조카 장수張繡가 황제를 납치하려고 난을 일으켰다는 소식이 날아들었다.

"여포를 제거하는 일은 잠시 미뤄야겠습니다."

조조는 아쉽지만 여포를 칠 계획을 뒤로 하고 육수淯水로 가서 장수의 난을 평정했다. 장수는 조조와 대결하면서 자신의 힘과 세력은 조조의 발밑에도 미치지 못함을 알고 모사 가후賈詡의 진언을 받아들여 조조에게 투항했다.

"거둬주시면 충성을 다하겠습니다."

장수의 진영에는 천하절색의 미인이 있었는데 그녀가 조조의 마음을 사로잡고 말았다.

'이렇게 빼어난 미인이 있었다니!'

조조는 장제의 미망인에게 첫눈에 반해서 홀딱 빠져들었다. 조조는 그녀와 날마다 향연을 즐기며 도끼 자루 썩는 줄 몰랐다. 숙모를 빼앗긴 장수는 수치와 분노를 참지 못하고 밤을 타서 조조의 진영을 공격했다.

"조조를 죽여라."

쾌락에 도취되어 아무 경계를 하지 않았던 조조는 장수의 병사에게 쫓겨 말을 타고 육수 강변으로 달려가 겨우 목숨을 부지할 수 있었지만 장남과 조카 그리고 총애해 마지않던 장군 전위典韋를 잃고 말았다. 더구나 전위는 조조가 위기의 순간에 처하자 자신의 몸을 희생하여 조조를 구한 것이었다. 혼자 살아남은 조조는 손수 전위의 제사를 지내며 처절하게 통곡하며 울부짖었다.

"요절한 나의 아들과 조카야! 이제 나를 떠나버렸으니 너무나 애통하구나! 전위여! 난 이제 혼자 통곡하며 자네를 그리네!"

조조의 흐느낌은 멈출 줄 몰랐다. 후에도 조조는 육수를 지날 때면 전위를 생각하며 얼굴을 가리고 흐느껴 울었다. 그를 따르던 부하 장수들 역시 눈물을 흘렸다.

조조와 유비의 협공

원술은 회남淮南이 땅이 넓고 비옥하여 양식이 풍부한데다 자신이 옥새를 가지고 있다는 이유로 스스로를 황제라 칭하고 다녔다.

"옥새의 주인이 곧 황제이다."

그는 진짜 황제가 되기 위한 행동을 시작했다. 원술은 친히 칠로七路 대군을 이끌고 여포를 치러 갔다.

"여포를 굴복시켜 황제의 위상을 보여줄 것이다."

여포의 모사 진등은 여포를 위해 이간책을 내놓았다. 진등의 내부 이간책이 성공하여 원술의 군대는 분열이 일어났다. 거기다 관우의 무공까지 가세하여 여포의 군대가 몰아치니 원술의 군대는 대패하여 물러가야 했다. 조조는 원술이 여포에게 대패하여 기가 꺾인 틈을 놓치지 않았다.

"이번에 굴복시키겠다."

그는 전에 약속한 대로 유비, 손책과 손을 잡고는 원술을 토벌하러 갔다. 원술은 여포와의 패전에서 손실이 큰데다 천하의 영웅들이 연합하여 공격하러 오니 속수무책이었다. 원술은 그들의 위풍과 기세가 두려워 마주하여 싸우기는커녕 굳게 성문을 잠그고는 아예 상대조차 하려 들지 않았다.

'버티고 있으면 물러가겠지.'

원술은 그저 조조 연합군이 양식이 떨어져 돌아가기만을 기다릴 뿐이었다. 연합군은 함부로 공격에 나설 수가 없었다. 수비를 두텁게 하고 있는 성을 공략하기 위해서는 처절한 희생이 뒤따른다는 사실을 그들은 잘 알고 있었다.

원술의 무응대 작전이 맞아 떨어져 조조와 연합군 진영의 군량은 바닥이 나기 시작했다. 17만 조조의 대군은 양식과 말먹이가 떨어져 가자 동요하는 기미가 나타났다.

"아무래도 물러나야 할 듯싶다."

조조는 군대를 퇴각시키기로 결정했으나 병사들의 원망을 잠재우려면 희생양이 필요했다. 조조는 군량 창고지기 왕후王垕의 목을 베어 장대 끝에 꽂았다.

"창고지기 왕후가 군법을 어기고 감히 군량을 훔쳐 내니 참형에 처했다."

조조는 모든 군사들이 볼 수 있도록 방을 붙였다. 물론 조조는 군량이 모자람은 왕후의 탓이 아님을 명백히 알고 있었다. 후에 조조는 왕후의 처자에게 후한 보상을 해주었다.

건안建安 3년(198) 장수가 또 한 번 난을 일으키니 조조가 이를 진압하러 출정했다. 때는 바야흐로 벼가 한창 익어 가는 시기였다. 조조는 삼군三軍에게 엄히 명했다.

"벼를 밟아 백성에게 해를 끼치는 자는 참형에 처하겠다."

그런데 뜻밖에도 조조가 타고 있던 말이 놀라는 바람에 보리밭으로 뛰어 들어가 온통 휘저어 놓는 사태가 일어났다. 조조는 약속한 법규를 지킨다며 칼을 빼들고 자신의 목을 찌르려 했다.

"아앗, 왜 이러십니까?"

장군들이 크게 놀라 간곡히 말리니 조조는 자신의 머리털을 잘라 참수형을 대신했다. 조조가 스스로 벌하여 자른 머리털을 전시하여 삼군에게 보이니 모두 조조의 태도에 혀를 내두르며 군법을 목숨 걸고 지켰다.

조조의 군사들이 남양南陽을 포위한 뒤, 조조는 작전을 짜기 위해 사흘간 성곽을 맴돌며 형세를 살폈다. 이를 유심히 지켜보던 장수의 모사 가후는 조조의 계략을 알아차리고는 장수에게 일러주었다.

"조조는 성 동남편의 수비가 견고하지 못한 것을 파악하고 그곳으로 쳐들어오려고 합니다. 그러나 계략으로 계략을 이길 수 있습니다. 전혀 눈치채지 못하도록 몰래 동남쪽에 군사를 매복시켜 놓으시고 겉으로는 서북쪽의 방위에 힘쓰는 듯 가장하십시오."

장수는 탄복하며 이를 받아들였다.

"그대의 계책이 쓸 만하다."

결국 조조는 가후의 계략에 빠져들어 병사를 5만이나 잃고는 대패하여 도망치는 꼴이 되었다. 조조의 패군敗軍이 안중현安衆懸으로 도주해 달려왔을 때 조조는 문득 그곳의 기이한 산세와 험준한 길이 눈에 들어왔다.

'이곳에 매복을 하면 유리하겠다.'

조조는 장수와 유표의 군사가 그의 귀로를 끊을 것임을 알아챘다. 조조는 즉각 험한 길을 뚫어 통하게 하고 기마병을 매복시켜 장수와 유표의 군대를 유인했다. 조조의 계략에 넘어가 뒤통수를 맞은 이들 군대는 얼마 남지 않은 조조의 패잔병들에게 역전패를 당하였다.

이때 갑자기 조조에게 날아든 첩보가 있었으니, 원소가 조조가 없는 틈을 타 군사를 일으켜 허도로 쳐들어오려고 한다는 소식이었다.

"뭐라고? 어서 돌아가야겠다."

조조는 자신의 근거지인 허도를 잃고 싶지 않아 군사를 철수시켜 허도로 귀환하려 했다.

"이럴 때 우리가 공격을 감행해야 하지 않겠소?"

"아닙니다. 조조는 꾀가 많은 위인이라 후퇴를 하더라도 방비를 해 놨을 것입니다."

조조의 움직임을 알아차린 유표와 장수는 가후가 간곡히 말리는 것을 아랑곳하지 않고 군사를 몰아 조조를 추격했다. 결국 그들은 조조가 후방에 배치해 놓은 정예부대에 참패를 당하였다.

"이번에는 조조군을 공격하도록 하십시오."

가후는 돌아온 그들에게 이번에는 조조를 쫓아가 뒤를 치라고 권했다. 이미 후방 공격을 막아냈던 조조 군대의 후방 수비는 방심하고 있던 까닭에 허술하기 짝이 없었다. 가후의 계교로 장수와 유표는 대승을 거둘 수 있었다.

원소는 조조가 회군하여 돌아오자 작전을 바꾸어, 허도를 치는 대신 손책을 공격하기로 했다. 조조는 원소를 뒤쫓지 않았다. 모사의 계략에 따라 먼저 내부의 오랜 근심거리인 여포를 치기로 마음먹은 것이다.

조조는 유비에게 사신을 보내 여포를 제거할 전쟁을 준비하라고 명했다. 그러나 조조의 밀서 내용을 알게 된 여포가 한 발 앞서 병마를 이끌고 와 유비가 머물고 있는 소패를 포위했다.

"조조와 한통속이 되어 날 궁지에 몰아넣으려 하니 이제 더 이상 용서할 수 없다!"

유비는 여포가 선수를 치고 공격을 해오자 덜컥 겁이 났다.

"조조에게 원군을 요청해야겠다."

유비는 급히 사람을 보내 조조에게 상황의 절박함을 알리고는 도움을 청했다. 하지만 여포는 소패에서 30리 떨어진 곳에서 조조의 군대를 맞아 대승을 거두었다. 의기양양하게 말머리를 돌린 여포군이 승세를 몰아 소패를 치니 유비는 여포에게 당해낼 길이 없었다. 뜻밖에 부딪친 전쟁 통에서 유비는 여포의 군대에게 쫓겨 아슬아슬한 고비를 몇 번이나 넘겨야 했다.

"아, 나 홀로 달아나야 하다니. 신세가 비참해지는구나."

유비는 가족과 형제들의 안부를 확인할 새도 없이 간신히 단신으로 말에 올라 소패성을 도망쳐 나왔다. 도주 길에 성 밖에서 손건孫乾을 만난 유비는 손건과 함께 우선 조조를 찾아가 후일을 기약하기로 했다.

적은 내부에 있었다. 여포의 모사 진등, 진규 부자는 여포의 운과 능력이 다했음을 알고 조조와 은밀히 내통했다. 조조는 여포 진영의 약점과 기밀을 손쉽게 알아내어 서주와 소패를 공격했다. 이런 내막을 꿈에도 모르는 여포는 조조의 군대에 몰려 도망칠 수밖에 없었다.

"우선 도피하고 후일을 도모해야겠다."

서주와 소패를 빼앗긴 여포는 모사 진궁과 가솔들을 데리고 하비성으로 급히 몸을 피했다. 하비로 들어와 겨우 숨을 돌리는 것도 잠깐, 조조의 군대가 다시 하비로 쳐들어왔다. 진궁은 여포에게 조조를 물리칠 계략을 알려주었다. 그러나 진궁의 계략을 받아들여 출전 준비를 하는 여포의 발목을 잡는 이들이 있었으니 여포의 처첩들이었다.

"장군, 제발 저희들을 생각하여 위험을 감수하고 성을 나가지 마세요."

"혹시라도 변고를 당하시게 되면 저희들 역시 모조리 목을 매어 죽게 될 것입니다."

그녀들은 전장에서 여포를 잃는 것이 두려운 나머지 여포에게 매달리며 성문을 굳게 잠그고 들어앉아 처자를 돌볼 것을 눈물로 청했다. 여포는 이를 차마 뿌리칠 수 없어 진궁의 전략은 뒤로 한 채 주저앉고 말았다. 여포는 출전을 포기하고 처첩들과 함께 성안에 머물며 술로써 근심을 달래니 이를 보는 진궁은 속이 바싹바싹 타들어 갔다.

'아, 끝내 조조를 넘어서지 못하고 마는 것인가?'

여포에게서 적토마를 타고 전장을 누비던 야심찬 영웅호걸의 모습은 온데간데없었다. 진궁은 체념하여 한숨과 탄식만 내뱉을 수밖에 없었다.

'이러다간 종국에 우린 모두 당하고 만다.'

고민과 번뇌를 참기 힘들어 술에 의지하던 여포가 다행히 마음을 고쳐먹고 금주령을 내렸다. 그러다 하루는 여포 수하에서 많은 공덕을 쌓은 부장 후성侯成이 사소하게 금주령을 어겼다 하여 모진 태형을 당하는 일이 발생했다. 이를 본 장군과 병사들은 여포에게서 마음이 떠나기 시작했다.

"이럴 수가 있는 건가?"

"아무래도 조조에게 투항하는 것이 좋을 것 같다."

"조조는 인재들을 중히 여긴다고 했어."

후성과 송헌宋憲, 위속魏續은 같이 공모하여 여포를 배반하고 모반을 꾀하기로 했다. 먼저 후성은 여포의 적토마를 훔쳐 조조에게 바쳤다. 조조의 군사가 밀물처럼 밀려오자 여포는 혼비백산하여 이를 겨우 막아 냈다. 전투가 잠잠해졌을 때 여포는 성루의 의자에서 쉬다가 누적된 피로에 저도 모르게 깜빡 잠이 들었다. 이를 틈타 송헌은 여포의 손에서 창을 빼앗고 위속과 함께 여포를 의자에 꽁꽁 묶었다.

"이놈들이 날 배신하다니!"

여포는 길길이 날뛰었지만 조조의 병사들은 다시 없을 기회를 놓칠새라 성안으로 쏟아져 들어왔다. 여포와 진궁은 순식간에 조조의 군사에게 붙잡히게 되었다.

조조와 유비는 백문루白門樓에 올라 군사들이 포박해 온 여포와 그의 모사 진궁을 내려다보았다. 조조는 의롭고 영특한 진궁에게 미련과 옛정이 남아 있었다.

"난 추호도 두렵지 않으니 어서 죽이시오."

진궁과 조조가 공존할 수는 없는 상황인지라 조조는 아쉬움과 애통함을 무릅쓰고 진궁을 참형에 처했고 진궁은 떳떳이 죽음을 맞이했다. 여포는 죽음이 두려워 조조와 유비에게 온갖 말로 용서를 구하며 목숨을 구걸했으나 소용없었다.

"목을 베어라!"

야심에 눈이 멀어 배신을 밥 먹듯 했던 여포는 결국 처형당하여 그목은 성곽 높이 전시되었다.

여포의 수하에 있던 부장 장요張遼도 조조 앞으로 끌려 나왔다. 장요는 거리낌 없이 큰소리로 조조에게 욕을 퍼부었고 조조는 노기충천하여 칼을 뽑아 들고 당장 그를 죽이려 했다. 곁에 있던 유비가 그의 팔을 잡으며 만류하고 관우도 무릎을 꿇고 빌며 장요를 살려줄 것을 간청했다.

"그와 같은 기개의 장수는 쉽게 죽이는 것이 아닙니다. 장요에게 기회를 주십시오."

조조 역시 마음속으로 장요의 충의와 호기에 탄복하고 있었기에 이내 칼을 바닥에 내던지고는 손수 장요의 결박을 풀고 상좌로 청해 앉혔다. 장요도 이들의 의기에 감복하여 조조에게 투항했다.

조조는 뜻한 바를 이루고 군사를 거두어 허도로 돌아와, 유비와 함께 헌제를 알현했다.

"노고들이 많았소."

원래 유비의 인품과 덕망을 높이 샀던 헌제는 족보를 따져 보더니 자신의 아저씨뻘이 된다 하며 유비를 숙부로 모셨다.

"황공하옵니다."

이때부터 유비를 일컬어 황제의 숙부라는 의미로 유황숙劉皇叔이라 부르는 이가 많아졌다.

알 수 없는 유비의 속내

이로부터 얼마 뒤 조조는 내켜하지 않는 헌제를 억지로 청하여 사냥 길에 나섰다. 사슴을 본 헌제가 활을 세 번이나 쏘았으나 맞추지 못하자 활을 조조에게 빌려주며 말했다.

"경이 한번 저 사슴을 쏘아 보시오."

조조는 활을 받아 들더니 단번에 사슴을 명중시켰다. 군신들은 이를 헌제가 쏘아 맞춘 것으로 잘못 알고는 앞다투어 헌제 앞으로 몰려들어 하례를 올렸다.

"하핫, 그래그래."

조조가 감히 헌제를 막아서고 그 앞에서 태연스레 군신들의 하례를 받으니 관우는 분을 참지 못하고 조조를 향해 검을 빼들려 했다.

"저 작자가 폐하를 모독하다니!"

유비가 이를 보고 서둘러 저지하였다.

"아우님, 참으시게. 아직은 때가 아닐세."

헌제는 조조의 행태가 괘씸하고 분했으나 어쩔 힘이 없었다. 궁으로 돌아온 헌제는 복伏 황후와 함께 눈물을 흘리며 탄식했다. 복 황후의 부친 복완伏完이 황제를 위로하며 말했다.

"동童 귀비(헌제의 후궁)의 아버지인 동승이 폐하의 근심을 풀어 드릴 수 있을 것이옵니다."

조조를 몰아내고 왕권을 부흥시킬 방법을 찾던 이들은 도포와 옥대玉帶를 지어 국구國舅 동승에게 하사키로 했다. 옥대 속에는 헌제가 피로 쓴 조서가 숨겨져 있었다. 도포와 옥대를 하사함은 이 조서를 동승에게 은밀히 전달하기 위함이었다. 동승은 황제에게서 도포와 옥대를 하사받고 궁을 나오다가 우연히 조조와 마주치게 되었다.

"황제께서 찾으셨다고요?"

조조는 동승이 헌제에게 불려간 연유를 묻고는 불현듯 마음속에 의심이 일어났다. 조조는 동승이 하사받은 옥대를 달라고 하여 걸쳐보더니 흡족해했다.

"아주 훌륭하군요. 국구 대감은 이것을 내게 양보할 마음은 없는지요?"

간교한 웃음을 지으며 말하는 조조에게 동승은 겁에 질려 정색을 하였다.

"절대 그럴 수 없소. 이것은 황제께서 하사하신 것이오."

동승은 완곡히 거절하였다. 간신히 조조의 의심을 피해 도포와 옥대를 가져온 동승이 드디어 헌제의 조서를 찾아냈다. 그는 충신이었다. 헌제의 마음을 헤아린 동승은 뜻을 같이할 사람들을 찾아 맹세의 글을 쓰고 서명을 하였다. 이로써 동승은 헌제의 혈서를 받들어 대신 왕자복王子服 · 종집種輯 · 오석吳碩 · 오자란吳子蘭 · 마등 · 유비 등과 함께 비밀스레 손을 잡고는 함께 한나라 왕실을 일으킬 것을 굳게 맹세했다.

동승과 뜻을 같이하여 조조를 제거하고 한나라를 지키기로 한 유비는 계획의 비밀을 지키느라 하루같이 조심에 조심을 더했다. 아무런 내색도 않은 채 거처에서 야채를 심고 물을 주는 일을 할 뿐이었다.

"땅은 거짓을 말하지 않는다더니."

유비의 깊은 속을 알 턱이 없는 장비와 관우는 천하 대업을 도모하지 않는 큰형님이 이상하고 원망스러울 따름이었다.

"도대체 우리 형님은 농부요, 아니면 군주요?"

유비는 아우들의 원망에도 한마디 토를 달지 않고 그저 가만히 있었다.

하루는 조조가 유비를 청하여 따끈한 술을 대접하며 함께 영웅을 논하였다. 유비는 품고 있는 뜻을 조조가 눈치챌까 두려워 계속 엉뚱한 대답만 하며 참된 영웅을 말하지 않았다. 반면 조조는 아무 거리낌이 없었다.

"무릇 영웅은… 우주에 뜻을 품고 있는 사람이네. 이 천하를 삼킬 뜻을 가진 자란 말이지."

조조는 손가락으로 자신과 유비를 가리킨 다음 천천히 입술을 떼었다.

"지금 영웅이라 말할 수 있는 자는 자네와 나 둘뿐일세."

"헉!"

이 말을 들은 유비는 너무나 놀라 들고 있던 젓가락을 떨어뜨리고 말았다. 때마침 벼락이 크게 치니 유비는 짐짓 벼락 소리에 놀란 척하며 젓가락을 도로 집어 들었다. 조조가 이를 보고 물었다.

"천하 대장부가 어찌하여 한낱 벼락 소리에 그리도 놀라나?"

유비는 조조의 눈초리를 의식하며 둘러댔다.

"성인들께서 이르시길 벼락 소리를 들을 때는 반드시 경외심을 표해야 한다고 하셨습니다."

조조는 이런 유비의 모습에 그가 천하를 두고 다툴 마음이 조금치도 없다는 생각이 들어 마음을 놓았다. 유비도 그 자리를 빠져나와 조조의 간특한 눈길을 피한 데 대해 가슴을 쓸어내렸다.

어느 날 원술이 옥새를 형 원소에게 돌려주려고 길을 떠났다는 소식이 전해졌다. 원소·원술 형제가 손을 잡는다면 큰 위협이 아닐 수 없었다. 유비는 원술이 반드시 서주를 지날 테니 가서 그 길을 끊겠다고 자청하고 나섰다.

"그것은 좋은 계책이오."

조조도 이를 허락하고 황제의 조서를 받들어 병력 5만을 내리고 주령朱靈과 노소路昭를 딸려 보내 유비와 동행하게 했다. 유비가 병마를 끌고 길을 떠나자 문득 조조의 뇌리를 스치는 것이 있었다.

'가만, 이것은 혹시…?'

유비를 놓아줌은 용을 바다에 보내고 범을 산에 풀어 주는 일과 같다는 사실을 뒤늦게 알아챈 것이다. 조조는 급히 허저를 보내 유비에게 속히 귀환하라 명했지만 유비는 황제의 명을 거역할 수 없다며 허도로 돌아가길 거부했다.

"난 황제의 조서를 받고 행하는 몸이니 내 의사와는 상관없소. 명령을 수행할 따름이오."

유비 수하에서 천하의 명장인 관우, 장비, 주령, 노소가 한마음이 되어 싸우니 원술의 군사들은 단숨에 꺾였다. 원술은 유비에게 완전히 대패하자 강정江亭으로 도주하여 잠시 머물렀다.

"허기가 지는구나."

원술은 배가 고팠으나 음식이 입에 맞지 않고 형편없어 도저히 삼킬 수가 없었다. 원술 수하의 부하들도 심한 고생으로 지극히 원술을 원망하며 그에게서 완전히 마음이 돌아서 있었다. 원술이 종자에게 명령했다.

"꿀물 한 사발만 가져오너라."

종자는 아무렇지도 않게 대꾸했다.

"꿀물이라뇨? 있는 것은 핏물뿐입니다."

원술은 기가 막히고 부아가 치밀었다.

"왁!"

억울함이 한꺼번에 터진 원술은 순간 입에서 한사발의 피를 토하며 그 자리에서 꼬꾸라지고 말았다. 원술이 죽자 서구라는 자가 옥새를 훔쳐 조조에게 바쳤다.

"드디어 이것이 내 품안으로 들어왔는가?"

조조는 서구에게서 옥새를 받아 들고 좋아서 어쩔 줄 몰랐다.

원술이 급사하자 유비는 군마를 서주에 주둔시키고 주령과 노소는 조조에게 돌려보냈다. 유비는 서주에 터를 잡고 자신의 뜻을 떨치려 마음먹고 있었다. 조조는 유비가 그대로 서주에 머물고 부하들만 돌려보내자 유비의 속마음을 읽고는 대노하여 펄펄 뛰었다.

조조는 모사 순욱의 말에 따라 서주 수장守將 차주車冑에게 밀서를 띄워 유비를 죽일 것을 명하였다.

"유비를 없애라고?"

밀서를 받은 차주는 성 밑에 매복해 있다가 유비가 민심을 살피고 돌아오면 죽이려고 기다리고 있었다. 다행히도 진등이 몰래 서신을 보내 유비에게 이 사실을 알려주었다.

"형님, 제가 해결하겠습니다."

관우는 단칼에 차주를 저세상으로 보내버렸고 서주는 다시 유비의 손안에 들어오게 되었다. 유비는 조조가 확실히 자신을 죽이려 마음먹은 데다 심복 차주까지 잃은 이상 호락호락 물러가지 않을 것임을 알았다. 유비는 진등에게 대책을 강구해 달라고 청했다.

"원소와 손을 잡으십시오. 그러면 능히 조조를 물리칠 수 있을 것입니다."

유비는 원소의 동생 원술을 패망시켰던 자신이 어찌 그럴 수 있겠느냐고 반문하였다. 그러자 진등은 자세한 방안을 설명해 주었다.

"서주의 정현鄭玄이 원소의 집안과 삼대에 걸쳐 친분이 돈독하니 그에게 이 일을 맡기면 틀림없이 성사될 것입니다."

"아, 고맙소이다."

유비는 그 말을 듣고는 친히 정현의 집으로 도움을 청하러 갔다. 정현은 유비의 청을 받아들여 원소에게 도움을 청하는 서신을 보냈다. 정현의 편지를 받은 원소는 과연 그 요청을 응낙하여 유비에게 30만 대군을 지원해 조조를 치는 일을 돕겠다고 밝혔다.

다른 한편으로 원소는 서기 진림을 시켜 조조를 성토하는 격문을 짓게 했다. 진림은 명문장의 재능을 발휘해 조조 윗대부터의 죄상을 낱낱이 밝히는 격문을 지어 올렸고 원소는 격문을 각 주, 부, 군, 현에 붙이게 하니 이 격문을 읽어보지 않은 사람이 없었다.

조조는 이때 두풍頭風으로 앓아누워 있었다. 자신을 성토하는 격문을 읽고 난 조조는 온몸의 털이 곤두서며 등골에 식은땀이 싸늘하게 흘러내렸다. 하지만 조조는 과연 당대의 영웅이었다. 그는 이내 두풍을 언제 앓았느냐 싶게 기운을 차리고 앉아서는 떠나가게 웃기 시작했다. 조조는 손가락으로 격문을 가리키며 비꼬았다.

"아주 훌륭한 문장이로다. 그러나 애석하게도 원소의 무략은 이 문장에 한참 뒤떨어지니 무슨 소용이 있겠는가!"

조조는 정신을 가다듬고 즉각 행동을 취하였다. 그는 유대劉岱와 왕충王忠을 보내 유비와 대적하게 하고 자신은 대군을 이끌고 원소를 직접 맞아 싸우러 여양黎陽으로 향했다.

조조와 원소 양군은 여양에서 대치했다. 조조의 군대가 열세였으므로 조조는 수비 우선 작전으로 나갔다. 원소는 의심이 많은 사람이었고 게다가 원소 진영에서는 내분이 일고 있었으니 원소 측에서 주도하는 출전은 요원한 일이 되고 말았다. 양편 군대는 3개월간이나 아무 움직임 없이 서로 대치하였다.

"더 이상 이곳에서 허비할 수는 없다."

상황이 이렇게 되자 조조는 허도를 계속 비워 놓기가 못 미더워서인지 군마를 대동하고는 허도로 돌아갔다.

한편 조조의 명을 받들어 유비를 치러 간 유대와 왕충은 본래 유비, 관우, 장비의 적수가 되지 못하는 인물들이었다. 그들은 이내 생포되어 유비 앞으로 끌려 나왔다. 타고난 인품이 남을 해하기 싫어하는 유비는 굳이 조조의 노염을 불지를 이유가 없다며 유대와 왕충을 오히려 극진히 대접한 다음 곱게 허도로 돌려보내 주었다.

그들을 놓아 주며 한 가지 빼놓지 않은 당부는 조조 앞에서 유비 자신의 의로움과 너그러움을 상세히 전해 달라는 청이었다.

"부탁드립니다."

유비는 유대와 왕충을 조조의 진영으로 돌려보낸 후 홀로 뇌까렸다.

"조조는 필경 나를 치러 올 것이다."

모사 손건이 곁에서 간하였다.

"조조가 돌아와 공격할 때를 대비하여 군사를 나누어 주둔시키셔야 할 것으로 보입니다. 소패와 하비에도 병력을 배치하여 공격과 방어에 있어 서로 받쳐주도록 함이 좋을 듯싶습니다."

유비도 그리함이 옳다고 생각되어 즉각 관우에게 명해 하비를 지키라 하고 손건 등에게는 서주를 지키도록 했다. 유비 자신은 장비를 대동하고 소패를 방어하러 떠났다.

한편 조조는 모사의 간언에 따라 장수와 유표에게 사람을 보내 자신에게 투항할 것을 권하였다. 이때 원소 역시 장수에게 사자를 보내 투항을 권하니 장수는 조조냐 원소냐를 두고 사뭇 망설이게 되었다. 모사 가후가 장수에게 단호하게 말했다.

"원소는 제 형제도 제대로 지켜내지 못한 인물이거늘 어찌 다른 이를 건사할 수 있겠습니까? 그냥 조조에게 투항하십시오."

듣고 보니 일리가 있었다. 장수는 조조에게 투항하기로 마음먹고 조조를 찾아갔다.

"내게 와주어 고맙소이다."

조조는 과거의 원한은 전혀 기억하지 못하는 듯 두 사람에게 예를 갖추어 극진히 대하였다.

조조는 공융을 시켜 유표의 투항도 설득해 보도록 했다. 공융은 예형禰衡을 천거하며 그에게 소임을 맡겨 볼 것을 권했다. 조조는 공융의 말에 따라 예형을 만났으나 예형은 조조의 청을 받들기는커녕 그를 신랄하게 비난했다.

"당신 주변의 문무 대신들은 모두 한 푼의 가치도 없는 쭉정이들이오."

조조가 어이가 없어 물었다.

"그럼 너는 얼마나 잘난 인물이냐?"

예형은 자신을 자화자찬했다.

"나는 위로는 요순堯舜에 비할 만하고 아래로는 공자孔子와 안자顏子에 비길 만하오."

조조는 예형이 방자하게 굴자 노기충천하여 그를 북 치는 관직으로 강등시켰다. 다음 날 조조는 대청에서 손님을 청해 크게 연회를 베풀면서 예형을 불러 북을 치며 연회의 분위기를 돋우라 명했다. 예형은 새 옷을 입고 북을 치는 규정을 아랑곳 않고 넝마처럼 낡아 빠진 옷을 걸치고 나와 북을 두드렸다. 한바탕 신명나게 북을 쳐댄 예형이 갑자기 걸치고 있던 낡은 옷마저 훌렁 벗어부치는 것이었다.

"헉? 무슨 짓을 하는 거야?"

예형은 실오라기 하나 걸치지 않은 알몸으로 북을 두드리며 조조에게 온갖 욕지거리를 퍼부었다. 좌중에 있던 이들은 난생 처음 보는 이 희한한 구경거리에 놀라 입을 다물 줄 몰랐다.

그럼에도 조조는 예형의 난동을 조금도 책하지 않았다. 조조는 오히려 예형에게 이르기를 생각을 바꿔 유표를 자신에게 투항시키는데 성공한다면 공경公卿의 벼슬을 하사하겠다고 달래고 나섰다. 이는 직접 예형을 해하지 않으려는 조조의 술수였다.

예형은 막무가내로 고집을 꺾지 않고 조조의 영을 거부했다. 조조는 말 세 필과 사람 둘을 딸려 그를 억지로 유표에게 보내며 깍듯하게도 수하의 문무 대신을 시켜 문 밖까지 전송하도록 했다.

"부디 잘 다녀오시오."

예형은 어쩔 수 없이 어거지로 유표에게 가게 되었다. 당연히 예형이 고분고분 조조의 명을 받들 리가 없었다. 그는 이번에는 유표를 한껏 조롱하며 놀려대고 모욕하기 시작했다. 예형의 행동을 지켜보던 유표는 이내 조조의 속을 훤히 들여다보았다. 유표는 혀를 찼다.

"조조가 내 칼을 빌어 예형을 없애려는 계교를 부리고 있구나. 나도 그렇게 순순히 넘어갈 수는 없지."

그리하여 유표는 예형을 황조黃祖에게 보냈다. 황조는 일개 무사에 지나지 않았으니 조조의 음모를 헤아릴 리가 없었다. 예형이 또 황조에게 욕지거리와 놀림을 퍼부어대자 참지 못한 황조는 예형의 목을 베고 말았다.

관우의 적토마

　건안 5년(200) 국구 동승은 한나라 왕실이 조조에게 휘둘리는 것을 보며 근심과 울분이 쌓여 병이 되었다. 헌제는 충신이며 외척인 동승이 병을 얻자 친히 자신의 의원인 길평吉푸으로 하여금 동승의 병을 짚어 보게 했다. 길평은 동승의 병이 몸의 병이 아닌 마음의 병이라는 것을 알아챘다.

　동승과 길평은 서로 마음을 터놓고 이야기를 하다 한 왕조의 몰락과 조조의 패권에 대해 비분강개를 터뜨리게 되었다. 뜻이 통함을 안 동승은 옥대 속에 감춰 두었던 조서를 길평에게 보여주었다. 길평은 당장 손가락을 물어뜯어 한 왕조의 부흥을 꾀하는 맹세를 하며 혈서에 서명했다. 이윽고 두 사람은 조조를 제거하기 위한 계획을 비밀스레 논하였다.

　동승의 집에는 진경동秦慶童이라는 머슴이 있었는데 그는 동승의 시

첩과 눈이 맞아 부정한 짓을 저지르다 들켜 그 벌로 된통 매를 맞았다. 이에 앙심을 품은 진경동은 조조를 찾아가 동승과 길평 등이 주도하여 조조를 제거하고 한 왕실의 재건을 도모하려 한다는 사실을 고해바쳤다. 조조는 그렇잖아도 동승을 경계하고 있었으니 밀고까지 받은 이상 가만히 두고 볼 필요가 없어졌다.

'이것들을 모조리 골로 보내 버려야지.'

조조는 당장 병이 나서 드러누운 양 거짓 행세를 하여 길평을 불러들여 병을 치료해 달라고 했다. 길평은 손수 약을 달여 조조에게 가져왔으나 모든 것을 알고 있는 조조가 약을 받아 마실 리 없었다. 조조는 길평에게 먼저 약 맛을 보도록 시켰다. 길평은 모든 계획이 탄로 났음을 눈치채고 억지로 조조에게 달려들어 약을 먹이려 했다.

"난 싫다!"

조조가 이를 뿌리치니 약사발이 바닥에 엎어져 깨졌다. 약물이 흐른 곳의 벽돌은 순식간에 갈라졌다. 즉사하고도 남을 독약이었다.

"내게 저것을 먹이려고 했느냐?"

조조는 무사들에게 길평을 끌어낼 것을 명했다. 포승줄에 묶인 길평을 끌고 동승의 집으로 간 조조는 길평과 동승을 대면시켰다. 역모 사실을 자백하라며 모진 고문을 가했으나 길평은 죽어도 입을 다물겠다는 듯 독하게 버텼다. 조조는 길평을 비롯한 한나라 충신들이 자신을 죽이려는 맹세의 표시로 손가락을 물어뜯어 혈서를 쓴 사실을 알고 길평의 열 손가락을 모두 잘라버릴 것을 명했다.

"조조, 이놈! 황실을 능멸하고 농락한 죄가 하늘에 닿았다. 널 용서 못 한다!"

길평은 손가락이 잘리면서도 고통을 느끼는 못하는 듯 조조에게 끊임없이 욕설과 독설을 그치지 않았다. 참다못한 조조가 길평의 혀를 자르라 명하니 길평은 계단에 머리를 부딪쳐 자결하였다.

조조는 자신을 몰아내려 반역을 꾀했던 동승, 왕자복 등을 모두 죽이고도 분이 풀리지 않은 듯 칼을 빼들고 궁 안으로 들어갔다. 동승의 딸 동 귀비를 죽이려 함이었다. 동 귀비는 헌제의 아이를 잉태한 지 5개월 된 몸이었다. 헌제와 황후는 조조에게 동 귀비는 황손을 가진 몸이니 살려 달라며 눈물로 호소했다.

"제발, 은덕을 베푸시게."

"그럴 수는 없지요."

조조는 후환의 싹을 없애야 한다며 끝끝내 동 귀비를 저세상으로 보내니, 이것으로 한나라 충신들의 피로 맺은 맹세는 물거품이 되었다.

조조는 동승이 갖고 있던 혈서를 보고 유비도 동승과 손을 잡고 자신을 없애려는 비밀 계획에 가담한 사실을 알았다. 조조가 보기에 유비는 천하를 다툴 걸출한 영웅이었다.

"그런 자를 절대 살려둘 수는 없지."

유비 같은 영웅을 그대로 내버려 두는 일은 호랑이 새끼를 키우는 격이 되어 결국 자신을 위협하리라는 사실을 조조는 잘 알고 있었다. 그는 20만 대군을 다섯 길로 나누어 서주로 내려가 유비를 치기로 했다.

조조가 이처럼 대군을 이끌고 직접 공격해 오자 유비는 원소에게 도움을 청했다. 유비는 원소에게 조조를 물리칠 방도를 알려주었다.

"조조가 허도를 비웠으니 허도로 출병하시면 허도를 도모하실 수 있을 것입니다. 그럼 조조도 응당 서주의 포위를 풀고 허도로 갈 것이나 그때 이미 허도는 장군의 손에 넘어간 뒤일 것입니다. 부디 군사를 일으켜 주십시오."

이때 원소는 금지옥엽 같이 아끼는 아들의 병이 위독해지자 모든 의욕을 잃고 있었다.

'허망하다. 난 지금 어떤 싸움도 하고 싶지 않다. 내가 오직 바라는 것은 내 아들의 건강이다.'

원소는 유비에게 상황이 여의치 않게 되면 자신에게 의탁하러 오라는 응답만 할 뿐이었다.

조조의 군대가 서주성 밑으로 몰려왔다. 장비는 조조의 군대가 지쳐 있을 테니 심야 기습을 한다면 문제가 없을 것이라고 호언장담했다. 유비도 상황이 이렇게 되자 장비를 믿어 보기로 하고 야심한 밤에 조조의 진영을 기습했다.

'어서 오너라. 그물을 쳐 놓고 기다리고 있었다.'

조조는 만만치 않은 상대였다. 그는 벌써 빈틈없는 준비를 갖추고 상대를 기다리고 있었다. 유비의 군대는 형편없이 대패하여 삼분오열되었다. 일방적인 패세에 몰려 유비와 장비는 서로의 행방도 모른 채 장비는 망탕산茫碭山으로 도망치고 유비는 단신으로 원소에게 의탁하러 갔다.

원소는 유비가 조조에게 패전하여 홀로 자신에게 온다는 소식을 듣자 그를 맞을 준비를 하였다.

'내가 도움을 주지 못하여 마음이 아프구나.'

원소는 모든 예를 다하여 유비를 대할 생각이었다. 그는 부하에게 30리 밖으로 마중을 나가 유비를 모시고 오라고 명했다.

그 시각 관우는 병사들을 통솔하고 유비의 처자를 보호하며 하비성을 지키고 있었다. 조조는 관우를 유인해 성 밖으로 나와 자신의 군대와 접전을 벌이게 했다.

"걸려들었구나."

관우를 산속 깊숙이 끌어낸 조조는 그가 하비로 돌아가는 길을 봉쇄해버렸다. 관우는 산꼭대기에서 조조의 군사들에게 둘러싸여 옴짝달싹할 수 없게 되었다. 엎친 데 덮친 격으로 하비성에 불길이 치솟는 것이 훤히 보이니 관우는 속이 까맣게 타들어 갔다.

'답답하구나.'

이것은 모두 조조가 관우의 무예와 인품을 탐하여 자기편으로 끌어들이려는 작전이었다.

발만 동동 구르고 있는 관우 앞으로 장요가 다가왔다. 장요는 관우에게 투항과 진격 두 가지 선택의 이점과 손실을 조목조목 짚어 가며 조조에게 투항할 것을 설득했다. 관우가 듣기에도 승산 없이 진격하다 죽느니 일시적으로 투항하는 편이 한나라와 유비를 위하는 일인 듯했다.

"좋소. 허나⋯."

관우는 세 가지 조건을 들어준다면 조조에게 투항하겠다고 밝혔다. 세 가지 조건이란 첫째, 관우는 지금 한나라에 투항하는 것이지 조조에게 투항하는 것이 아니며 둘째, 유비의 봉록을 두 형수에게 지급할 것과 셋째, 유비의 행방을 알게 되면 당장 유비에게 달려가겠다는 것이었다.

조조는 관우의 세 가지 조건을 곰곰이 생각하더니 이내 수용하겠다고 응낙했다. 관우는 두 형수를 모시고 조조를 따라 허도로 떠났다. 도중에 역관에서 하룻밤을 묵게 되자 조조는 관우에게 두 형수와 한방에서 밤을 지내도록 하였다. 그러자 관우는 촛불을 들고 방문 밖에서 두 형수를 지키느라 밤을 꼬박 새웠다.

'허, 그것 참으로 대단하구나.'

조조는 관우의 충의에 탄복과 경의를 감추지 못했다. 그러면서 이 충신을 얻고 싶다는 염원이 더욱 간절해졌다.

허도로 돌아온 조조는 관우에게 사흘간은 작은 연회, 닷새간은 성대한 연회를 베풀어주며 관우의 마음을 사려고 열과 성을 다해 대접하였다. 뿐만 아니라 관우에게 미녀들을 하사하고 금은 비단도 부지기수로 내려주었다. 이번에도 관우는 모든 금은 비단을 두 형수에게 맡겨 두고 조조가 하사한 미녀들도 두 형수에게 보내 시중을 들게 하였다. 관우 자신은 옛날에 유비가 선물한 낡은 전포만을 소중히 입고 있을 뿐이었다.

　조조는 관우가 수척하고 마른 말을 타는 것을 보자 곧 말 한 마리를 가져오게 했다. 조조는 관우에게 이 말이 어떤 말인지 아느냐고 물었다. 그 말은 세상이 다 아는 명마인 여포가 타던 적토마였다. 조조는 적토마를 관우에게 선물했고 관우는 몸을 굽혀 절하며 재삼 고맙다는 인사를 아끼지 않았다. 조조는 그런 관우를 보고 의아하여 물었다.

　"관공은 평소에 그렇게 많은 선물을 내려도 좀처럼 고마운 기색이 없었는데 오늘은 말 한 필을 받고 어째서 그리도 고마워하는가?"

　관우가 망설이지 않고 대답했다.

　"적토마는 하루에 천 리를 갈 수 있으니 유비 형님이 계신 곳을 알면 하루라도 빨리 달려갈 수 있지 않습니까?"

　조조는 이 말을 듣고 실망해 마지않았다. 적토마를 관우에게 선물한 일도 크게 후회했다.

　한편 원소는 정신을 추스르고 나자 군대를 일으켜 조조를 토벌하고 싶다는 생각이 고개를 들었다. 원소는 곧장 행동에 옮겨 백마白馬로 군사를 보내 진격하게 했다. 조조도 친히 5만 병력을 통솔하고 백마로 출전해 원소의 군대에 맞섰다. 원소 진영의 선봉대장 안량顔良의 용맹은 당할 자가 없었다. 안량이 휘두르는 칼날 아래 조조 진영의 맹장 송헌과 위속의 목이 눈 깜짝할 새에 굴러 떨어졌다. 전세가 점점 불리해지자 조조의 모사 정욱程昱이 조조에게 간하였다.

　"관운장은 둘째가라면 서러워할 명장입니다. 그를 출전케 하시지요. 관운장이 안량의 목을 가져오는 것은 식은 죽 먹기보다 쉽습니다. 관운장이 원소의 선봉대장 목을 치게 되면 원소도 유비를 의심하여 죽일 것입니다."

들자 하니 과연 그럴 듯했다. 조조는 관우에게 출전을 명하였다. 관우 역시 조조의 후대와 정성을 마음 깊이 느끼고 있었다. 기실 이것은 관우에게는 마음의 빚이었다. 관우는 당장에 조조의 영을 받들어 단칼에 안량의 목을 베어 말머리에 매달고 바람처럼 순식간에 돌아왔다. 이 뒤를 이어 조조의 군대가 몰려가 원소의 군대를 대패시켰다. 모두 관우의 공이었다.

그로부터 얼마 후 양쪽 군사들은 연진延津에서 접전을 벌였다. 관우는 전장에서 원소 수하의 대장 문추文醜를 죽여 패색이 짙던 조조의 군대를 대승으로 이끌었다.

원소는 자신이 아끼는 장군 둘이 관우의 칼에 목숨을 잃자 광분하기 시작했다. 당장 유비를 포박해 끌고 와 죽이라고 명하니 유비는 이에 차분히 응대했다.

"이는 조조의 계략입니다. 원 장군과 제가 힘을 합치는 것이 두려워 계교를 꾸민 것입니다. 원래 소인을 경계하던 조조가 관우에게 두 장군을 죽일 것을 명해 장군의 화를 돋우게 하면 소인을 없앨 수 있을 것이라 생각한 것입니다. 풀어주신다면 당장 아우 관우에게 밀서를 보내 원 장군께 투항하고 조조를 죽여 안양과 문추의 복수를 대신하게 하겠습니다."

원소는 유비의 말을 수긍하고 이내 포박을 풀어주고는 관우에게 서신을 보내도록 했다. 관우는 유비의 밀서를 받자 대번에 떠날 채비를 했다. 관우는 조조에게 하직 인사를 올리고 떠나려 했으나 그를 보내기 싫었던 조조는 일부러 피하며 만나주지 않았다. 그렇다고 언제까지 기다릴 수만은 없었다. 관우는 할 수 없이 그냥 떠나기로 했다. 관우는 조조에게서 받은 하사품을 고스란히 남겨두고 하사받은 벼슬 한수정후漢壽亭侯의 봉인도 놓아두고는 작별을 고하는 서신을 전한 다음, 두 형수를 모시고 유비를 만나러 길을 떠났다.

조조는 관우가 편지만 남겨둔 채 끝끝내 자신을 떠나자 서운한 마음을 감출 수 없었다. 그렇지만 조조는 역시 도량과 기개가 범상치 않은 인물이었다. 조조는 병사를 보내 관우를 도로 데려오게 하는 행동 따위는 하지 않았다. 다만 마지막으로 관우를 배웅하겠다며 친히 관우를 쫓아갔다. 조조는 관우를 만나 여비와 전포를 하사하며 작별의 아쉬움을 전했다.

"그동안 신세가 많았습니다. 이만 돌아가시지요."

관우는 조조가 또 무슨 계교를 꾸미지 않았나 걱정이 되어 말 위에서 내리지도 않은 채 칼끝으로 비단 전포를 받아 걸쳤다. 이를 본 조조의 부장이 무례한 행동을 용서할 수 없다며 칼을 뽑아 들고 덤비려 하자 조조가 이를 막아서며 관우를 곱게 보내주었다.

관우는 유비의 처자 일행을 호위하여 동령관東嶺關에 도착했다. 동령관의 수장 공수孔秀는 승상丞相 조조의 허가서가 없다는 이유로 관문을 지나지 못하게 했다.

"승상이 직접 허락하셨단 말이오."

관우가 여러 번 전후 상황을 설명해도 공수는 소귀에 경 읽기라는 듯 막무가내로 관우 일행을 막아섰다.

"허가서가 없다면 난 죽어도 길을 열어줄 수 없소."

"죽어도?"

"죽어…도."

관우는 가는 길이 지체되는 것이 두려워 공수를 청룡도로 베어 죽이고는 서둘러 낙양으로 향했다.

관우 일행이 낙양에 도착하니 길을 가로막는 자가 또 있었다. 낙양 태수 한복韓福과 그 수하의 장군 맹단孟壇이었다. 그들의 도전도 겨우 삼 합 만에 관우의 칼에 두 쪽이 나고 말았다. 그러나 한복이 쏜 화살이 관우의 왼쪽 팔을 관통하는 바람에 관우는 화살을 입으로 뽑아내고는 피가 멈추지 않는 몸으로 말을 달려 한복을 베어 죽이고 길을 나섰다.

관우는 계속 이 같은 일이 생기자 앞으로 갈 길이 걱정스러웠다. 그는 밤새 말을 달려 사수관에 도착했다. 사수관의 수장 변희卞喜는 짐짓 반갑게 관우를 맞았다. 변희는 실재로는 진국사鎭國寺에 칼잡이 2백 명을 매복시켜 놓고 술잔을 던지는 것을 신호로 관우를 공격하려는 계획을 세운 뒤 기다리는 중이었다. 다행히 진국사의 승려 보정普淨이 관우에게 은밀히 변희의 음모를 알려 주었다.

"이런 야비한 놈!"

관우는 대노하여 변희를 베어 죽이고는 영양滎陽으로 향했다. 영양 태수 왕식은 한복과 친분이 남다른 사이였다. 관우가 영양에 도착하자 왕식은 관우를 죽여 한복의 복수를 대신하려 했다. 왕식은 아주 반가운 기색으로 관우 일행을 환대하며 역관으로 모셨다. 그리고는 관우 일행이 잠들었을 때 불을 질러 몰살시킬 계획을 세웠으나 이번에는 왕식의 부하 호반胡班이 관우에게 이 사실을 알려 주어 무사히 영양을 빠져나올 수 있었다. 관우와 유비 처자의 수레가 성을 나오자마자 왕식이 말을 몰아 추격해 왔다. 관우는 청룡도를 휘둘러 왕식의 몸을 두 동강 내고는 가는 길을 재촉했다.

황하 나루를 지키는 장수인 하후돈의 부장 진기秦琪도 관우 일행을 가로막고는 황하를 건너지 못하게 했다. 관우는 진기가 고집스럽게 훼방을 놓자 길이 지체되고 화가 커질 것이 걱정되었다. 관우는 할 수 없이 진기 또한 베어 죽이고는 황하를 건너갔다. 황하 건너는 이미 원소의 땅이었다. 관우는 비로소 한숨을 돌리고 부지런히 가는 길을 재촉했다.

도중에 뒤에서 달려오는 이가 관우를 부르니 그는 유비의 모사 손건이었다. 손건은 관우에게 유비가 앞서 여남汝南으로 갔음을 전하며 두 형수를 모시고 어서 여남으로 가서 유비를 만나라고 일러주었다.

드디어 관우는 형수들을 호위하여 유비가 있는 여남을 향해 떠났다. 한껏 부푼 마음으로 부지런히 길을 가는 관우 일행의 뒤로 함성과 말발굽 소리가 요란하게 들려왔다. 뒤를 돌아보니 하후돈이 병사들을 끌고 관우를 쫓아오는 중이었다. 피 튀기는 접전이 벌어지기 일보 직전에 그들을 멈추게 하는 자가 있었으니 바로 조조가 보낸 사자였다. 사자가 통행을 허락하는 조조의 문서를 관우에게 전하였음에도 하후돈은 노기가 서린 표정으로 관우를 노려보았다.

"승상께서는 관우가 여기까지 오는 동안 얼마나 많은 장수들을 죽였는지 모르실 거요. 절대 보낼 수 없소."

이때 사자의 뒤를 따라 급히 달려온 장요가 목소리를 높였다.

"승상께서 보내셨소. 관운장이 장수들을 죽인 사실을 모두 알고 계시니 보내주라는 명이오."

하우돈은 더 이상 관우를 막을 명분이 없었다. 그는 이를 갈며 비켜섰다. 관우는 그제야 가던 길을 갈 수 있었다.

관우 일행은 가는 도중 백성들로부터 장비가 이곳 현관縣官을 내몰고 고성古城을 점령하여 말과 식량을 준비하고 있다는 소식을 들었다. 관우는 오랫동안 소식을 몰랐던 아우가 그곳에 있다는 말을 듣고 너무나 기뻤다. 나는 듯이 장비를 찾아 달려가니, 자신을 반갑게 맞을 줄 알았던 장비가 눈을 부릅뜨며 관우에게 고함을 질렀다.

"의를 저버리고 조조 밑에 들어가 벼슬까지 해먹었다며 무슨 낯짝으로 날 보러 왔나. 어찌 대장부가 그리도 쉽게 배신을 하는가! 내 창을 받아라!"

관우를 오해하고 있던 장비는 기세 좋게 창을 들고 덤벼왔다. 그 순간 조조의 부장 채양蔡陽이 관우를 치러 왔다. 채양은 황하 나루에서 관우의 손에 죽은 조카 진기의 복수를 하려고 관우를 쫓아온 것이었다. 관우는 자신에게 창을 들고 덤비는 장비에게 소리쳤다.

"이보게 동생, 내가 저 조조의 부장을 죽여 마음이 변하지 않았음을 보여주겠네. 내가 정말 우리 형제들을 배신하고 조조 밑에 들어갔다면 감히 조조의 장군을 죽일 수 있겠나?"

이 말을 들은 장비는 창을 든 손을 내려놓았다.

"좋수다. 그럼 어디 내가 북을 세 번 치기 전까지 저놈 목을 쳐 보시오."

장비는 그렇게 말하고는 직접 북채를 잡았다. 장비의 첫 번째 북소리가 채 끝나기도 전에 관우가 채양의 목을 벴다.

관우와 손건이 여남으로 갔으나 유비는 그곳을 앞서 떠난 뒤였다. 그들은 원소에게 해를 당할 일이 염려되어 바로 익주로 출발했다. 관우가 손건에게 말했다.

"현덕 형님이 나서서 유표를 원소에게 투항시키겠다는 핑계를 대면 형님이 원소한테서 빠져나오실 수 있을 거요. 어서 모시고 와 주시오."

관우는 문밖에 나가 유비를 기다렸다. 마침내 손건이 유비를 모시고 돌아왔다.

"자네가 돌아왔군!"

유비와 관우는 서로 손을 부여잡고 반가움과 그리움에 못 이겨 울음을 터뜨리고는 그칠 줄 몰랐다.

유비는 원소가 뒤쫓아 올까 봐 슬그머니 걱정이 되기 시작했다. 유비와 관우 일행은 곧장 고성으로 갔다. 가는 도중 와우산臥牛山을 지나다가 우연히 조자룡을 만나게 되었다.

"이런 곳에서 만나다니!"

조자룡과 아쉬운 이별을 했던 유비는 그를 다시 만나게 되자 크게 기뻐했다. 유비와 조자룡은 서로에 대한 안부를 물으며 흠모와 사념의 정을 터놓았다. 조자룡도 유비를 따라 고성으로 가겠다며 일행과 함께 말을 달렸다.

유비, 관우, 장비 세 형제의 결집은 실로 오랜만이었다. 거기다 조자룡, 관우의 양자 관평關平 그리고 주창도 그들과 합세하니 유비는 참으로 천하에 부족할 것이 없었다.

"내가 우리 형제들을 다시금 만났으니 이제 원이 없네."

그들은 소와 닭을 잡아 분향을 지내고 재결집을 축하하는 연회를 성대하게 베풀었다.

협소한 고성은 오래 머물 곳이 못 되었기에 유비는 형제들과 백성들을 이끌고 바야흐로 여남으로 가서 주둔했다. 여남에서 병사를 모집하고 말을 사 모으며 유비는 마침내 오랫동안 기다려 온 천하 대업을 꾀하기 시작했다.

원소의 70만 대군

이 시기 강동 손책의 권세는 갈수록 강성해지고 있었다. 그는 조조가 동오東吳의 사자 장굉張紘을 억류시키고 있자 뱃속이 점차 불편해 왔다. 손책은 드디어 조조를 칠 생각을 굳히게 되었다.

동군 태수 허공許貢은 조조의 비위를 맞추느라 손책을 물리칠 계교를 갖다 바쳤으나 운은 손책의 편인 듯 보였다. 허공이 조조에게 바친 상소문이 손책의 손에 떨어지게 된 것이다. 손책이 당장에 허공의 목을 뺐음은 두말할 나위가 없었다.

"괘씸한 놈!"

손책은 꼭 조조를 치겠다고 맹세에 맹세를 거듭했다.

그러던 어느 날 손책이 사냥 길에 나섰다. 사냥에 열중하던 그는 혼자 사슴을 쫓아 산속 깊숙이 들어가게 되었다. 너무 깊숙이 들어왔음을 감지하고 위험을 느낀 순간 홀연 매복해 있던 자객 셋이 손책에게 덤벼들었다.

"누구냐?"

그들은 허공의 심복들로 주인의 복수를 하려고 손책을 노리고 있었다. 그들에게 독화살을 맞은 손책은 목숨은 건졌지만 독이 몸 전체에 번져 몸을 크게 상하게 되었다. 의원은 손책에게 백 일간 안정을 취해야만 고비를 넘겨 목숨을 건질 수 있다고 했다.

손책은 본래 성미가 몹시 급한 인물이었다. 조조의 모사 곽희郭嘉가 자신을 두고 불손한 말을 했다고 하자 손책은 대노하여 펄펄 뛰었다. 그는 당장 군사를 끌고 조조를 치겠다고 나섰다. 거기다 때마침 원소가 사자 진운陳雲을 보내 같이 연합하여 조조를 치자는 제의를 해왔다. 손책은 이번이 정말 조조를 칠 시기라고 판단하고는 출전을 결정했다.

주변의 모든 사람이 그의 결정을 만류하며 백 일간 안정을 취할 것을 주장했으나 그의 고집은 누구도 꺾을 수 없었다. 손책은 자리에서 일어나 전쟁 준비에 돌입했다.

하루는 손책이 성루에서 진운을 청해 연회를 베풀고 있었다. 그런데 느닷없이 신하들이 일어나 성루 밑으로 내려가는 것이었다. 손책이 그 연유를 묻자 한 신하가 답하였다.

"강동에는 우길于吉이라는 이름의 도인이 한 분 계십니다. 아주 영험한 분으로 그분은 병을 고치실 수 있고 많은 신통력을 갖고 계십니다. 모두가 그분을 신선이라 칭하며 받들어 모십니다. 가는 곳마다 그 도인에게 향을 피우고 절을 올리며 숭배를 표합니다. 지금 그분이 성루 밑을 지나고 있기에 모든 군신들이 앞 다투어 내려가고 있사옵니다."

손책은 기가 막히고 화가 나서 가만있을 수 없었다. 손책은 노기가 충천하여 소리쳤다.

"아니 그깟 엉터리 도인의 주술에 현혹되어 모든 군신과 백성들이 신선이라 받든다는 말인가? 그 요상한 놈이 나랏일에까지 영향을 끼치고 있다니 정말 큰일이로다. 이대로 두었다가 나라 꼴이 뭐가 되겠는가! 다시는 백성과 군신이 미신에 속지 않도록 당장 그놈을 끌고 와 목을 베라!"

좌중에 있던 사람들이 도인을 살려 달라 하였으나 손책은 끝내 우길을 죽이고야 말았다. 손책은 독화살의 독이 퍼져 병세가 악화된 상태에서 근심과 과로, 울분까지 겹쳐 몸이 허약하고 정신이 혼미해졌다. 손책에게 자꾸 자신이 죽인 우길 도인의 귀신이 보였다. 제아무리 손책이라지만 심신이 이 지경에 이르자 견뎌내지 못하였다. 결국 몸을 충분히 요양하지 못해 독이 온몸에 퍼져 세상을 뜨게 되니 손책의 나이 불과 방년 26세였다.

손권孫權이 형 손책의 유언을 받들어 위업을 물려받았다. 손권은 주유에게 매우 조심스럽게 물었다.

"황망히 부친과 형의 여업을 물려받기는 했지만 어찌해야 부형의 업을 잘 지켜내고 일으킬지를 모르겠습니다."

주유가 방도를 말하였다.

"예부터 인재를 얻는 자는 흥하고 인재를 잃는 자는 망한다 하였습니다. 제가 한 사람 천거하고 싶습니다. 노숙魯肅이란 사람인데 머릿속에는 뛰어난 병법을 갖고 있고 가슴속에는 뛰어난 지모를 감추고 있습니다."

그렇게 하여 손권의 사람이 된 노숙은 제갈근諸葛謹을 천거했고 장굉은 고옹顧雍을 천거했다. 그들은 있는 힘을 다해 음으로 양으로 손권을 보좌했다. 이렇듯 빼어난 인재들이 손권을 보필하니 강동은 갈수록 번창하고 힘을 더해 갔다.

조조는 손책이 죽고 손권이 후계자로서 발 빠르게 자리를 잡자 천자께 아뢰어 그를 장군이자 회계會稽 태수에 봉하였다. 원소의 사자 진운은 돌아가 원소에게 이 같은 소식을 전했다.

"이런 죽일 놈!"

원소는 대노하여 70만 대군을 이끌고 당장 조조를 무찌르러 갔다. 원소의 70만 대군이 휘날리는 깃발은 순식간에 하늘을 뒤덮어 햇빛을 가리고 말들의 울음소리와 말발굽 소리는 천지를 진동시켰다. 원소군 대열의 길이는 90리에 달하니 참으로 엄청난 행군이었다.

조조의 병력은 원소의 군대에 비해 수적으로 열세했고 군량도 모자랐다. 때문에 속전속결의 전략을 써야 했다. 조조는 장요에게 출전을 명했고 하후돈과 조홍曹洪에게 정예부대 3천을 주어 원소의 진을 공격하게 했다. 용맹에 있어서 조조의 군사들은 오히려 원소의 군사보다 나았다.

하지만 뜻밖에도 원소는 사수를 매복시켜 놓았고 이들이 조조의 군사를 향해 활을 당기니 화살이 소나기처럼 쏟아졌다. 생각지 못한 복병을 만난 조조의 군대는 완전히 대패하여 관도官渡까지 후퇴해 갔다.

원소의 모사 허유許攸는 조조의 허를 찌르는 전략을 간하였다.

"지금의 승세를 몰아 허도를 치고 나서 조조를 공격하는 것이 좋을 듯합니다. 조조가 출전하여 허도가 비어 있으니 지금 허도를 친다면 조조를 이기는 것은 손바닥 뒤집기보다 쉽습니다."

원소는 곁에서 도움이 되는 간언을 하여도 전혀 귀를 기울이지 않았다. 뿐만 아니라 허유와 조조가 옛날에 친분이 있었던 점을 트집 잡아 허유가 조조와 내통하여 계교를 꾸미고 있다고 의심하기에 이르렀다.

'그놈들의 관계가 석연치 않아.'

원소는 한번 허유를 의심하기 시작하자 의심을 사실처럼 믿게 되어 허유의 조카와 아들을 옥에 가두게 했다.

'이럴 수가 있는가?'

충언을 했다가 이 같은 처우를 받자 허유는 기가 막혔다. 허유는 원소를 떠나기로 마음먹고 밤을 타서 조조에게로 갔다.

"뭐라고? 허유가?"

조조는 진즉 잠자리에 든 후였으나 허유가 왔다는 소리를 듣고 반가움에 못 이겨 잠자리를 박차고 맨발로 그를 맞으러 뛰어나갔다.

"어서 오시게!"

조조는 마다하는 허유에게 절까지 하며 기쁨을 감추지 않았다. 이어 자리를 잡고 앉은 조조가 허유에게 원소를 물리칠 계책을 묻자, 허유는 원소 부대의 군량과 군수품이 모조리 오소에 있으니 오소를 공격하여 군량을 태우면 승리할 것이라 일러주었다. 조조는 허유의 계략에 따라 야심한 밤에 병력을 이끌고 가서는 오소를 공격하여 모든 군수품과 군량을 불태워 없앴다. 그리고는 허유의 진언을 받아들여 원소와 겨루니 승승장구였다.

"돌격하라!"

승세를 몰아 원소의 군대를 바짝 공격하자 원소의 군대는 완전히 참패하여 도주했다.

"이런 낭패가 있나? 아아!"

조조의 군대에 대패하여 원소의 70만 군대는 겨우 8백여 명만이 남았으니 정말 기막힌 대패였다.

대승을 거둔 조조의 군대는 전리품을 거두다가 한 묶음의 서신을 발견했다. 그것은 허도와 조조 진영의 첩자가 원소와 내통한 서신들이었다. 이를 본 조조의 모사들은 이구동성으로 내통한 자들을 처형시켜야 한다고 들썩였다. 놀랍게도 조조는 고개를 가로저으며 말했다.

"원소의 세력이 강성할 때는 나 같은 사람도 스스로를 제대로 보전하기 어려웠네. 하물며 내 밑의 졸개들이야 말할 것 있겠나? 이제 원소는 패망했으니 원소와 내통한 자들도 마음을 돌렸을 것이네. 지금 와서 과거의 잘못을 따진들 무엇이 좋을 게 있나?"

조조는 서신을 불사르고 첩자들에게 어떤 처벌도 내리지 않았다.

원소가 조조를 치겠다고 결정을 내렸을 때 모사 전풍田豊은 옥에 갇혀 있었다. 그는 옥중에서 상소를 올려 원소의 결정을 만류했었다. 원소가 대패했다는 소식을 옥리가 전풍에게 전하며 말했다.

"이제 다시 등용되시겠습니다. 선생님 말씀을 듣지 않아 원소 장군님께서 조조에게 대패하셨으니 이것은 선생님께 기쁜 소식이 아니겠습니까?"

"이번 전쟁에 패한 것은 원소 장군에게 큰 수치일세. 이겼다면 나를 놓아줄 수도 있었을 것이나 장군께서는 나를 살려 두시지 않을 거야."

한숨을 내쉰 전풍은 깊이 탄식했다. 옥리는 그 말을 믿지 않았으나 과연 전풍의 말대로 얼마 지나지 않아 원소는 사람을 보내 전풍을 죽였다.

패전한 원소가 군사들을 이끌고 기주冀州로 가자 원소의 큰아들 원담袁譚이 청주에서 5만 병력을 이끌고 황급히 아버지에게 달려왔다. 둘째 아들 원희袁熙도 유주에서 6만 군사를 끌고 왔으며 생질 고간高幹 역시 5만 병력을 대동하여 원소에게로 달려왔다. 이렇듯 지원 세력이 몰려들자 원소는 비로소 기운을 차리기 시작했다.

"기어코 조조 놈을 용서치 않겠다."

패전의 충격에서 점차 헤어나자 원소는 한 번 더 군사를 일으킬 계획을 세웠다. 드디어 병력을 동원한 원소가 조조를 치고자 출격했다.

조조도 전투에 대비해 병력을 하상河上에 주둔시킨 뒤였다. 그곳의 나이가 지긋한 노인장 몇이 나오더니 조조에게 술과 음식을 대접했다. 이들은 본래 원소의 백성들이었는데 그간 과중한 세금에 시달려 원소를 원망하는 마음이 가득했다. 그들이 조조에게 머리를 조아렸다.

"승상께서 이 핍박받는 백성들을 위로해주시고 죄 많은 지도자인 원소를 벌하여 태평성대를 누리게 해주소서!"

조조는 원소의 백성들이 자신을 이처럼 환대하자 눈시울이 뜨거워졌다. 조조는 병사들에게 명하기를 누구라도 백성들의 가축을 해하거나 백성을 괴롭히는 자는 살인죄로 다스릴 것을 밝혔다.

조조의 모사 정욱은 조조에게 '십면매복 배수일전十面埋伏 背水一戰'이라는 계책을 내놓았다. 이 계책은 군사를 열 군데에 나누어 매복시키고 이들이 점차 원소의 군대를 유인하면 강변으로 따라 들어올 것은 불 보듯 뻔하니 후에 강변에 대기하고 있던 병력이 원소의 군사를 친다는 계략이었다. 이 계획은 그대로 들어맞았다.

유인된 원소의 군대는 강가의 조조 부대와 마주치게 되었다. 조조의 군대는 바로 등 뒤에 물이 있으므로 물러설 곳이 없었다. 그들은 사생결단하여 원소의 부대를 맞아 싸웠다. 원소의 군대는 대패하여 도망치려 하는데 조조의 복병들이 나타나 연이어 공격에 가담했다. 원소는 병마를 송두리째 잃고 죽을힘을 다하여 기주로 도망쳤다. 원소는 이렇듯 허무하게 모든 것을 잃고 나자 서럽고 분한 마음에 세 아들을 끌어안고 목 놓아 울었다.

3

삼고초려

아들의 유예된 싸움

한편 유비는 조조가 원소와 대적하느라 허도를 비운 틈을 타 병력을 이끌고 허도 공략에 나섰다. 유비와 군사들이 양산穰山 지방에 당도했을 때 조조의 군사와 마주치게 되었다. 조조는 유비의 출정 소식을 듣고 급히 군대를 끌고 돌아오는 길이었다. 따라서 조조의 군사들은 전쟁과 행군으로 몹시 지쳐 있는 상태인지라 유비의 군사는 조조의 병사를 가볍게 물리쳤고 조조의 병마는 대패하여 물러났다.

그런 이후 조조의 군사들은 어찌 된 일인지 꿈쩍을 하지 않았다. 점차 이상하다는 생각이 들던 차, 유비에게 급보가 날아들었다. 유비의 군사들이 군량을 싣고 오다가 조조의 군사들에게 몽땅 빼앗겼으며 여남도 조조의 병사들에게 벌써 함락되었다는 것이었다.

"조조군의 전략이 심오하고 괴이하다."

조용한 가운데 조조의 군대가 이렇듯 움직일 줄은 생각도 못했던 유비는 놀라서 혼절할 지경이었다. 유비는 밤새 병력을 철수하여 길을 떠났다. 그렇지만 도중에 기다리고 있던 조조의 복병을 또 만나니 적들이 앞배와 등 뒤에 모두 버티고 있는 셈이었다.

"물러서지 마라. 뒤를 보이면 끝장이다."

유비는 죽기를 각오하고 싸워 간신히 빠져나올 수 있었다. 유비는 패잔병을 이끌며 유표에게 의탁하러 갔다.

조조의 군대도 더는 유비를 쫓지 않고 허도로 돌아와 전쟁으로 지친 백성들의 숨을 가다듬게 했다. 조조는 이듬해 봄이 되면 병력을 끌고 관도로 가 원소를 치기로 했다. 원소는 이때 중병으로 병석에 누워 있었다. 그는 셋째 아들 원상袁尚에게 조조의 군대를 맞아 싸우게 했으나 원상은 3합도 싸우지 못하고 조조 군대에 쫓겨 기주로 도주했다.

원소는 아들 원상이 패하여 기주로 쫓겨 돌아오자 병이 더 악화되어 피를 토하고는 세상을 뜨고 말았다. 원소는 셋째 아들 원상을 후계자로 정하여 부업을 잇게 하라는 유언을 남겼다. 상을 치르기도 전에 원소의 처 유劉씨는 생전에 원소가 총애하던 애첩 다섯을 죽여 없앴고, 원상은 자기 어머니 유씨보다 한술 더 떠 후환을 없애야 한다며 다섯 첩의 가족마저 고스란히 몰살시켰다.

원소의 세 아들과 생질은 조조의 군대가 두려워 기주 성문을 굳게 걸어 잠그고는 미동도 하지 않았다. 이러니 조조의 군대도 기주를 함락시킬 재간이 없었다. 조조가 답답하고 초조해하자 모사 곽가가 간하였다.

"원소는 장자를 폐하고 어린 셋째를 후계자로 세웠습니다. 때문에 형제끼리 서로 반목하며 질시하고 있습니다. 종국에는 자기들끼리 물고 뜯고 싸우는 형국이 될 것이니 승상께서는 그저 굿이나 보고 떡이나 드시면 됩니다. 결국 저희끼리 잡아먹으며 싸움을 끝낼 터이니 화는 절로 사라질 것입니다. 마음을 푹 놓고 기다리십시오."

"옳은 지적이다."

조조는 곽가의 말을 듣고 군사를 돌려 유표를 치러 갔다. 정말 얼마 지나지 않아 원담과 원상이 기주성 밖에서 서로 대치하기에 이르렀다. 형제들끼리의 자리다툼과 오해가 빚어낸 골육상잔이었다. 원담은 아우 원상에게 패하여 남은 병력을 끌고는 평원으로 도망쳤다. 아우에게 패하여 쫓겨 간 원담이 몹시 괴로워하자 그의 모사 곽도郭圖가 방도를 모색했다.

"조조에게 거짓으로 투항하십시오. 그러면 조조는 원상을 공격할 것이 분명합니다. 조조가 기주를 점령한 후 지친 조조의 군사를 공격하면 기주는 우리 것이 됩니다."

원담도 이에 솔깃하여 평원령平原令 신비辛毗를 사신으로 보내 조조에게 투항하겠다는 뜻을 전했다. 조조는 원담의 투항을 받아들였다. 대군을 이끌고 출전하여 기주를 포위한 조조는 이번에야말로 기주를 자기 것으로 삼겠다는 작정을 하고 있었다. 원상은 부장 심배審配에게 명하여 기주를 지키게 했고 자신은 손수 병력을 이끌고 성 밖에서 주둔하며 조조에게 맞섰다. 조조는 기주성을 함락시킬 뾰족한 묘책이 생각나지 않았다.

조조와 원상 양편 군대가 계속하여 팽팽히 맞서고만 있는 가운데 모사 허유가 조조에게 한 가지 계략을 내놓았다. 그것은 목하 근처의 장하漳河 물을 끌어와 기주성 안으로 들이부어 성안을 물바다로 만들어 함락시킨다는 계획이었다.

"그거 묘안이로다. 당장 실시하도록 하라."

조조의 군대는 원상을 물리치고는 성 밖에 깊고 넓게 구덩이를 파 들어갔다. 구덩이의 지름이 스무 척에 이르렀을 때 장하의 둑을 터 물을 기주성으로 밀어 넣으니 성안은 순식간에 물 지옥으로 변하였다. 군량마저 물난리로 결딴나게 되었으니 원상의 군대는 완전히 조조의 손바닥 위에 올려진 꼴이었다.

조조 군대의 기습에 쫓겨 달아나기 바쁜 원상은 자신의 관인 끝에 달아 놓은 끈과 의복 등속마저도 팽개치고 도주하였다. 조조에게 투항한 신비는 원상이 버리고 간 물건들을 훔쳐다가 창끝에 매달고 흔들어대며 성안을 향해 소리쳤다.

"이것 좀 보게나! 원상은 진즉 자네들을 버리고 달아났네. 이제 승상 나리께 투항하라구!"

성안을 지키고 있던 심배는 신비의 작태를 보자 분노가 발끝에서부터 뻗쳐올라 폭발하고 말았다. 심배는 신비 일가 80여 명을 성 위에서 참형에 처하였다.

거기서 멈추지 않고 그 목을 성 아래로 하나씩 떨어뜨리니 잘려진 사람의 목이 신비 앞에 비 오듯 쏟아졌다. 자신의 가족들임을 알아차린 신비는 절규하며 통곡했다.

심배의 조카 심영審榮은 신비와 친분이 남다른 사이였다. 심영은 자신의 삼촌이 친구의 가족들을 이처럼 무참히 죽이자 신비에게 동정심이 일어나 참을 수가 없었다. 심영은 친구를 생각하여 조조 진영과 밀통하고는 성의 서쪽 문을 열어주었다.

"와아아!"

그곳을 통해 조조의 군사들이 물밀듯 쏟아져 들어오니 패전과 물난리를 겪느라 힘이 빠진 기주는 마침내 조조의 손에 넘어가게 되었다.

기주성을 점령한 조조 앞으로 망나니가 선비 한 사람을 끌고 왔다. 그는 옛날 조조를 성토하는 격문을 지은 진림이었다. 조조는 진림을 보자 다그쳐 물었다.

"네놈이 날 욕하는 글을 지어 바칠 때 날 욕하는 걸로 모자라 어찌하여 감히 우리 부친과 조부마저 욕되게 했는가?"

조조가 진림을 책망하자 좌우에 있던 신하들도 이구동성으로 그를 죽여야 한다고 부추기고 나섰다. 헌데 진림만은 자신의 목숨이 왔다 갔다 하는 속에서도 오히려 당당하고 태연했다. 조조는 그의 재능을 아껴 죽이지 않았을 뿐 아니라 종사從事에 임명하여 자신을 보좌하게 했다.

우여곡절 끝에 기주성에 입성하는 조조에게 허유가 의기양양하게 말을 건넸다.

"이보게, 자네가 만일 나를 얻지 못했다면 이 성문을 어찌 넘어갈 수 있었겠나?"

허유는 자신의 공적을 자화자찬했다. 조조는 허유의 기고만장한 태도를 조금도 개의치 않고 호탕히 웃으면서 되받았다.

"당연하지. 허유가 아니라면 누가 해낼 수 있었겠나?"

이에 신명이 난 허유는 허저에게도 같은 말을 하며 잘난 체를 했다. 허저는 허유가 오만방자하게 조조를 깔보고 낮추며 모든 공을 자기 덕으로 돌리자 분을 참지 못하고 허유의 목을 베어버렸다. 허저는 허유의 머리를 들고 조조에게 가 허유를 죽인 자초지종을 얘기했다. 그러나 조조는 허저를 심하게 나무라며 사람을 시켜 허유의 장례를 후하게 치러 주었다.

원담은 조조에게 항복했으나 그 마음이 진심이 아니었기에 계속 제하고 싶은 대로 하다 조조의 미움을 받고 남피南皮로 도망가야 했다. 조조가 세를 몰아 뒤쫓아가니 원담은 마지막으로 조조와 싸워보겠다고 성안의 백성들을 앞세워 조조의 진영을 공격해 들어갔다. 양편 군대 사이에 일대 접전이 벌어졌다. 조조가 직접 북을 두드리며 진영의 사기를 불태우니 병사들의 용기는 더욱 치솟았다. 원담의 군사들은 조조의 군사에 비하면 오합지졸이었다. 이 난장판 속에서 원담은 끝내 조조의 장수 조홍에게 목숨을 잃고 말았다.

원담을 죽인 조조는 원담의 목을 성문에 걸어 놓고는 감히 원담의 죽음을 애도하여 곡하는 자가 있으면 즉각 참하겠다고 영을 내렸다.

살벌한 분위기 속에서도 청주 별가別駕 왕수王修는 원담의 머리 아래에서 어버이를 잃은 양 곡을 하며 목 놓아 울었다. 조조는 이를 보고 감탄을 금치 못하며 중얼거렸다.

"원소에게 이토록 많은 충신들이 있었다니…. 그가 인재를 제대로 뽑아 썼던들 나는 이 기주성을 곁눈질도 못했을 것이로다."

조조는 왕수의 충심을 높이 사 죽이지 않았을 뿐 아니라 상빈上賓으로 대접했다.

일편 원희·원상 형제는 조조를 피해 오환烏桓으로 도망쳤다. 조조가 친히 병력을 이끌고 이들을 치러 출전하겠다고 나서자 모사들이 만류하며 간하였다.

"요서遼西에 있는 오환까지 가자면 광활한 사막을 가로질러야 합니다. 이미 허도를 비워놓은 지 오래인데 이때 허도가 공격을 받는다면 참으로 큰일이 아닐 수 없습니다. 원씨 가문은 기왕에 패망했으니 이만 허도로 돌아감이 어떠신지요."

곽가는 반대 의견을 펼쳤다. 곽가는 허도는 걱정할 필요가 없다며 조조에게 계책을 세워주며 원희와 원상을 칠 것을 권했다. 조조도 곽가의 진언을 받아들여 공격을 감행하기로 했다. 어차피 원희·원상 형제는 전투 준비도 제대로 갖추지 못하고 있을 것이었다.

조조의 군대는 백랑산白狼山에서 원희와 원상을 완전히 대패시켰다. 원씨 두 형제는 겨우 수천 명 남은 군사를 수습하여 요동遼東으로 달아났다. 조조는 비록 승리하기는 했지만 몇몇 모사들이 만류했던 만 큰 사막을 행군하여 정벌하는 것은 보통 큰 고생이 아니었다.

"이만 돌아가도록 하자."

조조는 간신히 군사를 거두어 역주易州로 돌아왔다. 조조는 요서 정벌을 반대하며 간했던 사람들에게 상을 내리며 치하했다.

"내 이번 정벌이 승리하기는 했으나 이는 순 요행일 뿐이오. 앞으로는 절대 무모한 짓은 말아야겠소. 그러니 그대들이 내게 진언하는 일을 절대 꺼려서는 아니 되오."

서쪽에 피신해 있던 원씨 형제를 토벌하는 동안 조조의 뛰어난 모사인 곽가는 중병을 앓게 되었다.

'아무래도 더 이상 어려울 것 같구나.'

끝내 병을 이기지 못하고 곽가가 세상을 뜨니 그의 지모를 몹시도 아끼고 신뢰하던 조조는 목이 쉬도록 울었다. 그런 조조에게 곽가의 유서가 올라왔다.

"어디 보자."

이를 뜯어 본 조조는 의미심장하게 고개를 끄덕였다. 조조는 병력을 역주에 묶어 놓고는 움직이지 않았다. 모두 이를 이상히 여기자 조조는 장군들에게 명령했다.

"절대 성급히 움직이지 말라. 곧 원상, 원희의 목이 베어져 올 테니 그때가 되면 철수하여 돌아가겠다."

원씨 형제의 목이 저절로 굴러들어 온다니 모두 어처구니없어 했으나 정말 얼마 지나지 않아 요동 태수 공손강公孫康이 사람을 보내 원씨 형제의 목을 베어 조조에게 바치러 왔다. 놀라며 신기해하는 장병들에게 조조가 말했다.

"곽가가 남긴 유서에서 이르길 군사를 움직이지 않아도 공손강이 원씨 형제에게 요동 땅을 뺏길까 두려워 그들의 목을 베어 갖다 바칠 터이니 내게 그저 기다리라고 했네."

모든 병장들은 곽가의 선견지명과 충심에 탄복하였다.

조조는 어느 날 땅속에서 누런빛이 올라오는 것을 보고는 파보도록 했다. 그곳에서 동으로 만든 참새인 동작銅雀이 나오니 사람들은 모두 입을 모아 이것은 큰 길조라 하였다. 이에 흥이 난 조조는 곧 장하 위에 동작대銅雀臺를 세우라 일렀다. 그리고 아들 조식曹植의 말에 따라 동작대 좌우에 옥룡대玉龍臺와 금봉대金鳳臺를 세워 더욱 위풍당당하게 보이도록 했다.

삼고초려의 제갈량

유표에게 의탁해 있는 유비는 조용히 기다리며 때가 새로이 오기를 엿보고 있었다. 유표는 전에 자신에게 투항했던 도적 장무張武와 진손陳孫이 강하江夏에서 거듭 반기를 들며 백성들을 괴롭히고 있다는 보고가 올라오자 유비에게 이를 소탕하라고 명했다.

"출전하겠습니다."

유비는 두 아우와 조자룡을 대동하고서 두 도적을 깨끗이 물리쳐 대승을 거두었다. 이 싸움에서 조자룡은 적장 장무의 천리준마 적로마的盧馬를 빼앗아 유비에게 바쳤다.

유표가 적로마를 보더니 훌륭하다며 찬사를 보내자 유비는 유표에게 적로마를 선사했다. 유표가 이 말을 받고서 흐뭇해하고 있는데 적로마를 본 부장 괴월蒯越이 말하였다.

"이 말은 눈 밑에 눈물받이 웅덩이가 파여 있고 이마에는 흰 점이 있습니다. 이는 주인을 해할 흉상이니 타지 않으시는 것이 좋겠습니다."

유표는 괴월의 말을 믿고 적로마를 유비에게 되돌려주었다.

"이 말은 훈련과 전장에 자주 나가는 자네가 타는 것이 좋은 듯싶네."

유표의 부인 채蔡 씨도 유비의 후덕함과 빼어난 사람됨이 마음에 걸렸기에, 그녀도 유표에게 유비를 경계하고 의심하라 일렀다.

"나도 알고 있소이다."

유표는 부인의 말이 있은 연후 유비를 신야新野로 보내 주둔하도록 했다. 유비는 유표의 명을 받들어 적로마를 타고 성문을 빠져나가다가 막빈幕賓 이적伊籍과 마주쳤다. 이적은 유비에게 공손히 절하며 물었다.

"괴월이 이 말은 주인에게 해를 끼친다 하였거늘 어찌하여 이 적로마를 타고 가시려 하십니까?"

유비는 빙긋 웃으며 대꾸했다.

"어찌 한낱 말 한 마리가 사람의 명을 좌우하겠습니까? 사람은 다 제 명이 있는 법이지요."

이적은 유비의 의연함과 성품에 탄복하여 그를 진심으로 존경하게 되었다. 유비가 신야로 옮겨 오자 백성들은 크게 기뻐하며 환대했고, 그가 백성들을 위해 정치를 개혁하자 모두들 유비를 칭송해 마지않았다.

건안 12년(207) 봄, 유비의 감甘 부인이 옥동자를 낳으니 유선劉禪이었다. 유비의 기쁨은 말로 다할 수 없었다.

"수고했소. 부인!"

감 부인은 유선을 잉태하기 전 밤하늘의 북두칠성을 바라보며 찬란한 빛의 정기를 마시곤 했으므로 북두칠성의 정기를 받았다 하여 유선의 아명은 아두阿斗라 붙였다.

하루는 유표가 의논할 일이 있다며 유비를 청했다. 유표는 근심스런 얼굴로 유비에게 물었다.

"장자를 폐하고 막내를 후계자로 삼고 싶네. 그렇지만 큰아들이 가만있지 않을 테니 자네가 방법을 좀 가르쳐주지 않겠나?"

유비는 신중한 기색으로 대답했다.

"장남을 두고 막내를 후계자로 정하는 일은 옳지 못합니다. 틀림없이 후에 집안에 분쟁이 생길 것입니다. 만일 채씨 문중의 세력이 너무 강성하여 굳이 채씨 부인의 아들인 막내 아드님을 후계자로 삼아야 한다면 일단 기다려 보십시오. 채씨 세력도 언젠가는 쇠퇴할 것입니다."

이때 병풍 뒤에서 엿듣는 이가 있었으니 바로 부인 채씨였다. 채씨는 유비가 자신에게 불리한 간언을 하자 유비를 사무치게 미워하게 되어 틈만 나면 유비를 중상 모략하여 유표와의 사이를 이간질시켰다.

채씨는 아무래도 유비를 없애야 마음 놓고 자기 아들을 후계자로 삼고 계속 가문의 세력을 굳힐 수 있을 것 같았다. 부인 채씨는 마침내 동생 채모蔡瑁와 음모를 꾸며 유비를 죽이기로 했다.

이윽고 야심한 밤이 되었다. 유비가 역관 숙소에서 촛불을 밝히고 앉아 있는데 홀연 이적이 찾아왔다. 유비가 반갑게 맞이하자 이적이 갑자기 채근했다.

"어서 몸을 피해 신야로 돌아가십시오. 채씨 일당이 유황숙의 목숨을 노리고 있습니다.

"고맙네."

이적 덕분에 유비는 무사히 채씨 일당의 마수를 벗어날 수 있었다. 채모는 유비를 죽이려던 계획이 한번 실패로 돌아갔다고 해서 그대로 포기할 사람이 아니었다.

그는 유표에게 연회를 베풀어 유비를 초대하라 하고는 군사를 매복시켜 두었다. 이적은 이번에도 은밀히 채모의 음모를 유비에게 일러주며 군사가 매복되지 않은 문으로 어서 빠져나가도록 일렀다. 유비는 연회 석상을 빠져나와 말을 타고 달렸다. 채모가 이 소식을 듣고 군사를 몰아 급히 뒤쫓았다. 달리던 유비는 눈앞에 시퍼런 강이 펼쳐진 것이 보이자 채찍으로 적로마를 때리며 간절히 외쳤다.

"적로마야! 적로마야! 네가 정말 오늘 날 죽일 셈이구나!"

유비를 태운 적로마는 순간 새처럼 날아오르더니 강을 건너 서쪽 끝으로 날듯이 달려갔다.

"이럴 수가 있는가?"

채모는 믿을 수 없는 광경에 발을 동동 구르고 섰을 수밖에 없었다.

단신으로 채모의 칼을 피해 달아나던 유비의 귀에 청아하게 울려 퍼지는 금琴 연주 소리가 들려왔다. 금을 연주하는 노인은 수경水鏡이란 사람이었는데 유비를 알아보고는 안으로 청했다. 수경 선생과 유비는 초가집 안에서 깊이 있는 이야기를 나누게 되었다. 유비는 수경 선생에게 간곡히 물었다.

"소인은 스스로 부족하나마 천하의 대사를 도모할 뜻을 품고 있으나 어찌 된 일인지 이루어질 기미가 보이지 않고 지금도 이렇듯 쫓기는 신세입니다. 선생께서 제게 길을 좀 가르쳐주십시오."

수경 선생은 유비를 위해 일러주었다.

"널리 인재를 모으시오. 만일 그대가 와룡臥龍이나 봉추鳳雛 둘 중 하나만 얻는다면 반드시 천하를 얻을 것이오."

유비는 수경 선생을 다그치며 와룡과 봉추가 누구냐고 물었지만 수경은 더 이상 대꾸해주지 않았다. 유비는 잠자리에 누웠으나 이 생각 저 생각에 뒤척이며 잠을 이룰 수 없었다. 밤이 한참 깊어졌을 때 원직元直이란 자가 불현듯 수경을 찾아왔다. 유비는 혹시 이 사람이 와룡이나 봉추가 아닐까 생각되어 엿보고 싶었으나 차마 그렇게 경솔한 행동을 할 수는 없었다. 날이 밝기를 기다려 수경에게 물었다.

"간밤에 찾아오신 원직이란 분은 누구십니까? 지금 보이지 않는데 어디로 가셨는지요?"

수경은 별다른 내색을 하지 않았다.

"그는 유표에게 투항하러 갔었으나 인물됨이 크지 않아 돌아와서는 벌써 다른 곳으로 떠나버렸네."

수경은 끝끝내 원직이 누군지 말해 주지 않았다. 유비는 그가 와룡이나 봉추가 틀림없다고 여기고는 실망감을 감추지 못했다.

하루는 유비가 길을 가다가 어떤 사람이 긴 노래를 부르는 것을 들었다. 노랫말은 걸출한 주인을 만나 충성을 다하고 싶다는 내용이었으니 유비는 이를 그냥 지나칠 수 없었다. 말에서 내려 노래하는 이에게 다가가 물었다.

"선생의 존함을 여쭙고 싶습니다. 혹시 와룡 선생이나 봉추 선생이 아니신지요."

그러자 그는 노래를 멈추고 말했다.

"저는 선복單福('單'은 여기서는 '단'이 아닌 '선'으로 읽음)이라 합니다. 장군께서 받아주신다면 제 힘껏 모시겠습니다."

유비는 기뻐서 선복을 데리고 갔다. 선복은 유비가 탄 적로마를 유심히 보더니 한마디 했다.

"조심하십시오. 이 말은 주인에게 해를 끼칠 말입니다. 허나 이 말로부터 아무 해도 입지 않는 방법도 있긴 합니다."

"그 방법이 무엇입니까?"

유비가 그 방도에 대해서 묻자 선복이 대답했다.

"장군께서 싫어하는 사람에게 이 말을 보내십시오. 그럼 이 말은 장군이 싫어하는 사람에게 큰 해를 끼칠 것입니다. 그리고 나서 다시 이 말을 찾아와 타면 아무 탈이 없을 겁니다."

선복의 말에 유비는 정색을 하며 단호하게 말했다.

"선생께서는 어찌 제게 남을 해하는 법을 가르치십니까? 의에 어긋나는 행동을 시키신다면 그 말씀을 따를 수 없습니다."

선복은 유비가 인과 덕을 갖춘 참 영웅임을 알았다. 그는 유비 곁에 남아 정성껏 보필하기로 했고 유비는 선복을 군사軍師에 임명했다.

기주를 차지한 조조는 허도로 돌아왔지만 형주를 정복하고 싶어 몸살이 날 지경이었다. 조조는 일단 사촌 동생 조인曺仁을 시켜 병력을 이끌고 번성에 주둔하게 하여 형주의 정세를 호시탐탐 엿보았다. 조인은 번성을 쳐서 공을 세우게 되자 유비가 있는 신야를 공격할 마음이 생겼다. 대오를 가다듬은 조인이 신야를 칠 것을 명했다.

선복은 유비에게 금쇄진金鎖陳이란 용병술을 내놓아 조인의 군사를 치게 하는 한편 관우를 번성으로 보내 비어 있는 번성을 점령하도록 진언했다. 유비는 선복의 말을 따라 대승을 거두었고 조인은 대패해 번성으로 도주했다. 하지만 번성은 관우가 점령하여 지키고 있는 이후였다.

승리를 거둔 유비가 번성으로 들어가니 번성의 현령이 나와 반갑게 맞이했다. 현령 역시 한나라 황실의 후예로 성이 유劉씨였다. 유 현령은 승리를 축하하며 유비를 청해 연회를 베풀었다. 연회 석상에서 유비는 외모가 준수하고 기풍이 남다른 청년을 발견하고 누구인지를 물었다. 유 현령이 자신의 생질인 구봉寇封이라 일러주자 유비는 구봉이 몹시 마음에 드니 양아들로 삼고 싶다고 했다. 유 현령도 쾌히 승낙하여 구봉은 유비의 양아들이 되었고 이름도 유봉劉封으로 고쳤다.

관우는 이후 후계자를 둘러싸고 유비의 친아들과 분란이 벌어지지 않을까 사뭇 걱정되어 이 일을 그다지 달갑게 여기지 않았다.

조인이 유비에게 대패하고 돌아오자 조조는 유비의 대승이 못내 의문스러웠다. 분명 보통의 책략가가 세운 용병술이 아니었다. 조조가 조인에게 물었다.

"이번 전쟁에서 유비에게 전술을 짜준 자가 대체 누구냐? 참으로 뛰어난 모사이다."

"듣기로는 선복이란 사람으로 알고 있습니다."

조인의 대답에 모사 정욱이 덧붙이며 조조를 부추겼다.

"선복의 진짜 이름은 서서徐庶이고 자는 원직元直입니다. 명망 높은 수경 선생과도 친분이 두터우며 여러 인재와 교분을 갖고 있습니다. 재주가 아주 빼어나니 승상께서 그를 얻고자 하신다면 방법이 하나 있습니다. 서서는 어머니를 끔찍이 위하는 효자이니 그의 어머니를 이곳으로 모셔 오면 그도 별 수 없이 승상을 모시게 될 것입니다."

이에 조조는 서서의 모친을 찾아가 아들을 불러들일 편지를 써 달라고 청했다. 하지만 서서의 모친은 의를 중히 여기는 사람이었다. 조조가 자신을 볼모로 하여 아들을 얻으려 하자 시키는 대로 편지를 써주기는커녕 돌벼루를 조조에게 집어던지며 욕설을 퍼부었다.

"당장 꺼지시오!"

조조는 한갓 노파에게 이런 봉변을 당하자 기가 막히고 화가 나서 당장 서서의 모친을 죽이라 명했다. 모사 정욱이 이를 만류하며 다른 계책을 내놓았다.

얼마 후 정욱은 기회를 엿봐 서서 모친의 필체를 몰래 익혀서 편지를 위조했다.

'서서, 이래도 통하지 않겠나?'

편지의 내용은 서서가 돌아오지 않으면 자신의 목숨이 위태하니 제발 유비를 떠나 조조를 주인으로 모시라는 편지였다. 정욱은 이 편지를 서서에게 보냈다.

모친의 편지를 받은 서서는 편지가 가짜인 줄은 꿈에도 모르고 당장 떠날 채비를 하였다. 그는 관직을 사직하고 유비에게 작별 인사를 하러 갔다. 유비는 마지막 보내는 자리에서 서서와 술잔을 나누며 애석함과 아쉬움에 목이 메이게 울며 말했다.

"내가 선생을 잃으면 좌우 수족을 잃는 것과 같으니 보내 드리고 싶지 않습니다. 허나 모자의 연을 지키는 것이 의이니 어쩔 수 없지요. 선생의 가르침을 이제 받을 수 없다니 이 짧은 인연이 통한스럽습니다."

서서 역시 유비와 헤어지고 싶지 않았기에 억지로 몸을 돌려 갈 길을 갔다.

'아아, 결국 이대로 보내야 한단 말인가?'

눈물을 뿌리며 서서를 보낸 유비는 도대체 발길이 떨어지지 않아 돌아서기가 힘들었다. 그저 떠나는 서서의 뒷모습만을 마냥 바라보고 있던 유비는 그의 뒷모습이 나무에 가리어 보이지 않게 되자 원망스러운 듯 소리쳤다.

"당장 이 나무들을 몽땅 베어버리고 싶구나! 선생의 뒷모습이 가려서 보이지 않는다!"

이때 불현듯 서서가 말머리를 돌려 유비에게 달려왔다. 유비는 기쁨을 참지 못하고 물었다.

"생각을 바꿔 돌아오기로 하신 겁니까?"

서서는 유비에게 한 인물을 추천했다.

"소인이 정신이 황망하여 드릴 말씀을 깜빡했습니다. 제가 추천해드릴 천하 기재가 한 분 계십니다. 성이 제갈諸葛이고 이름이 량亮이며 자가 공명孔明이고 호는 와룡臥龍입니다."

이 말을 들은 유비는 얼떨떨한 표정을 지었다.

"아니 와룡 선생이 그분이시군요. 그럼 봉추 선생은 누구십니까?"

"봉추 선생은 방통龐統이란 분입니다."

서서는 제갈량이 있는 곳을 알려주며 반드시 유비가 몸소 가서 간절히 청하여 모셔 와야 한다고 일렀다.

거짓 편지에 속아 노모를 구하기 위해 허도로 달려온 서서는 모친을 만나 엎드려 절하며 인사를 여쭈었다. 이를 본 서서의 노모는 대노하여 소리쳤다.

"네놈이 그깟 거짓 편지에 속아 의를 버리고 냉큼 조조에게 달려왔느냐! 네가 어리석고 뻔뻔하여 조상을 욕되게 하고 이름을 더럽히게 되었다. 어찌 그리 의를 모르고 사리 분별을 못 하느냐!"

기세등등하고 의로운 모친 앞에서 서서는 땅에 엎드린 채 감히 눈도 맞추지 못하였다. 아들에게 한바탕 욕설과 설교를 끝낸 서서의 모친은 병풍 뒤로 들어가더니 목을 매어 스스로 목숨을 끊었다.

어느 날 수경 선생이 홀연 유비를 찾아왔다.

"공명이 제대로 섬길 주인을 못 만나 산속에 묻혀 있네!"

수경은 은근히 제갈량을 천거하고는 표연히 사라졌다. 유비는 드디어 제갈량에게 선사할 선물들을 싣고 관우, 장비와 함께 제갈량이 기거하는 와룡 언덕으로 출발했다. 제갈량이 살고 있는 초가집으로 찾아가 사립문을 두드리니 동자가 나왔다.

"공명 선생께서는 아침에 나가셔서 아니 계십니다."

유비가 물었다.

"언제 돌아오시는가?"

"그건 아무도 모릅니다. 언제 돌아오실 지는 기약이 없습니다."

유비는 낙담하여 기운이 빠졌다. 제갈량을 만나려다 허탕을 친 유비는 며칠 후 와룡 선생이 돌아왔다는 전갈을 받고는 폭설이 쏟아지는데도 불구하고 아우들을 대동하고 또다시 찾아갔다. 도착하고 보니 초당 안에는 제갈량의 동생 제갈균諸葛均만이 있었다.

"형님께서는 아니 계신지요?"

유비가 묻자 제갈균이 다음과 같이 알려주었다.

"형님께서는 벗들과 함께 나들이를 가셨습니다."

유비는 이번에도 어쩔 수 없이 편지만 남겨두고 그냥 돌아올 수밖에 없었다. 사납게 날리는 눈보라를 헤치며 찾아가서도 만나지 못한 유비는 실망이 컸지만 다음을 기약하고 발길을 돌려야 했다.

그때 홀연 제갈량의 동자가 선생이 돌아오셨다고 외치는 소리가 들려왔다. 낙타를 타고 소리 높여 노래하는 한 선비가 유비의 눈에 들어왔다. 유비는 그가 분명 제갈량이라고 생각했다. 황망히 말에서 내린 유비가 예를 갖추며 인사를 올리니 제갈균이 크게 웃으며 말했다.

"그분은 형님이 아니라 형님의 장인어른이십니다. 함자가 황승언黃承彦이라고 하십니다."

유비는 어쩌지 못하고 기분이 떨떠름하고 불쾌해지고 말았다.

다음 해 이른 봄 유비는 길한 시기를 택하여 사흘간 목욕재계를 하고 분향을 드린 다음 옷을 깨끗이 갈아입고 한 번 더 융중隆中으로 가 제갈량을 모셔 오려 했다. 관우와 장비는 나서서 유비를 만류했다. 장비가 퉁명스럽게 말했다.

"형님께서 그 촌놈을 데리러 또다시 친히 움직이려 한다니 이해가 가지 않수다. 차라리 밧줄로 꽁꽁 묶어서 형님 앞에 대령함이 낫지 않겠소?"

이 말을 들은 유비는 엄하게 아우들을 꾸짖었다.

"너희들은 참으로 예를 갖추지 못하여 내가 선생을 모셔 오는데 아무 도움이 되지 않겠구나. 오히려 방해만 되니 이번에는 나 혼자 가서 선생을 모셔 오겠다."

관우와 장비는 유비의 뜻을 꺾을 수 없음을 알고는 따라나섰다.

"아닙니다. 응당 형님을 모시고 가야지요."

제갈량이 사는 초가집에 당도한 유비는 동자에게 선생이 계시는지 물었다. 동자가 들어갔다 나오더니 조용히 말했다.

"선생께서 안에 계시기는 하나 아직 주무시고 계십니다."

유비는 조용한 목소리로 말했다.

"그럼 깨우지 마라. 아우들은 밖에서들 기다리게."

유비 자신은 입구에서 두 손을 가지런히 모으고 제갈량이 깨어나길 기다렸다. 꽤 시간이 지났음에도 제갈량은 깊은 잠에 빠졌는지 일어날 줄을 몰랐다.

"우리가 왜 이런 꼴로 시골뜨기 농부를 기다려야 하는 거요?"

장비가 불만을 토했으나 관우는 그를 달랬다.

"큰형님이 하시는 일이니 잠자코 따르게."

이윽고 잠에서 깨어난 제갈량은 유비가 세 번째로 자신을 찾아와 기다리고 있음을 알고는 그 정성을 헤아려 안으로 모시라고 일렀다. 마침내 유비는 제갈량과 천하의 대사를 논하기 시작했다. 동자에게는 자신이 직접 만든 서천西川의 지도를 가져오게 하더니 손으로 지점을 짚어 가며 유비에게 천하 대사를 이룩할 과정을 설명하였다.

"유황숙께선 먼저 형주를 터전으로 하여 발판을 굳히십시오. 그리고 서천을 취하여 업을 쌓으십시오. 그리하시면 유황숙의 촉蜀, 조조의 위

魏, 손권의 오吳 삼국이 솥발 형세를 이루게 됩니다. 이때부터 삼국이 천하 패업을 다툴 것이니 때를 놓치지 말고 중원을 도모하십시오."

유비는 경건한 마음으로 하나하나 새기며 제갈량의 말을 들었다. 제갈량의 말을 경청한 유비는 그를 모셔 가길 청했다.

"제발 선생께서 이 미천한 사람을 도와 곁에서 가르침을 주십시오."

제갈량은 웃으며 거절했다.

"이 사람은 그저 밭 가는 농사꾼이지 하산하여 속세에서 공을 이룰 만한 사람이 못 됩니다."

유비는 진심으로 제갈량을 청하느라 그 간절함에 눈물이 흘러 옷깃과 옷소매가 젖었다.

"부디 저와 함께 대업을 도모하기를 원하오."

제갈량은 유비의 진심과 성의에 감복하여 종내에는 청을 응낙하였다. 제갈량이 동생 제갈균에게 말했다.

"장군께서 이 보잘것없는 나를 세 번씩이나 초가집으로 찾아와 예를 갖추어 청하는 삼고초려를 행하시니 내가 아니 갈 수 없다. 너는 모쪼록 내가 갈던 밭을 절대 그냥 버려두어 못 쓰게 만들지 마라. 내 공적을 쌓은 후 반드시 다시 돌아올 터이니."

그리하여 제갈량은 드디어 유비와 함께 길을 떠났다. 삼고초려 끝에 제갈공명을 모시고 신야로 돌아온 유현덕은 그를 군사에 봉하고 모든 군정을 제갈량에게 일임하였음은 물론 제갈량을 스승으로 깍듯이 모시며 극진하게 예를 다하였다. 밤이건 낮이건 한시도 제갈량의 곁에서 떠나지 않으며 가르침을 청했고 천하의 일을 논의하였다.

"큰형님은 대체 매일 뭐하는 짓이오?"

"우리 일이나 하자."

유비가 이처럼 융숭히 제갈량을 받드니 관우와 장비 두 아우는 슬슬 못마땅한 생각이 일었다.

대업의 꿈을 꾸고

강동의 손권은 현명한 인재를 두루 등용하여 자신을 보좌하게 하니 그 세력이 갈수록 강성해졌다. 해를 거듭할수록 손권 곁으로 걸출한 인물들이 몰려들고 손권 자신도 스스로 노력하길 잠시도 게을리하지 않았다. 그는 부형의 여업을 훌륭히 이어받아 안으로는 백성의 마음을 얻고 밖으로는 병력을 튼튼히 하여 전함은 7천여 척에 이르렀다. 손권은 주유를 대도독大都督에 봉하여 수륙의 군마를 통솔하게 했다.

조조는 원소를 치고 나니 강동의 손권이 눈에 밟혔다. 거기다 갈수록 그 명망이 높아 가니 경계하지 않을 수 없었다. 조조는 손권에게 사자를 보내 아들 중 하나를 조정에 인질로 보내라는 명을 전했다. 손권의 어머니인 오국태吳國太 부인은 이 전갈을 받자 주유와 장소張昭를 불러 대책을 논의했다. 주유가 말했다.

"만일 도련님 중 한 분을 인질로 보내면 사사건건 조조의 간섭과 견제를 받아도 참고 지내야 하는 상황이 되고 맙니다. 주군께서 강동을 훌륭히 통치하고 계시니 백성이 믿고 따르며 군사 또한 강성하고 양식도 풍부하고 어진 인재를 두루 곁에 두어 훌륭한 모사들이 많이 있습니다. 조조와 전쟁이 붙는다 해도 겁날 것이 없습니다. 그저 조용히 관망해 봄이 어떨지요."

국태 부인과 손권도 주유의 말을 수긍하여 인질을 보내지 않았다.

단양丹陽 태수인 손권의 아우 손익孫翊은 성미가 괄괄하고 술을 즐기며 주벽이 고약하여 취하면 곧잘 이유 없이 병사들을 채찍으로 때렸다. 이에 앙심을 품은 독장督將 위람과 군승軍丞 대원戴員은 손익을 해칠 마음을 먹고는 손익의 하인 변홍邊洪과 몰래 내통하여 음모를 꾸몄다. 그들은 계략을 짜서 어느 날 연회가 파한 틈을 타 변홍에게 술 취한 손익을 죽이라고 명했다.

"그까짓 주정뱅이쯤이야!"

변홍이 손익을 죽이고 나자 위람과 대원은 공모 사실을 숨기고는 변홍에게 모든 죄를 뒤집어 씌웠다.

"헉! 난 그저 시켜서 했을 뿐입니다."

혼자 죄를 뒤집어쓴 변홍만이 억울하게 참수형에 처해져 그 목이 전시되었다.

미망인이 된 손익의 부인 서徐 씨는 아름답고 총명하기 그지없는 여인이었다. 위람은 서 씨에게 반해 강제로 혼인을 올려 그녀를 취하려 했다.

"그렇지만 예의는 다해야 할 거 아닙니까? 주변의 이목이 있으니 조심스럽게 하세요."

서 씨는 거짓으로 승낙하고는 남편이 생전에 몹시 신뢰했던 심복 손고孫高와 부영 두 장군을 찾아가 도움을 청했다. 시아주버니 손권에게도 이 변고를 알렸다.

"이런 쳐 죽일 놈들!"

서 씨는 위람을 술 취하게 하여 침실로 끌어들였다. 이때 서 씨의 부탁을 받고 침실 휘장 속에 숨어 있던 손고와 부영이 위람을 죽여 서 씨가 겁탈당하는 것을 막았다. 서 씨는 또 한 명의 원수인 대원도 연회에 초대했다. 이런 일이 있은 줄 꿈에도 모르던 대원 역시 손고와 부영의 손에 죽임을 당했다. 이로써 서 씨는 남편의 원수를 갚게 되었다.

손권이 서 부인이 보내온 전갈을 받고 친히 군사를 끌고 와 아우를 살해한 자들을 처단하고 서 부인을 구하려 했을 때는 영리하고 용감한 서 부인이 이미 남편의 원수를 다 처치한 후였다.

"그대들이 수고했다."

손권은 손고와 부영에게 후한 상을 내리고 그들을 아장牙將으로 봉했다. 그리고 서 부인을 강동으로 데리고 가 그곳에서 편안히 여생을 보내게 해주었다.

건안 17년(212) 봄, 손권은 옛날 황조에게 패한 한을 설욕하려 궁리하고 있었다. 하늘도 손권의 편을 드는지 황조의 부장 감녕甘寧이 손권에게 투항하러 왔다는 보고가 날아들었다. 손권은 크게 반기며 감녕을 받아들이고는 황조를 물리칠 계책을 물었다. 감녕은 여차여차하라고 용병술을 일러주었다.

손권은 곧 수군을 이끌고 황조를 정벌하러 나섰다. 황조는 손권에게 대패하여 쫓겨 갔고 손권의 군사들은 강하를 점령했다. 황조는 도망쳐서 목숨을 구하려 했으나 감녕의 화살을 피하지 못하고 죽임을 당했다.

강동의 손권이 황조를 물리쳤다는 소식이 전해지자 유표는 유비를 형주로 불러들여 대책을 논의했다. 이즈음 유표는 연로하고 몸에 병이 많아 바야흐로 세상을 뜰 조짐이 보였다. 유표가 유비에게 간곡히 이야기했다.

"내가 자네에게 부탁할 일이 있네. 나는 이미 건강이 쇠하고 나이가 많아 형주를 돌볼 수 없으니 이제 자네가 형주를 맡아주게."

유비는 단호히 고개를 저으며 받아들이지 않았다. 이를 이상히 여긴 제갈량이 물었다.

"어찌하여 그리도 완강히 거절하십니까. 형주를 주군께 거저 바치겠다하는데."

유비가 담담히 말을 받았다.

"남이 위태한 때를 타 자기 이익을 꾀함은 의롭지 않은 일입니다."

제갈량은 그런 유비를 보며 도량이 넓은 인물이라고 경탄하였다.

강동의 손권이 뜻대로 움직여주지 않는 마당에 유비의 움직임마저 심상찮음을 눈치챈 조조는 그냥 있을 수 없었다.

'유비에게 기회를 줄 수는 없다.'

조조는 후환의 싹을 자른다며 하후돈에게 10만 병력을 주어 신야를 치도록 명했다. 그러자 모사 순욱이 간하였다.

"유현덕은 당대의 걸출한 영웅입니다. 게다가 지금 신출귀몰한 기재 제갈량까지 얻어 군사로 모시고 있으니 결코 사사로이 볼 수 없습니다. 신중히 대처해야 할 것입니다."

하지만 하후돈은 순욱의 말을 흘려듣고 대수롭게 여기지 않으며 오히려 장담했다.

"내가 단번에 유비와 제갈량을 산 채로 잡아다 바치지 못한다면 내가 내 목을 승상께 바치리다."

하후돈이 군사를 끌고 신야로 쳐들어오고 있다는 소식을 들은 장비가 관우에게 주절거렸다.

"이번에야말로 잘난 제갈량을 내보내 한번 막아 보면 되겠구려."

유비가 제갈량을 지나치게 편애함을 투덜댄 것이다. 이때 유비가 사람을 보내 두 아우를 불러들여 대책을 논의하자 했다. 장비는 여전히 볼멘소리를 냈다.

"형님께서는 제갈량을 얻으니 물 얻은 고기가 된 듯하다 하지 않으셨소? 어째서 이번에 그 물을 끌어다 쓰시지 않는 거요?"

장비가 비아냥대는 소리를 들으며 유비가 나무랐다.

"지혜는 공명에게 의지하고 용맹은 그대들 두 아우에게 의지하는데 어찌 이리도 반목질시만 하는가?"

유비의 꾸짖음에도 장비는 일을 삐죽거렸다. 이런 관우와 장비의 태도를 본 제갈량은 유비에게 요구했다.

"아우님들은 제가 지휘하는 대로 따르지 않을 듯 보입니다. 저를 믿고 계략을 쓰게 하시려면 총지휘권을 상징하는 검과 관인을 제게 내려주십시오."

유비는 당장 제갈량에게 이를 내려주었고 제갈량은 병사와 장군을 파병한다는 영을 내렸다. 이 사실을 알게 된 관우가 제갈량에게 따져 물었다.

"우리 모두 적을 맞아 싸우러 가는데 공명 군사께선 뭘 하시겠다는 거요?"

제갈량이 미소를 지으며 답하였다.

"저는 그저 앉아서 성이나 지킬까 합니다."

장비가 크게 웃어대며 비아냥거렸다.

"그래 우리는 전장에 나가 피 튀기며 싸우고 군사께선 한가로이 자리나 지키시겠다는 거요?"

불만은 가득했지만 제갈량의 손에는 현덕이 내려준 검과 관인이 들려 있으니 장비는 꼼짝없이 그에게 복종하는 수밖에 없었다. 제갈량이 유비에게 계책을 세워주었다.

"조자룡을 앞세워 허술하게 대적하게 하시어 하후돈을 좁은 갈대밭으로 유인하시고, 관우와 장비는 매복시켜 두십시오. 그리고는 불을 질러 적의 군량을 태운 다음 관우와 장비가 포위된 적을 치고 주군께서는 뒤에서 협공을 하십시오. 저는 승전 축하연을 준비하고 기다리 겠습니다."

"군사의 뜻대로 하리다."

이를 꿈에도 모르는 하후돈은 조자룡이 어물쩡 대적하다 도망치자 기고만장하여 그 뒤를 쫓았다. 결국 하후돈은 협곡에 갇히게 되었고 이어 사방에서 복병이 튀어나오며 불을 지르자 꼼짝하지를 못하였다. 조조의 군대는 불에 타 죽고 복병의 공격에 상하는 인마가 부지기수 였다. 하후돈은 죽을힘을 다해 포위망을 뚫고 좁은 길로 빠져나와 줄 행랑을 쳤다.

유비의 군대는 제갈량의 병법으로 대승을 거두고 돌아왔다. 내심 제갈량을 못마땅히 여겼던 관우와 장비도 제갈량의 빼어난 용병술을 몸소 겪게 되자 서로 입을 모아 찬탄해 마지않았다.

"제갈 군사는 참으로 걸출한 지략가일세!"

이때 작은 수레가 천천히 그들 앞으로 다가왔다. 윤건綸巾을 쓰고 학창의鶴氅衣를 입고 깃털 부채를 든 제갈량의 모습이 보이자 관우와 장비는 황급히 말에서 내려와 수레 앞에 무릎을 꿇고 제갈량에게 진 심으로 공경하는 마음에서 절을 올렸다. 제갈량은 아무런 말도 없이 빙그레 웃고만 있었다.

비록 조조의 군대가 대패하여 돌아갔다 하더라도 결코 호락호락 물 러서지 않을 것임은 자명한 일이었다. 유비는 조조가 다시 대군을 일 으켜 올 것을 내다보고는 제갈량에게 계책을 물었다. 제갈량이 머뭇

거리면서 대답했다.

"지금 유표의 병이 위중합니다. 어서 형주를 취하십시오. 그래야 조조를 대적할 수 있습니다."

유비는 고개를 좌우로 저었다.

"그건 안 됩니다. 유표 형님께 입은 은혜가 크거늘 어찌 병석에 계신다 하여 은혜를 저버리고 배신할 수 있습니까? 죽으면 죽었지 그렇듯 불의한 일은 할 수 없습니다."

입을 다문 제갈량은 홀로 탄식하며 뇌까렸다.

'지금 형주를 취하지 않으면 이후에 큰일이 생길 터인데….'

유비 군대에 대패하여 쫓겨 온 하후돈은 치욕스러움에 견딜 수가 없었다. 그는 스스로를 결박 지어 조조에게 갔다.

"소인이 큰소리를 쳤으나 불로써 상대를 공격하는 공명의 화공술에 대패하였습니다. 죽여주십시오."

조조는 그의 결박을 손수 풀며 말했다.

"이미 진 싸움의 죄를 묻는다고 뭐가 달라지겠나? 내게 다른 계획이 있네. 이제 유비와 손권만 빼고는 다른 이들은 개의할 인물들이 못 되네. 이참에 강남을 완전히 평정해야겠어. 자네가 공을 세울 일은 아직도 많이 남아 있네."

조조는 50만 대군을 일으켜 강남을 정벌할 채비를 갖추었다. 그러자 공융이 만류하고 나섰다.

"강남의 유표와 유비는 한나라 왕실의 종친이니 함부로 군사를 일으켜 정벌하지 않는 것이 옳습니다. 승상께서 의에 어긋나는 전쟁을 일으키신다면 천하의 민심을 잃게 되시니 부디 달리 생각해 보십시오."

마음을 굳힌 조조는 공융의 간언을 받아들이지 않고 대노하였다. 평소 공융에게 업신여김을 받아 앙심을 품고 있던 치려는 이 기회를 틈타 조조에게 공융을 중상모략했다. 치려의 말에 넘어간 조조는 크게 분노하여 공융과 그의 전 가족을 몰살시키고 말았다.

유표는 갈수록 병세가 악화되자 자신이 이내 세상을 뜰 것임을 느끼고 유비를 불렀다.

"이제 내가 곧 세상을 뜰 것 같은데 걱정이 있네. 내 아들은 형주를 맡을 그릇이 못 되니 형주가 걱정일세. 부탁인데 자네가 형주와 내 아들놈을 좀 맡아서 돌봐주게."

유비가 대답했다.

"아드님은 걱정 마십시오. 제가 성심성의껏 보좌해 드리겠습니다. 그러나 형주는 받을 수 없습니다. 이는 의에 어긋나는 청이니 거두어 주십시오."

유비는 유표의 후계자 자리를 강경히 거절했다.

유표는 끝내 숨을 거두며 유비에게 큰아들 유기劉琦와 형주를 부탁한다는 유서를 남겼으나 유표의 부인 채씨와 채모, 부하 장윤張允은 유서를 빼돌렸다.

"형주는 내 아들 것이야."

채씨는 자신의 아들 유종劉琮을 후계자로 삼는 것으로 유서를 위조했고, 유기와 유비에게는 유표의 죽음을 철저히 숨기고 알리지 않았다.

"여기서 머뭇거리지 말고 안전한 곳으로 옮겨야겠어."

뿐만 아니라 유비와 유기가 군사를 일으켜 자신들의 죄를 물을까 봐 두려워 유종을 데리고 양양으로 옮겼다.

조조는 50만 대군을 다섯 길로 나누어 양양으로 쳐들어갔다. 유표의 부장이었던 괴월과 부손, 왕찬王粲은 입을 모아 조조에게 투항해야 한다고 주장했다. 유종은 비록 어렸으나 부친의 뜻을 거스를 수 없다며 완강히 반대했다.

"어린 네가 무슨 힘이 있어서 대항을 하겠느냐. 우리 가족의 안위가 우선이다."

채씨 부인이 투항을 강요하고 나서자 힘없고 어린 유종은 어쩔 도리가 없었다. 부득불 투항서를 작성하여 송충宋忠에게 주며 조조에게 전하도록 보냈다. 투항서의 내용인즉 형주와 양양의 아홉 고을을 조조에게 바친다는 것이었다. 유표가 세상을 뜬 지 불과 얼마 되지 않아 채씨가 주도한 어이없는 항복이었다.

송충은 투항서를 품에 넣고 가던 도중에 관우와 마주쳐 그에게 잡히게 되었다. 붙잡힌 송충은 유표의 부고와 유종이 조조에게 투항한 사실 등 그간의 정황을 터놓았다. 송충을 통해 비로소 사태의 급변을 접하게 된 유비는 놀랍고 기가 막혔다.

"이런 세상에!"

마침 유비의 모사가 자리에 같이 있었다. 그가 유비에게 방법을 일러주었다.

"유표 님이 돌아가셨다니 유황숙께서 문상한다는 명목으로 양양으로 가셔서 유종을 인질로 삼고 막후 세력을 치십시오. 그리하시면 형주를 취하고 조조를 대적하실 수 있습니다."

유비는 여전히 대의를 들먹이며 고집을 부렸다.

"그건 안 될 일이오. 난 절대 유표 형님의 은혜를 저버리고 불의한 행동을 할 수는 없소. 차라리 신야를 버리고 번성으로 가서 우선 조조의 공격을 피해 대오를 가다듬는 편이 낫겠소."

유비는 신야를 떠나 번성으로 옮길 준비를 명했다. 유비가 번성으로 옮긴다고 방을 붙이자 신야의 백성들도 저마다 따라가겠다고 나섰다. 제갈량은 바야흐로 조조의 군대가 닥칠 것을 알고는 백성과 관리들의 가족을 번성으로 피신시켰다. 그리고 서둘러 장수를 파견하고 병력을 이동시키며 책략을 짜 나갔다. 또한 관우, 장비, 조자룡 등 명장들을 불러 용병술을 명하니 모두가 제갈량의 지휘 아래 일사분란하게 움직였다. 제갈량은 각각에게 병력을 나누어 양양으로 파견해 조조를 맞아 싸우게 했다. 물자 조달과 병력 파견이 끝나자 제갈량은 유비를 모시고 높은 곳에서 내려다보며 승전보를 기다렸다.

일차적으로 조조를 맞아 싸울 부대는 제갈량의 작전에 따라 붉은 기와 청색 기를 양편에 나누어 들고 각각 좌우편으로 나누어 달렸다. 그 뒤를 쫓아 달리던 허저는 작미파鵲尾坡로 유인되었다. 아무도 보이지 않는 듯하던 곳에서 갑자기 요란한 나팔 소리가 들렸다. 고개를 들어 보니 유비와 제갈량이 화려한 양산 밑에서 술잔을 마주하며 한가로이 앉아서 내려다보고 있었다.

"저 작자들이!"

이를 본 허저는 울화통이 터져 당장 군사를 끌고 올라가 유비를 죽이려 했다. 그런데 분기탱천하여 산 위로 달려가던 허저 군사들의 머리 위로 나무와 돌덩이가 소낙비처럼 떨어졌다. 허저는 대패하여 도주해 갔다.

조인은 병력을 대동하고 신야에 당도했다. 그는 성문이 열려 있자 급히 말을 몰아 성안으로 진격했다. 성안은 텅 비어 있었다.

"겁쟁이 유비는 성을 버리고는 모두 데리고 내뺀 모양이구나. 일단 먼 길을 왔으니 좀 쉬기나 하자."

조인은 의기양양해 했으나 밤이 깊어지자 느닷없이 고함소리가 울려 퍼졌다.

"불이야!"

"성안에 불이 났다."

시끄러운 소리가 들려왔다. 온통 시뻘건 불이 타오르고 있는데 오직 동문에만 불이 붙지 않고 있었다.

"동문으로 빠져나가라."

조인과 병사들이 허둥지둥 동문으로 몰려갔으나 그곳에는 조자룡이 매복해 있다가 공격해 왔다. 기겁을 한 조인의 군사들은 조자룡의 군대에 크게 패하여 쫓겨 갔다.

조인은 패잔병을 이끌고 간신히 목숨을 건져 부리나케 내달렸다. 백하白河에 도착한 이들은 불에 쫓겨 도망치다 물을 보니 반가운 마음이 들었다. 말에서 내려 물을 마시며 불에 그을린 몸과 말을 씻고 있는데 순식간에 하늘에 닿을 듯 높은 파도가 밀려들어 오더니 순식간에 조인의 병마들을 집어삼켰다.

"으아악!"

물에 빠져 죽는 자들이 수도 없으니 조인은 황당하고 기가 막혀 정신을 차릴 수가 없었다. 이 또한 제갈량의 계책이었다. 제갈량은 관우의 군사들에게 백하 상류의 물을 모래주머니로 둑을 만들어 막아 두었다가 조인의 군사들이 말에서 내려 강에 들어올 때쯤 치워 물이 빠져나가게 한 것이다. 그러니 밀려 나간 물의 높이와 기세는 폭풍이 몰아친 바다의 파도보다 더 무서웠다. 이번엔 물벼락을 맞아 혼비백산한 조인이 물이 얕은 나루터로 피해 와서는 강을 건너려 하는데 어디서 천둥 치는 듯한 소리가 들려왔다.

"이건 또 뭐냐?"

장비가 갈고리눈을 부라리고 창칼을 휘두르며 달려오고 있었다.

"조인, 이놈아 내 창을 받아라!"

또다시 장비의 공격을 받은 조인은 더 이상 버틸 수가 없었다. 그저 죽을힘을 다해 줄행랑을 치는 것이 전부였다.

"살아서 돌아갈 수 있을까?"

제갈량의 지략으로 유비에게 대패한 조조는 유비를 결딴내기로 마음먹고 대군을 일으켜 번성을 치러 갔다. 제갈량은 유비에게 권했다.

"번성은 지키기 어렵겠습니다. 일단 번성을 버리고 양양으로 가신 후 앞일을 도모하십시오."

유비는 원하는 백성들은 따르도록 알렸다. 백성들은 노인과 아이를 부축하고 둘러업고는 양양으로 따라나섰다. 고향을 떠나 강을 건너 고달픈 피난길에 나선 백성들의 고생은 말이 아니었다. 백성들의 통곡과 신음 소리가 천지를 진동하자 유비는 목을 놓아 울며 탄식했다.

"내 부덕함이 백성들을 이다지도 고통받게 하니 이 죄를 어찌할까? 차라리 죽어야겠다!"

유비는 서글픈 심정이 되어 강으로 몸을 날리려 했다. 이를 본 사람들이 달려들어 유비를 말렸고 백성들도 유비의 마음을 알고 감격하여 울었다. 마침내 유비 일행은 양양에 도착했다.

"유 숙부가 왔으니 성문을 열라."

유종이 두려워 감히 문을 열지 않자 성안에 있던 위연魏延 장군이 성문을 열어 유비 일행을 맞이했다.

"유황숙께서는 어서 들어와서 매국노들을 처단하십시오."

위연이 소리쳤다. 순간 문빙文聘이 성문을 가로막으며 나서니 위연과 문빙 사이에 일대 접전이 벌어졌다.

"허, 이런 일이…?"

유비는 성안에서 살육전이 벌어지는 모습을 보자 들어가고 싶은 마음이 사라졌다. 유비가 탄식하며 물러서려 했다.

"나 때문에 싸움이 일어나고 백성이 다쳐서는 안 되오. 양양으로 들어가지 않겠습니다."

제갈량이 유비의 심정을 헤아리면서 말했다.

"그렇다면 일단 형주의 요새인 강릉江陵을 취하여 그곳에서 대사를 도모해 보십시오."

유비가 10만여의 병사와 백성을 이끌고 길을 움직이니 그에 따르는 물품과 수레가 엄청난 행렬을 이루었다. 당연히 행군은 느릴 수밖에 없었다. 강릉을 향해 힘겹고 느리게 가고 있는 유비에게 급보가 날아들었다. 조조가 군사를 끌고 추격해 오고 있다는 것이었다. 그러자 어떤 이들이 간했다.

"지금의 행보로는 너무 느려 조조가 금방 따라잡을 것입니다. 차라리 백성들은 잠시 이곳에 두고 먼저 병사들을 이끌고 강릉으로 가심이 어떨지요?"

유비는 단호하게 고개를 저으며 말했다.

"대업을 이루고자 하는 이는 사람을 근본으로 삼습니다. 지금껏 부족한 나를 믿고 따라온 귀한 백성들을 버리라니요? 절대 그리할 수는 없습니다."

미리 번성에 당도한 조조가 유종을 불러 만나려 했으나, 유종은 조조가 너무 두려운 나머지 감히 나가지 못했다. 유종은 대신에 부장 채보와 왕윤을 조조에게 보냈다. 조조는 그 둘을 반갑게 맞이하며 관직에 봉해주고는 유종에게 돌아가는 그들에게 간특한 웃음을 지으며 말했다.

"가서 유종에게 전하게. 내가 천자께 아뢰어 유종을 영원히 형주의 주인으로 봉해줄 터이니 날 찾아오라고 말일세."

유종은 채모와 장윤에게서 이 말을 전해 듣고 크게 기뻐했다. 유종은 얼른 인수와 병부를 받들고 모친과 함께 강을 건너 조조를 영접하러 갔다. 그러나 유종을 만난 조조는 갑자기 말을 바꾸었다.

"유종, 그대는 형주에 있으면 적이 많아 위험하네. 내가 청주 자사에 봉할 터이니 청주로 가게."

유종이 사정하며 형주에 머물게 해 달라고 청해도 소용이 없었다. 할 수 없이 유종은 모친 채씨을 모시고 청주로 향했으나 청주로 가는 도중 기다리고 있던 조조의 자객에 의해 죽임을 당하였다.

조조는 유비가 백성들을 거느리고 긴 행렬을 거두어 동행하느라 겨우 하루 10여 리밖에 움직이지 못한다는 소식을 듣자 서둘러 행동을 취했다.

"유비의 행보가 그렇듯 둔하다 하니 기회를 놓치지 마라. 정예부대 5천을 뽑아 급파하여 만 하루가 지나기 전에 유비를 따라잡아 격파시키라."

"군사들을 긴급하게 투입하겠나이다."

조조의 급명이 내리자 군사들이 바빠졌다. 유비는 조조가 군사를 보내 자신을 추격한다는 보고를 받고는 제갈량에게 황급히 청했다.

"상황이 급하니 어서 유기에게 가서 구원병을 보내 달라고 설득해 주십시오."

"그러지요."

제갈량은 유비의 명을 받들어 서둘러 강하로 갔다. 유비는 병사와 백성들을 이끌고 당양현當陽縣 밖의 경산景山에 주둔했다. 야심한 밤이 되어 불시에 조조의 군사가 들이닥치니 수적으로 열세인 유비의 군사들은 당할 길이 없었다.

"형님, 이쪽입니다."

장비는 죽을힘을 다해 포위를 뚫어 유비를 모시고는 동쪽의 장판파長坂坡로 도주했다. 한편 조자룡은 조조 군사가 공격해 오는 난리통에 유비 일행을 놓치고 자신이 보호하던 유비의 가솔들도 잃어버리고 말았다. 조자룡은 미친 듯 유비와 그 가족을 찾아 헤매다 무너진 성벽 안의 말라붙은 우물 앞에 미麋 부인이 현덕의 아들 아두를 껴안고 울고 있는 것을 발견했다.

"응애… 응애……."

미 부인은 이미 중상을 입은 몸이었다. 그녀는 조자룡에게 아두를 맡기며 말했다.

"저는 몸을 다쳐서 장군을 따라가면 방해만 됩니다. 부탁이니 아기를 데리고 어서 위험을 피하십시오."

"안 됩니다."

조자룡은 죽어도 미 부인을 버려두고 가려 하지 않았다. 얼마 떨어지지 않은 곳에서 조조의 군사들이 달려오고 있었다. 미 부인은 조자룡이 가지 않으려 하자 우물 안으로 스스로 몸을 던졌다.

미 부인이 우물 속으로 뛰어내리자 조자룡은 슬프고 기가 막히기 짝이 없었다. 미친 듯 우물 속으로 손을 휘저으며 미 부인을 불러댔지만 미 부인은 우물 안에서 숨을 거둔 뒤였다. 조자룡은 급히 성벽을 허물어 우물을 메워 조조의 군사가 미 부인의 시신을 훔쳐가지 못하게 했다. 그런 다음 아두를 들쳐 업고는 사생결단으로 조조의 포위망을 뚫고 장판파로 달려갔다. 죽기 살기로 간신히 아기와 함께 장판파에 도착한 조자룡은 다리 위에 서 있는 장비를 보고는 소리쳤다.

"익덕! 조조의 군사가 쫓아오니 어서 추격병을 막아주게!"

장비는 한달음에 달려 나왔다.

"걱정 말게!"

장비는 나는 듯 달려와 뒤쫓아 오는 병사들을 무찔렀다. 조자룡은 유비를 만나자 무릎을 꿇고 설명했다.

"소인이 불충하여 주군의 가솔들을 제대로 돌봐 드리지 못했습니다. 미 부인이 몸을 다쳐 우물 속에 뛰어들어 자결하시고 도련님만 간신히 구했습니다."

조자룡이 두 손으로 유비에게 아두를 바쳤다. 유비는 아두를 받아들자마자 바닥에 내동댕이치며 소리를 높였다.

"이깟 내 미천한 혈육 때문에 귀중한 장군을 해할 뻔했구려!"

조자룡은 유비가 아들보다 자신을 먼저 염려하며 생각해주니 감격하여 울며 엎드렸다.

"이 조운이 간 쓸개를 모두 꺼내 바쳐도 주군의 은혜는 갚지 못할 것입니다."

조자룡을 쫓아온 조조의 군대는 장비가 혼자 다리 위에서 무섭게 고리눈을 부라리고 있고 그 뒤로는 자욱이 먼지가 일어나는 것이 보이자 또 제갈량이 무슨 계교를 부려 복병을 숨겨 놓았을까 봐 감히 접근하지 못하였다. 그러나 이는 장비가 병사들의 말꼬리에 끈을 매달아 먼지를 일으켜 병사들이 많은 것처럼 위장한 계략이었다. 조조는 장비를 바라보며 병사들에게 관우의 이야기를 들려주었다.

"옛날 관운장이 말하길 장비는 백만 군중에 둘러싸여 있어도 장수들 목 베길 주머니 속 물건 꺼내듯 한다고 했었다. 절대 장비에게 함부로 덤비지 마라!"

그때 장비가 우레 같은 목청으로 고함을 질렀다.

"이놈들아 어디 목숨이 아깝지 않으면 한번 덤벼 보아라! 이 장비가 창 맛을 보여주마!"

장비의 목소리에 천지가 흔들렸다. 조조의 병사들은 그 소리만 듣고도 겁에 질려 얼른 말을 돌려 후퇴했다. 장비는 조조의 군사가 도로 다리를 건너 공격해 올 것이 두려워 다리를 끊어버렸다. 장비가 이를 보고하자 유비는 탄식했다.

"아우의 용맹은 따를 자가 없으나 지혜가 모자라도다!"

장비는 유비의 말을 이해하지 못하고 되물었다.

"형님 그게 무슨 말씀이시오?"

"다리를 그대로 두면 조조의 군사들은 우리의 복병이 많아 자신 있어 그러는 줄 알고 감히 쳐들어오지 못하지만 다리를 끊어버리면 우리의 군사가 얼마 없음을 눈치채고 공격해 올 것이다. 어서 이곳을 떠나야 한다."

유비는 서둘러 채비를 갖추고는 병사들을 이끌고 한진漢津으로 가서 면양沔陽을 향해 급히 말을 달렸다. 유비의 예상대로 다리가 끊어진 것을 본 조조는 군사들에게 소리쳤다.

"장비가 다리를 끊은 것은 우리를 두려워함이다. 이제 유비는 독 안에 든 쥐이니 어서 뒤쫓아 잡아야 한다!"

그러자 이전李典이 조심스럽게 진단했다.

"다리를 끊은 것은 제갈량이 파놓은 함정인 듯합니다."

이에 조조는 자신의 의견을 꺼내 놓았다.

"그럴 리 없다. 일개 무장인 장비가 앞뒤 생각 않고 끊어 놓은 것이다."

조조군이 급히 말을 몰아 진격하는데 어디선가 큰 호령 소리가 들리며 군사들이 산중에서 쏟아져 내려왔다. 적토마를 타고 청룡도를 휘두르며 군사를 지휘하는 장수는 틀림없는 관우였다.

"내 여기서 네놈들을 기다린 지 오래다!"

관우가 소리치며 무서운 기세로 덤벼오자 조조는 저도 모르게 소리치며 탄식했다.

"이번에도 제갈량의 계략에 속았구나!"

조조는 허둥지둥 군사를 수습하여 쫓겨 갔다. 이는 관우가 유기에 게 지원을 청하러 갔다 돌아오는 길에 장판파의 싸움 소식과 유비의 동향을 전해 듣고 조조의 길을 끊으려 기다린 것이었다. 조조의 추격 을 끊어 놓은 관우는 서둘러 유비를 모시고 나루터로 갔다. 관우가 배 를 타고 강을 건너는데 홀연 북소리가 들리며 군사들을 실은 배들이 개미 떼처럼 내려왔다. 뱃머리에 서 있는 사내가 그에게 외쳤다.

"숙부님 조카 유기가 이제서야 왔습니다. 용서하십시오!"

유비는 반가움에 눈물이 날 지경이었다. 얼마를 더 가자니 또 한 무 리의 수군들과 마주쳤다. 뱃머리에 단정히 앉아 있는 이가 다름 아닌 제갈량임을 확인한 유비는 기쁨을 이기지 못했다.

유비를 모시기 위해 온 유기는 유비에게 강하에서 군마를 정돈하고 후일을 도모하라고 청했다. 조조는 유비가 강하로 가서 유기에게 의 탁한 것을 알고는 모사 순유에게 계책을 논의했다.

"유비가 유기에게 의탁했으니 만일 동오의 손권과 손을 잡는다면 정말 큰일이다. 어찌해야 좋겠는가?"

순유는 간언하였다.

"우리가 먼저 병력을 과시하고 동오의 손권에게 사람을 보내 같이 유비를 치자고 하면 그들은 우리의 기세에 눌려 응낙할 것입니다."

조조는 그의 계책을 따라 대군을 이끌고 나섰다. 조조의 군대가 수 로와 육로를 가득 메웠다. 행렬이 엄청나기가 서쪽으로는 형주와 협주峽州까지 닿고 동쪽으로는 기주와 황주黃州까지 이어지니 그 길이가 3백여 리에 달했다.

손권은 조조가 밤을 타서 대군을 끌고 강릉으로 온다는 소식을 듣고 모사들을 모아 대책 회의를 열었다. 노숙이 손권에게 간하였다.

"형주는 천혜의 요새이고 백성들의 생활이 풍요롭습니다. 만일 이곳을 취하여 발판으로 삼는다면 제왕이 될 자산을 얻었다 할 수 있습니다."

손권은 고개를 끄덕였다.

"그렇다면 유표가 세상을 떴으니 조문을 한다는 명목으로 직접 강하로 가서 그 허실을 파악하고 같이 조조를 칠 의향이 있는지 떠 보십시오."

손권은 예물을 갖추어 노숙을 강하로 보냈다.

제갈량의 지략

제갈량은 손권과 조조를 다투게 하여 어부지리를 취할 계책을 생각하고 있었다. 다만 손권에게 접근할 끄나풀이 없어 고민에 빠져 있었는데, 노숙이 문상을 온다고 하니 순식간에 고민을 털어내게 되었다. 제갈량은 곧장 유비에게 알렸다.

"노숙이 무엇을 탐지하려 하거나 조조의 군정에 대해 묻는다면 무조건 공명에게 물으라 하십시오."

"알겠소."

제갈량은 노숙을 만나자 온갖 현묘한 계략을 써서 자신이 강동으로 가서 손권을 만나 볼 구실을 만들었다. 노숙은 제갈량과 함께 강동으로 돌아가는 배 안에서 제갈량에게 말했다.

"공명 선생은 손 장군이 조조의 군정을 말해 보라 하시면 절대 군사가 장대하고 명장이 많다는 말씀을 하시면 안 됩니다. 손 장군께서 조조의 편에 서실 테니까요."

제갈량은 이를 듣고 빙긋 웃으며 대답했다.

"자경子敬(노숙의 자)께서 그토록 신신당부하지 않으셔도 소인이 할 대답은 이미 다 생각해 두었습니다."

제갈량은 노숙과 눈이 마주치자 껄껄 웃었다. 한편 손권에게는 조조가 보낸 격문이 도착해 있었다. 격문에는 천자의 명을 받들어 죄인을 처단하려 하니 손권도 같이 동참하여 유비를 치고 영토를 나눠 갖자는 내용이었다.

"그대들은 어떻게 생각하는가?"

손권은 확신이 서지 않아 문무 대신을 모아 진언을 받았다. 노숙을 제외한 장소 등 대신들은 이구동성으로 조조에게 항복하고 같이 유비를 치자고 주장했다.

"글쎄…."

손권은 주저하고 의심하며 쉽게 결정을 내리지 못했다. 쉬운 문제가 아니었다. 손권은 대신들을 물리고 나서 노숙만 은밀히 따로 불러 계책을 물었다.

"그대는 생각이 다르던데 그 연유가 어디에 있소?"

단지 노숙만이 조조에게 투항하는 것을 반대했기 때문이었다. 손권이 이유를 묻자 노숙이 대답했다.

"지금 천하에서 제일가는 모사인 제갈공명이 와 있습니다. 그에게 한번 계책을 물어봄이 좋을 듯합니다."

손권도 고개를 끄덕였다.

"그럽시다. 그는 어떤 대답을 내게 들려주는지 참으로 궁금하오. 한 번은 만나 봐야겠어. 그전에 우리 측 인사들과 먼저 대면을 주선하시오."

제갈량이 강동에 온 지 이틀째 되는 날, 노숙은 손권의 명에 따라 강동의 뛰어난 모사와 학자들을 모셔 와 제갈량과 지혜와 언변을 겨루어 보게 했다. 몰려온 모사와 학자들은 제갈량을 둘러싸고 난감하고 모욕적인 질문을 퍼부어댔다. 주로 유비의 패전을 비꼬고 제갈량의 재주에 대해 의심을 표하는 것들이었으나 제갈량은 한 치의 흔들림이 없이 의연한 태도로 모든 질문에 현명하게 답하였다. 마찬가지로 강동의 모사들도 한발도 물러서지 않고 제갈량과 설전을 벌였다. 그들은 제갈량이 자신들의 주장을 꺾고 조조와 손권이 싸우게 하려는 생각으로 찾아왔음을 알고 있었다.

그러나 제갈량이 누구인가? 결국 조조에게 투항해야 한다고 주장했던 무리들은 제갈량의 교묘한 논리에 말려들어 반박할 이치와 말문이 꼭 막히게 되었다. 이때 홀연 동오의 양관糧官 황개黃盖가 들어오며 큰소리로 꾸짖었다.

"지금 조조의 군사들이 국경을 침범하기 직전이오. 그런데 적을 물리칠 생각은 않고 왜 이리 말싸움들이오?"

그리고 제갈량을 바라보며 소리쳤다.

"어찌하여 그 금싸라기 같은 말씀을 저희 주공主公께 직접 하시지 않고 여기서 풀고 계십니까?"

제갈량은 마침내 그를 따라 손권을 만날 수 있었다. 제갈량은 손권을 만나게 되자 찬찬히 그의 얼굴을 뜯어보았다. 푸른 눈, 붉은 수염에 풍채가 당당하고 인물이 사내다우며 기운이 범상치 않은 것이 쉽사리 남에게 흔들리거나 설득될 인물이 아닌 듯 보였다.

'이 사람은 말로써 격노하게 하여 움직여야겠다.'

제갈량은 내심 생각했다. 손권이 제갈량에게 물었다.

"조조의 군대가 강성하고 장대하여 숫자가 백만이라는데 선생께선 이것이 사실이라 여기십니까?"

제갈량이 답하였다.

"조조의 군사는 기실 그보다 더 많은 백오십 만입니다. 적들을 놀래키지 않으려 고의로 백만이라 속이고 다니는 것입니다. 거기다 지모에 능하고 전쟁에 숙달된 명장이 일이천 명 있다고 들었습니다."

옆에 있던 노숙은 대경실색하여 제갈량에게 눈짓을 보내며 말렸으나 제갈량은 못 본 척하였다. 손권은 제갈량의 말에 놀라서 물었다.

"조조의 병력이 그토록 대단하다니 강동은 어찌하면 좋소?"

제갈량은 간단하게 답하였다.

"힘으로 싸워 이기지 못할 듯하면 항복하는 수밖에 없지요."

손권이 의아해하며 되물었다.

"그럼 힘없는 유비는 어째서 진작에 조조에게 투항하지 않는 거요?"

제갈량은 당당하게 말했다.

"저희 주군께서는 한나라 왕실의 귀한 피를 받으신 분이며 당대 최고 가는 영웅이시라 추앙하는 선비가 모래알처럼 많습니다. 이렇듯 고귀하고 훌륭한 분이 어찌 다른 이에게 항복할 수 있겠습니까?"

이 말을 들은 손권은 모욕감과 분함을 이기지 못하여 자리를 박차고 후당으로 들어가버렸다. 노숙은 제갈량의 발언과 행동에 놀라 낯이 흙빛이 되었다. 그가 제갈량에게 훈계했다.

"함께 손잡고 조조를 치려고 찾아오신 분이 우리 주공을 이렇듯 대하시면 어찌합니까?"

제갈량은 차분한 미소를 머금으며 말했다.

"어찌 그리도 사리 분별을 못하십니까? 조조를 물리칠 계략이 내 가슴속에 있으나 묻지 않으시고 엉뚱한 말씀만 하시니 그럴 수밖에요."

노숙은 제갈량의 말에 황급히 후당으로 들어가 손권에게 아뢰었다.

"공명이 조조를 물리칠 계획이 있으나 주공께서 자신을 경계하며 묻지 아니하신다고 웃고 있습니다."

손권은 마음을 추스르고 돌아와 제갈량을 후당으로 모시고 갔다. 연회를 열어 술을 대접하고 대사를 논의하던 중 제갈량이 손권에게 말했다.

"유황숙께서 패했다고는 하나 명장들이 남아 있고 조조가 수적으로 강하다 하나 먼 길에 지쳐 있습니다. 또한 형주 사람들이 조조를 따른다고 하나 이는 진심이 아닙니다. 게다가 조조의 군대는 수전에 약하니 손 장군과 유황숙이 마음을 합쳐 대항한다면 조조의 백만 대군은 개미 죽이기보다 수월합니다."

손권은 제갈량의 지략에 탄성을 토해냈다.

"선생의 말씀이 내 마음속 생각과 같소. 당장 장군들과 논의하여 유황숙과 함께 조조를 멸하겠습니다."

손권의 결정을 들은 장소를 비롯한 문무 대신들은 모두가 들고 일어나 만류하기 시작했다.

"아니 되옵니다. 재고하십시오."

"조조의 대군과 싸운다는 것은 계란으로 바위를 내리치는 일이옵니다. 고려하소서."

손권도 대신들의 반대가 워낙 강경하자 마음에 의혹이 생겨 주저하게 되었다. 손권의 모친 오국 부인은 아들이 대사의 결정을 앞두고 잠을 이루지 못하고 식음조차 전폐하자 한마디를 일러주었다.

"선형先兄 책이 세상을 뜨며 말하길 안의 일을 결정할 때는 장소에게 자문을 구하고 바깥일을 결정할 때는 주유와 논의하라 했었다. 선형의 유언을 들어 주유와 의논하도록 해 봐라."

손권은 어머니의 조언을 따랐다. 주유는 파양호鄱陽湖에서 수군을 훈련시키고 있었다. 그러다 조조의 군사들이 벌써 강가에 도착해 있다는 소식에 밤새 말을 달려 손권을 찾아왔다.

"어서 오시게."

노숙과 주유는 친분이 남다르게 돈독한 사이였다. 주유가 오자 노숙은 그동안의 경과를 하나하나 상세히 전해주었다. 노숙이 마음을 태우며 주유에게 고초를 호소하자 주유는 그를 안심시켰다.

"너무 근심하지 마시오. 제게 다 생각이 있습니다. 어서 공명 선생을 만나게 해주십시오."

노숙은 말을 달려 제갈량을 청하러 갔다. 그 사이 장소 등 조조에게 투항할 것을 주장하는 모사들이 주유를 만나 뵙기를 청했다.

"조조가 강동에 군사를 대고 있다고는 하나 우리와 적대하며 싸우자는 것이 아니고 유비를 치자고 하는 것이니 우리에게 해가 될 일은 없습니다. 헌데 유비의 모사인 공명이 주군을 흔들어 조조를 같이 치자고 하니 우리가 무슨 명목으로 조조와 싸워야 합니까? 조조에게 투항하면 모든 것이 순조로우니 그리함이 옳다고 보입니다."

주유가 그들에게 물었다.

"공들의 생각도 모두 같습니까?"

모두가 그렇다고 하자 주유는 그들에게 동조했다.

"알겠습니다. 내 생각도 공들과 같소. 이제 그만 물러가 보시오. 내일 주군께 그 뜻을 전하겠습니다."

주유는 그들을 물러가게 했다. 장소 등이 물러간 뒤에는 황개 등의 장군들이 들어와 또한 주유 뵙기를 청하였다.

"죽기를 맹세하고 조조와 싸울지언정 항복할 수는 없습니다."

주유가 그들에게 물었다.

"장군들의 뜻이 모두 같습니까?"

일체의 장군들은 결연히 그렇다고 대답했다. 주유는 이번에도 그들과 동조했다.

"나도 조조와 사생결단하여 결전을 벌이려 생각하고 있었소. 그럼 장군들은 그만 돌아가시오. 내일 주군께 그 뜻을 전하리다."

주유는 장군들을 돌려보냈다. 저녁이 되어 노숙은 제갈량을 모시고 주유를 만나러 왔다. 노숙이 주유에게 물었다.

"조조와 싸울지 투항할지를 결정하셨습니까?"

주유는 어렵지 않게 대답했다.

"역시 조조에게 투항하는 것이 좋겠습니다. 내일 주군께 말씀드려 사자를 보내 투항 의사를 전할 참이오."

이 말을 들은 노숙은 노발대발하며 주유와 한바탕 설전을 벌였다.

"아니, 어떻게 그런 결정을 내릴 수 있단 말이오?"

제갈량은 곁에서 팔을 소매에 끼고는 냉랭하게 웃으며 방관하고 있었다. 주유가 제갈량의 그런 행동을 지적했다.

"무엇이 그렇게 우습습니까?"

제갈량이 부드럽게 말을 이었다.

"노숙 선생께서 사리를 너무 몰라서 그렇습니다. 응당 조조에게 항복을 해야지요. 게다가 동오에서 모욕되게 관인을 조조에게 갖다 바치지 않고도 투항할 방법도 있지요."

주유가 호기심이 들어서 물었다.

"그 방법이 무엇니까?"

제갈량이 망설이지 않고 말했다.

"조조가 동작대를 짓고는 자신의 아들 조식에게 〈동작대부銅雀臺賦〉를 짓게 했지요. 그 글 속에 맹세코 천자가 되어 이교二喬를 취한다는 구절이 있습니다. 이교란 대교大喬와 소교小喬라는 이름의 여인을 가리키는데 그들은 천하일색이라 합니다. 조조가 이 두 여인을 취하려 강동을 노리는 것은 알 사람은 다 아는 사실입니다. 그러니 이 두 여인만 조조에게 바치면 만사형통이지요."

제갈량의 대답에 노기가 충천해 얼굴이 시뻘게진 주유가 분노하여 소리쳤다.

"대교는 돌아가신 손책 장군의 부인이시고 소교는 바로 제 아내입니다. 그 죽일 역적 놈 조조가 감히 누굴 넘보고 그따위 망상을 한단 말이오?"

주유는 한동안 분해서 어쩔 줄을 몰랐다. 물론 제갈량은 이교가 누군지 진작부터 알고 있었다. 그랬으면서 짐짓 이제야 사실을 안 듯 가장하고 주유에게 황망히 사과하며 용서를 청했다.

"송구하옵니다. 무례한 점 용서해주십시오."

주유는 격동한 말투로 응대했다.

"실은 내 일찍이 강북의 조조 놈을 쳐부술 마음이 있었습니다. 지금까지 장군과 모사들의 의견을 물은 것은 단지 모두의 생각이 어떤지 확인하고 싶었을 뿐입니다. 공명 선생, 우리 힘을 모아 그 간사하고 악

랄한 조조를 물리칩시다."

제갈량이 속으로 쾌재를 부르며 이를 응낙했음은 물론이다. 다음 날 손권은 문무 대신들을 총소집하여 대책을 논의했다. 주유는 결연하고 엄숙한 표정으로 단호히 말했다.

"선대부터 지켜온 강동 땅을 역적 조조에게 한 뼘도 내줄 수 없습니다. 신은 이곳을 지키는 장군으로서 마지막 피 한 방울까지 다하여 조조와 싸울 것이며 목숨을 걸고 이에 맹세합니다. 다만 주군께서 의심하고 망설이실까 그것이 두렵습니다."

주유의 말이 끝나자 손권은 칼을 뽑아 들고는 상소문을 올리는 책상의 귀퉁이를 단칼에 잘라냈다. 그리고 칼날 같은 목소리로 모두에게 말했다.

"또다시 조조에게 투항하고자 하는 자가 있으면 이 책상처럼 단칼에 날아갈 것이다."

손권은 책상 귀퉁이를 잘라낸 검을 주유에게 하사하며 말했다.

"명령에 불복종하는 자가 있으면 이 칼로 처단하시오."

그러자 조조와의 대적을 강경히 반대하던 이들도 쥐죽은 듯 조용히 따를 수밖에 없었다. 이제 더 이상 반대할 수 없음을 깨달은 것이다.

"주유 장군에게 이번 전쟁에 있어 최고의 임무를 맡기겠소."

손권은 주유를 대도독으로 임명하고 정보를 부장에, 노숙을 찬군교위贊軍校尉에 봉하여 조조에 대항할 군대를 지휘하게 했다.

주유는 막사에서 문무 대관을 불러 군사 회의를 열었다. 그는 군영

안에서 가장 높은 자리에 앉아 회의를 주관하며 군령을 내렸다. 좌우 양옆에 도끼와 창을 든 호위병이 주유를 보호하고 있으니 불만스럽고 못마땅해도 누구 하나 감히 그의 영을 거스르거나 딴생각을 품지 못했다. 주유는 군대를 다섯 부대로 나누어 출정을 명했다. 병사들은 삼강三江에 당도하여 명을 기다렸다.

주유는 병사들을 대동하고 삼강에 도착한 후 제갈량을 청하여 함께 일을 논의했다. 주유가 제갈량에게 요구하였다.

"관우와 장비, 조자룡과 모든 병력을 동원해 철산鐵山으로 보내 조조의 군량 이동로를 끊게 합시다."

제갈량은 당장에 주유의 속셈을 알아차렸다.

'주유가 조조의 칼을 빌어 유황숙의 수족들을 자를 셈이구나. 어찌 대처해야 할까?'

제갈량은 속으로 고민했다. 같이 조조를 치기로 한 이상 주유의 청을 거절할 수도 없는 노릇이었다. 제갈량은 얼른 주유에게 승낙의 뜻을 전하고는 물러가 이 난관을 돌파할 계책을 생각하기로 했다.

'주유, 역시 보통이 아니다.'

노숙이 급히 제갈량을 찾아와 물었다.

"공명 선생은 주 도독의 심중을 알고 있는 거요?"

제갈량은 담담하게 말했다.

"우리 유황숙의 군사들은 뭍에서 기마전을 벌이건 육탄전을 벌이건 바다에서 해전을 벌이건 그 전투력과 용병술이 절묘하여 강동의 졸개

들과는 비교할 바가 아닙니다. 당연히 도와드려야지요. 주 장군은 물
에서의 전쟁에 서투니 그저 해전이나 맡아주시면 됩니다. 나머지야
저희가 알아서 해야지요."

제갈량의 차분한 태도에 노숙은 잠시 아연해졌다.

'이 사람의 생각이 정녕 그러한가?'

노숙은 주유에게 달려가 제갈량의 말을 한 자도 빠짐없이 전했다.
주유는 그 말을 듣자 자존심이 상하고 화가 나서 견딜 수가 없었다.

"그랬단 말입니까?"

무장으로서 이처럼 무시를 당하자 본때를 보여줘야 한다는 오기가
발동하여 주유는 친히 군사를 이끌고 조조의 군량 이동로를 끊겠다고
나섰다. 노숙이 조심스럽게 간했다.

"공명이 덧붙여 말하길 조조는 간특하여 용병술의 귀재이니 장군은
가시기만 하면 당장 생포될 것이라고 했습니다."

"아무래도 내가 직접 나서야겠군."

더욱 분을 참지 못한 주유는 당장 군사를 끌고 가서 조조의 양식 이
동로를 끊어버렸다.

유비는 제갈량이 강동에 간 후 오래도록 소식이 없어 돌아오지 않
자 애가 바짝바짝 탔다. 기다리다 못한 유비는 지원군을 파병한다는
명목으로 미축에게 군사를 딸려서 강동으로 보내 소식을 탐지하게 했
다. 미축이 오자 주유는 반가이 맞아들이며 함께 술잔을 기울였다. 주
유는 미축에게 술을 권하며 유비의 칭찬을 했다.

"유황숙의 인덕과 자의는 이 강동 천지에 명망이 자자합니다. 항상 유황숙의 그런 성품을 흠모하여 뵙기를 기다려 왔습니다. 부디 한번 유황숙을 강동으로 모셔 이 어지러운 천하를 어찌 헤쳐 나갈지 양책을 논의하고 싶습니다."

미축은 거절할 이유가 없어 냉큼 응낙하고 유비에게로 돌아갔다. 미축이 떠나자 노숙이 물었다.

"대체 무슨 요량으로 유황숙을 강동으로 청하셨소?"

주유가 웃으면서 섬뜩하게 대답했다.

"강동이 편안하길 바란다면 유비를 없애 후환의 싹을 잘라야 합니다."

미축이 주유의 말을 전하자 현덕 좌우의 장군과 모사들은 입을 모아 만류하며 주유가 유비를 해할 흑심이 있으니 가지 않는 것이 옳다고 간언했다.

"그러나 우리와 더불어 조조를 상대하는 강동의 주유를 어찌 외면할 수 있겠소."

유비는 성의를 보여야 한다며 이들을 뿌리치고 강동으로 출발했다. 유비가 도착하자 주유는 유비를 위해 성대한 연회를 베풀었다. 주유는 병사들에게 명하여 술잔을 던지는 것을 신호로 유비를 죽이라는 밀령을 내려놓고 있었다. 주유가 술잔을 던지려는 찰나 유비의 뒤에 대춧빛 얼굴의 관우가 버티고 서서 주변을 경계하고 있는 것이 눈에 들어왔다. 주유는 흠칫 놀라 던지려던 술잔을 내려놓고 유비에게 물었다.

"뒤에 서 계신 장군은 안량과 문축을 단칼에 저세상으로 보낸 관운장이 아니십니까?"

유비가 공손히 대답했다.

"그렇습니다. 아우의 무공은 천하제일이지요."

주유는 감히 술잔을 던질 수 없었다. 위기에서 벗어난 유비가 배로 돌아오니 제갈량이 그를 기다리고 있었다. 유비는 제갈량을 보자 너무나 반갑고 기뻐 손을 부여잡으며 물었다.

"왜 그리도 소식이 없으셨습니까?"

제갈량도 안도의 숨을 몰아쉬었다.

"오늘 관운장이 아니었다면 정말 위험할 뻔했습니다. 주유가 자객을 매복시켜 놓고 주공의 목숨을 노렸으나 관운장이 뒤에서 지키고 있었기에 어쩌지 못했지요."

유비는 깜짝 놀라며 혀를 찼다.

"전혀 몰랐습니다. 아우가 아니면 큰일 날 뻔했군요. 어쨌거나 선생께서는 이제 그만 저와 돌아가십시다."

"지금은 돌아갈 때가 아닙니다. 주공께서는 11월 갑자甲子일 후 동남풍이 불어오면 자룡에게 작은 배를 몰아 동남쪽 기슭에 대 놓고 저를 기다리게 하십시오."

제갈량이 대답하며 한 가지 당부를 했다.

"그날, 배를요?"

"절대 이 일은 어긋나면 안 되니 주공께서 거듭 확인하셔야 합니다."

"그렇게 하겠소."

제갈량은 배를 몰고 총총히 사라졌다. 유비는 아쉬웠지만 이렇게 작별할 수밖에 없었다.

주유에게 조조의 사자가 왔다는 보고가 올라왔다. 사자는 조조의 서신을 주유에게 전했다. 주유가 서신을 받아 보니 겉봉에 〈한나라 대승상이 보내니 도독 주유는 열어 보라〉는 오만한 문구가 쓰여 있었다. 이 문구를 본 주유는 모욕당한 마음에 약이 올라 펄쩍펄쩍 뛰었다.

"이 육시랄 늙은 역적 놈이 눈에 뵈는 게 없구나!"

주유는 편지를 갈가리 찢고 사자의 목을 베어버렸다. 그리고도 분이 풀리지 않아 찢어발긴 편지 조각과 사자의 잘린 머리를 조조에게 돌려보냈다. 주유의 사신이 찢어진 편지와 사자의 머리를 보내오자 조조 역시도 기가 막히고 분해서 눈이 뒤집혔다. 그는 대노하여 소리쳤다.

"이 주유란 놈이 무서운 것이 없는 모양이로구나. 내 당장 군사를 수습하여 삼강으로 주유를 치러 가겠다."

조조는 살기 띤 목소리로 군령을 내렸다. 주유 또한 병력을 이끌고 삼강에서 조조의 군대를 맞아 싸웠다. 조조의 군대는 수전에 미숙한 청주와 서주의 군사들이었으니 순식간에 주유에게 대패하여 쫓겨 갔다. 패전한 조조는 형주의 항장降將 채모와 장윤으로 하여금 밤낮으로 수군을 훈련시켜 재공격할 준비를 갖추게 했다.

승전을 거두고 돌아온 주유는 누선에 올라 풍악을 울리며 조조의 진영을 탐문했다. 조조 진영의 배는 휘황찬란하게 등을 밝히고 끊임없이 이어져 있었다. 배의 배치가 질서 있는 것이 수군의 전법을 잘 아는 도독이 지휘하고 있는 것 같아 내심 놀랐다. 주유는 진영에 돌아와 물었다.

"조조 수군 진영의 도독이 누구인가?"

부하들이 즉각 답을 올렸다.

"채모와 장윤이란 자입니다."

주유는 심각한 얼굴이 되었다.

"내가 그 둘을 없애야 조조를 물리칠 수 있겠다."

주유는 상대의 편단 배치만을 보고도 적의 강약을 파악했던 것이다. 주유는 깊은 상념에 빠져들었다.

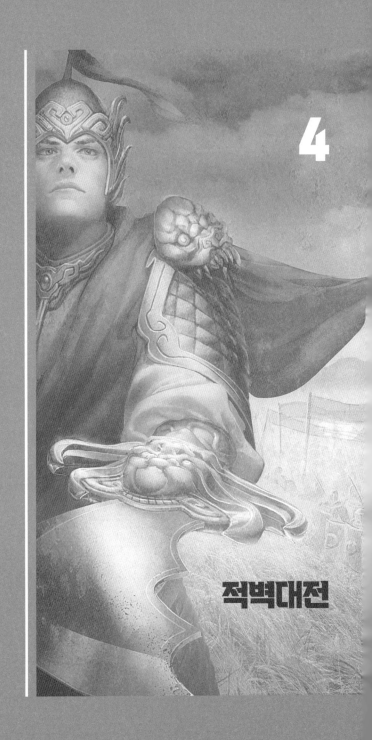

4

적벽대전

주유의 칼춤

조조는 주유가 자신의 진영을 탐색하고 돌아갔다는 보고를 받고는 장군들을 총소집하여 대책 회의를 열었다.

"우리가 패배를 당한데다 주유가 염탐까지 하고 돌아갔다니 이 일을 어찌해야 하겠는가? 주유를 물리칠 계교가 없겠소?"

막빈 장간莊幹이 말했다.

"소인은 주유와 절친한 친구입니다. 동자 한 명과 사공 둘만 딸려서 저를 보내신다면 주유를 설득하여 승상께 투항하도록 할 수 있습니다."

"그렇소? 아, 그리된다면야 바랄 것이 없지요."

그 말에 조조는 기뻐서 어쩔 줄 몰랐다. 조조는 장간을 위해 술을 내오며 그의 떠나는 길을 격려했다.

주유는 장간이 왔다는 소식을 듣고 반갑게 나가서 그를 맞이했다.

그리고 속을 다 알고 있다는 듯 장간에게 말을 건넸다.

"여보게 자익子翼(장간의 자), 조조를 위해 날 설득하려고 어려운 걸음을 했군 그래."

장간은 시치미를 떼고 답했다.

"공근公瑾(주유의 자), 그런 섭섭한 말이 어디 있나? 내 비록 조조의 수하에 있다고는 하나 다만 옛 친구로서 회포를 풀러 온 것이지 다른 뜻은 없네."

주유는 표정이 굳어졌다.

"난들 어찌 자네 말을 그대로 믿을 수 있겠나?"

장간은 짐짓 화가 난 듯 목청을 세웠다.

"자네가 그리 생각한다면 그만 가 보겠네. 정말 너무하는군. 그래."

그제야 주유는 장간의 팔을 잡으며 안으로 끌고 들어가 주연을 베풀며 강동의 영웅들과도 만나게 해주었다. 주연 석상에서 주유는 장군들에게 말했다.

"이 친구는 내 동창이며 오랜 친구이네. 비록 강북의 조조 수하에 있지만 절대 나를 조조 편에 끌어들이려고 온 것이 아니네. 다만 오랜만에 우정 어린 회포를 풀러 온 거지."

장간은 고개를 끄덕였고 주유는 계속 말을 이어 나갔다.

"하여간 오늘 군정에 관해 얘기를 꺼내는 이는 당장 목을 베겠네. 태사太史는 이 칼을 받아 술자리를 지키게. 나랏일이나 군사적인 얘기를 하는 자는 가차 없이 처단하게!"

술이 거나하게 취하자 주유는 장간의 손을 잡고 막사를 빠져나왔다. 주유는 위풍당당한 동오의 군사들과 산처럼 쌓인 군량을 자랑스럽게 구경시켜 주며 거침없이 말을 뱉어냈다.

"어떤가? 내 군사들이 너무나 용감하고 뛰어나지 않은가? 이 퍼도 퍼도 마르지 않을 것 같은 양식들은 또 어떤가? 모름지기 대장부는 이렇게 자기를 알아주는 주인을 만나 화와 복을 같이 나누며 영광을 누려야 하네. 내가 이렇듯 만족스러우니 말이 청산유수에 혀가 칼날 같은 달변가가 와서 나를 데려가려 한들 어찌 내 마음이 털끝만큼이라도 흔들릴 수 있겠나?"

주유의 말에 장간의 얼굴은 흙빛으로 변하고 입은 꿀 먹은 벙어리가 되었다. 장간을 데리고 연회석으로 돌아온 주유는 흥이 나서 술을 마시다 자리에 있는 모두에게 소리치며 즐거워했다.

"오늘 강동의 영웅호걸들이 모두 모였도다. 오늘 이 연회는 정말 군영회群英會라고 불러도 되겠구만!"

주유는 취한 체하며 칼춤을 추고 노래를 불러댔다. 밤이 깊어지자 주유는 장간을 막사 안으로 끌고 들어가 서로 발바닥을 맞대고 함께 잠자리에 들었다.

장간은 주유의 천둥이 치는 듯한 코 고는 소리에 잠을 이루지 못했다. 마침내 자리에서 몸을 일으킨 장간은 탁자 위의 문서가 눈에 띄자 몰래 훔쳐보고 싶어졌다. 주유가 깨지 않게 가만히 들추니 편지가 한 통 있었는데 그것은 놀랍게도 채모와 장윤이 동오와 내통한 문서였다.

'이게 뭐야?'

장간은 놀란 가슴을 진정시키며 편지를 몰래 옷소매에 감추고 등을 껐다. 그리고는 다시 잠자리에 누웠으나 마음속에 온갖 생각이 떠올라 잠에 들 수가 없었다. 시간이 사경四更(새벽 1시에서 3시 사이)에 이르렀을 즈음 밖에서 누군가가 나지막이 주유를 부르는 소리가 들렸다.

"도독."

주유는 그 소리에 잽싸게 자리에서 일어나 밖으로 나가더니 작은 소리로 뭔가 심각하게 이야기를 주고받았다. 잠에 들지 못하고 있던 장간이 아무리 귀를 쫑긋 세우고 들어봐도 잘 들리지가 않았다.

"강북에서 사람이 왔습니다."

누군가 말하자 주유가 낮은 목소리로 무언가를 명했고 이에 대답하는 소리가 희미하게 들릴 뿐이었다.

"채모와 장윤이 당장에 손을 쓸 수는 없답니다."

"그래. 알았다."

장간이 아무리 귀를 기울여도 그 다음 말은 더 이상은 들을 수가 없었다. 날이 밝자 장간은 급히 돌아갈 채비를 갖추었다. 몰래 훔친 편지를 소매 속에 숨긴 장간은 주유에게 작별을 고한 뒤 조조에게 돌아갔다. 장간은 강북에 도착하자마자 조조에게 훔쳐 온 편지를 바쳤다. 서신을 읽은 조조는 장윤과 채모가 자신을 배신한 것이 틀림없다고 믿고는 격노하여 당장에 장윤과 채모의 목을 참하라고 명했다.

그런데 장윤과 채모의 목을 베고 난 직후, 조조의 마음에 뭔가 깊이는 것이 있었다. 모든 것이 주유가 철저히 꾸민 계략이며 자신이 이에 철저히 속았다는 사실을 알았을 때는 이미 때늦은 뒤였다. 조조는 후회로 가슴이 사무쳤지만 채모와 장윤의 목을 도로 갖다 붙일 수도 없는 노릇이었다. 계략이 성공하여 채모와 장윤의 목이 날아갔다는 소식을 들은 주유는 만세라도 부를 기분이었다.

"내가 드디어 채가와 장가를 없애니 발을 뻗고 잠을 자게 되었도다."

그러다 주유가 문득 노숙을 부르더니 제갈량에게 다녀올 것을 부탁했다.

"공명이 이 일의 내막을 알고 있는지 한번 알아봐 주십시오."

노숙이 제갈량을 찾아가자 제갈량이 먼저 말을 꺼냈다.

"장윤과 채모가 죽었습니다. 이제 강동에는 우환이 없어졌지요. 허나 제가 이것을 알고 있다는 사실을 주 도독에게는 말씀하지 마십시오. 틀림없이 나를 경계하고 시샘하는 마음이 생겨 해하려 하실 겁니다."

제갈량은 노숙에게 신신당부를 했다. 노숙은 제갈량의 선견지명과 식견에 혀를 내두르며 주유에게 돌아갔다. 노숙은 주유에게 제갈량이 모든 것을 이미 훤히 알고 있더라고 있는 그대로 전했다. 주유는 한탄했다.

"공명은 너무나 신출귀몰하고 뛰어나 그냥 살려 두면 큰 우환이 될 것이오."

이튿날 주유는 제갈량을 청하더니 자신의 속셈을 토해냈다.

"조조를 치려면 십만 개의 화살이 필요합니다. 선생께서 화살 십만 개를 열흘 안에 만들어주십시오. 만일 이를 어기신다면 참형에 처하 겠습니다."

억지를 부렸음에도 뜻밖에 제갈량은 시원하게 대답을 했다.

"사흘 안으로 화살 십만 개를 만들어 드리겠습니다. 군령장을 내려 주십시오."

주유는 믿을 수가 없어 다짐을 받았다.

"이런 일에 흰소리를 하실 리는 없겠지요."

주유는 화살을 만드는 장인들에게 비밀리에 명하여 일을 천천히 하 여 절대 사흘 안에 화살 십만 개를 만들지 못하게 했다. 주유는 제갈량 이 지극히 담담하고 자신 있는 것이 못내 이상하여 노숙에게 어찌된 일인지 알아보게 했다. 노숙이 찾아오자 제갈량은 대뜸 말을 꺼냈다.

"나를 좀 도와주십시오."

노숙은 어리둥절하였다.

"제가 어떻게요?"

"배 스무 척을 빌려주십시오. 매 척마다 병사 30명을 배치하고 푸른 천으로 배 위에 휘장을 치게 해주십시오. 그리고 짚을 묶은 것 천 개를 싣게 해주시면 3일 후 책임지고 화살 십만 개를 만들겠습니다. 다만 이 사실을 주 도독이 모르게 해주십시오. 그렇지 않으면 제 목숨이 위 태롭습니다."

제갈량의 청이 너무나 간절하여 노숙은 이를 들어주기로 하고 주유에게 이 사실을 절대 알리지 않겠다고 거듭 약속했다. 사흘 후 시간이 사경에 이르렀을 때 한 치 앞을 내다볼 수 없을 만큼 진한 안개가 천지를 뒤덮었다. 제갈량은 노숙에게 청했다.

"함께 화살을 가지러 갑시다."

노숙은 의아하게 생각하면서도 제갈량을 따라나섰다. 스무 척의 배가 긴 밧줄로 연결되어 조조의 진영 앞까지 일자로 늘어서 있고 병사들은 북을 치며 고함을 질렀다. 제갈량은 배 안에서 노숙과 마주 앉아 술잔을 기울였다. 시간이 지나자 기습을 당한다고 여긴 조조의 군사들이 화살을 쏘기 시작했으나 짙은 안개에 싸여 바깥의 아무것도 보이지 않았다. 조조 군영에서 비 오듯 쏟아지는 화살은 제갈량의 스무 척 배 위의 짚단에 가서 꽂혔다. 안개가 흩어지고 나서 돌아오는 스무 척 배 속에는 이미 십만 개가 넘는 화살이 담겨 있었다. 제갈량이 조조를 향해 큰소리로 외쳤다.

"승상! 화살을 이렇게 거저 주시니 정말 고맙소!"

제갈량은 진영으로 돌아와 주유에게 약속한 화살 십만 개를 건네주었다. 주유는 경탄을 표했다.

"공명 선생의 계책은 정말 신의 경지요."

주유는 막사 안으로 제갈량을 청하여 술잔을 나누며 진심으로 물었다.

"조조를 격파하고 싶으나 참으로 묘책이 없습니다. 선생을 청하여 방법을 여쭙고 싶습니다."

제갈량이 대답했다.

"저의 재주와 생각이 미천하여 도움이 될까 모르겠습니다. 그럼 서로의 생각이 어떤지 알아보기로 합시다. 주 도독이 생각하는 방법을 손에 써 보십시오. 저도 그리해 보겠습니다."

잠시 후 둘은 손을 내밀어 서로의 손을 보았다. 둘의 손 위에는 서로 짜기나 한 듯이 '불 화火' 자가 쓰여 있었다. 두 사람은 서로의 마음이 같음을 알게 되자 웃음을 참지 못하고 껄껄 웃어댔다.

어이없이 화살 십 수만 개를 날린 조조는 심중이 답답하고 화가 나 견딜 수 없었다. 이를 지켜보던 모사 순유가 조조에게 계략을 내놓았다.

"제 생각에는 동오에 거짓 항복을 하여 사정을 탐지해 보는 것이 좋을 듯합니다."

조조는 기뻐하며 말했다.

"나도 그 생각을 하던 참이다. 그래 누구를 보내면 좋겠나?"

순유가 답하였다.

"주유의 계략으로 목숨을 빼앗긴 채모 일가의 아우인 채중蔡中과 채화蔡和를 주유에게 보내 거짓 투항케 한다면 틀림없을 것입니다."

조조는 당장 채중과 채화에게 단단히 일러, 주유에게 거짓 투항을 시켰다. 주유에게 간 채중과 채화가 그의 발밑에 엎드렸다.

"저희 형님이 조조에게 억울하게 목숨을 잃었습니다. 저희는 이제 조조 밑에서 일할 수 없으니 받아주십시오."

주유는 크게 기뻐하며 이들을 맞은 다음 감녕에게 보내 전 부대에 배치토록 했다. 그러나 주유는 이들이 가솔들을 거느리지 않고 온 것을 보며 단번에 거짓 투항임을 알아차렸다. 주유가 있는 막사 안으로 황개가 살금살금 들어오더니 주유에게 간했다.

"조조는 화공법을 써서 물리쳐야 합니다."

깜짝 놀란 주유가 되물었다.

"아니 그건 누구 생각이오?"

황개는 거침없이 대답했다.

"저 혼자 생각입니다."

안심한 주유는 작은 소리로 말했다.

"화공법을 성공시키려면 조조 진영에 첩자를 심어야 하는데 적당한 이가 없어 고민 중이었소."

황개가 나섰다.

"제가 가서 거짓 투항을 하겠습니다."

주유는 고개를 흔들었다.

"장군의 고통이 말이 아닐 거요."

"죽는다 하여도 달게 죽을 각오입니다."

주유는 감격하여 어쩔 줄 몰랐다. 다음 날 군사 회의에서 황개는 마음에도 없는 소리를 꺼냈다.

"어차피 싸워도 이기지 못합니다. 조조에게 투항하여야 합니다."

그러자 주유가 노기가 충천하여 명했다.

"무장의 입에서 투항이라니 용서할 수 없다. 황개를 태형 백 대에 처하겠다."

이를 가차 없이 행하니 황개의 살은 찢겨져 살점이 온 사방에 튀고 피가 강같이 넘쳤다.

감택闞澤은 황개의 절친한 친구로 충의를 소중히 여기는 사람이었다. 황개와 우의가 각별할 뿐 아니라 서로 간에 신뢰 또한 남달랐다. 구변이 뛰어나고 문장까지 훌륭하니 황개는 그의 재능을 몹시 칭찬했었다. 감택이 황개와 주유의 거짓 항복 작전을 눈치채자 황개는 그의 빼어난 문장을 빌어 조조에게 보내는 투항서를 써 달라고 청했다. 황개는 이를 두말없이 응낙하며 투항서를 써 가지고 직접 조조 진영에 전달하러 갔다.

고기 잡는 노인처럼 변장한 감택이 조조의 진영에 들어가 황개의 투항서를 전했다. 감택은 조조에게 말했다.

"제 둘도 없는 벗인 황개가 승상께 항복하자는 도리를 간했다는 이유로 죽을 만큼 맞아서 누워 있습니다. 그는 더 이상 동오에 충성할 수 없다며 승상께 이 투항서를 전해드리라 하였습니다."

조조가 눈을 부릅뜨며 소리쳤다.

"네놈들이 제 몸을 해하여 적을 속이는 고육책을 쓴다는 걸 내가 모르는 줄 아느냐? 당장 이놈의 목을 베어라!"

다행히도 때마침 채중과 채화의 밀서가 조조에게 올라왔다. 그것을 읽어 본 조조는 갑자기 감택을 풀어주며 명령을 바꾸었다.

"어서 강동으로 돌아가 일을 꾸며라."

비록 채중과 채화가 황개의 일을 밀서에 보냈다고는 하나 감택을 강동으로 돌려보낸 조조는 그래도 그를 완전히 믿을 수가 없었다. 조조는 장간을 불러 강동으로 가 정탐하여 진위를 가려보도록 했다.

"잘 감시하도록 하라."

"명을 받들겠습니다."

장간은 곧 강을 건너 강동으로 향했다. 주유는 장간이 다시 왔다는 보고를 받자 쾌재를 불렀다.

"우리 일의 성공 여부는 장간에게 달렸다."

주유는 노숙을 급히 불렀다.

"어서 방통 선생을 찾아가 계책을 세워주십시오."

이어 주유는 장간을 불러들였다.

"자네가 나한테 이럴 수 있나? 내 서신을 도둑질해서 채모와 장윤을 죽게 해 나를 방해하고도 무슨 흉계를 꾸미러 왔나? 이제 어림없네. 당장 자네 목을 베지 않는 것은 모두 옛정을 생각해서네. 자네는 서산西山의 암자로 가 있게."

장간은 어쩔 수 없이 주유의 말을 따르는 수밖에 없었다. 서산의 암자에 갇히게 된 장간은 우울하고 답답한 마음에 뒤뜰을 거닐었다. 그때 홀연 어디선가 병서를 읽는 소리가 들려왔다. 소리를 따라가니 병서를 읽고 있는 이는 다름 아닌 봉추 선생 방통이었다. 그 재주가 천하에 이름난 봉추 선생을 만나게 된 장간은 희색이 만면했다.

"아니 명망 높은 봉추 선생께서 무슨 연유로 이처럼 외진 곳에 피해 계십니까?"

방통이 말하였다.

"주유가 자기 재주만 믿고 다른 선비는 등용하지 않으니 세상이 귀찮고 보기 싫어 이곳에서 독서로 소일하고 있소."

장간은 기회를 놓치지 않고 권하였다.

"저와 함께 조조 승상께 가십시다. 승상께서는 선생의 재능과 식견을 흠모하고 필요로 하니 이 얼마나 잘된 일입니까?"

방통은 망설이지 않고 응답했다.

"내 진작부터 동오를 떠나고 싶었소."

장간이 방통을 모시고 돌아오자 조조는 열과 성을 다해 그를 대하며 상빈으로 모셨다. 조조가 친히 그를 수행하여 진영을 둘러보니 방통은 용병술이 더없이 뛰어나다며 칭찬을 아끼지 않았다. 진영을 확인한 방통이 조조에게 진언했다.

"승상의 수군들이 물 위에서 정말 고생이 많습니다. 만일 배를 굵은 사슬로 한데 묶어 연결한다면 움직이기도 편하고 배의 흔들림도 적으니 병사들의 고생도 좀 덜할 것 같습니다."

조조의 병사들은 물 위에서 오래 지내온 터라 병든 군사가 많은 것이 사실이었다. 방통의 진언을 들은 조조는 크게 기뻐하며 이를 당장 실시하도록 명을 내렸다. 방통은 조조에게 귀가 솔깃한 제안 하나를 더했다.

"강동에는 주유에게 원한을 품은 자가 많으니 제가 가서 그들을 데려와 모두 승상께 투항시키겠습니다."

방통이 스스로 나서자 조조는 두말 않고 응낙하며 그를 강동으로 보냈다. 방통이 막 강을 건너려는 순간이었다.

"정말 자네 담이 크군. 그냥 불태우는 것만으로는 모자라 아예 한데 묶어서 태워 없앨 궁리까지 갖다 바쳤나?"

방통이 깜짝 놀라 뒤를 돌아보니 바로 옛 친구 서서였다. 방통은 크게 소리 내어 웃었다.

"원직이 오랜만이군. 내 계교를 알았다고는 하나 설마 조조에게 알리지는 않겠지?"

서서는 조용히 말했다.

"조조는 내 모친을 죽인 거나 다름없네. 그리고 난 유황숙의 은혜를 잊은 적이 없어. 응당 나는 자네의 계책을 눈감아 줄 생각이네. 대신에 내가 조조에게서 몸을 뺄 계책을 알려주게."

방통은 몸을 기울여 서서에게 빠져나갈 계략을 귀엣말로 일러주었다. 서서는 방통이 일러준 계략을 따라 조조의 진영에 유언비어를 퍼뜨렸다. 서량의 한수와 마등이 모반을 꾀하고 군사를 일으켜 허도로 향하고 있다는 내용이었다.

"만일 그리되면…?"

조조는 이와 같은 소문이 돌자 크게 놀라 안절부절 좌불안석이 되었다. 급히 군사를 모집하여 열린 회의에서 서서가 자청하여 나섰다.

"제가 산관散關으로 가 보겠습니다."

조조는 이번에도 계략에 그대로 속아 넘어갔다.

"선생이 가신다면 참으로 안심할 수 있겠소."

조조는 당장에 서서에게 3천 병마를 딸려 보냈다. 이 전부가 방통이 일러준 계책이었으니 서서는 이때야 비로소 조조의 진영을 빠져나가는 데 성공했다.

서서가 산관으로 가자 조조는 그제야 한숨 돌릴 수가 있었다. 조조는 주유를 물리치고 동오를 얻을 생각에 벌써 흥이 나서 문무 대관들을 모아 놓고 연회를 열었다. 수군의 배들은 양쪽에 잘 정돈되어 정렬해 있었다. 조조는 배 위의 높은 곳에 앉아서 사방을 내려다보며 지금까지 겪어 온 흥망대사를 이야기했다. 그는 술에 취해 연회를 즐기며 흥에 겨워 외쳤다.

"내가 동오를 취하고 이교를 얻어 만년을 즐긴다면 이 얼마나 행복한 일이겠는가!"

정취가 최고조에 달한 조조는 뱃머리에 창을 들고 서서는 술잔을 기울여 술을 강물에 바쳤다. 거기다 노래를 부르니 장군들도 이에 따라 화답가를 불렀다.

술을 마주하고 노래를 부른다.

인생이 덧없기가 아침이슬 같구나.

지나간 날 가슴 아파 탄식이 절로 나온다.

시름을 잊기 어려우니 술잔이나 기울여 보세….

조조의 즉흥가가 강 위로 널리 퍼져갔다. 이튿날 선상에서 수군을 훈련시키고 있는 조조에게 정욱과 순유가 다가와 진언하였다.

"승상, 이처럼 쇠사슬로 배를 묶어 놓으면 위험합니다. 만일 적이 화공법을 써서 공격한다면 배들이 통째로 타버려 피할 길이 없습니다."

조조는 이를 듣고 크게 웃어대며 자신의 소신을 꺼내 놓았다.

"화공법을 쓰려면 바람을 빌려야 합니다. 지금은 엄동설한이라 바람이 있어도 서북풍만 있지요. 우리는 지금 북쪽에 있으니 적들이 불을 쓰면 반대 방향으로 불이 타 들어가 오히려 자멸하게 됩니다. 이렇듯 이치가 자명한데 화공법이 뭐가 걱정입니까?"

"아!"

그들은 일제히 할 말이 없어졌다.

한편 주유는 장군들을 대동하고 산꼭대기에 올라가 강 건너를 바라보았다. 조조 진영의 배가 빼곡히 질서 정연하게 늘어서 있었다. 갑자기 광풍이 일며 강물의 파도가 산처럼 솟더니 주유가 서 있는 절벽을 치고 달아났다. 홀연 불어온 바람에 깃발이 나부끼며 주유의 얼굴을 스치고 지나갔다. 문득 어떤 불길한 사념이 주유의 가슴 속을 스쳤다.

"왁!"

순간 주유는 비명을 지르며 붉은 선혈을 토하고는 그 자리에 쓰러지고 말았다. 주유가 느닷없이 피를 토하고 쓰러져 자리에 눕자 노숙은 근심스럽고 답답하기 짝이 없었다. 조조의 군사와 일촉즉발의 상황에 있는 판에 도독이 병이 들었으니 참으로 위급한 상황이었다. 노숙은 제갈량을 찾아가 논의했다.

"공명 선생, 이를 어쩌면 좋겠소. 주 도독이 갑작스레 병상에 누웠으니 강동의 화요 조조의 복입니다."

노숙의 말에 제갈량이 빙긋 웃으며 말했다.

"주 도독의 병은 이 제갈량이 고쳐드릴 수 있습니다."

노숙은 당장에 제갈량을 데리고 주유에게 달려갔다. 노숙이 제갈량을 모시고 들어오자 주유는 힘들게 몸을 일으켜 옷을 걸치며 침상에 앉았다. 주유가 탄식하며 마른 입술을 떼었다.

"사람이 아침과 저녁의 길흉화복도 다 다르다더니 저 또한 이를 피해 갈 수 없나 봅니다."

제갈량은 미소를 지으며 주유의 일신을 훑어봤다.

"하늘에 예측 못 할 풍운이 있는데 하물며 인간이 어찌 한 치 앞을 알겠습니까?"

주유는 그 말이 의미심장하여 내심 놀랐다. 제갈량이 말을 이었다.

"주 도독은 병이 나으려면 먼저 기운을 순하게 해야 합니다."

주유가 서둘러 물었다.

"무슨 약을 먹어야 기운이 순해집니까?"

제갈량은 주유에게 청하여 좌우를 물리치라 하고는 벼루에 먹을 갈아 종이 위에 무언가를 쓰기 시작했다.

"주 도독의 병은 이 때문에 생겼습니다."

제갈량은 자신이 쓴 글을 주유에게 보여주었다. 제갈량이 건넨 종이에는 다음과 같이 적혀 있었다.

〈화공법을 쓰려 하나 동남풍이 없구나.〉

주유는 탄복하며 자신의 무릎을 내리쳤다.

"맞습니다. 어찌하면 좋겠소?"

제갈량은 담담하게 말했다.

"칠성단을 쌓도록 명해주십시오. 그럼 제가 칠성단 위에서 동남풍을 일으키겠습니다. 삼일간 동남풍을 불게 할 터이니 주 도독은 이때에 맞추어 군사를 일으키십시오. 동남풍을 빌어 화공법을 쓰면 조조를 대패시킬 것입니다."

제갈량의 말을 들은 이후 주유의 병은 순식간에 씻은 듯이 나았다. 칠성단이 완성되자 제갈량은 네 사람을 칠성단 위에 세웠다. 한 사람은 닭털이 꽂힌 장대를 들고 다른 한 사람은 칠성대를 꽂은 장대를 들고 또 한사람은 보검을 받들고 나머지 한 사람은 향로를 들고 있게 했다. 제갈공명 자신은 도복을 입고 맨발에 산발을 하고서 단 중앙에 서서 동남풍을 부르는 주문을 외웠다.

"바람아, 동남에서 불어올 바람아!"

동남풍이 불 기미는 전혀 보이지 않았으나 제갈량은 변함없이 의식을 거행해 나갔다.

주유는 사람을 시켜 소식이 날아들기를 기다리며 손권에게 보고를 하고 한편으로는 장군들을 모아 놓고 동남풍이 불기만을 기다렸다. 동남풍만 불어오면 조조를 공격할 수 있게 모든 준비를 마친 병사들은 초긴장 상태로 대기하였다. 그들은 정말 동남풍이 불어올지 한편 의심이 들었다. 시간이 삼경三更(밤 11시~새벽 1시 사이)에 이르렀을 무렵 홀연 바람 소리가 들려왔다. 깃발이 서북쪽으로 나부끼기 시작하니 틀림없는 동남풍이었다. 바람은 거세지기 시작해서 사정없이 몰아쳤다.

"오오!"

주유는 정말로 동남풍이 불어닥치니 대경실색했다. 마음속으로 바라 마지않던 일이었으나 제갈량에 대한 두려움도 크게 엄습해 왔다.

"제갈량은 천지조화까지 마음대로 부리는 기인이다. 이참에 반드시 없애야 한다. 그렇지 않으면 강동의 큰 우환이 될 것이다. 정봉丁奉과 서성徐盛 두 장군은 병사 백 명을 뱃길과 육지 양편에 대기케 하고 칠성단으로 가서 즉시 공명의 목을 베어라!"

"예, 대도독!"

명을 받은 그들은 당장 칠성단으로 달려갔다. 그러나 제갈량은 어디로 종적을 감추었는지 그림자조차 보이지 않았다. 정봉과 서성은 재빨리 제갈량의 뒤를 쫓았다. 강변을 따라 올라가니 배 뒤쪽에 서있는 제갈량의 모습이 멀리 보였다. 두 장군이 제갈량을 추격하자 제갈량은 낭랑한 목소리로 그들에게 말했다.

"주 도독에게 알리시오. 내가 동남풍을 빌어 놓았으니 용병술을 잘 써 조조를 물리치라고 말이오. 주 도독이 나를 그냥 두지 않을 것을 진작 알고 자룡에게 나를 데리러 오라고 일러두었소."

말이 채 끝나기도 전에 자룡이 쏜 화살 한 대가 주봉과 서성이 타고 있는 배로 날아왔다. 화살은 돛을 묶어 놓은 밧줄을 정확히 뚫었다. 돛이 무너져 내린 틈을 놓치지 않고 제갈량은 조자룡의 배에 올라탔다. 제갈량을 태운 배가 쏜살같이 사라지니 정봉과 서성은 닭 쫓던 개를 쳐다보는 격이 되고 말았다.

제갈량을 놓친 정봉과 서성은 주유에게 있는 그대로 보고를 올렸다. 주유는 제갈량이 모든 것을 미리 알고 조자룡에게 마중 나오게 했다는 이야기를 듣고는 소스라치듯 놀라며 한탄했다.

"공명은 귀신도 놀랄 만큼 선견지명이 있으니 내가 불안하여 밤새 잠을 이룰 수 없겠다. 나는 공명의 발밑에도 미칠 수가 없구나!"

주유는 진심으로 제갈량에게 탄복하였으나 다른 한편으로는 그를 살려둘 수 없다는 생각이 강하게 들었다.

하구夏口로 돌아온 제갈량은 즉시 병력을 수습하고 장수들을 파견하여 그들을 도처에 매복시켜 조조의 군대를 막게 했다. 그런데 제갈량은 관우의 출전은 명하지 않았다. 기분이 상한 관우가 제갈량에게 물었다.

"군사, 어찌하여 제게는 출전 명령이 없습니까?"

제갈량은 근심스런 얼굴로 말하였다.

"관운장이 옛 은공을 생각해 조조를 놓아줄까 두렵소. 하여 출전을 명하지 않는 것이오."

관우는 이 말을 듣고 소리쳤다.

"군령장을 내려주십시오. 제가 정말 조조를 놓아준다면 제 목을 베십시오."

제갈량은 그제야 군령장을 내려 다짐을 받고 관우를 출전시키기로 했다. 제갈량은 관우에게 지시했다.

"관운장은 화용도華容道로 가서 그곳을 지키다 불을 피워 연기로 조조를 유인하시오."

불바다가 된 적벽대전

주유는 동남풍이 부는 것을 놓치지 않고 조조를 칠 행동을 개시했다. 황개는 틈을 봐서 배를 끌고 투항하겠다는 거짓 밀서를 전했다. 황개의 배는 멀리서 '선봉 황개'라고 쓰인 깃발을 펄럭이며 조조의 수군이 주둔하고 있는 적벽赤壁으로 쏜살같이 다가오고 있었다. 그 배에는 화약과 갈대와 풀이 가득 실려 있었다.

처음에는 흐뭇해하며 황개의 배를 바라보던 조조가 이상한 낌새를 차렸을 때는 이미 황개가 조조의 진영으로 들어가 사슬로 단단히 연결된 배에 불을 지른 뒤였다. 거센 동남풍을 타고 불길은 무섭게 번져 갔다. 조조 진영은 순식간에 불구덩이에 빠졌다. 불에 타고 화살에 맞고 물에 빠져 죽고 다치는 조조 군사들의 비명이 불 속에 묻혀 갔다. 역사에 길이 남을 이 적벽대전의 불길이 삼강 위에서 한창 타오르고 있었다.

거짓으로 주유에게 투항했던 채중은 어쩔 수 없이 감녕과 여몽을 따라 조조 진영에 같이 불을 지르는 신세가 되니 스스로도 기가 막혔다. 삽시간에 절벽과 강 위의 진영이 불바다가 되었다. 조조는 불길 속에서 이리 뛰고 저리 뛰며 살 길을 찾았다. 그를 노리고 여몽과 능통凌統이 잇따라 칼끝을 겨누며 따라오니 조조는 혼비백산할 수밖에 없었다. 간신히 불길을 헤치고 포위망을 뚫은 조조가 도망치기 시작했다. 도망치는 조조 뒤에서 불바다가 된 삼강은 꺼질 줄 모르고 타올랐다.

일부 군마를 거느리고 겨우 불길을 헤치고 나온 조조는 오림烏林으로 도망쳤다. 오림은 나무가 빽빽이 자라 들어차 있고 산천의 지세도 험준하기 이를 데가 없었다. 갑자기 조조가 숲이 떠나가게 웃기 시작했다. 곁에 있던 장군들이 이상히 여겨 물었다.

"승상께서는 무슨 연유로 그리도 웃으십니까?"

조조는 숨을 몰아쉬었다.

"주유건 제갈량이건 둘 다 이리도 지모가 모자라서야 쓰겠나? 정말 한심하고 우스워서 참을 수가 없다. 이런 곳에 복병을 매복시키면 간단히 나를 처치할 텐데 말이다."

그 말이 채 끝나기도 전에 귀청이 떨어질 듯한 조자룡의 고함이 들렸다.

"내가 제갈 군사의 명을 받들어 여기서 네놈을 기다린 지 오래다!"

조조는 기절초풍을 할 노릇이었다. 조조는 서황과 장합張郃을 시켜 조자룡의 군사들과 싸우게 하고 자신은 몇몇 병사를 이끌고 호로구葫

蘆口로 도망쳤다. 모두들 이미 지쳐 있었고 배가 고파 창자는 등에 붙는 듯했다. 조조는 임시로 구덩이를 파서 밥을 짓도록 했다. 조조는 또 느닷없이 얼굴을 하늘로 쳐들고 허리가 끊어지게 웃기 시작했다. 곁에 있던 장군들이 이상히 여기며 재차 물었다.

"무엇이 그리도 우습습니까?"

조조는 이번에도 입방아를 찧었다.

"주유와 공명이 정말 한참 모자라도다. 이곳에도 복병을 매복시켰다면 당장에 나를 해치울 텐데 우리가 한가로이 밥을 지어 먹게 놔두고 있으니 우습고 한심하도다. 병사를 매복시켰다면 날 죽이지는 못해도 아마 우리들은 크게 다쳤을 것이다."

이번에도 조조의 말이 끝나기도 전에 장비가 갈고리눈을 부라리며 장팔사모丈八蛇矛를 휘두르고 나타났다.

"그래! 여기 장비 님이 계시도다."

조조와 병사들은 너무 놀라고 겁이 나 숨이 막혔다. 허저는 안장도 없는 말을 타고 장비를 대적했고, 조조는 양편 군사가 싸우느라 소란한 틈을 타고 몰래 빠져나갔다. 정신없이 달려가던 조조 앞에 두 갈래 길이 펼쳐져 있자 한 병사가 일러주었다.

"이쪽 길은 크고 넓으며 평탄하여 가기 쉬우나 아주 멉니다. 이쪽 화용도로 가는 길은 좁고 험하여 가기가 힘들지만 가깝습니다. 그러나 연기가 피어오르고 있으니 복병이 있을까 염려됩니다."

병사의 말을 들은 조조는 좁고 험한 길을 선택했다.

"허한 즉 실하고 실한 즉 허하다. 제갈량이 꾀를 부려 연기를 피우고는 복병이 있는 듯 속여 우리를 큰길로 유인하는 것이다. 큰길에는 복병이 있을 것이 자명하니 좁은 길로 가자."

조조는 좁은 길로 말을 달렸다. 좁은 길을 달리던 조조와 병사들이 험준한 곳을 지나니 뜻밖에도 길은 조금씩 평탄해졌다. 이어 몇 리를 더 가던 조조는 또다시 채찍을 휘두르며 길이 흔들리도록 떠나가게 웃어댔다. 그리고는 거듭 기세 좋게 외쳤다.

"제갈량이고 주유고 역시 모자란 놈들이다. 이곳에 군사들을 매복시키면 우리는 꼼짝없이 속수무책으로 묶여서 끌려갈 판인데 개미 새끼 한 마리 없지 않느냐!"

그러나 이번에도 조조의 말이 끝나기도 전에 포향砲響이 귀가 떨어지도록 울리더니 적토마에 청룡언월도를 휘두르며 관우가 나타나 길을 막아섰다.

"억?"

조조와 군사들은 이제 정말 끝이구나 싶었다. 이때 모사 정욱이 나서서 조조에게 간언했다.

"관운장은 의를 중시하고 은혜를 잊지 않으며 약한 자를 안됐다 여기는 성품을 가졌습니다. 승상께서 옛정을 돌이켜 관운장을 달랜다면 위기를 모면하실 수 있습니다."

고개를 끄덕인 조조는 관우에게 옛날의 정을 끄집어냈다.

"장군은 의와 신을 소중히 여기며 은혜를 기억하는 사람이오. 장군이 유비의 가솔을 이끌고 성문을 넘어갈 때마다 살인을 저질렀지만 내 조서를 내려 그대를 보내주게 했던 일을 기억하리라 믿소. 옛 은인을 살려주는 셈 치고 날 가게 해주시오."

조조와 병사들이 눈물을 비 오듯 흘리며 사정하자 관우는 마음이 흔들렸다. 그는 말 머리를 돌려 병사들에게 명령했다.

"승상이 지나가게 길을 비켜드려라."

눈치를 살피던 조조는 허겁지겁 장군들을 이끌고 도망쳤다. 조조와 장군들이 도망치고 나자 관우가 말을 돌려 크게 고함을 쳤다. 이번에는 조조의 살아남은 군졸들이 모조리 말에서 내려 땅에 엎드리며 통곡했다. 이를 보자 다시 한 번 관우의 마음이 흔들렸다. 망설이고 있는 관우 앞에 장요가 말을 몰고 나타났다.

둘 사이에 어색한 침묵이 흘렀다. 장요를 바라보는 관우의 마음은 더욱 강하게 흔들렸다. 옛정을 잊지 못해 차마 칼을 휘두를 수 없던 관우는 한숨을 길게 쉬며 탄식하고는 그들을 그냥 놓아주고 말았다.

어렵사리 화용도를 빠져나온 조조 앞으로 또 한 무리의 군사가 달려오는 것이 보이자 그는 이제 정말 죽었구나 싶었다. 점점 가까워 오는 그 병사들은 유비나 주유의 군사가 아니라 조인曹仁이었다. 조인과 함께 남군에 당도한 조조가 뒤따라 온 패잔병을 세어 보니 겨우 27명이었다. 조조는 그제야 목을 놓아 대성통곡하기 시작했다. 곁에 있던 장군들이 의아해 하며 물었다.

"승상께서는 그토록 위험할 때도 두려운 기색이 없으셨는데 무사히 보전하신 지금 어찌하여 그리도 서럽게 우십니까?"

조조는 입술을 깨물었다.

"내가 지금 우는 것은 곽가가 생각나서이다. 그가 아직 살아서 곁에 있었다면 내가 이런 꼴로 쫓겨 다니지는 않았을 것이다. 곽가! 어째서 그렇게 빨리도 날 버리고 간 거요!"

조조는 주먹으로 가슴을 치며 울었다. 혼이 쥐어 짜이는 듯이 슬프고 서러운 통곡이었다.

관우는 조조를 놓아준데다 군졸 하나도 잡지 못한 채 빈손으로 돌아왔다. 의와 정에 약한 관우의 성품으로 빚어진 결과로 제갈량이 진작 우려했던 바였다. 제갈량은 군령장에 따라 칙령을 내려 관우의 목을 베려고 했다. 관우도 군령을 어긴 것이니 입이 열 개라도 할 말이 없었다. 유비가 나서서 간절히 구명하였다.

"아우와 나는 도원에서 결의하길 삶은 같이하지 못해도 죽음은 같이하기로 맹세했었습니다. 군사, 제발 한번만 저를 봐서 아우를 살려주십시오."

유비가 제갈량에게 애걸복걸하니 제갈량도 어쩔 수가 없었다.

"그럼 장군, 내 이번 한번은 목숨을 살려주겠으나 앞으로는 사사로운 정으로 군법을 거스르지 마시오."

서릿발 같이 차갑게 말을 마친 제갈량은 참형을 거두었다.

적벽대전에서 대승을 거둔 주유는 주연을 베풀며 병사들의 노고를 위로했다. 손건이 유비의 명을 받들어 주유에게 예물을 바치며 축하의 뜻을 전하러 왔다.

"모두 유황숙과 공명 선생 덕분입니다. 지금 두 분은 어디 계십니까?"

"유황숙과 공명 선생은 지금 유강油江으로 군사를 옮겨 주둔하고 계십니다."

손건의 대답에 주유는 놀라는 기색이 역력했다. 주유는 손건에게 말했다.

"유황숙께 제가 친히 가서 감사의 뜻을 전하고 싶다고 하십시오."

노숙은 손건이 돌아가자 주유에게 물었다.

"유황숙이 유강에 주둔했단 말을 듣고 왜 그리 놀라셨습니까?"

주유는 가슴을 쓸어내렸다.

"이제 나는 군사를 수습하여 남군을 취하려는 생각을 하고 있었소. 그런데 유비가 유강에 주둔하는 것은 나보다 선수를 쳐 남군을 취할 생각을 한 것이오. 그러니 내가 어찌 놀라지 않겠습니까?"

손건이 돌아와 주유가 직접 와서 사의를 표하겠다는 말을 전하자, 유비는 의아하여 제갈량에게 물었다.

"어찌하여 주유가 직접 와서 사의를 전하려 할까요?"

이에 제갈량이 대꾸했다.

"주유가 오는 것은 남군을 취할 생각이 있기 때문입니다. 그는 우리의 행동을 저지하려 할 것입니다. 주유가 오면 제가 일러드린 대로만 답하십시오."

유비에게 귀엣말로 가만가만 답을 일러준 제갈량은 밖으로 나가 전함과 군마를 정돈한 다음 조자룡에게 나가서 주유를 맞이하도록 명했다.

주유와 노숙이 유비가 주둔하고 있는 유강으로 당도했다. 유비는 연회를 베풀며 반갑게 이들을 맞이했다. 술잔이 돌아가며 분위기가 풀어지자 주유가 유비에게 물었다.

"지금 동오는 남군을 취하려 생각하고 있습니다. 하지만 지금 유황 숙도 유강에 주둔하시니 이는 남군을 취할 생각이 아니십니까?"

유비는 미소만을 머금었다.

"주 도독께서 남군을 취하려 하실 줄 알고 도우려고 유강으로 왔습 니다. 만약 도독이 취하고 싶지 않다면 제가 취하겠지요. 그런데 조인 은 대단한 명장이라 들었습니다. 거기다 조조의 용병술 또한 신묘하 기 이를 데 없으니 주 도독이 취하시기는 좀 어렵지 않겠습니까?"

주유는 약이 올라 발끈하여 약속하였다.

"만일 내가 남군을 취하지 못한다면 유황숙께서 취하시오."

주유는 병사를 일으켜 남군 정벌에 나섰다. 주유군은 승승장구를 거듭하여 불과 얼마 되지도 않아 이릉彝陵을 손에 넣고는 승세를 몰아 남군으로 진격해 갔다. 이릉을 잃은 조인은 마음이 조급해졌다. 조인 은 자신이 출전하기 전 조조가 비단 주머니 속에 계책을 넣어주며 가 장 위험할 때에 풀어보라 했던 일이 떠올랐다. 궁지에 몰렸다고 판단 한 조인은 비단 주머니를 풀어 계책을 읽어보고는 고개를 끄덕였다.

조인은 병사들에게 명령했다.

"모든 병사들은 성 밖을 나가기 전에 성벽에 깃발을 꽂아 허장성세를 꾸미라!"

다음 날 동오의 군대가 남군성을 공격해 오자 조인과 조홍은 거짓으로 패한 체하며 서북쪽으로 도주했다. 동오의 군대는 그 뒤를 쫓아 추격해 갔다.

주유는 성문이 활짝 열려 있자 군사를 이끌고 성안으로 들어갔다. 일순 성안으로 들어선 주유와 병사들 머리 위로 매복해 있던 사수들이 쏘아대는 화살이 소낙비처럼 쏟아져 내렸다. 급히 후퇴 명령을 내리려던 주유의 몸에 화살 한 대가 꽂혔다. 다행히 부장이 급히 주유를 구하여 달아났다. 조인과 조홍은 승세를 몰아 계속 기습해 나갔고 동오의 군대는 대패하여 돌아갔다. 독화살을 맞고 패하여 돌아온 주유에게 의원은 신신당부하였다.

"도독은 절대 안정을 하셔야 합니다. 노하거나 움직이시면 위험합니다."

그러나 누워 있는 주유의 귀로 조인의 군사들이 욕하는 소리가 끊이지 않고 들려왔다.

"주유, 이 후레자식아! 화살 맛이 어떻더냐?"

"이제 그만하면 뒈질 때도 됐구나!"

주유는 이 욕설을 듣고는 도저히 누워 있을 수가 없었다. 그는 더 이상 참지 못하고 일어나 무장을 갖추고는 출전 준비를 하였으나 싸위 보기도 전에 피를 한 사발 토하며 말에서 떨어졌다. 부장은 황급히 주유를 모시고 안으로 들어갔다.

주유가 진영으로 돌아오자 동오의 군대는 상복을 입고 곡을 하기 시작했다. 그리고 주유가 노발대발하며 출전을 하는 바람에 화살 맞은 상처가 터져 세상을 떴다는 소문을 냈다. 조인의 군대에 당장 이 소문이 퍼졌고 조인의 사기는 올라갔다.

"주유가 죽었으니 동오의 군대는 이제 오합지졸이다. 오늘 밤에 적진을 기습하도록 하라!"

조인의 군대는 밤이 되자 동오의 진영을 습격하였으나 매복해 있던 동오의 군사에게 참패하여 쫓겨 갔다. 죽었다던 주유는 멀쩡히 살아 호탕하게 웃으며 승세를 몰아 추격하라고 명하고 있었다.

조인의 군사를 물리치고 승리를 거둔 동오의 군대는 남군을 향해 진격했다. 주유가 의기양양하게 남군성으로 들어가려는데 낌새가 이상했다. 성루에는 깃발이 가득 꽂혀 휘날리고 상산 조자룡이 성루에서 주유를 내려다보며 소리치고 있었다.

"주 도독은 남의 땅을 빼앗는 죄를 짓지 마시오. 이 조자룡이 제갈 군사의 명을 받들어 벌써 남군성을 취했소이다. 이제 그만 돌아가시오."

주유는 이 말을 듣자 분해서 눈이 뒤집힐 것 같았다.

"당장 쳐들어가서 저놈을 끌어내려라"

주유가 군사들을 이끌고 성문을 향하였으나 화살이 성 위에서 쏟아져 내려오니 주유의 군사는 부득불 후퇴하여 진영으로 돌아와야 했다.

유비에게 남군성을 빼앗긴 주유는 억울해서 발을 동동 굴렀지만 어쩔 수 없었다. 남군을 포기한 주유가 감녕과 능통에게 일러 군사를 끌고 각각 형주와 양양을 취하도록 명하고 있는데 정탐을 마친 병사가 달려와 보고하였다.

"큰일 났습니다. 제갈량이 남군이 위험하다며 형주와 양양에 거짓 병부를 내려 장군들이 남군으로 지원 나간 사이에 관우와 장비를 시켜 형주와 양양을 점령했습니다."

주유는 자신의 귀를 의심하며 물었다.

"아니 제갈량이 어찌 병부를 손에 넣어 일을 꾸몄단 말이냐?"

"자룡이 남군을 점령했을 때에 조인의 모사를 붙잡아 손에 넣었답니다."

주유는 비명을 올리며 쓰러졌다. 억울함과 화를 못 이겨 화살 맞은 상처가 터지고 말았던 것이다. 제갈공명이 짜 놓은 계략은 한 치의 오차도 없이 정확히 들어맞고 있었다.

금창金瘡(칼·창·화살 따위로 생긴 상처)이 터져 반나절쯤 까무러쳐 있다 깨어난 주유는 이를 바득바득 갈며 노기를 드러냈다.

"내 당장에 군사를 끌고 가 유비와 공명을 결단내리라!"

주유가 출전 채비를 갖추려 하자 노숙이 만류하였다.

"주 도독, 이러지 마십시오. 지금 우리는 조조와 대치 중이고 합비

合肥를 취하려 여러 차례 접전을 해도 취하지 못하고 있습니다. 유비와 거듭 전쟁을 벌이는 것은 좋은 방법이 아닌 듯하니 제가 가서 이치로써 유비를 한번 설득해 보겠습니다. 그래도 통하지 않는다면 그때 군사를 일으켜도 늦지 않습니다."

주유도 노숙의 말을 따르기로 했다. 유비를 찾아간 노숙이 설명했다.

"우리 동오는 적벽에서 조조를 물리치느라 숱한 병마를 희생하고 양식과 재정도 크게 지출되었습니다. 그런데 어느새 유황숙께서 남군과 형주와 양양을 거저 취하셨으니 이는 도리에 어긋나는 일입니다."

노숙이 말을 꺼내자 곁에 있던 제갈량이 차분히 말을 받았다.

"본래 형주와 양양은 유황숙의 형님뻘 되시는 유표 님의 땅이었습니다. 유황숙이 유표 님의 아들 유기를 도와 땅을 되찾아준 것은 이치로 보아 아주 합당한 일이 아닙니까?"

노숙은 인정하지 않았다.

"유기는 지금 이곳에 없거늘 어찌하여 주인에게 찾아주었다 말씀하십니까?"

노숙이 말하는 사이로 시중들이 병색이 완연한 유기를 부축하여 데리고 들어왔다. 노숙은 말문이 막혀버렸다.

"유 공자가 죽으면 형주와 양양을 동오에게 돌려주십시오."

"그렇게 하겠습니다."

제갈량은 이를 약속했고 노숙은 동오로 돌아갔다. 노숙이 주유에게 제갈량과의 약속을 전하자 주유는 펄쩍 뛰며 말했다.

"아니 유기는 이제 한창 청춘인데 아무리 몸에 병이 있기로 언제 죽을지 모르는 것 아닙니까?"

노숙이 대답했다.

"그렇지 않습니다. 유기의 병은 너무 깊어 앞으로 반년을 넘기기 힘들 것으로 보였습니다. 유기가 죽으면 유비도 핑계가 없으니 형주와 양양을 곱게 돌려줄 것입니다."

주유는 분하지만 유기가 죽기를 기다리는 수밖에 없었다. 이때 손권이 사자를 시켜 전갈을 보내왔다. 합비를 포위하고 공격한 지 오래이나 점령하지 못하고 있으니 군사를 끌고 가서 도우라는 특명이었다. 주유는 어쩔 수 없이 상처가 낫지도 않은 몸으로 병력을 지휘해야 했다.

천하의 조자룡

유비는 새로 등용한 모사 마량馬良에게 물었다.

"형주와 양양 땅을 지키려면 어찌해야겠습니까?"

마량은 그 즉시 간언하였다.

"형주와 양양은 사방이 적으로부터 공격받기 쉬운 곳입니다. 응당 형주와 양양의 인접 고을을 취하여 양식과 재물을 비축하고 근거지로 삼는다면 형주와 양양을 지킬 수 있을 것입니다."

이 진언을 받아들인 유비가 재차 물었다.

"계양桂陽을 취해야 하는데 누가 가겠는가?"

장비와 조자룡은 서로 출전하겠다고 나섰고 제갈공명이 제비를 뽑게 한 결과 조자룡이 출전하게 되었다. 조자룡은 군령장을 쓰고 3천 군마를 끌며 계양성을 치러 떠났다.

계양 태수 조범趙范은 조자룡의 기세가 두려워 항복하려 했으나 장군 진응陣應과 포융鮑隆은 투항을 결사적으로 반대하며 출전을 자청했다. 조범은 이에 그들의 출전을 허락하였으나 본디부터 조자룡의 적수가 되지 못했다. 그들은 몇 합 싸우지도 못하고 쫓기기 시작해 얼마 안 가 조자룡에게 생포되고 말았다. 이 소식을 들은 조범은 겁에 질려 조자룡에게 성문을 열어 주고 투항했다. 조범은 조자룡에게 연회를 베풀어주며 말했다.

"장군과 저는 같은 성씨에 고향도 같으니 의형제를 맺는 것이 어떻습니까?"

조자룡도 그럴듯하게 생각되어 이를 받아들였다. 분위기가 무르익을 무렵 한 여인이 연회에 동석했다. 어찌나 미인인지 첫눈에 누구라도 반할 경국지색의 그녀가 조자룡의 옆에서 술을 따라주었다. 조범은 조자룡에게 여인을 소개했다.

"저희 형수이신데 형님이 돌아가시고 아직 혼자이십니다. 형수께서는 선형과 같은 성씨이고 문무를 겸비한 사내가 아니면 재가를 하지 않겠다고 하시니 자룡 형님께서 처로 맞으심이 어떠신지요?"

조범의 말에 조자룡은 화를 벌컥 내었다.

"자네에게 형수면 내게도 형수인데 인륜을 어기는 혼인을 하란 얘기인가?"

조자룡은 그대로 조범을 주먹으로 때려눕히고는 밖으로 나가버렸다. 조범이 미인계를 써서 자신을 헤치려 한다는 사실을 눈치챈 까닭이었다.

조자룡에게 맞고 혼이 나간 조범은 급히 진응과 포융을 불러 뒷일을 의논했다.

"미인계가 통하기는커녕 분개하여 날 패기까지 했으니, 아무래도 자룡이 우리 음모를 눈치챈 듯하다. 어찌하면 좋겠나?"

포융이 계책을 말했다.

"저자가 이렇게 나온 이상 살려 두어선 안 됩니다. 제가 군사를 끌고 조자룡의 진으로 가서 거짓 항복을 하겠습니다. 그 후 태수님께서 병마를 거느리고 오시면 자룡을 생포할 수 있을 것입니다."

밤이 되자 포융은 진응과 함께 병마 5백을 끌고 조자룡의 진으로 가 거짓 투항을 했다. 역시 이들의 속셈을 훤히 꿰뚫은 조자룡은 당장 진응과 포융의 목을 베고는 그 군사들에게 알렸다.

"날 해치려던 자는 진응과 포융이지 너희가 아니다. 내가 시키는 대로만 하면 모두 살려주겠다. 성으로 돌아가 내 목을 벴다고 태수에게 말하고 성문을 열어라!"

군사들은 살려준다는 말에 감격하여 얼른 명대로 따랐다. 조자룡은 열린 성문으로 물 밀듯 들어가 조범을 생포했다. 조자룡의 승전보를 받은 유비와 제갈량이 계양으로 입성했다. 조자룡이 조범을 유비 앞으로 끌고 가자 조범은 변명을 늘어놓았다.

"저는 그저 조 장군께 형수를 맞아들이라 한 죄밖에 없습니다. 저희 형수는 천하에 이름난 미인이나 마음에 드는 인물을 찾지 못해 수절하고 있기에 문무를 겸비하고, 선형과 동성인 조 장군께 혼인을 권했을 뿐인데 제 뜻을 오해하셨습니다."

유비와 제갈량이 입을 모아 조자룡에게 물었다.

"그냥 받아들여도 될 일인데 왜 그리 완강히 거절했소?"

조자룡은 다시 한 번 거절 의사를 분명히 했다.

"천하에 여자는 많습니다. 그러니 군이 대장부의 명예에 흠집 나는
혼인을 취할 까닭은 없습니다. 제가 처자가 없는 것이 뭐 그리 큰 우환
입니까?"

유비는 칭찬을 아끼지 않았다.

"과연 자룡은 참된 대장부요."

조자룡이 공을 세우고 큰 상을 받자 시샘한 장비는 무릉武陵을 취하
겠다고 나섰다. 유비와 제갈량도 이를 허락하여 장비는 병마 3천을 끌
고 무릉으로 향했다. 장비가 쳐들어온다는 소식이 전해지자 종사 공
지鞏志는 두려웠다.

"유황숙은 한실(한나라)의 피를 이어받았고 어질고 의롭기로 명망이
높습니다. 또한 장비의 무공은 따를 자가 없으니 싸우기보다 항복하
는 편이 나을 줄로 압니다."

무릉 태수 김선金旋은 공지의 간언에 대노하여 당장에 군사를 끌고
장비를 대적하러 갔다.

"어서 덤벼 봐라!"

하지만 막상 장비가 창을 휘두르며 고리눈을 부릅뜨고 산이 흔들리
도록 고함을 치자 기세에 눌린 김선은 성으로 대번에 쫓겨 갔다. 안에

서는 처음부터 투항을 결정했던 종사 공지가 성을 점령하고 돌아오려는 김선을 향해 화살을 쏟아부었다. 화살 한 발이 김선을 명중시키면서 그는 그길로 저세상 사람이 되고 말았다. 공지는 성문을 열고 투항하며 장비를 맞았다.

장비와 조자룡의 공으로 잇따라 두 개 성을 취하자 이번에는 관우가 장사를 취하겠다고 나섰다. 유비는 기뻐하며 이를 허락했으나 제갈량은 관우에게 주의를 하나 주었다.

"장사 태수 한현韓玄은 말할 가치가 없는 인물이나 노장 황충黃忠은 천하에 몇 안 되는 명장입니다. 그의 활솜씨는 백발백중이니 관운장은 군사를 넉넉히 거느리고 가야 합니다."

제갈공명의 말에 자존심이 상한 관우는 장담했다.

"아닙니다. 본부의 5백 군사만 대동하면 충분히 장사를 취할 수 있습니다. 맹세코 황충과 한현의 머리를 가져와 바치겠습니다."

관우는 자신의 고집대로 5백 병마만을 거느리고 장사로 향했다. 장사에 군사를 끌고 도착한 관우는 황충과 대결하게 되었다. 이들의 싸움이 1백여 합이 지나도록 승부가 나지 않자 양편은 일단 군사를 물렸다.

'황충은 과연 명실상부한 명장이로다. 도대체 승부가 나지 않으니 내일은 패하여 도주하듯 하다 갑자기 돌아서서 기습하는 작전을 써야겠다.'

이렇듯 마음먹은 관우가 다음 날 패하여 쫓기는 척하고 도망치자 예상대로 황충이 뒤쫓아 왔다. 이때다 하고 관우가 청룡도를 쳐들고 황충을 찍어 내리려는 순간 황충의 말이 앞발굽을 휘청하는 바람에 그가 낙마하고 말았다. 관우의 의로움이 공격을 허락지 않았다.

"도리를 아는 무장으로서 이렇게 쓰러진 너를 죽일 수는 없으니 말을 갈아타고 내일 다시 겨루자."

황충은 재빨리 일어나 관우를 한 번 쳐다보더니 성안으로 들어갔다. 황충이 말 때문에 성안으로 들어오자 태수 한현이 추궁했다.

"그 기막힌 활솜씨를 어찌 썩히고 계십니까? 내일은 관우를 성 쪽으로 유인하여 활을 쏘십시오."

작전대로 이튿날 대결에서는 황충이 패한 척하며 관우를 유인했다. 관우가 말을 타고 뒤쫓아 왔으나 황충은 어제 관우가 보여준 의로운 관대함을 잊을 수 없었다. 황충은 화살을 걸지 않은 활을 두 방 쏘았고, 당연히 소리만 날 뿐 화살은 보이지 않았다. 세 번째 활에는 화살을 걸었지만 "윙" 하는 소리와 함께 날아간 화살은 관우의 투구를 스쳐 지날 뿐이었다. 관우는 황충이 어제의 은혜를 갚는 의미로 일부러 자신을 살려준 것을 알고는 군사를 물려 후퇴했다.

관우가 후퇴하자 황충은 군사들을 몰고 성으로 돌아왔다. 한현은 황충이 관우를 고의로 살려 보낸 사실을 알고 명령을 내렸다.

"명령을 어기고 적을 살려 보내니 첩자가 틀림없다. 당장 저놈을 묶어 참형에 처하라."

장군들이 입을 모아 살려 달라고 간청하는 소리에도 한현은 들은 체 만 체하며 목을 베도록 했다. 칼을 들어 황충의 목을 치려는 찰나 위연이 병사들을 끌고 와 황충을 구했다. 모든 백성들이 위연에게 환호를 보내며 따르니 오히려 민심을 잃은 태수가 위연의 손에 참형을 당하고 말았다. 위연은 한현의 목을 관우에게 바치고 성문을 열어 투항했다.

관우가 장사를 취했다는 승전보가 전해지자 유비와 제갈량은 기뻐서 어쩔 줄 몰랐다. 유비와 제갈량은 장사로 가서 관우의 공을 치하해 주었다.

황충이 병을 핑계로 얼굴을 내밀지 않자 유비는 몸소 황충을 청하러 갔다.

"황충은 천하의 명장이다. 이 같은 장수를 얻었음은 큰 행운이니 내가 친히 가서 그를 모셔 오겠다."

그제야 황충은 문 밖으로 나와 정식으로 유비에게 투항했다. 유비가 황충과 위연 등 장사의 장군들을 만나고 있는데 갑자기 제갈량이 싸늘하게 말했다.

"위연을 죽여야겠습니다."

유비가 놀라서 물었다.

"아니 장사를 취한 데는 위연의 공이 크거늘 어찌 그런 말씀을 하십니까?"

제갈량은 거침이 없었다.

"위연은 자기 주인을 배반했습니다. 앞으로 같은 죄를 짓지 않으리란 보장이 없습니다. 위연의 두상에는 반골이 있으니 이는 사람을 배신할 흉상입니다. 어서 참형을 명하여 후환을 없애십시오."

유비는 위연을 대신해 변명하며 제갈량을 만류했다.

"위연을 죽이면 항복한 다른 장수들도 불안하여 딴 맘을 품을 것입니다."

제갈량은 위연에게 위협적인 태도를 매섭게 보였다.

"주공의 뜻이 간곡하여 네 목숨을 살린다만 이후로 딴 생각을 품는다면 네 목을 보존치 못할 줄 알아라."

영릉·계양·무릉·장사 네 군을 평정한 유비는 군사를 거두어 형주로 돌아갔다. 그리고 유강구油江口의 이름을 고쳐 공안公安이라 명했다.

기반을 잡은 유비는 이때부터 재정과 양식이 윤택해지고 널리 어질고 현명한 이들을 받아들이며 병마를 넉넉히 갖추게 되었다. 의로운 정치를 펼치니 백성들은 유비를 널리 칭송했고 인재를 널리 구하며 공정히 대하니 사방에서 인재가 몰려들었다. 현덕은 비로소 날개를 펼치며 천하를 끌어안을 대사를 도모하기 시작했다.

5

패권을 다투는 영웅들

유비가 당황한 여장부

　손권은 합비에서 조조 수하의 장요, 이전, 악진과 참으로 지루하고 힘겨운 접전을 벌이고 있었다. 악진이 손권을 알아보고 칼을 휘두르며 달려오자 이를 본 부장 송겸宋謙이 말을 타고 달려가 손권을 구하려 했다. 그러나 악진이 먼저 송겸을 말 아래로 쓰러뜨렸다. 화살이 날아와 송겸의 몸에 꽂혔고 그는 그길로 비명횡사하고 말았다.

　조조의 장군들이 때를 놓치지 않고 손권을 공격했으나 다행히 어디선가 정보가 달려와 손권을 구해냈다. 위험천만인 상황에서 손권을 구한 정보는 재빨리 군사를 철수시켜 본 진영으로 돌아갔다.

　자칫 목숨을 잃을 뻔한 손권은 패한데다 장수 송겸까지 잃자 분한 마음을 달랠 길이 없었다. 태사자太史慈가 밤에 조조의 진영을 기습하겠다고 나서자 복수심에 쫓긴 손권은 장군들의 반대를 무릅쓰고 이를 허락했다.

밤이 깊어지자 태사자는 군사를 대동하고 조조의 진영으로 쳐들어갔다. 하지만 장요는 만반의 준비를 갖추고 있었다. 조조의 진영에서 화살과 쇠뇌가 비 오듯 쏟아지니 태사자의 군사는 죽고 다치는 자가 부지기수였다. 태사자의 몸에도 여러 발의 화살이 날아와 박혔다. 태사자는 대패하고 돌아와서 얼마 지나지 않아 숨을 거두었다.

두 장수를 잇따라 잃어버린 손권은 애통해 마지않았을 뿐만 아니라 어쩔 수 없이 병사들을 거두어 남서 윤주潤州로 돌아가야 했다. 제갈량이 밤에 천문을 보니 서북쪽으로 큰 별 한 개가 떨어지고 있었다. 제갈량은 유비에게 말했다.

"황족 한 분이 세상을 뜰 조짐입니다."

잠시 뒤 유기가 세상을 떴다는 소식이 전해졌고 이 부고는 동오에도 전해졌다. 유기가 죽으면 형주를 돌려받기로 한 동오에서 이 기회를 놓칠세라 대번에 노숙을 보냈다. 유비는 노숙을 반갑게 맞아들였다. 노숙이 점잖게 말했다.

"유 공자가 세상을 떴으니 형주를 돌려주셔야겠습니다."

제갈공명이 유비를 대신해 나섰다.

"유황숙은 한실의 후손이시고 형주는 본디 유씨 집안의 땅이니 집안의 땅을 지키는 것이 당연하지 않습니까?"

노숙이 몹시 난색을 표하자 제갈량은 한 번 더 약속을 했다.

"그럼 유황숙께서 서천을 취하여 새 근거지를 마련하시면 형주를 돌려 드리지요. 형주를 빌린다는 차용증서를 써 드리겠습니다."

유비에게서 차용증서를 받아 동오로 돌아온 노숙이 주유에게 보고를 올렸다.

"유황숙이 서천을 취하면 형주를 돌려준다는 약속 증서를 받았습니다."

주유는 화가 나고 기가 막혀 펄펄 뛰며 악성을 내질렀다.

"이번에도 공명의 속임수에 넘어갔소이다. 유비가 언제 서천을 손에 넣을지 누가 안단 말입니까? 고작 그 문서나 받아왔다고 하면 주공(손권)이 뭐라 하시겠소!"

주유가 미친 듯이 퍼붓자 노숙은 당혹스럽고 불안하여 어쩔 줄을 몰랐다. 마침 이때 정탐꾼이 유비의 부인 감 씨가 세상을 떴다는 소식을 전했다. 주유의 머릿속에 계략 하나가 떠올랐다.

손권에게는 여동생이 하나 있었는데 성격이 강직하고 통이 큰 여장부였다. 시녀들에게도 평소 칼을 차고 다니게 했고 그녀의 규방에는 병기가 가득했다. 주유는 감 씨 부인의 부고를 전해 듣는 순간 손권의 여동생을 이용하여 형주를 되찾을 계략이 떠올랐다. 계략인즉 유비가 상처했으니 손권의 여동생을 거짓으로 유비에게 시집보내는 것처럼 꾸며 남서에서 혼례를 올린다 하고, 유비가 남서로 오면 잡아 가두어 유비와 형주를 맞바꾼다는 것이었다. 주유는 이 같은 계략을 적어 노숙에게 주며 말했다.

"주군께 가서 그간의 경위를 말씀드리고 이 서신을 전하십시오."

노숙이 서남으로 가서 손권에게 주유의 서신을 전하자 손권은 크게 기뻐했다.

"여범呂範, 자네가 가서 중신을 서보게."

손권은 여범을 형주로 보냈다. 명을 받든 여범이 형주로 가 유비를 만난 자리에서 말했다. 제갈량은 병풍 뒤에 숨어서 여범의 말을 낱낱이 듣고 있었다.

"유황숙께서 혼자 되셨으니 우리 동오와의 화평을 위해서나 유황숙님을 위해서나 주공의 여동생과 혼인을 하심이 좋을 듯하여 이렇게 권해드리러 왔습니다."

"이제 막 상처를 했는데 벌써 재혼을 논하는 것은 이른 듯합니다. 당장 결정할 일이 아닌 듯하니 우선 역관에서 쉬고 계십시오. 이후에 말씀드리겠습니다."

유비는 사양하며 선뜻 응낙하려 하지 않았다. 여범이 방을 나가자 제갈량이 병풍 뒤에서 나왔다. 유비가 물었다.

"이를 어찌 결정하면 좋겠습니까?"

제갈량은 빙긋 웃으며 말했다.

"물론 이는 손권이 형주를 되찾고자 하는 계략입니다. 그러니 아무 걱정하지 마시고 혼인을 받아들이십시오. 나머지는 제가 알아서 하겠습니다. 택일하여 혼인을 치르러 가겠다고 확답해 드리십시오."

유비는 눈을 동그랗게 뜨며 경계했다.

"주유가 날 해칠 함정을 파 놓았을 것이 자명하거늘 호랑이 굴에 제 발로 걸어 들어가란 말입니까?"

제갈량이 미소를 흘리며 장담했다.

"손권의 여동생을 거짓이 아니라 참으로 취할 방법이 있습니다. 형
주 땅을 지키는 데 있어서도 만의 하나 실수가 없게 할 터이니 안심하
십시오."

유비는 손건을 동오로 보내 혼인을 받아들인다고 전했다. 건안 14년
(209) 10월 유비는 손건, 조자룡과 배 10척을 대동하고 혼인을 치르러 동
오로 출발했다. 떠나기 전 제갈량은 조자룡을 불러 주의를 당부했다.

"이 혼사는 진짜 혼사가 아니오. 동오에서 형주를 찾으려 꾸민 거짓
입니다. 여기 비단 주머니 세 개가 있습니다. 주머니마다 묘책이 하나
씩 들어 있으니 차례로 열어, 쓰여 있는 묘책대로 행하십시오. 그렇게
하면 주유가 꾸민 음모에 걸려들지 않을 것입니다."

조자룡은 비단 주머니를 받아들고 진중하게 고개를 끄덕였다.

"신명을 다하겠습니다."

유비 일행이 탄 배가 동오에 도착하자 조자룡은 제갈량이 건넨 첫
번째 비단 주머니를 풀어 즉시 그 지시대로 움직이기 시작했다. 조자
룡은 대장을 불러 은밀히 명했다.

"병사 5백 명에게 경사가 있을 때 하듯이 붉은 비단을 걸치게 하고
남서로 가서 물건을 사오게 하라. 물건을 사면서는 상인과 백성들에
게 유황숙 님이 손 장군의 누이와 혼례를 올리러 왔다고 소문을 내도
록 이르게."

"예. 장군!"

유비를 모신 조자룡은 양을 끌고 술 부대와 예물을 가득 싣고는 주유의 장인이자 이교의 아비인 교국로喬國老를 만나러 갔다. 교국로는 유비가 손권의 누이와 혼인한다는 얘기를 듣고는 큰 경사라며 축하를 아끼지 않았다. 그리고는 오국태 부인을 찾아가 말을 전했다.

"유현덕처럼 훌륭한 사위를 얻으시니 이런 경사가 또 있겠습니까?"

오 부인은 펄쩍 뛰었다.

"그게 무슨 말씀이십니까? 딸의 혼사가 어미도 모르는 새 정해졌단 말입니까?"

"네엣?"

교국로가 놀라며 유비와 조자룡에게서 들은 자초지종을 전하자 오 부인은 시종에게 명했다.

"당장 권을 급히 오라고 일러라. 그리고 사람을 풀어 이 일이 바깥에 알려졌는지 살피게 하라."

명령을 받은 시종이 돌아와 아뢰었다.

"유황숙 님은 벌써 역관에 묵고 계시고 성안의 백성들도 손 장군의 누이와 유황숙 님의 혼사를 모르는 이가 없습니다. 유황숙의 5백 군사들이 붉은 비단을 걸치고 성안에서 혼례 준비에 한창입니다."

오 부인은 화가 머리끝까지 뻗쳤다.

"이런 낭패가 있나!"

손권이 부름을 받고 달려오자 오 부인은 대성통곡을 하며 꾸짖었다.

"네가 날 속이고 여동생을 유비에게 시집보낼 작전을 짜다니, 네가 이 어미를 허수아비로 보는 거냐?"

손권은 당황하며 변명을 꺼냈다.

"어머니, 제가 유비에게 그 애를 시집보내다니요?"

오 부인은 더욱 격하게 울며 하소연을 늘어놓았다.

"끝까지 날 속일 셈이구나! 백성들도 모르는 이가 없다! 그런데 언제까지 날 기만하려는 거냐?"

교국로도 옆에서 거들었다.

"제 귀로 들은 지도 꽤 여러 날 되었습니다."

손권이 이실직고를 하였다.

"실은 유비에게 부당하게 빼앗긴 형주를 돌려받으려고 일을 꾸몄습니다. 유비를 여동생과 혼인시킨다고 불러들여서 잡아 가두고 형주를 얻을 생각이었습니다. 정말 혼례를 시킬 생각은 아니옵니다."

오부인은 더욱 격노했다.

"그깟 땅 하나 찾자고 여동생을 팔 계략을 세웠느냐? 유비를 죽이고 형주를 찾으면 네 여동생은 청상과부가 되는데 이는 또 무슨 못할 짓이냐? 감로사甘露寺로 유비를 불러 오거라. 내가 보아 시원찮은 인물이면 잡아 가두든 죽이든 네 맘대로 해라."

손권은 모친의 말을 따를 수밖에 없었다. 그는 감로사에 자객을 매복시켜 오 부인이 유비를 마음에 들어 하지 않는 기색이 보이면 즉시 유비를 잡을 준비를 갖추었다. 다음 날 유비는 감로사로 와서 오 부인을 만났다.

오 부인은 유비의 인품과 그릇을 한눈에 알아보았다. 만면에 웃음을 가득 띤 부인은 교국로를 바라보며 말했다.

"오! 과연 내 사윗감이오!"

오 부인은 기쁨을 감추지 않고 명을 내렸다.

"어서 내 사윗감을 환영하는 연회를 준비하라!"

조자룡은 연회석의 양편에 자객이 있다는 것을 눈치채고 조용히 유비에게 다가가 귀엣말로 속삭였다.

"지금 양편에 자객이 숨어 있습니다. 오 부인께 물리쳐 달라고 청하십시오."

유비는 그 말을 듣고 오 부인 앞에 꿇어앉았다.

"지금 자객들이 이 방 안에 있으니 국태 부인께서 저를 죽이려 하심입니까?"

오 부인은 대노하여 당장 손권에게 호통을 쳤다.

"이게 뭐하는 짓이냐? 자객을 숨겨 놓다니!"

손권은 당장에 빠져나갈 구멍을 찾기 급해 변명을 했다.

"소자는 모르는 일이옵니다. 가화가 한 짓일 것입니다."

오 부인은 가화를 가리키며 명령했다.

"당장 저놈의 목을 쳐라!"

유비가 나서서 급히 청하였다.

"혼사를 앞두고 참형을 행하는 일은 상서롭지 못하니 부디 거두어

주십시오."

오 부인은 유비의 간청을 받아들이고 당장 자객들을 내쫓았다. 자객들은 꽁지가 빠지게 도망쳤다. 연회 석상을 잠시 빠져나온 유비는 뜰 귀퉁이에 커다란 바위 하나가 놓여 있는 것을 보았다. 유비는 곁에 있던 종자에게서 칼을 받아들고는 하늘을 향해 속으로 축원을 드렸다.

'이 유비가 형주로 무사히 돌아가 천하 패업을 이룰 수 있다면 이 칼로 바위를 쳐 두 쪽이 나게 하소서! 그러나 제가 이곳에서 죽을 목숨이라면 바위가 갈라지지 않게 하소서!'

축원을 끝낸 유비가 칼을 하늘 높이 들었다. 어두운 긴장 속에 달빛에 반사된 칼날이 하얗게 빛났다. 칼을 내리치는 순간 바위는 두 쪽으로 '쩍' 소리를 내며 갈라졌다. 유비의 얼굴에 안도와 기쁨의 미소가 넘쳤다.

유비가 작별을 고하고는 역관으로 돌아가려 하자 손권이 배웅을 하겠다고 자리에서 일어섰다. 감로사 밖으로 나온 두 사람은 강산 풍경을 바라보며 걸었다. 강 위에 떠 있는 배는 마치 평지를 가듯 매끄럽게 흘러가고 있었다. 유비는 감탄하여 저도 모르게 말했다

"남방인은 배를 잘 타고 북방인은 말을 잘 탄다더니 참으로 허튼 말이 아니로다."

이 말을 들은 손권은 자신의 말 타는 실력이 서툴다는 빈정거림으로 들렸다. 손권은 당장 말을 끌어오게 하여 올라탔다. 손권은 가볍게 몸을 놀려 채찍을 휘두르며 산등성이를 타고 비호같이 달렸다. 거침

없이 말을 다루며 가볍게 달리는 그의 모습은 한 폭의 그림 같았다. 유비도 함께 말을 달렸다. 두 영웅이 바람을 가르며 산을 달리니 주변의 모든 것이 두 사람의 기세에 압도되었다. 문득 말을 멈춘 두 영웅호걸은 서로 마주 보며 호탕하게 웃었다. 역관으로 돌아온 유비는 손건과 앞일을 논의했다.

"이곳에 주공을 해하려는 자가 너무 많습니다. 어서 혼례를 올리셔야 합니다."

유비가 교국로에게 이 같은 말을 전하자 교국로는 당장 오 부인에게 진언을 올렸다.

"서둘러 혼례를 거행해야 합니다. 지난번에도 자객이 숨어 있지 않았습니까? 더 이상 위험한 일이 생겨서는 안 됩니다."

"이를 말입니까? 사위를 잃으면 안 되지요. 서두릅시다."

오 부인은 당장 명을 내려 연회를 베풀고 유비와 딸의 혼례를 거행케 했다. 그 대례의 호화찬란함은 이루 말할 수 없었다.

무사히 혼례를 치른 유비는 손 부인과 신방에 들어가서는 소스라치게 놀랐다. 신방에는 검과 창이 가득했고 시녀들도 칼을 차고 있으니 마치 무슨 전쟁을 치르는 여장부의 진영에 들어온 듯했다. 유비는 불안감이 엄습하여 안절부절 못했다. 손 부인이 아름다운 얼굴에 미소를 함빡 지으며 물었다.

"반평생을 전장에서 살아오신 분이 아직도 무기를 두려워하십니까?"

유비는 신부를 향해 마음속에 있는 말을 꺼내 놓았다.

"신방에 온통 무기가 가득하니 마음이 섬뜩하구려. 치워 주지 않겠소?"

손 부인은 시녀들에게 명령을 내렸다.

"얘들아! 방 안의 병기를 거두고 너희들도 몸에서 무기를 풀도록 하여라!"

한편 손권은 정말 여동생이 유비의 처가 되자 분통이 터졌다. 거짓으로 꾸민 함정이 사실이 되어 유비와 처남 매제 간이 되어버렸고, 오 부인은 사위를 끔찍이 생각하고 여동생도 유비와의 금슬이 원앙 같으니 화병이 날 것 같았다. 그 무렵 주유의 서신이 도착했다. 손권이 풀어 보니 다음과 같은 내용의 계략이 적혀 있었다.

〈기왕지사 이렇게 되었으니 다른 방법을 써야겠습니다. 유비를 극진히 대접하십시오. 호화 저택과 미녀 악사와 무희를 들여 향락에 젖게 하면 유비는 형주의 일을 서서히 잊게 될 것입니다. 또한 아우들이나 제갈량과도 멀어질 테니 그때 형주를 치십시오.〉

손권은 회심의 미소를 띠며 즉각 행동을 취하였다. 과연 유비는 가무 주색과 편안함에 빠져 형주나 천하 대업의 일은 까맣게 잊어 갔다.

손권의 분노

유비를 지켜보는 조자룡은 복장이 터졌다. 문득 제갈량이 준 비단 주머니가 생각난 조자룡은 급히 주머니를 끌러 두 번째 묘책을 읽어 보고는 즉각 유비를 찾아갔다. 그리고 다급한 목소리로 보고를 올렸다.

"제갈 군사에게서 전갈이 왔습니다. 조조가 주공이 안 계신 틈을 타 50만 대군을 이끌고 적벽의 패전을 설욕하러 형주로 쳐들어온답니다. 어서 주공께서 형주로 돌아가셔야겠습니다. 만일 지체하시면 일을 그르치니 서두르십시오."

유비는 놀란 가슴을 진정시키며 말했다.

"알겠소, 일단 조 장군은 물러가 계시오."

손 부인이 조자룡의 말을 듣고는 유비에게 물었다.

"유황숙은 어찌할 생각이십니까?"

유비는 무릎을 꿇고 애원했다.

"부인, 부탁이오. 나는 가서 형주를 지켜야 하니 부인이 내가 빠져나갈 길을 좀 열어주시오."

손 부인은 한참을 주저하며 심사숙고하더니 자신의 결심을 밝혔다.

"저는 이미 유황숙의 안사람입니다. 저도 따라가겠습니다."

두 사람은 어떻게 형주로 빠져나갈지 계책을 논의했다. 그들은 정월 초하루에 강변으로 조상의 제사를 모시러 간다 하고는 그길로 형주로 도주하기로 했다.

정월 초하루가 되었다. 오 부인은 유비와 손 부인이 조상의 제사를 모시러 길을 떠난다고 하자 아무 의심 없이 쾌히 보내주었다. 유비는 말을 타고 손 부인은 수레를 타고 형주로 향했다. 조자룡은 군사 5백을 이끌고 앞뒤에서 유비와 손 부인을 호위했다. 그들은 서남을 벗어나 형주로 부지런히 길을 재촉했다.

손권은 물론 전날 연회에서 인사불성으로 취해서 돌아와 유비와 손 부인의 도주 사실을 까맣게 모르고 있었다. 다음 날이 되어 겨우 깨어나서는 유비와 여동생이 형주로 도주한 사실을 알게 된 손권은 눈에 불꽃이 일었다. 그는 당장에 진무陳武와 반장潘璋을 불러서 명령을 내렸다.

"당장 군사를 이끌고 밤낮없이 쫓아가서 그 둘을 끌고 와라!"

그들이 떠난 후 정보가 아뢰었다.

"저들이 유비와 손 부인을 쫓아가 잡는다 해도 감히 손을 댈 수 없

는 것 아닙니까? 손 부인께서는 주공의 여동생이고 오 부인의 따님이
며 또한 지아비를 따라간다고 하는데 감히 어쩌겠습니까?"

그러자 손권은 차고 있던 칼을 뽑아 장흠蔣欽과 주태周泰에게 건네
주며 비장하게 소리쳤다.

"이 칼로 유비와 내 누이의 목을 가져오라!"

방에는 일순간 숨 막히는 정적이 흘렀다. 유비 일행은 형주에 대한
걱정과 손권의 추격이 염려되는 초조하고 불안한 길을 가고 있었다.
아니나 다를까 손권의 병사들이 앞뒤에서 유비 일행을 가로막았다.

상황이 다급해지자 조자룡은 제갈량이 준 마지막 비단 주머니를 풀
어, 계책이 담긴 종이를 유비에게 바치며 읽어보라 하였다. 유비의 얼
굴에 수심과 갈등이 가득 서렸다. 그는 손 부인에게 다가가 솔직하게
이야기를 꺼냈다.

"부인, 이 혼인은 본디 주유와 손 장군이 부인을 미끼로 나를 유인
하여 잡아 가두고 형주를 취하려고 미인계를 쓴 것이었습니다. 허나
우리가 진짜 혼례를 올리고 부부가 되었고 부인의 사내대장부보다 넓
은 마음에 은혜를 입어 이처럼 같이 길을 가게 되었으니 참으로 하늘
이 내려준 복입니다. 그러나 부인의 오라버니와 주유가 병사를 보내
갈 길을 막으니 어쩌면 좋겠소?"

손 부인은 일말의 의혹도 없이 입을 열었다.

"저희 오라버니가 육친의 정을 저버리고 저를 기만했거늘 제가 어찌
오라비 편에 서겠습니까? 제가 저들을 막겠으니 마음을 놓으십시오."

손 부인은 수레의 휘장을 걷으라 명하고는 길을 가로막은 서성, 정봉, 진무, 반장 네 장군을 향해 의연하고 도도하게 꾸짖었다.

"너희들이 지금 한나라 황실의 숙부이자 동오 군주의 여동생이 갈 길을 막고 있는 것이냐? 어머니의 허락을 얻어 가는 길이거늘 병사를 끌고 와 갈 길을 훼방 놓다니 정말 무엄하구나."

그 자태는 병사들을 진두지휘하는 대장보다 더 의젓하고 위압적이었다. 손 부인의 희고 고운 얼굴에는 여느 장군들도 똑바로 마주 보지 못할 노기와 위엄이 실려 있었다. 장군들도 손 부인의 꾸짖음에 대꾸할 말이 없었다. 그들은 양옆으로 유비 일행이 지나가도록 길을 비켜 줄 수밖에 없었다.

장흠과 주태가 도착했을 때는 이미 유비 일행이 떠난 지 반나절이 지났을 때였다. 그들은 장군들을 문책하며 발을 동동 굴렀지만 소용없는 노릇이었다. 장흠은 서성과 정봉에게 어서 가서 주유에게 이 일을 보고할 것을 명했다. 명령을 받은 이들은 부리나케 돌아갔고, 남은 이들은 수로와 육로로 나누어 유비를 뒤쫓기 시작했다.

유비 일행은 손권이 보낸 장군들을 간신히 떼어내고 마침내 낭포郎浦에 도착했다. 그러나 뒤에는 두 사람의 목을 치러 뒤쫓아 오는 무리들이 뽀얗게 먼지를 일으키며 따라오고 있었다. 앞에는 강이 버티고 있으나 배가 없었다. 유비는 순간 앞이 캄캄해졌다.

그때 홀연 배 스무 척이 표표히 돛을 날리며 유비 앞으로 다가왔다. 조자룡은 유비와 손 부인, 일행과 말을 서둘러 배에 태웠다. 유비가 배에 오른 순간 너무나 반가운 얼굴이 눈에 들어왔다. 제갈량이 단정한 모습으로 차분히 미소를 지으며 입을 열었다.

"공명이 이곳에서 주공을 기다린 지 오래입니다. 이제 마음을 놓으십시오."

유비는 반가움과 부끄러움에 목이 메어 왔다. 손권의 장군들이 강변에 도착했을 때는 유비를 태운 배가 강 가운데로 아득히 멀어지고 있었다.

유비 일행이 한창 배를 몰아가던 중 느닷없이 소란스런 함성이 들렸다. 뒤를 돌아보니 주유가 친히 수군을 이끌고 죽을힘을 다해 유비를 추격해 오고 있었다. 유비의 배가 무사히 상륙하자 바싹 따라온 주유의 군사들도 그 뒤를 쫓아 내리려고 했다. 그 찰나 천지가 울리는 고함 소리가 들리며 관우가 병력을 끌고 나타났다. 관우가 청룡도를 휘두르며 고함을 질렀다.

"이놈 주유야! 내가 여기서 널 기다린 지 오래다."

관우가 공격해 오자 주유와 병사들은 혼비백산하여 배 위로 쫓겨 갔다. 관우와 군사들은 큰소리로 놀려댔다.

"주유의 묘계가 천하를 편안케 했네. 손 부인도 모셔 가고 군사도 물리치네!"

이 소리를 들은 주유는 울화통이 치민 나머지 화살 맞은 상처가 다시 터져 배 위에서 완전히 혼절하고 말았다. 제갈량의 계략은 순조롭게 딱딱 들어맞아 가고 있었다.

손권과 주유는 유비가 손 부인까지 대동하고 미꾸라지처럼 자신의 손아귀를 벗어나자 분통이 터져 잠을 이룰 수가 없었다. 즉각 군사를 일으켜 형주를 취해야만 속이 풀릴 것 같았다. 손권은 곧장 문무백관들을 불러 모아 회의를 열었으나 모두들 이구동성으로 말했다.

"지금 유비와 전쟁을 한다면 필경 조조가 군사를 일으켜 적벽에서의 대패를 설욕하려 들 것입니다. 차라리 허도의 천자께 조서를 올려 유비를 형주 목牧으로 봉해 달라고 하여 유비를 안심시키십시오. 이렇게 하면 조조도 우리가 유비와 돈독한 동맹 관계를 맺었다고 여기고 감히 동오를 넘보지 못할 것입니다. 이후에 조조와 유비를 이간시켜 어부지리를 취하는 것이 상책인 줄로 아뢰옵니다."

전원이 유비와의 전쟁을 반대하고 나선데다 모사들의 계략은 손권이 듣기에도 그럴듯했다. 손권은 결국 사자를 허도로 보내기로 결정했다.

이처럼 손권과 유비가 머리를 싸쥐고 암투를 벌이고 있을 때 조조는 동작대를 완성하고 성대한 연회를 베풀며 한창 흥겨운 기분에 빠져 있었다. 그는 문무백관을 다 모아 놓고는 나무 위에 걸린 비단 전포를 가리키며 소리쳤다.

"이 비단 전포는 저 과녁의 붉은 점을 명중시키는 자에게 상으로 내리겠다. 그대들의 솜씨를 마음껏 발휘해 보라!"

무관들은 제각기 활과 화살을 준비했다. 그들은 승상에게 최고의 명궁으로 인정받고자 현란한 활 솜씨를 자랑하며 붉은 점을 향해 화살을 겨누었다.

무관들의 활 겨루기가 끝나자 조조는 이내 문관들에게 시를 짓게 하여 이날을 기념하게 했다. 모사와 문신들이 앞다투어 훌륭한 시구를 지어 바치니 조조는 더욱 기쁨에 겨웠다. 조조는 술과 분위기와 시와 흥에 취해서 주절거렸다.

"나는 한나라 황실을 위해 한 몸을 바쳐 왔네. 만일 내가 없다고 하면 도대체 얼마나 많은 어중이떠중이들이 나서서 제가 황제네 왕이네 설치고 다닐지 모르는 일이지. 내가 병권을 쥐고 있는 것도 그런 조무래기들이 왕실을 넘보지 못하게 하기 위함이네. 내가 만일 딴 마음을 먹었다고 생각한다면 이 조조를 정말 잘못 본 걸세."

이 말을 들은 문무 대관들은 일제히 일어서서 조조를 칭송하며 재배를 올렸다. 술이 시흥을 돋우자 조조가 시를 한 수 쓰려고 하는데 홀연 동오의 사자 화흠華歆이 왔다는 보고가 전해졌다. 화흠이 올린 표를 본 조조는 숨이 넘어갈 것 같았다.

"형주를 차지했으며 형주 목에 봉하라고? 손권의 누이와 혼인을 해? 드디어 현덕의 어깨에 날개가 돋았구면!"

조조의 손끝이 파르르 떨렸다. 흥은 깨질 대로 깨졌고 술기운도 온데간데없었다. 정욱이 곁에서 간하였다.

"이는 손권이 승상의 보복 전쟁을 피하고 유비를 견제하려고 꾸민 계책입니다. 유비를 조정에 천거하여 유비를 안심시키고 승상과 유비를 원수지게 하여 어부지리를 얻자는 것입니다. 어서 조정에 표를 올

려 주유는 남군 태수로 봉하시고 정보는 강하 태수로 봉하시고 화흠
은 대리사소경大理寺少卿으로 봉하도록 하십시오. 틀림없이 동오와 유
비가 더욱 원수지게 되고 승상께서는 중간에서 일거양득을 취하는 상
황이 될 것입니다."

조조는 고개를 아래위로 끄덕였다.

"옳은 말씀이오."

조조는 정욱의 계략을 따랐다. 주유, 정보, 화흠은 각각 뜻하지 않
게 화려한 감투를 쓰게 되었다. 남군 태수가 된 주유는 형주를 취하고
싶은 생각이 더욱 간절해졌다. 주유는 바야흐로 손권에게 표를 올렸
다. 노숙을 형주로 보내 유비에게 형주를 돌려달라고 요구하자는 것
이었으니 손권 역시 이를 수긍하여 곧 노숙을 형주로 보내려 했다. 그
러자 노숙이 손권에게 말했다.

"유비가 서천을 취하고 나면 형주를 돌려준다고 약속하지 않았습니
까?"

손권은 복장이 터지기 직전이었다.

"서천만 취하면 돌려준다고 했었지요. 그러나 좀체 군사를 움직일
기미도 없는데 어느 세월에 서천을 취하겠습니까? 세월이나 끌어보자
는 수작이지요."

손권이 밀어붙이자 노숙은 형주로 갈 수밖에 없었다. 노숙이 형주
로 왔다는 소식이 전해지자 제갈량은 유비에게 말했다.

"노숙이 들어오면 주공께서는 그저 통곡만 하십시오. 나머지는 제

가 알아서 하겠습니다."

유비는 제갈량이 시키는 대로 노숙이 안으로 들어오자 주저앉아 대뜸 방성통곡을 했다. 노숙은 당황하여 어쩔 줄을 몰라 했다.

"아니 유황숙, 대체 무슨 일로 저를 보시자마자 그렇게 우시는 겁니까?"

제갈량이 대신 설명했다.

"자경이 오신 이유를 아시기 때문입니다. 형주를 돌려받으러 오신 게지요. 그러나 유황숙은 서천이 같은 유씨 집안 땅이라 쉽사리 취할 수 없다고 하십니다. 거기다 형주를 돌려드리면 몸을 기댈 한 뼘 땅도 없으니 어찌 통곡할 일이 아니겠습니까?"

유비는 제갈량의 말을 듣자 진짜 설움이 복받쳤다. 슬픔에 겨운 울음이 절로 터져 나와 그칠 줄을 몰랐다. 노숙의 마음이 흔들렸다. 제갈량은 이때를 놓치지 않고 간청했다.

"유황숙의 사정을 고려하여 형주를 돌려받는 일은 좀 미루어주십시오."

동오로 돌아온 노숙이 주유에게 유비의 정황을 알리며 형주를 돌려받지 못했다고 하자 주유는 어이없는 얼굴을 하였다.

"또 제갈량에게 넘어가셨군요. 절대 더 이상 형주 문제를 두고 볼 수 없습니다. 당장 다시 형주로 가서 동오가 유비 대신 서천을 취해서 유비에게 주겠다고 하십시오. 그리고 서천과 형주를 맞바꾸자고 한 다음, 서천을 취하러 가는 길에 유비에게 들르는 척하고 그대로 형주를 쳐야겠습니다."

노숙은 다시금 형주로 향했다. 노숙이 형주로 오자 제갈량은 유비
에게 일렀다.

"무조건 자경이 하는 말을 좋다고 하시고 응낙하십시오."

노숙이 주유가 이른 대로 말을 전하자 유비가 대답했다.

"대신 서천을 취해주신다니 정말 뭐라 감사해야 할지 모르겠습니
다."

유비는 거듭 사의를 표하였고 옆에 있던 제갈량도 거들어 말했다.

"주 도독의 군대가 오시면 성문 밖으로 나가 맞아들이고 노고를 치
하하겠습니다."

노숙은 내심 좋아 몸 둘 바를 몰랐다. 그는 가뿐한 마음으로 작별을
고하고 동오로 돌아갔다. 주유는 서둘러 군대를 대동하고 형주로 향
했다. 그는 수군과 육군 5만을 끌고 가며 이를 악물었다.

"정말 이번에야말로 유비와 제갈량을 치리라!"

주유는 무쇠 같은 각오로 부지런히 재촉하여 형주에 도착했다. 그
런데 이상할 만큼 주변이 적막에 싸여 있고 위로차 마중 나온 병사도
보이지 않았다. 주유는 얼른 정탐병을 보내고 배를 정박시키는 한편
병마 20기를 성으로 보내 어찌된 연유인가를 알아보게 했다.

병마 20기가 주유의 명을 받고 성 아래 도착하자 대뜸 우레 같은 소
리가 들려왔다. 올려보니 조자룡이 성루에서 무장을 하고 내려다보며
호통을 쳤다.

"공명 군사께서는 너희들이 길을 경유하는 척하고 형주를 취하려는 계교를 이미 알고 계셨다. 나를 이곳에 남겨 두어 지키게 하셨으니 허튼 수작을 부리지 말라!"

이때 급히 정탐군이 숨가쁘게 달려와 보고를 올렸다.

"관운장과 장비 등 유비의 군사들이 사방에서 '주유를 잡아라!'를 외치며 쳐들어오고 있습니다."

주유는 이 말을 듣고 그만 화살 맞은 상처가 또다시 터져 혼절하고 말았다. 군사들은 황급히 주유를 들쳐 업고 배로 데려와 치료를 했다. 겨우 정신을 차린 주유에게 병사가 보고를 올렸다.

"지금 유비와 공명이 산 위에서 한가로이 술잔을 기울이며 앉아 있습니다."

주유는 노기가 뻗쳤다. 그가 이를 악물며 소리를 질렀다.

"네놈들이 내가 서천을 취하지 못할 줄 알지만 맹세코 내가 서천을 취하리라."

주유는 전함을 출동시키라 영을 내렸다. 하지만 대군이 파구巴丘에 이르렀을 때 또 다른 급보가 날아드니 유비의 양자 유봉과 관우의 아들 관평이 수군을 이끌고 수로를 막고 있다는 것이었다.

사태를 해결하고자 주유가 막 출전하려고 나서려는 참에 제갈량이 보낸 서신이 도착했다. 주유가 서신을 얼른 뜯어보니 다음과 같은 내용이 들어 있었다.

〈부디 서천을 취하지 마십시오. 그곳은 그렇게 쉽게 취할 수 있는 땅이 아닙니다. 만일 조조가 이 틈을 타 동오를 치기라도 한다면 정말 큰일이니 군사를 거두어 돌아가시기 바랍니다.〉

서신을 읽은 주유는 깊은 한숨을 길게 내쉬고는 손권에게 편지를 쓰기 시작했다. 그 시각 주유의 병과 상처는 이미 돌이킬 수 없을 정도로 덧나 숨이 끊어지기 직전이었다. 그는 하늘을 바라보며 한탄했다.

"하늘은 어찌하여 주유를 나게 하고 또 제갈량이 나게 했단 말인가!"

주유는 연거푸 탄식하다 마침내 숨을 거두었다. 주유의 나이 방년 서른여섯이었다. 주유가 숨을 거두었다는 비보가 전해지자 손권은 대성통곡을 하였다.

"어찌하여 나를 두고 그렇게 가셨단 말이오! 이제 누굴 믿고 의지하며 동오를 꾸려 나가겠소!"

목을 놓아 우는 손권에게 주유의 마지막 서신이 전해졌다. 주유의 유서인 셈이었다. 손권이 이를 뜯어보니 노숙을 자신의 후임으로 도독에 봉하라는 유언이 쓰여 있었다.

"그렇게 하리다. 동오를 노숙에게 의지하도록 하겠소."

손권은 주유의 말을 따라 노숙을 도독에 봉하여 전군의 통솔을 맡겼다.

밤에 천문을 보던 제갈량은 장수 별 하나가 찬란한 빛을 뿜으며 떨어지자 주유의 죽음을 직감했다. 제갈량은 주유의 속을 손바닥 보듯 훤히 알고 있었고 그의 죽음까지도 계산에 넣어 일을 꾸민 것이었다.

그는 곧 동오로 건너가 주유의 조문을 했다. 제갈량은 영전 앞에 제물을 차리고 술을 따르고는 제문을 읽어 갔고 제사가 끝나자 바닥에 엎드려 통곡을 하며 주유의 죽음을 애도했다. 제갈량의 울음이 너무 애절하고 구슬퍼서 보는 이들의 눈시울도 같이 붉어졌다. 이 모습을 본 노숙은 속으로 생각했다.

'저렇게도 공명이 슬퍼하는 걸 보니 정말 주유를 아낀 모양이군. 주유가 도량이 좁아서 죽음을 자초했어.'

조문을 마친 제갈량이 돌아가기 위해 배에 올라타려는 순간 제갈량의 소매를 붙잡는 이가 있었다. 그는 제갈량을 잡고 크게 웃으며 은근한 어조로 말했다.

"자네는 주유를 화병으로 죽게 해 놓고는 시침을 떼며 문상을 와 온갖 슬픈 척은 다하며 울고 가는구먼! 강동에는 이를 눈치챌 인물이 없는 줄 아는가?"

그는 바로 봉추 선생 방통이었다. 제갈량과 방통은 서로 손을 잡고 시원하게 웃음을 터뜨리며 해후의 정을 나누었다. 서로 마음속에 있는 얘기를 하다가 헤어질 때가 되자 제갈량은 방통에게 서신 한 통을 주었다.

"일이 뜻한 바대로 되지 않거든 유황숙에게 오게."

제갈량은 그렇게 말하고는 동오를 유유히 떠났다. 서신의 내용은 물론 제갈량이 유비에게 방통을 천거하는 것이었다.

어린 마초에게 혼쭐난 조조

어느 날 노숙은 손권에게 한 인물을 권하였다.

"제가 주 도독의 유언을 이어받아 재주가 없음에도 큰 자리를 지키고 있습니다. 저보다 더 뛰어난 인물을 천거하고 싶사오니 방통을 한번 만나보시지요."

손권도 노숙의 제의를 받아들여 응낙했다.

"방통의 이름은 익히 여러 번 들었습니다. 한번 만나 보지요."

그러나 방통의 생김새가 기이하고 누추한데다 입심 또한 세니 손권은 한눈에 그가 마음에 들지 않았다. 손권은 방통에게 물었다.

"선생과 주 도독을 비교하면 어떻습니까?"

방통은 자존심이 상하여 뻣뻣하게 대꾸했다.

"저의 학문과 재주를 겨우 주 도독과 견주시다니오."

주유를 지극히 신뢰하고 그리던 손권은 대뜸 발끈하여 방통을 등용하길 거부했다. 손권이 방통을 아랑곳하지 않자 그의 재주를 아깝게 여긴 노숙은 유비에게 그를 천거하는 편지를 써주었다. 방통은 그 편지를 가지고 유비에게 갔다. 방통은 유비를 보고도 예를 갖추어 절을 하기는커녕 두 손을 맞잡고 읍만 올렸다. 유비는 그가 무례하게 구는 데다 외모까지 추하니 별로 마음에 들지 않았다. 그런 방통에게 유비는 외지의 벼슬자리를 하나 내주었다.

"우선 뇌양현末陽縣의 현재縣宰 자리를 맡아주십시오."

방통은 뇌양현에 부임하자 공무는 전혀 돌보지 않고 종일토록 술만 마셔댔다. 방통이 정사는 아랑곳 않고 술독에만 빠져 있다는 소식은 얼마 되지 않아 유비의 귀로도 들어갔다. 그러자 유비는 장비와 손건을 불러서 명령을 내렸다.

"방통 선생이 뇌양현에서 술만 퍼마시고 있다니 어찌된 일인지 살피고 오라."

장비와 손건이 뇌양현에 도착해보니 방통의 의관은 엉망으로 흐트러져 있고 술에 취해 인사불성이 되어 있었다. 장비는 간신히 화를 참으며 꾸짖었다.

"대체 백주대낮에 술이나 퍼먹고 고을 일은 팽개치고 있으니 이 무슨 짓이오?"

방통은 혀를 차면서 말했다.

"이 조그만 마을에 뭐 그리 하루 종일 일할 것이 있겠소? 내 당장 처리하리라."

방통은 말이 끝나기가 무섭게 그동안 밀린 공무를 대령하라 일렀다. 그가 업무를 순식간에 처리하기 시작하는데 깔끔하고 공정하며 물이 흐르듯 매끄러운 솜씨였다. 반나절 만에 1백 일간 밀린 일을 완벽하게 해치우니 장비는 감탄하여 말했다.

"선생이 이토록 큰 인물임을 몰라 뵈었습니다. 극력 유비 형님께 천거하리다."

방통은 그제야 장비에게 노숙의 서신을 꺼내 보였다. 장비는 황급히 형주로 돌아와 노숙이 방통을 천거하는 서신을 전했다. 이때 형주로 돌아와 있던 제갈량이 의아한 눈빛으로 유비를 바라보았다.

"봉추 선생 방통을 제가 천거하여 서신을 써 드렸는데 등용하지 않으셨습니까?"

유비는 놀라움과 기쁨에 할 말을 잃었다가 이내 함빡 웃음을 지으며 되물었다.

"아니 방통이 바로 봉추 선생이란 말입니까? 와룡 선생이나 봉추 선생 중 한 분만 얻으면 천하를 평안케 할 수 있다 하였는데 두 분을 모두 얻었으니 이제 한나라 왕실이 정말 살았구려."

유비는 기쁨을 감추지 못했다. 방통이 오자 유비는 친히 내려가 맞이하며 대접이 소홀했음을 사과했다. 유비는 방통을 부군사로 봉했다.

유비의 세력이 갈수록 강해지고 게다가 서량 태수 마등이 남쪽 정벌의 걸림돌로 버티고 있으니 조조는 편안히 앉아 있을 수가 없었다.

조조는 자신이 쇠한 틈을 타 마등이 쳐들어올까 봐 심히 걱정되기도 했다. 모사들은 입을 모았다.

"먼저 서량 태수 마등을 없애야 합니다. 지난번에도 승상이 안 계신 틈을 타 허도를 친다는 소문이 있었으니 이렇게 하십시오. 마등에게 천자의 조서를 내려 허도로 오게 한 후 없애버리면 되지 않습니까?"

조조는 그 말을 따르기로 했다. 이 속을 꿰뚫어 본 마등은 조조의 방법으로 조조를 치기로 했다. 마등은 대군을 이끌고 허창성河愴城 밖에 주둔하며 호시탐탐 조조를 칠 기회만 엿보았다.

조조는 마등을 끌어들여 제거할 궁리를 하다 시랑侍郎 황규黃奎를 시켜 마등을 성안으로 데려 오라고 명했다. 일찍부터 조조를 해칠 마음이 있었던 황규는 마등에게 조조의 음모를 모두 알려주었다.

"마 태수, 우리 힘을 합쳐 조조를 멸합시다. 조조가 성에서 나와 군대를 열병하려 할 때 조조를 죽이도록 합시다."

마등은 무릎을 치며 기뻐했다.

"듣던 중 반가운 소리요."

그들은 은밀한 준비에 들어갔다. 조조를 제거하기 위한 전략에 돌입한 것이다. 황규와 마등은 이번에야말로 조조를 죽여야 한다고 다짐했다.

황규는 조조에 대한 울분으로 얼굴에 심상찮은 기운이 서려서 집에 돌아왔다. 이를 눈치챈 그의 첩 춘향은 온갖 아양과 계교를 부려 기어코 황규의 계략을 알아냈다.

'이런 무서운 일을 저지른다고?'

춘향은 몰래 황규의 처남 묘택苗澤과 부정한 관계를 맺고 있었다. 이런 까닭에 늘 황규를 없앨 꼬투리만 찾던 춘향이었으니, 황규의 계략을 알게 되자 속으로 쾌재를 불렀다.

'드디어 앓던 이를 뽑게 되는구나!'

그녀는 재빨리 달려가 조조에게 황규와 마등의 계략을 낱낱이 밀고했다. 춘향으로부터 황규의 계략을 들은 조조는 병마를 매복시켜 놓고 군대를 검열하는 척하며 마등과 황규를 제거할 틈을 보고 있었다. 마등이 군사를 이끌고 조조에게 다가오자 조조의 군사들은 순식간에 마등과 황규를 둘러쌌다. 조조가 명령을 내렸다.

"당장 저놈들의 목을 쳐라!"

황규는 첩 춘향이 일을 망쳤다는 사실을 알고는 분노하여 외쳤다.

"동탁보다 더한 조조 놈을 죽이지 못한 것이 내 천추의 한이로다!"

마등과 황규는 이내 참형에 처해졌다. 조조는 묘택과 춘향의 일가족도 참형에 처하라고 명하여 그들의 목을 성문 높이 달아 놓았다. 마등을 죽인 조조는 남쪽을 정벌할 결심을 단호히 했다. 전략을 짜고 있는 조조에게 홀연 급보가 날아들었다. 유비가 군사를 일으켜 서천을 취하려 한다는 것이었다. 조조는 이 소식을 들으니 숨이 가빠졌다.

"유비가 서천마저 취한다면 정말 큰일이다. 이를 어쩌면 좋으냐?"

조조는 유비의 형세가 급격히 불어나자 좌불안석이었다. 그런 조조에게 진군이 계략을 내놓았다.

"합비의 병사들을 일으켜 손권을 치십시오. 그러면 손권은 힘이 달려 유비에게 도움을 청할 것입니다. 유비는 서천을 취하는 데 정신이 팔려 군사를 빌려주지 않을 것이니 손권은 승상께 패할 수밖에 없을 것이옵니다. 그럼 승상은 강동을 얻게 되시고 강동을 손에 넣은 뒤에 형주를 취하는 것은 손바닥 뒤집기보다 쉽습니다."

조조는 희색이 만면해졌다. 조조는 당장 30만의 군사를 합비로 움직이라 명했다. 조조의 대군이 내려온다는 소식이 전해지자 손권은 급히 대신들을 모아 대책 회의를 열었다. 좀체 좋은 계략이 떠오르지 않아 침묵만 흐르고 있는 사이로 노숙이 말문을 열었다.

"유황숙에게 도움을 청해 봄이 어떨까요?"

달리 좋은 해결책이 없었기에 손권도 이를 받아들였다. 노숙이 급히 제갈량에게 서신을 띄워 구원을 청하자 이내 제갈량의 답신이 도착했다. 답신에는 다음과 같은 글이 쓰여 있었다.

〈아무 근심 없이 두 다리를 뻗고 계십시오.〉

제갈량은 유비에게 간했다.

"주공께서는 어서 마등의 아들 마초에게 서신을 띄우십시오. 주공께서 도울 테니 서둘러 군사를 일으켜 부친의 한을 설욕하라 하십시오."

마초는 부친이 조조에게 죽음을 당했다는 비보를 듣고 비분강개하고 있던 중 유비의 편지를 받자 눈물을 비 오듯 흘리며 답장을 썼다. 마초는 서량의 군대를 일으켜 허창으로 향할 준비에 곧장 들어갔다.

조조는 마초를 죽여 후환을 없애려고 서량 태수 한수를 매수하려 했다. 그러나 한수는 마등과 형제 같은 친구였으니 오히려 마초를 도와 직접 군마를 이끌고 허창으로 진격했다.

마초와 한수가 군대를 이끌고 며칠 안으로 장안에 도착한다는 소식이 전해지자 조조는 식은땀이 흘렀다. 남쪽 정벌을 미룬 조조는 급한 불끄기에 먼저 나섰다. 조조가 조홍과 서황을 불러서는 다짐했다.

"종요鍾繇를 도와 동관潼關을 지키라. 내가 대군을 이끌고 동관으로 가는 데는 열흘이 걸리니 열흘만 지키면 된다. 만일 열흘 안에 동관을 뺏긴다면 즉각 참형에 처하겠다."

동관에 도착한 조홍과 서황은 종요와 함께 성문을 걸어 잠그고는 성을 지켰다. 마초의 군사가 매일 와서 온갖 욕설을 퍼붓자 조홍은 분기탱천하여 당장 나가 싸우려고 했으나 모두가 만류했다. 아예 상대를 않고 성문을 열지 않으면 성을 사수할 수 있기 때문이었다. 그러나 마초의 군사들이 갈수록 난동을 부리며 조조의 삼대에게 욕지거리를 퍼부으니 조홍은 더 이상은 참을 수 없었다. 아흐레째 되는 날 조홍이 성 밖을 바라보니 마초의 군사들이 군기가 완전히 풀린 채 누워 있거나 앉아서 쉬고 있었다.

조홍은 이때다 싶어 당장 군사를 끌고 성 밖으로 나가 마초의 진영을 공격했다. 하지만 뜻밖에도 도처에 복병이 숨어 있었다. 순식간에 포위된 조홍은 죽을힘을 다해 도망쳤다. 그 뒤를 서황이 바싹 쫓아오니 성 안으로 도망친 조홍의 군사들이 성문을 닫을 틈도 없었다. 서량의 군사들이 물밀듯 들어와 동관은 눈 깜짝할 새에 점령당하고 말았다.

열흘째 되는 날 대군을 이끌고 동관에 이른 조조는 조홍과 서황이 성을 빼앗긴 것을 보고 기절초풍을 했다.

"열흘간만 지키라고 그리도 신신당부했거늘 어찌 경거망동하여 일을 그르쳤느냐? 군법에 따라 네놈들 목을 베야겠다. 어서 끌고 가서 참형을 행하라."

조조가 성난 목소리로 명하자 주위의 장군과 모사들이 나서서 간곡히 말렸다.

"그들의 죄는 용서받을 수 없으나 모두 적의 도발을 막기 위한 충심에서 과욕을 부린 것이오니, 이 점을 부디 반영해주소서."

"이후 주군의 은공에 보답할 기회를 주소서."

조조는 마지못해 용서하고는 참형을 거두었다.

서량의 군사와 정면으로 마주친 조조의 군대는 불꽃 튀는 결전을 벌였다. 마초는 어린 소년 장군이었으나 그 용맹과 무예는 산이라도 휘두를 듯했다. 용감하고 날래며 전장에 익숙한 서량의 군사들에게 조조의 군대는 오히려 세가 밀리더니 조조마저 겹겹으로 포위당하고 말았다. 조조가 도망치기 위해 사생결단하여 말을 달리는데 서량의 병사들이 소리치며 뒤를 추격해 왔다.

"붉은 옷 입은 놈이 조조다! 어서 잡아라!"

조조는 허겁지겁 붉은 전포를 벗어 던지고 도망쳤다. 그러자 서량의 군사들이 다시 소리쳤다.

"수염 긴 놈이 조조다! 어서 잡아라!"

조조가 차고 있던 칼을 빼들어 수염을 싹둑 베어 내자 이번에는 또 다른 외침이 울려 퍼졌다.

"수염 짧은 놈이 조조다! 어서 잡아다 목을 베라!"

조조는 깃발을 내던지고는 턱과 목을 싸안아 가리고 정신없이 도망쳤다. 혀가 빠지게 도망치는 조조의 뒤를 마초가 쫓았다. 하얀 상복을 입고 질풍같이 달려오는 마초의 창끝은 조조의 목을 노리고 있었다.

"목을 내놓아라! 조조야!"

조조는 창끝을 피해 잽싸게 나무 뒤로 숨었다. 조조를 향해 겨누어지던 창이 나무에 가서 꽂히자, 조조는 이 틈을 놓치지 않고 마초를 피해 달아나려 했다. 마초가 쉽사리 조조를 놓아줄 리 만무했다.

"어디까지 나를 피할 수 있겠느냐?"

아슬아슬하게 마초에게 쫓기던 조조가 마초의 손에 잡히기 일보 직전 조홍이 나타나 구하니 정말 천운이었다. 만일 그전에 조조가 분을 참지 못해서 조홍을 죽였더라면 오늘의 결과는 어찌 되었을지 모를 일이었다. 조조는 그 덕분에 간신히 자신의 진영으로 살아 돌아올 수 있었다.

마초에게 혼쭐이 난 조조는 강을 건너서 마초의 뒷길을 끊는 계략을 짜냈다. 조조는 검을 차고는 강변에 앉아 군사의 움직임을 지켜보았다. 그때 흰옷을 입은 장군이 무섭게 달려오고 있다는 보고가 전해졌다. 장군들은 흰옷 입은 장군이 마초임을 알고는 파들파들 떨기 시작했다.

"달아나자!"

조조의 병사들은 허겁지겁 배에 올라타고는 도망치기 바빴다. 서로 배에 올라 도망치려는 바람에 조조 진영은 아수라장이 되었다. 허저는 사태가 급박함을 알고는 급히 조조를 배 안으로 끌어올렸다. 마초는 벌써 강변에 도착해 있었다.

무사히 강을 건너 안전해진 조조의 군대는 한 번 더 마초에게 싸움을 붙였다. 허저가 마초와 대적했으나 둘은 막상막하로 백여 합을 싸워도 승부가 나지 않았다. 허저는 발끈 성질이 올라 웃통과 투구를 벗어부치고 대결을 계속했다. 실로 보는 이들에게 실소를 자아내는 대결이었다. 또다시 백여 합을 싸웠으나 여전히 승부는 가릴 길이 없었다. 조조는 허저가 다칠 것이 염려되어 징을 울려 군사를 거두었다. 마초는 진영으로 돌아와 한수에게 비웃음을 던졌다.

"허저처럼 더럽게 싸우는 놈은 처음 봤습니다. 벌거벗고 덤비니 무식하기 짝이 없습니다."

조조는 마초가 여간내기가 아니라는 사실을 알고는 다른 계교를 쓰기로 했다. 바로 마초와 한수를 이간질시키는 것이었다. 조조가 일부러 먹으로 뭉그러지고 갈겨 쓴 서신을 한수에게 보내니 이 편지를 본 마초는 의아심을 지녔다.

"조조처럼 빈틈없는 자가 이렇게 편지를 보낼 리가 없습니다. 이는 분명 암호가 아닙니까? 숙부께서 배신을 하고 조조와 내통하시는 것 아닙니까?"

마초가 대들자 한수가 펄쩍 뛰며 부정해도 한번 생긴 의심은 풀리지 않고 꼬리를 물며 더해 갔다. 조조의 계략이 완벽하게 맞아든 것이다. 한수는 마초가 의심을 풀지 않자 조조에게 투항하기로 마음먹었다. 이 소식을 듣고 분을 참지 못한 마초는 칼을 들고 한수를 찾았다. 마초는 한수 곁에 있던 두 장수를 찍어 넘어뜨리고 한수의 왼쪽 손목을 잘라버렸다. 아예 한수를 죽이려고 덤비는 마초에게 불현듯 조조의 군사들이 공격을 해왔다.

"마초를 잡아라!"

"그의 목을 베어라."

마초는 단신으로 당해낼 길이 없어 사력을 다해 도망쳤고, 병사들이 마초를 구하러 왔다가 죽고 상하는 이가 부지기수였다. 마초는 방덕龐德, 마대馬岱와 함께 겨우 포위망을 뚫고 농서隴西 임조臨洮를 향해 도주하였다. 조조에게 참패한 마초의 뒤를 따르는 군사는 겨우 30기에 지나지 않았다.

조조가 마초를 물리치고 개선하여 돌아오니 승전고가 천지를 뒤흔들 듯 울렸다. 헌제는 친히 나가 조조를 맞아들이며 노고를 치하하고 위로했다. 이는 전례가 드문 특별 예우라 놀라지 않는 자가 없었다. 이로써 조조의 명망은 한층 더 높아졌다.

조조를 시험한 장송

헌제의 조조에 대한 특별 예우는 한중漢中에까지 전해졌다. 한중을 다스리는 자는 한녕漢寧 태수 장로張魯로서 삼대에 걸쳐 도를 설파하여 민심을 얻었다. 조정에서 워낙 멀리 떨어진 곳이라 간섭받는 일도 별로 없었기에 한중은 별유천지로 자치권을 갖는 독립 국가처럼 되어버렸다. 장로는 스스로 한녕 왕으로 추대받고 조조에게 불복하여 나라를 세우고 싶었다. 그러자 염포閻圃라는 자가 간하였다.

"우선 서천의 마흔한 개 주를 취하여 기반을 잡고 황제가 되시는 것이 좋을 듯합니다."

장로도 이를 수긍하여 동생 장담과 군사를 일으킬 대사를 논의하기 시작했다. 익주 목 유장은 장로가 서천을 칠 채비를 한다는 소식을 전해 듣고는 파랗게 질렸다.

"장로가 우리 서천을 친다니 어쩌면 좋소?"

유장이 문무백관을 불러 고민을 하니 익주 별가 장송張松이 말했다.

"먼저 눈앞에 닥친 일을 해결해야 합니다. 먼저 조조에게 한중을 취하라 하는 것이 좋을 듯합니다."

수긍한 유장은 장송에게 이르기를 금은보화와 값비싼 예물을 싣고 허도로 가 조조를 만나게 하였다. 장송은 몰래 서천의 지도를 그려 품에 넣고는 허도로 향했다.

장송은 허도에 도착하여 조조를 만나겠다고 청했으나, 조조는 장송의 추하고 괴상한 용모를 보고는 별로 마주 대하고 싶지가 않았다. 게다가 장송은 당돌하고 무례한 어투로 설명했다.

"승상께서 중원을 평정했다고 하시지만 실은 그렇지 않습니다. 도적이 들끓고 있으니 저희가 근년에 조공을 바치지 못한 것도 이 때문입니다."

장송은 머리를 쳐들고 말대꾸를 하였고 이에 화가 난 조조는 소매를 뿌리치고 일어나 후당으로 들어가버렸다. 상대하기 싫다는 무언의 압력이었다. 장고掌庫 주부 양수楊修가 장송을 꾸짖었다.

"어찌 그리 무엄하시오? 우리 승상이 얼마나 큰 인물이신지 모르는 모양이구려. 여봐라! 승상께서 쓰신 맹덕신서孟德新書를 가져와 보거라."

양수가 『맹덕신서』를 가져와 장송에게 보여주자 장송은 이를 받아들어 한번 읽어보더니 코웃음을 쳤다.

"이 책은 승상이 지은 것이 아니고 전국戰國 시대에 무명씨가 지은 병법서요. 우리 촉에서는 어린아이도 이 책을 다 외우고 있습니다. 내가 한번 외워보리다."

그러더니 장송은 처음부터 끝까지 글자 하나 틀리지 않고 『맹덕신서』를 암송해 보였다. 놀란 입을 다물지 못하며 감탄을 연발한 양수가 조조에게 보고했다.

"놀랍게도 장송이 맹덕신서를 글자 하나 틀리지 않고 암송하더니 이 책은 전국 시대에 이미 나와 있는 병법서라고 하였습니다."

조조는 당장에 기분이 나빠졌다.

"우연히도 옛 사람의 글과 내가 쓴 것이 같았던 게로구나. 당장 맹덕신서를 가져오거라."

조조는 『맹덕신서』를 받아 갈가리 찢어 불태우고는 거친 숨을 내쉬며 말했다.

"내일 장송을 데리고 훈련장으로 나오라! 내가 군대를 사열할 테니 그에게 우리 군용이 얼마나 대단한지를 보여주어야겠다!"

다음 날 훈련장에서 군대 사열을 마친 조조가 장송에게 거만하게 물었다.

"어떤가? 우리의 군용이 대단하지 않은가?"

장송은 여전히 말투를 바꾸지 않았다. 비단 말뿐만 아니고 이번에는 아예 앞에 대 놓고 비꼬았다.

"이렇게 무력을 자랑하는 것은 그다지 대단한 일이 아니라고 생각되옵니다. 서천에서는 인과 의로 사람을 다스리지 힘을 자랑하는 일은 대수롭지 않게 여깁니다. 물론 승상은 정말 대단한 명장이십니다. 적벽에선 주유에게 쫓기고 화용에선 관운장에게 목숨을 구걸하고 동관에선 마초에게 쫓겨 전포를 벗어던지고 수염까지 베어냈으며 위수에선 화살을 피해 황망히 배를 타고 도망쳤으니 참으로 천하무적이십니다."

조조는 장송의 거침없는 언변에 너무 화가 나 얼굴빛이 푸르죽죽해졌다.

"당장에 이 간땡이가 부은 장송 놈을 두들겨 패서 내쫓아라!"

조조에게 서천을 취하라고 말하러 갔다 도리어 욕만 당하고 내쫓긴 장송은 혀를 찼다.

"내가 조조의 덕을 시험하였더니 참으로 거만하고 부덕하도다. 그렇다고 서천의 지도까지 가져왔는데 빈손으로 돌아갈 수 없으니 유비를 찾아가 그의 인물됨이 어떤지 살펴보고 서천을 치라고 권해보자."

장송은 그렇게 마음먹고 형주로 향했다. 형주의 경계선 부근에 이르자 뜻밖에도 조자룡이 마중을 나와 장송을 역관으로 모시고 갔다. 게다가 1백여 명의 사람이 북을 치며 환영을 표하고 관우는 예를 다하여 장송을 맞이하니 감격하지 않을 수 없었다. 장송은 속으로 탄복해 마지않았다.

'과연 유비는 어질고 후덕하며 선비를 대접할 줄 안다.'

이튿날 유비는 제갈량, 방통과 함께 친히 나와 장송을 맞아들여서는 그를 위해 사흘간이나 연회를 베풀어주었다. 장송은 유비에게 극력 권하였다.

"유황숙의 인품과 도량은 사방에 그 이름이 자자합니다. 어서 서천을 취하여 천하를 도모하시지요. 유장은 무능하여 익주를 다스릴 만한 인물이 못 됩니다."

유비는 거듭 사양했다.

"서천은 한집안 사람의 땅인데 어찌 그럴 수 있소?"

장송이 서천의 지도를 바치며 말했다.

"서천의 지세가 험하다고는 하여도 이 지도만 있으면 아무 문제가 없을 것이옵니다. 차후 저의 막역한 친구인 법정法正과 맹달孟達에게 뒷일을 부탁할 생각입니다. 그들이 오면 대사를 논의하십시오."

서천을 부탁하고 익주로 돌아온 장송은 이번에는 유장을 설득했다.

"조조는 천하의 역적이며 도적으로 서천을 집어삼킬 궁리나 하지 도움을 줄 인물이 아닙니다. 허나 유황숙은 주공의 집안이며 후덕한 인물이니 그에게 사자를 보내 도움을 청함이 옳을 줄로 아뢰옵니다. 그리고 이런 중책을 맡을 사람으로는 법정과 맹달이 적합할 듯합니다."

유장도 이를 받아들여 이내 법정을 형주로 보내 유비와의 관계를 다지고 5천의 군사를 맹달에게 딸려주어 서천으로 들어오는 유비를 맞이하게 했다. 이에 주부 황권黃權과 종사관從事官 왕루王累는 만류하고 나섰다.

"유비는 장송과 짜고서 서촉西蜀을 훔치려 합니다. 장송의 목을 베고 유비와 연을 끊으십시오."

자신들의 말에 유장이 들은 척도 하지 않자 황권과 왕루는 서촉의 비극을 예감하고 방성통곡을 했다. 일이 계획대로 되어 법정과 함께 형주로 온 후 유비는 마침내 서촉 정벌을 도모하기 시작했다. 하지만 중요한 땅인 형주의 방비를 소홀히 할 수는 없는 법. 유비는 제갈량과 관우, 장비, 조자룡에게 형주를 지키라 명하고 자신은 방통, 황충, 위연과 함께 서천으로 향했다. 유장이 친히 나가 유비를 맞을 채비를 하자 황권은 입으로 유장의 옷자락을 물고는 놓아주지 않았다.

"유비의 간교에 속아 서천을 잃어버리지 마소서."

황권이 끝까지 유장을 만류하니 유장은 화가 나서 옷자락을 홱 당기며 뿌리치고 돌아섰다. 그 통에 황권의 앞니가 두 개나 빠지고 말았다. 유장이 익주 성문을 나서려 할 때 또다시 그를 가로막는 충신이 있었으니 바로 왕루였다. 왕루는 자신의 몸을 밧줄로 묶어 결박하고는 성루에 매달려 있었다. 한손에는 칼을 들고 울부짖으며 유장에게 간했다.

"주공의 목숨이 위험하고 서천이 유비 손에 들어갈 터이니 부디 가시지 말고 성을 지키십시오."

유장은 이 말 또한 듣지 않았다. 유장의 태도를 본 왕루는 단념한 듯 허탈한 표정을 짓더니 들고 있던 칼로 몸을 매달고 있던 밧줄을 끊어버렸다. 성루에서 떨어진 왕루는 땅에 부딪쳐 처참하게 숨을 거두었다. 유비의 군사가 서천에 도달했을 때 방통에게 장송의 밀서가 전해졌다.

"유황숙이 유장을 만났을 때 유장에게 빨리 손을 써야합니다."

방통이 이를 전하자 유비는 한사코 말을 듣지 않았다.

"유장은 내 집안의 동생이며 나를 진심으로 따르는데 절대 죽일 수 없소."

방통은 궁리 끝에 위연에게 은밀히 일렀다.

"연회에서 칼춤을 추다가 기회를 보아 유장을 해치우시오."

유비와 유장의 연회가 흥을 더해갈 무렵 위연이 나서서 솜씨를 발휘했다.

"연회에는 여흥이 있어야 합니다. 소인이 검무를 춰보이지요."

유장을 호위하던 장군들은 위연의 태도에 이상한 낌새를 눈치채고는 자신들도 서둘러 자리에 일어났다.

"우리들도 흥을 돋우겠소."

그들은 같이 검무를 추어 위연이 유장에게 손을 댈 틈을 주지 않았다. 상황이 이렇게 돌아가자 유비가 대뜸 칼을 뽑으며 꾸짖었다.

"그대들은 어찌하여 집안 형제들의 의를 상하게 하려 하는가? 당장 멈추고 칼들을 내려놓으라!"

그러던 중 홀연 급보가 날아들었다. 장로가 병마를 이끌고 가맹관葭萌關으로 쳐들어오고 있다는 것이었다. 유장은 유비에게 청했다.

"부디 형님께서 장로를 막아주십시오."

유비는 고개를 끄덕여 수락했다.

"아우는 아무 걱정을 말게."

유장의 청을 쾌히 받아들인 유비는 병사들과 전투에 나설 채비에 들어갔다. 유비가 본부의 병마들을 대동하고 가맹관을 향해 떠났다.

신출귀몰한 손권의 복병

손권은 유비가 형주를 떠나 서천에서 장로와 대결 중이라는 사실을 알자, 틈을 보아 형주를 취할 계획을 짜기 시작했다. 그러자 국태 부인이 꾸짖고 나섰다.

"네가 야심에 눈이 멀어 여동생 목숨까지 아랑곳하지를 않는구나. 한 발짝이라도 군사를 움직였단 알아서 하거라!"

이렇게 해서 군사를 일으키는 일이 물거품이 되자 장소가 손권에게 계략을 내놓았다.

"손 부인께 모친의 병세가 위독하여 마지막으로 따님인 손 부인과 외손자 아두를 보고 싶어 하신다고 거짓 서신을 보내면 어떻습니까? 그리고 후에 유비에게 아두와 형주를 바꾸자고 하면 되지 않습니까?"

손권이 회심의 미소를 지었다.

"거 참 묘책이다. 그럼 주선周善에게 형주로 서신을 가져가라 해야겠다."

서신을 전해 받은 손 부인은 눈물을 비 오듯 흘리며 아두를 데리고 강동으로 떠날 준비를 했다. 그녀는 간다는 사실을 알렸다가는 가는 길이 방해를 받을까 봐 두려워 몰래 아두를 품에 안고 형주성을 빠져 나와 강으로 향했다. 배가 막 떠나려는 찰나 누군가 뒤에서 외쳤다.

"도련님을 데리고 어딜 가시려 하십니까? 아두 도련님을 두고 가십시오. 유황숙의 단 한 점 혈육입니다."

소리치며 결사적으로 쫓아오는 이는 조자룡이었다. 주선이 재빨리 배를 출발시켰으나 조자룡은 작은 배를 집어타고 끝까지 추격해 왔다.

조자룡은 마침내 손 부인이 탄 배를 따라잡고는 훌쩍 올라타 아두를 빼앗았다. 그러나 주선과 군사들이 조자룡에게 칼과 창을 겨누었고 배는 이미 강의 한가운데에 와 있었다. 이대로 가다가는 조자룡이 죽음을 당하든가 강동으로 같이 가야할 판이었다. 그때 깃발을 휘날리며 한 떼의 배들이 몰려왔다. 조자룡은 죽을 각오로 아두를 지킬 결심을 하며 아이를 힘주어 안았다. 다행히도 배는 장비의 배였다. 장비는 손 부인이 타고 있는 배에 훌쩍 올라타서는 주선을 죽인 다음 아두를 챙기며 채근했다.

"형수님, 형님도 안 계신데 아무에게도 알리지 않고 이러시면 어떡합니까? 어서 돌아가십시다."

손 부인이 끝내 어머니를 만나겠다며 강경히 버티자 장비와 조자

룡은 어쩔 수 없이 손 부인은 강동으로 보내고 아두만을 데리고 돌아
왔다.

손 부인이 동오로 돌아오자 손권은 곧장 형주를 치려 했다. 바로 그
때 심장이 내려앉을 급보가 전해지니, 조조가 적벽대전의 패배를 설
욕하려 40만 대군을 이끌고 호호탕탕 내려오고 있다는 것이었다. 형
주를 취하는 일은 뒤로 미루고 긴급 대책을 논의하고 있는데 관원이
들어와 세상을 뜬 장굉의 유서를 올렸다. 유서는 도읍을 말릉秣陵으로
옮기길 간곡히 간하는 내용이었다. 손권은 장굉의 말을 따라 도읍을
말릉으로 옮길 것을 명하고, 유수濡須에도 토성을 쌓아 조조의 군대를
막을 준비를 갖추어 갔다.

같은 시기 장사長史 동소董昭는 조조에게 표를 올려 정중히 아뢰었다.
〈승상께서는 지금껏 큰 공을 많이 세우셨으니 위공魏公의 칭호를 받
으시고 구석九錫을 더하셔야 합니다.〉

시중 순욱은 동소의 의견에 반대하였다.

"겸손하게 사양하시어 도리를 지키십시오. 구석을 받는다니 당치
않으십니다. 지금까지 쌓아 온 의로운 이름에 해가 될까 염려스럽습
니다."

이 말을 들은 조조는 순욱이 변심했다는 의심이 들었다. 그 후 순욱
에게 조조가 보낸 찬합이 전해졌다. 순욱이 열어 보니 찬합은 비어 있
었다. 비어 있다는 것은 먹지 말라는 뜻이요, 사람은 먹지 않으면 죽는
법이다. 순욱은 조조의 마음을 읽었다. 더 이상 신임하지 않으니 없어

지라는 뜻이었다. 순욱은 독을 마시고 자결하고 말았다.

건안 17년(212) 겨울, 조조는 대군을 이끌고 드디어 강남으로 내려가 유수에 당도했다. 그러나 손권의 군대가 대체 어디 주둔하는지 알 수가 없었다. 할 수 없이 산 위에 올라가 동정을 살피려고 하는데 어디선가 함성이 들려왔다.

"와!!!"

손권의 복병들이 쏟아져 나왔다. 양편의 군대는 날이 밝을 때까지 치열한 전투를 벌였다. 손권의 군대가 질서 정연하고 신출귀몰한 복병 작전을 벌이니 조조는 당해내지를 못했다. 쑥대밭이 된 조조의 군대는 50리 밖으로 후퇴하고서야 진영을 자리 잡을 수 있었다.

양편은 계속해서 수차례 교전을 벌이며 승패를 번갈아 차지했다. 때마침 봄비가 그칠 줄 모르고 날마다 내려 병사들은 진흙탕 속에서 고생이 말이 아니었다. 조조가 철수를 망설이는 찰나 손권에게서 서신이 도착했다.

〈적벽대전의 화를 다시 당하고 싶지 않거든 어서 군사를 물리시오.〉

조조는 마음에 짚이는 바가 있어 얼른 군사를 돌려 허도로 돌아갔다.

유비도 조조가 군사를 일으켜 유수를 치려 했다는 소식을 듣고는 서둘러 군사를 돌려 형주로 돌아가기로 했다. 형주로 돌아가 손권과 손잡고 조조를 칠 계획이었다. 유비는 유장에게 정예군 4만과 군량 10만 곡을 빌려 달라고 청했다. 이때는 유장도 어느새 유비를 경계하는 마음이 생겨 늙고 약한 군사 4천과 쌀 1만 곡만을 빌려주었다. 유비는 대노하였고 유장에 대한 믿음 또한 일순간에 사라졌다. 방통이 유비에게 진언했다.

"이미 유장도 황숙을 믿지 않으니 계책을 세우셔야겠습니다. 상책은 성도를 쳐서 취하는 것이고, 중책은 형주로 가신다고 하고 서촉의 맹장들이 전송을 나오면 그들을 없애고 관문을 빼앗은 다음 부수관을 취하여 성도로 향하는 것입니다. 마지막으로 하책은 형주로 돌아간 뒤 후일을 도모하는 것입니다."

유비는 중책을 택했다. 유비는 유장에게 거짓으로 형주로 돌아간다는 서신을 써서 넘겼다. 그리고 부수관을 지키는 장군들이 전송을 나오면 그들을 없애고 관문을 취할 틈을 노리기로 했다. 그런데 그 서신을 본 장송은 유비가 정말 형주로 돌아가는 줄 알고는 밀서를 작성했다.

〈무슨 까닭으로 서천을 취하지 않고 돌아가려 하십니까? 어서 군사를 움직이십시오. 제가 돕겠습니다.〉

하필이면 마침 그때 장송의 형 장숙張肅이 아우를 방문하여 술잔을 기울이다 바닥에 떨어진 밀서를 주워 보게 되었다. 장숙은 대경실색하여 몸을 떨었다.

'이러다 우리 집안이 망한다. 어서 주공에게 이 사실을 알려야겠다.'

장숙은 몰래 유장에게 밀서를 갖다 바쳤다. 장송의 반역을 알게 된 유장은 당장 영을 내려 장송의 전 가족을 몰살시켰다.

부수관의 장군 양회楊懷와 고패高沛는 유비를 전송 나와서는 유비를 죽일 틈을 엿보고 있었다. 그들은 품 안에 날카로운 단검을 숨기고는 짐짓 환송하는 척하며 양과 술 부대를 들고 유비의 진영으로 갔다. 유비는 두 장군을 맞아들이며 청했다.

"내 긴히 할 말이 있으니 좌우를 좀 물리쳐주시오."

양회와 고패의 호위병들이 물러가자 관평과 유봉은 순식간에 그들을 잡아 목을 베어버렸다. 이렇게 해서 부수관은 유비의 손에 넘어갔다.

유장은 양회와 고패가 유비 손에 죽고 부수관도 유비에게 떨어졌다는 소식을 듣고는 질겁을 했다. 유장은 밤새 병사를 보내 요충지 낙현을 사수하게 했다. 유비는 황충과 위연에게 명하여 낙현 밖의 두 진영을 치라고 일렀다. 황충과 위연은 힘차게 전장을 누비며 한 진씩 공격했다. 양 진영의 우두머리들은 황충과 위연의 적수가 되지 못했다. 한쪽 진영의 대장은 죽고 다른 한쪽 진영의 대장은 생포되었다. 황충과 위연은 대승을 거두고 돌아왔다.

유장은 낙현에서 자신의 군사가 대패했다는 보고가 전해지자 피가 바짝바짝 말랐다. 유장은 급히 아들 유순劉循과 처남 오의吳懿를 보내 낙현을 지키게 했다. 오의는 부강의 물길을 끊어서 유비의 군대를 물바다에 빠지게 할 계략을 세우고 있었으나, 유비는 촉의 이름난 괴짜 호걸 팽양彭羕이 계략을 세워줌으로써 이를 면할 수 있었다. 유비는 미리 복병을 숨겨두어 오의의 군대가 강변의 물길을 끊으려 할 때 갑작스레 이들을 치니 순식간에 섬멸되고 말았다.

그 무렵 제갈량이 띄운 서신이 유비에게 도착했다.

〈흉한 일이 많고 길한 일이 적을 수입니다. 제발 조심하십시오.〉

유비는 뭔가 심상찮은 일이 생길 것 같아 형주로 돌아가려 했다. 어서 빨리 낙현을 취하고 싶은 생각에 빠진 방통은 유비가 말리는 소리를 듣지 않고 굳이 우기고 나섰다.

"주공은 큰길로 가서 유장의 군대를 치십시오. 저는 작은 길을 타고 가서 공격하겠습니다."

유비는 불안한 마음을 안고 마지못해 허락했다. 막 출발하려고 하는 때에 갑자기 방통의 말이 급히 울며 높이 뛰어올랐다.

"히잉!"

그 바람에 방통이 말에서 굴러떨어졌다.

"어이쿠."

유비는 이를 보고 자신의 백마를 내주었다.

"선생의 말이 사나우니 제 말을 타시지요."

방통은 유비의 마음에 가슴이 뭉클해왔다. 그는 내심 죽을 때까지 충성을 다하기로 맹세하였다.

'이런 주인이면 목숨을 바쳐도 아깝지 않다.'

군대를 이끌고 협곡에 이른 방통이 문득 물었다.

"이곳의 지명이 무어라 이르는가?"

이에 어느 군사가 알려 주었다.

"낙봉파落鳳坡라고 합니다."

방통은 깜짝 놀랐다. 불길한 느낌이 온몸을 스치며 등줄기에 식은 땀이 흘렀다.

"나의 호가 봉추인데 낙봉파는 봉이 떨어질 언덕이란 뜻이니 아주 흉조 띤 이름이다."

방통은 군대를 몰고 후퇴하려 했지만, 숨어 있던 유장의 군사들은 방통이 탄 말을 보고 방통을 유비라 여기고는 화살을 퍼붓기 시작했다. 방통은 나갈 수도 물러갈 수도 없는 상황이 되었다. 화살은 마치 메뚜기 떼처럼 방통에게 날아들었다. 결국 방통은 어지럽게 날아드는 화살에 맞아 전사하고 말았다.

서편 하늘에서 찬란한 별이 떨어지며 천지에 적막한 기운이 돌자 제갈량은 방통의 죽음을 직감하고 목 놓아 울었다. 유비의 군사들은 대패하여 부수관으로 돌아왔고 방통의 죽음을 안 유비도 서쪽을 바라보며 땅을 치며 처절하게 통곡했다. 초혼제를 올리며 장군들도 모두 부모를 잃은 양 서럽게 흐느꼈다. 유비는 한쪽 팔과 같았던 방통을 잃고 나자 더 이상 전장을 지켜낼 힘이 없어졌다. 유비는 관평을 시켜 제갈량에게 서신을 보내고는 그저 관평이 제갈량을 데려오기만을 기다렸다.

유비의 편지를 받은 제갈량은 유비의 마음을 읽고는 바로 떠날 채비를 갖추었다. 형주가 사뭇 마음에 걸렸던 제갈량은 관우에게 형주를 지킬 것을 당부하며 '북쪽의 조조를 경계하고 동쪽의 손권과 손을 잡으라'는 문구를 써주었다. 제갈량은 장비에게도 명하였다.

"군사 1만을 거느리고 큰길로 가서 파주巴州를 공격하시오."

또한 조자룡을 선봉으로 한 병사들에게는 강을 거슬러 올라가라고 명하고는 낙현에서 만날 것을 약속했다. 제갈량 자신은 간옹簡雍과 장완蔣琬을 이끌고 뒤따라 길을 떠났다.

장비가 파주에 당도하자 태수 엄안嚴顏은 장비의 무공이 뛰어남을 익히 알고는 감히 나와 대적하려 들지도 않았다. 그저 양식이 다 떨어져 저절로 물러갈 때만을 기다리고 있었다. 장비는 며칠 동안 성 밖에서 엄안에게 욕지거리를 퍼부었지만 안에서는 꼼짝도 하지 않았다. 그러자 장비는 군사들에게 산에서 나무를 하며 성으로 들어갈 길이 없는지 살펴보게 했다. 병사들이 성으로 통하는 작은 길을 발견하자 장비는 이경二更(밤 9~11시 사이)에 밥을 지어 먹고 삼경에 진을 떠나 출발했다.

촉군의 염탐꾼은 엄안에게 장비 군대의 동향을 낱낱이 전하였다. 엄안은 친히 군대를 이끌고 작은 길에 매복해 있었다. 장비의 군대가 지나가길 기다렸다 뒤에서 공격할 참이었다. 마침내 장비가 군대를 이끌고 지나가자 엄안이 장비의 뒤를 공격했다. 그 순간 뒤에서 커다란 함성이 들리니 뜻밖에도 진짜 장비가 엄안을 향해 고리눈을 부릅뜨고 덤벼들고 있었다. 이어 앞서 지나간 가짜 장비의 군대도 뒤돌아서서 공격을 해오니 엄안은 꼼짝없이 사로잡힐 수밖에 없었다. 이 모든 것이 장비의 계교였던 것이다. 엄안은 장비에게 붙잡히고도 조금도 굴하는 기색 없이 의연히 버텼다.

"어서 죽여라. 비굴하게 목숨을 구하느니 장부답게 죽겠다."

장비는 엄안의 모습에 존경하는 마음이 절로 우러나와 탄복을 금치 못했다. 장비는 엄안에게 다가가 손수 포박을 풀어주고 그를 상석에 모셨다. 장비는 그 밑에 엎드려 절하며 진심으로 엄안을 대하였다.

"소인 장비가 장군 같은 영웅을 알아보지 못하고 무례하게 굴었습니다. 용서해주십시오."

엄안 역시 감동을 받고 장비와 마음을 같이하기로 했다. 엄안은 곧 자신이 앞장서서 수하의 장군들을 투항시켰다.

제갈량은 떠나기 전 유비에게 편지를 띄워 낙현에서 모일 것을 약속했었다. 당도한 편지를 읽은 유비가 물었다.

"어떤 방법으로 낙현에 가는 것이 좋겠소?"

황충이 간하였다.

"오늘 밤에 공격함이 좋을 듯합니다."

유비는 이 말을 좇아 낙현을 치기로 했다. 그런데 낙현을 지키던 유장의 부하 장임張任이 유비의 움직임을 내다보고는 물러가려던 유비의 군사를 갑자기 뒤에서 공격해 대패시키고 말았다. 유비는 장임과 대적하다 그의 무예를 당하지 못해 험하고 좁은 길로 쫓겨 가게 되었다. 장임은 뒤에서 아슬아슬하게 추격해 왔다. 게다가 홀연 앞에 한 떼의 군마가 나타나니 유비는 오늘이 제삿날이구나 싶었다. 천만다행하게도 앞을 가로막고 달려오는 장수는 장비와 엄안이었다. 유비는 반가움과 안도감에 눈물이 핑 돌았다. 장비와 엄안은 장임을 물리치고 유비를 구해냈다.

마침내 유비와 제갈량, 장비가 낙현에서 만나 장임을 물리칠 계책을 짜기 시작했다. 제갈량이 계책을 꺼내 놓았다.

"군사를 사방에 매복시켜 적군이 오는 대로 치면서 후편을 막아야 합니다. 제가 적을 유인할 테니 지나고 나면 다리를 끊으십시오. 장임을 사로잡을 수 있습니다."

제갈량은 장군들에게 상세한 군령을 하나하나 내리고는 출전을 서둘렀다. 제갈량은 늙고 약한 군병들을 이끌고 장임의 병마를 유인했다. 과연 장임은 신이 나서 쫓아왔다. 그러다 매복해 있던 유비의 군사가 이곳저곳에서 나와 포위하자 꼼짝없이 갇히게 되었다. 장비는 장임을 생포하여 유비 앞으로 끌고 갔다. 장임은 투항을 거부했다.

"충신은 두 주인을 섬기지 않는다. 어서 죽이기나 해라."

장임이 너무나 강직하게 절개를 굽히지 않자 제갈량은 단호하게 지시를 내렸다.

"그 명예와 지조를 온전케 하려면 원하는 대로 죽일 수밖에 없습니다."

이로써 장임은 영웅다운 의로운 죽음을 맞이했다. 낙현을 차지한 유비는 다음으로 성도를 취할 계획을 세웠다. 그러자 법정이 나섰다.

"제가 유장에게 편지를 띄워 투항을 권유해 보겠습니다."

유장은 법정이 보낸 편지를 받고는 노발대발하며 분을 참지 못했다.

"이런 죽일 놈의 역적 같으니라고!"

유장은 욕설을 퍼부으며 편지를 갈기갈기 찢고는 서신을 가져온 사자를 개 쫓듯 내쫓았다. 유장은 처남 비관費觀을 보내 면죽관綿竹關을 지키게 하고는, 모사의 진언에 따라 원수였던 한중의 장로와 화친하여 유비를 칠 병력을 빌려 달라고 요청했다.

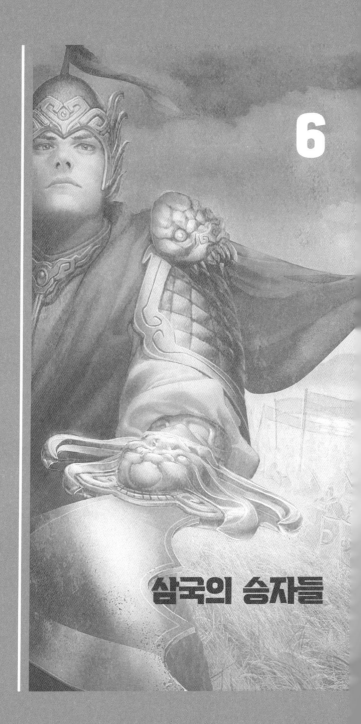

6

삼국의 승자들

마초와 장비의 일전

한편 패전 후 다시 군사를 모은 마초는 계속해 농서 일대를 공격하여, 가는 곳마다 승리를 거두었다. 그러나 기성冀城만은 아무리 공격해도 넘어오지 않았다. 자사刺史 위강韋康은 아무리 지원병을 요청해도 회답이 없자 대신들을 모아 놓고 대책 논의에 들어갔다.

"상황이 이러하니 마초에게 항복하는 길밖에 없겠소."

모두가 침통한 얼굴이었지만 감히 이를 반대하고 내놓을 묘책이 있는 것도 아니었다. 단 한 사람 참군參軍 양부楊阜만이 눈물을 비 오듯 흘리며 간곡히 위강의 투항을 만류했다.

"그럴 수 없습니다. 마초는 역적인데 그에게 항복하면 천자를 거스르는 것과 같습니다."

하지만 위강은 상황에 몰려 어쩔 수 없이 성문을 열고 마초에게 투항했다. 마초는 성으로 들어오더니 불같이 노한 목소리로 몰아세

왔다.

"위강 네놈이 끈질기게 버티더니 억지로 항복하는구나. 필경 속으로는 딴 맘을 먹고 있을 터이니 용서할 수 없다."

마초는 위강과 그 일가족을 전부 몰살시켜버렸다. 반면 양부의 충의는 높이 사 죽이지 않았을 뿐 아니라 참군의 벼슬도 그대로 유임시켰다.

그러나 양부는 마초에게 마음을 주지 않았다. 그는 마초에게 다른 구실을 대고는 역성歷城으로 가서 고모를 만났다. 양부의 고모는 충의와 절개를 중히 여기는 강직한 노파였다. 양부는 고모에게 눈물로 호소했다.

"마초가 천자를 배반하고 기성을 취하여 날뛰고 있습니다. 고모님께서 종형 강서姜敍에게 마초를 치도록 해주십시오. 천자와 돌아가신 위사군께 도리를 다하고 싶습니다."

양부의 고모는 당장 아들에게 군사를 일으켜 마초를 멸하라 명하였다. 아들 서강은 모친의 명을 받들어 병마를 이끌고 마초를 치러 길을 떠났다. 마초는 강서와 양부가 군사를 일으켜 자신을 무찌르러 온다는 보고를 전해 듣자 노기충천해서는 곧장 군마를 이끌고 역성을 함락시키려 출발했다.

운은 마초의 편이 아니었다. 조조의 명을 받들어 파병된 하후연夏侯淵의 지원 부대가 강서를 도와 마초를 공격하러 내려온 것이다. 하후연의 대군까지 합세를 하니 마초도 당해낼 재간이 없었다. 마초는 완전히 참패하여 방덕, 마대 등과 함께 겨우 수십 기를 끌고서 한중의 장로에게 투항하고 말았다. 서량 태수의 아들이며 명장인 마초에겐 참을 수 없는 수치였다.

마초가 투항해 오자 장로는 크게 기뻐했다. 마초의 용맹과 무예를 탐낸 장로는 마초를 완전한 자기 심복으로 삼고 싶었다. 장로는 중신들을 불러 놓고 의기양양해 했다.

"마초는 조조와 유비를 견제할 수 있는 훌륭한 명장이오. 내 딸애를 주어 사위로 삼고 싶은데 여러분들의 생각은 어떻습니까?"

대장 양백楊栢이 반대 의사를 표명했다.

"마초가 명장임은 틀림없는 사실이나 화를 자초하는 성격을 지녀 따님을 맡기는 것은 위험하다 생각되옵니다. 그의 처자도 참혹하게 죽음을 당하지 않았습니까?"

장로도 그 말을 듣고 자신의 뜻을 단념했다.

"듣고 보니 일리가 있소."

이 내막을 알게 된 마초는 양백에게 앙심을 품게 되었다. 때마침 서천의 유장에게서 유비를 막을 지원군을 보내 달라는 사자가 도착했다. 마초는 자진해서 나섰다.

"제가 가맹관을 쳐서 유비를 사로잡아 오겠습니다."

장로는 두말 않고 쾌히 승낙하였다. 그 사이 유비는 면죽관을 공격할 군마를 보냈으나 면죽관을 지키던 장수 이엄李嚴이 전쟁에 능하고 용맹하여 좀처럼 함락되지 않았다. 제갈량은 황충에게 계교를 일러주었다.

"패한 척 도망치면서 이엄을 유인합시다. 계곡으로 들어서면 사로 잡을 수 있을 거요."

계책대로 황충은 이튿날 이엄과 대적하다 쫓기는 척하고 험한 계곡 깊숙이 도망쳤다. 계교에 넘어가 쫓아가던 이엄이 함정임을 깨달았을 때는, 유비의 복병들이 쏟아져 나와 겹겹이 둘러싼 후였다.

유비는 붙잡힌 이엄을 극진히 대접하였고 이에 감격한 이엄은 진심으로 마음이 돌아섰다. 이엄은 면죽관을 지키고 있는 장군 비관을 찾아가 투항할 것을 설득했다.

"유현덕은 천하를 다스릴 큰 인물입니다. 만일 순순히 투항하지 않으면 화를 당할 일만 남게 됩니다."

역시 마음이 움직인 비관이 성문을 열고 유비에게 투항하니 면죽관은 유비의 손에 들어오게 되었다.

면죽관을 취한 유비가 다음 차례로 성도를 칠 계획에 몰두하고 있는데 급보가 날아들었다. 마초가 가맹관을 공격하러 왔다는 것이었다. 유비는 크게 놀라 당황했다.

"이를 어쩌면 좋소?"

제갈량이 말했다.

"관운장이 아니면 마초를 막을 사람이 없겠습니다."

이를 들은 장비는 화를 버럭 내며 씨근덕댔다.

"어찌하여 저는 안 된다고 생각하십니까? 내 목을 걸고 맹세하건데 마초를 잡아 오겠습니다. 만일 패하면 목을 베도 좋다는 군령장을 써 놓고 가겠습니다."

애초부터 제갈량은 장비를 격동시켜 가맹관으로 보내려는 속셈이었다. 제갈량은 유비에게 부탁했다.

"장비는 성정이 급하니 주공께서 뒤를 보아주십시오."

그래서 유비도 병마를 끌고 장비 뒤를 따라가도록 전략을 세웠다. 가맹관에 이른 장비가 마초에게 싸움을 걸었다. 두 사람은 1백여 합을 싸우도록 승부가 나지 않았지만, 두 장수는 여전히 지친 기색 없이 가볍고 힘차게 몸을 놀려댔다. 사람보다 말이 먼저 지치자, 그들은 말을 바꾸어 타고 계속 싸웠다. 그래도 승부가 나지 않아 어두워질 때까지 계속 대적했고, 밤이 야심해지자 횃불을 걸어 놓고 싸웠다. 벌건 대낮처럼 밝혀 놓은 무수한 횃불 아래서 두 장수의 칼과 창이 끝을 모르고 부딪치고 있었다. 마초는 분통같은 흰 얼굴과 늘씬한 체격으로 '비단'이라는 별명을 갖고 있었다. 마초를 바라보는 유비의 입에서 절로 감탄이 흘러 나왔다.

"비단 마초라더니 과연 듣던 대로다!"

장비와 마초는 유비의 설득으로 간신히 대결을 멈추었다. 다음 날 제갈량이 찾아와서는 계략을 내놓았다.

"이대로 마초와 장비를 싸우게 두면 둘 중 하나가 크게 다칠 때까지 계속 대결을 멈추지 않을 것입니다. 아까운 명장 하나를 잃을 수는 없으니 꾀를 써서 마초를 같은 편으로 만들어야겠습니다. 장로의 모사

양송楊松이 뇌물을 좋아하니 그에게 금은보화를 보내 마초와 장로, 장로와 유장을 서로 이간질 시키십시오. 그리고 주공께서 장로에게 편지를 써 원하는 대로 한녕 왕의 자리를 줄 테니 마초를 철수시키라 하십시오. 마초는 저절로 우리에게 투항하게 될 테니 그저 두고 보시면 됩니다."

유비는 곧 손건에게 장로를 설득할 서신과 금은보화 한 수레를 주어 길을 떠나게 했다.

손건이 금은보화를 갖다 바치자 양송은 입이 찢어질 듯 벌어졌다. 그리고는 손건과 장로를 만나는 자리에서 손건을 거들었다.

"유현덕은 황제의 숙부이니 황제께 간해서 주공을 한녕 왕으로 봉해 드릴 수 있을 것이옵니다."

장로는 이를 믿고 크게 기뻐하며 마초에게 명령을 내렸다.

"마초는 군사를 거두고 돌아오도록 하라."

하지만 장비와의 막상막하 대결로 약이 오를 대로 오른 마초는 명령을 받고도 군사를 돌리려 하지 않았다. 그는 장비와 끝장을 보고 싶었다. 그러자 양송은 당장 헛소문을 퍼뜨렸다.

"마초가 딴마음을 품고 있어 군사를 돌리지 않는다."

소문은 삽시에 돌아 모든 사람이 이를 믿게 되었다. 일이 이렇게 되자 마초는 그대로 있을 수도 돌아갈 수도 없는 신세가 되었다.

마초는 진퇴양난에 빠져 어쩔 줄 몰랐다. 사방에 적이니 갈 곳이 없을 텐데도 계책대로 유비에게 투항할 기미는 보이지 않으니 유비는 내심 초조해졌다. 어떻게 하면 마초를 얻을 수 있을까 고심하고 있는 유비에게 때마침 마초와 안면이 있는 이회李恢가 나서서 아뢰었다.

"제가 나서서 마초를 투항시키겠습니다."

이회는 구변이 대단히 뛰어나고 논리적인 사람이었다. 유비는 안심하며 그를 보냈다. 마초를 찾아간 이회는 조목조목 마초에게 설명했다.

"조조는 아비를 죽인 원수요, 농서는 처자를 죽인 원수입니다. 이제 유장의 오해까지 샀으니 천하에 장군이 갈 곳은 없소. 그러니 인의로써 사람을 대하는 유황숙에게 투항하여 장군의 기개를 펼쳐보시오."

마초도 이에 마음이 흔들렸다. 그는 양백의 목을 베어 들고는 유비를 찾아가 그 목을 바치고 정식으로 투항했다. 마초를 얻은 유비는 기쁘기 한량없었다.

형주를 지킨 관우

　유비는 성도를 취하기 위해 군마를 이끌고 성도로 갔다. 유장은 이미 자신이 성을 지킬 능력이 없음을 자각하고 있었기에 투항을 결심했다. 성문을 열고 유비가 입성하니 백성들은 꽃과 향, 등불과 촛불을 들고는 환호하며 유비를 맞아들였다. 백성들의 환호성에 묻혀 말을 타고 들어오는 유비에게는 제왕과도 같은 기품과 위엄이 배어 있었다.

　성으로 들어온 유비는 스스로 익주 목이 되었다. 익주 목이 된 유비는 항복한 문무 대신들에게 벼슬과 상을 내리고 선정을 베푸니 모두가 유비의 덕을 칭송하였다.

　형주에 있는 관우는 소식을 낱낱이 전해 듣고 있었다. 마초의 무예가 뛰어나 유비가 그를 몹시 총애한다는 이야기를 들은 관우는 유비에게 서신을 썼다.

〈마초의 용맹이 그토록 뛰어나다니 이 아우가 가서 한번 자웅을 겨루어 보고 싶습니다.〉

아들 관평이 편지를 들고 익주로 가서 유비에게 전하자 관우의 마음을 알아차린 제갈량이 유비에게 간하였다.

"관운장과 마초가 겨룬다면 반드시 서로 지지 않으려 하다 상처만 남을 것입니다."

유비가 걱정스럽게 물었다.

"낭패가 아닙니까?"

제갈량이 미소를 지으며 대신 답장을 써 보냈다.

〈마초가 맹장이라고는 하나 당대 최고 호걸인 관운장과 어찌 비교가 되겠습니까?〉

제갈량의 서신을 읽고 난 관우는 호탕한 웃음을 터뜨리며 흐뭇해했다.

"공명 선생이 내 마음을 알아주는구나!"

유비가 서천을 취하여 기세를 넓히자 손권은 이제 형주를 돌려받을 때가 되었다고 생각했다. 이를 장소에게 의논하자 장소는, 손권에게 여차여차하게 하라며 계책을 일러주었다. 손권은 흐뭇한 얼굴로 연신 고개를 끄덕이더니 제갈근을 불렀다. 그리고는 압력을 행사했다.

"선생은 촉의 군사인 제갈량의 형님이시나 동오를 위해서 일을 하시니 좀 도와주셔야겠습니다. 먼저 가족들을 거짓으로 옥에 가둔 뒤 공명을 찾아가 형주를 돌려주지 않으면 내가 선생 집안의 가족을 모두 죽일 작정이라고 전해주시오."

제갈근은 할 수 없이 명을 받들어 아우 제갈량을 만나러 촉을 향해 길을 떠났다.

형 제갈근이 왔다는 소식을 들은 제갈량은 금세 내막을 눈치챘다. 제갈량은 유비에게 은밀히 일렀다.

"제게 다 생각이 있습니다. 형님은 지금 손권의 명을 받고 형주를 찾으러 왔으니 제가 일러 드린 대로만 하십시오."

제갈량은 형을 만나 가족이 모두 형주를 담보로 옥에 갇혀 있다는 얘기를 듣자, 유비 앞에 엎드려 통곡하며 애원했다.

"황숙께서는 부디 형주를 동오에 돌려주십시오. 제 가솔들이 옥에 갇혀 죽을 판입니다."

그러자 유비가 완강히 거절했다.

"사사로운 정으로 어찌 형주를 냉큼 내준단 말입니까? 안 됩니다."

제갈량이 더더욱 서럽게 울며 유비에게 빌자 유비는 짐짓 못이기는 체하며 일부를 응낙했다.

"내 그럼 군사의 얼굴을 보아 형주의 절반은 돌려드리겠습니다. 장사長沙, 영릉靈陵, 계양桂陽 세 고을을 돌려드리지요."

제갈근은 마음속으로 쾌재를 불렀다. 물론 이 모든 일이 다 제갈량의 계략인 줄은 꿈에도 몰랐다.

유비는 친필로 형주의 세 고을을 돌려준다는 각서를 쓰고는 제갈근에게 편지를 건네주었다.

"지금 형주는 제 아우인 관운장이 지키고 있습니다. 가서 직접 그와 얘기하십시오."

제갈근은 형주로 가서 관우에게 유비의 편지를 건넸다.

"장사, 영릉, 계양을 돌려받기로 약속했소."

관우는 편지를 다 읽더니 대춧빛 얼굴이 더욱 붉어지고 삼각수가 부르르 떨리더니 눈에 불꽃이 일었다.

"형주는 원래부터 한나라 황실의 땅이오. 응당 황실 가문에서 다스려야 하니 단 한 뼘도 다른 사람에게 넘겨줄 수 없소. 아무리 형님의 명이라지만 난 절대 돌려줄 수 없으니 그리 아시오."

관우가 딱 잘라 말하자 제갈근은 기가 막혔다. 그렇다고 천하 맹장 관우를 섣불리 건드릴 수도 없는 노릇이었다. 뜻밖에 일이 꼬이자 제갈근은 다시 서천으로 가 아우를 찾았다. 이때는 제갈량이 이미 지방으로 일을 보러 떠난 뒤라 만날 수조차 없었다. 제갈근은 할 수 없이 빈손으로 돌아가 손권에게 자초지종을 보고했다. 손권은 분해서 어쩔 줄을 몰랐다.

"또 공명의 손에 놀아났구려!"

손권은 당장에 노숙을 불러 퍼부어댔다.

"이것이 어찌 된 일입니까? 그렇게도 유비를 믿더니 이제 형주를 영영 못 찾게 되었습니다."

노숙이 간하였다.

"제게 계책이 하나 있습니다. 항구에 군대를 주둔시키고 연회를 베

풀어 관운장을 초청하십시오. 관운장이 오면 잘 타일러 형주를 내놓
으라 하시고, 만일 내놓지 않으면 자객을 숨겨두었다 죽인 뒤 군사를
일으켜 형주를 찾으면 됩니다."

"그 방법이 좋겠습니다."

손권은 순식간에 누그러지며 당장 지시를 내렸다. 연회에 초청을
받은 관우는 이를 두말없이 승낙했다. 노숙은 연회석에 자객들을 매
복시킨 뒤 여몽과 감녕에게 군사들을 이끌고 강변에 대기하라 일렀
다. 새벽이 되자 저 멀리서 관우의 배가 다가오는 것이 보였다. 관우는
청색 두건을 쓰고 녹색 포를 입고는 배에 앉아 있었다. 관우의 배가 점
점 가까이 다가와 드디어 뭍에 이르렀다. 노숙은 반가운 척하며 관우
를 맞아들였다.

"기다리고 있었습니다."

노숙은 기회를 봐서 여러 차례 형주에 대한 이야기를 꺼냈다. 관우
는 그때마다 회피하는 인상이 역력했다.

"이토록 흥겨운 술자리에서 국가의 대사나 영토 이야기는 하는 법
이 아닙니다. 술이나 드시지요."

관우는 아예 형주 이야기는 꺼내지도 못하게 입을 봉해버렸다. 관
우은 사양 않고 술을 마시더니 술이 얼큰하게 오른 듯 보였다. 관우는
한 손으로는 청룡도를 잡고 다른 한 손으로는 노숙의 팔을 잡고는 취
한 듯 몸을 휘청거렸다.

"내가 오늘 술이 과해서 옛정을 상하게 할까 염려됩니다. 이만 가

봐야겠소. 언제 한번 형주로 초청하겠습니다. 그때 일을 의논하기로 하지요."

관우는 강변으로 배를 타러 갔다. 물론 양쪽 손에는 청룡도와 노숙의 손을 꼭 잡은 채였다. 몸을 가누지 못하는 것은 핑계에 지나지 않았다. 관우가 강변으로 나오는 것을 보자 대기하고 있던 여몽과 감녕은 관우를 기습하려 했으나 관우가 노숙을 꼭 붙잡고 있으니 노숙이 다칠까 봐 감히 손을 댈 틈이 없었다. 어쩔 수 없이 두 눈 멀쩡히 뜨고 관우가 배에 타는 것을 보고 있어야 했다. 관우를 태운 배는 순식간에 멀어져 갔다. 이를 전해 들은 손권은 천지가 뒤집히도록 노하였다.

"노숙을 인질로 삼아서 벗어났단 말이냐?"

손권이 당장 군사를 일으킬 채비를 갖추려는데 급보가 날아들었다. 조조가 군사를 이끌고 내려올지도 모른다는 것이었다. 손권은 할 수 없이 이를 바득바득 갈며 형주의 일은 잠시 미루기로 했다.

조조는 남쪽을 정벌하려 채비를 갖추고 있었다. 이때 참군 부간傳幹이 상소를 올려 간하였다.

〈소인의 어리석은 생각으로는 지금은 문文을 갈고 닦을 때라고 여겨집니다. 오랜 전쟁을 끝낸 지 얼마 되지 않았으니 이제는 갑옷과 투구를 벗어 걸어 놓고는 군사들을 쉬게 하십시오. 문인들을 키우며 때를 보아 다시 군사를 일으키는 것이 옳을 줄로 아룁니다.〉

조조는 부간의 말이 참으로 옳다고 여겨졌다. 조조는 남쪽 정벌 계획을 중단하고는 학교를 세워 문인 교육을 강화하고 예를 다하여 문사들을 대하였다.

'이것이 내가 해야 할 일이로다.'

조조, 손권, 유비의 이해타산

조조의 기고만장한 기세와 오만 방자함이 도를 넘어가고 권세는 하늘을 찌르니 헌제는 그야말로 허수아비 황제에 불과했다. 헌제는 머지않아 조조에게 황제 자리를 빼앗길 것 같아 근심과 두려움에 갈수록 말라 갔다. 복 황후는 이를 보고 근심하며 눈물을 떨어뜨렸다.

"소첩의 부친은 항상 역적 조조를 멸할 생각을 갖고 계셨습니다. 이렇게 바늘방석에 앉은 듯 사느니 이참에 충신들과 함께 조조를 없애 달라고 부친께 서신을 올려 보겠습니다. 내관 목순穆順이 믿을 만하니 그에게 서신을 주어 보내 보도록 하십시오."

충성스런 내관 목순은 죽기를 각오하고 복 황후의 부친인 복완에게 황후의 서신을 전하러 갔다.

불행히도 조조는 이 모든 사실에 대해 이미 심복을 통해 낱낱이 전해 듣고 있었다. 조조는 목순이 떠날 때는 내버려두었다가 궁문 앞에서 목순을 기다렸다. 목순은 황후의 편지를 복완에게 전하고 답장을 받아 돌아오는 길에 궁 앞에서 조조가 서 있는 것을 보자 소스라치게 놀랐다. 조조가 지시하였다.

"당장 저놈의 몸을 샅샅이 뒤져보아라!"

병사들은 목순의 몸을 이 잡듯 뒤졌으나 아무것도 나오지 않았다. 그러다 당황하여 어쩔 줄 몰라 하던 목순이 그만 모자를 떨어뜨렸다. 조조는 목순의 머리 쪽에 의심이 들어 재차 명하였다.

"저놈의 머리 속을 뒤져 보아라!"

목순의 머리칼 속에서 복완이 황후에게 보내는 답신이 떨어졌다. 조조의 눈이 하얗게 독기를 뿜었다. 목순에게 온갖 가혹한 문초를 가한 조조는 서슬 퍼렇게 외쳤다.

"복완의 일가를 모두 잡아 죽여라! 그리고 당장 복 황후를 끌어내라!"

병사들은 곧장 명을 받들어 옮겼다. 병사들은 복 황후를 개 끌듯 끌고 나와 칼과 몽둥이로 난자질하여 시해했다. 일국의 황후로서는 믿을 수 없는 죽음이었다. 그랬음에도 조조는 그것으로는 성에 차지 않아 복 황후가 낳은 두 왕자까지 죽이고 말았다. 끔찍한 황실의 참상이었다. 복 황후를 잃은 헌제는 더욱 몰골이 말이 아니게 되어 갔고 조조의 위세는 더욱 살기등등해졌다.

건안 20년(215) 정월, 조조는 헌제에게 말했다.

"소인의 딸을 황후로 맞아 주십시오. 일찍부터 그 아이를 폐하께 바치려고 생각하고 있었사옵니다."

조조는 헌제의 장인이 되길 자처하고 나섰다. 헌제는 이를 뿌리칠 용기나 힘을 갖고 있지 못했다. 결국 조조의 딸 조 귀인貴人은 헌제의 정실 황후가 되었다. 황제를 사위로 둔 조조는 그야말로 세상에 무서울 게 없었다.

조조는 바야흐로 촉의 유비와 동오의 손권을 칠 때가 되었다고 생각했다. 그는 문무백관들을 모아 놓고 대사를 의논하기 시작했다. 하후돈이 조조에게 간하였다.

"먼저 한중의 장로를 취한 후에 촉을 취하는 것이 수월합니다. 그 뒤 동오를 치면 승리는 정해진 이치입니다."

"장군의 말이 옳소."

조조는 크게 만족하며 즉시 군사를 일으켜 한중을 취할 채비에 들어갔다. 조조가 군대를 이끌고 한중의 양평관으로 쳐들어갔다. 양평관의 산세는 험하기 짝이 없었고 숲은 울창하게 우거져 있었기에 감히 조조의 군사라도 계속하여 진격해 나갈 수가 없었다. 만일 복병이라도 숨어 있다면 그대로 전멸할 것이었다.

조조와 장로 양편의 군대는 서로 팽팽히 대치한 채 50여 일을 보냈다. 이대로는 안 되었기에, 조조는 계략을 써서 후퇴하는 척 군사를 돌렸다. 조조에게 말려든 양앙楊昻은 뒤를 쫓았으나 안개가 자욱이 끼어 제대로 진군할 수가 없었다. 양앙이 성을 비운 틈을 타 조조의 군대가 성문을 밀고 들어감으로써, 양평관은 조조의 손에 떨어지게 되었다. 양평관을 손에 넣은 조조는 다시 남정南鄭을 향해 군사를 밀고 들어갔다.

양평관을 빼앗긴 장로는 하늘이 노래졌다. 염포가 장로에게 간하였다.

"마초의 사람이었던 방덕이라면 능히 조조의 장수들을 상대할 수 있을 것이옵니다."

장로는 일단 방덕을 출전시켜 조조를 막기로 했다. 방덕의 무예가 걸출한 것을 본 조조는 방덕이 탐나기 시작했다. 하여 조조는 한편으로는 계속 방덕과 대적하면서 한편으로는 방덕을 투항시키기 위한 계교를 꾸몄다. 사람을 몰래 적진에 투입시켜 양송에게 뇌물을 주고는 방덕을 헐뜯는 간언을 장로에게 하도록 하니, 이에 넘어간 장로는 점차 방덕을 불신하게 되었다. 드디어는 방덕이 정말 딴마음을 먹었다고 여기고는 방덕에게 억지를 부렸다.

"내일 당장 싸워 이겨 조조를 멸하시오. 아니면 장군의 머리를 베겠소."

실로 실행 불가능한 군령이었다. 다음 날 전장으로 나간 조조는 말을 타고 산꼭대기에 올라 방덕을 유인했다. 조조를 본 방덕은 조조를 잡으려고 부지런히 산 위로 올라왔다. 방덕의 머릿속엔 '조조 하나만 잡으면 이 싸움은 끝난 거다. 내가 저 조조를 꼭 잡고 말겠다'는 생각뿐이었다.

방덕은 조조라는 과녁을 바라보며 나는 듯 말을 달렸다. 그렇게 열심히 달리던 방덕은 갑자기 보기 좋게 구덩이 속으로 굴러 떨어졌다.

조조의 군영에서 파 놓은 함정이었다. 조조의 군사들이 방덕을 사로잡아 함정에서 꺼내자, 조조는 친히 방덕을 일으키며 진심으로 권장했다.

"장군, 나와 함께 천하 대업을 이루어 갑시다."

조조가 이처럼 자신을 알아주며 대접하자 방덕은 장로처럼 인의를 가볍게 여기는 사람 밑에서 일하느니 조조에게 투항하는 편이 낫다는 생각이 들었다. 방덕은 조조의 청을 받아들였다.

이렇게 하여 남정을 얻은 조조는 대군들을 파중巴中으로 내려보냈다. 장로는 패전을 거듭한데다 조조가 대군을 이끌고 내려온다는 보고를 받자 안절부절 못했다. 이제 장로는 완전히 조조의 손바닥 위에 놓였다. 장로는 어쩔 수 없이 조조의 권유를 받아들여 성문을 열고 투항할 수밖에 없었다. 조조는 장로를 진남鎭南장군에 봉하고 항복한 다른 장수들에게도 각각 벼슬을 내려주었다. 그리고 양송은 뇌물에 눈이 어두워 주인을 배반한 죄로 참형에 처해졌다. 이리하여 한중이 모두 조조의 손아귀에 들어가게 되었다.

주부 사마의司馬懿와 유엽劉曄은 조조에게 간하였다.

"승상께서 한중을 평정하셨으니 이제 서천을 취하십시오. 유비가 망령되이 서촉을 차지하고 있으니 이는 안 될 일이옵니다."

그런데 조조는 깊이 한숨을 쉬더니 뜻밖에도 고개를 흔들었다.

"그토록 고생을 하고도 또 욕심들을 부리는군. 농隴 땅을 얻고도 또 촉을 얻을 생각을 하다니. 이제 그만 병사들을 쉬게 해야 하네."

조조는 무슨 생각이 들었는지 군사를 움직이지 않았다.

조조가 동천의 한중을 취하자 서천의 민심도 불안해지기 시작했다. 제갈량은 유비에게 방도를 일러주었다.

"동오의 손권과 손을 잡으십시오. 그러기 위해서는 강하, 장사, 계양 세 고을을 동오에게 돌려주어야 합니다. 그리고 동오에서 동천의 조조를 물리쳐주면 형주 전체를 돌려주겠다고 하십시오. 대신 손권에게서 합비를 취해 준다는 약속을 받아내야 합니다. 지금 합비를 공격하면 부득이 조조는 동천을 버리고 철병할 것입니다."

유비는 그 견해를 받아들였다.

"과연 선생의 말이 옳소."

유비는 이적을 사자로 동오에 보냈다. 사자로 간 이적은 손권을 만나 예물과 서신을 전하며 유비와 제갈량의 의도를 전하였다.

"유황숙께서 지금은 이 세 고을만 돌려드리지만 손 장군께서 동천을 취하시면 형주를 전부 돌려드린다고 하셨습니다. 지금은 조조가 한중에 있어 합비가 비어 있으니 이 틈을 타 합비를 취하십시오."

손권은 잠시 모사들을 불러 일을 논의했다. 모사들은 입을 모았다.

"이는 유비가 조조에게 서천을 모두 빼앗길까 봐 부리는 술책입니다. 하오나 지금이 합비를 취할 절호의 기회인 것은 사실입니다."

손권은 이를 수긍하며 합비 공격을 승낙하고 이적을 돌려보냈다. 다시 유비와의 유대를 긴밀히 하기로 한 손권은 합비를 공격할 준비를 해 나가기 시작했다.

손권은 군사를 일으키자마자 승승장구하며 연승을 거두었다. 그는 환성皖城을 점령하고 곧장 합비를 향해 쳐들어갔다. 그러나 합비를 지키던 장수 장요는 환성을 빼앗긴 참패에 이를 갈고 있었기에 결사적으로 손권의 군대를 막아냈다. 장요는 성안의 모든 병사를 동원하여 악진, 이전과 함께 삼면에서 손권의 군대를 협공하는 작전을 펼쳤다.

결국 손권의 군대는 소요진逍遙津에서 장요에게 대패하여 쫓겨 가게 되었다. 장요의 정예부대가 바짝 손권을 쫓아왔다. 강을 건너려고 보니 다리는 이미 끊겨 있었다. 손권의 목숨이 위태로워졌다. 손권은 뒤로 한참 물러서서 힘껏 말을 채찍질했다.

"히잉!"

말은 힘찬 울음소리를 내더니 무섭게 달려갔다. 손권의 말은 물결이 도도히 흐르는 강물을 나는 듯 뛰어넘었다. 유수로 철수한 손권은 병마와 전함을 정돈하고 재차 전쟁을 치를 준비를 갖추었다.

장요는 한중으로 사람을 보내 지원병을 요청했다. 조조는 서천이 쉽게 함락되지 않으리라는 것을 알고는 군사를 철수하기로 했다. 조조는 합비에 주둔하고 있는 병사들의 포위를 풀어 남쪽으로 내려보냈다. 조조의 군대가 합비를 구원하기 위해 오자 동오의 장군 감녕이 손권에게 요청했다.

"소인에게 병마 일백만 주신다면 조조를 물리칠 자신이 있습니다."

조조의 대군을 1백 기로 쳐부수겠다니 실로 황당하기 그지없었으나, 거듭하여 요청하는 그의 의기를 높이 산 손권은 이를 허락했다. 출전하기 전 감녕은 1백 명의 군사들에게 고기와 술을 배불리 먹이며 격려해주었다. 밤이 깊어지자 감녕은 1백 명의 군사를 끌고 조조의 진영을 덮쳤다. 1백의 군사들은 죽기를 각오하고 목숨도 아깝지 않은 듯 용기와 투지가 들끓었다. 감녕의 결사대는 좌충우돌하며 무인지경으로 조조의 진영을 뚫고 들어갔다. 조조의 군사들은 그들이 너무 겁 없이 덤비니 숫자를 헤아릴 수조차 없었다. 조조의 군사들은 모두 등골에 식은땀을 흘렸다. 감녕은 불과 1백 명의 군사로 대승을 거두고 무사히 돌아왔다.

다음 날은 장요의 군대가 동오의 진영에 싸움을 걸어왔다. 양편 군대는 강변에서 일대 격전을 벌였다. 손권은 적진을 향해 돌진해 갔다가 장요의 군사들에 의해 겹겹으로 포위되어 죽을 일만 남은 위기일발의 상황을 당했다. 이를 본 주태는 목숨을 걸고 무수하게 날아오는 창과 칼을 몸으로 막으며 손권을 구하러 갔다. 주태의 몸은 걸레처럼 찢기고 선혈이 낭자해졌음에도, 그는 넝마가 된 몸으로 죽음을 무릅쓰고 손권을 구해내고야 말았다.

주태 덕분에 목숨을 건진 손권은 성대한 연회를 베풀어 주태를 위로하고 사의를 표하였다. 손권은 주태의 옷을 벗어 보라 하더니 자신을 구하느라 입은 상처를 일일이 보듬으며 상처의 수만큼 손수 술을 따르며 권했다. 이는 주군이 신하에게 베푸는 최고의 호의요 존경이었다. 주태는 목이 메어 왔다. 이를 지켜보는 장군들의 코끝도 찡해 왔다.

손권과 조조는 계속해서 대치하였다. 뾰족하게 승부가 날 기미도 보이지 않았다. 손권은 전쟁을 오래 끄는 것이 얼마나 큰 손실을 가져오는지 잘 알고 있었다. 그는 조조와 화친하기로 마음먹었다. 조조도 손권과 똑같은 생각을 하고 있었다. 손권의 화해를 받아들인 조조는 철수하여 허도로 돌아갔다.

7

관우와 조조의 최후

위 왕이 된 조조

조조가 당도하자 백성과 대신들이 성문 밖으로 나와 환호하며 맞아들였다. 조조가 허도에 돌아오니 문무백관들은 헌제에게 표를 올려 조조를 승상에서 위 왕魏王으로 승격시켜 봉해야 한다고 주장했다. 조조는 내심 흐뭇했지만 체면상 세 번 상소를 올려 사양하였다. 그것이 조조의 진심이 아님을 헌제도 잘 알 터였다. 조조의 지지 세력에 밀린 헌제는 조조를 위 왕으로 봉할 수밖에 없었다. 건안 21년(216) 5월, 조조는 드디어 위 왕으로 책봉되었다.

조조의 큰아들은 이미 전장에서 목숨을 잃어 둘째 조비曹丕는 항상 자신이 후계자가 되어야 한다고 생각하고 있었다. 하지만 부친 조조는 넷째 아들 조식을 지극히 총애하여 후계자로 삼고 싶어 했다. 이를 눈치챈 조비는 내심 초조해졌다. 그는 아우에게 세자의 자리를 빼앗겨서는 안 된다고 생각했다.

조비는 은밀히 중대부中大夫 가후를 청해 계책을 물었다. 가후는 조비의 편에 서서 이것저것 일러주며 조조의 마음을 사는 방법을 알려주었다. 조비는 가후의 말을 마음에 새기며 들었다. 이후부터 조비는 조조가 출정할 때마다 땅에 엎드려 절하고 눈물을 흘리며 부친을 염려했다. 반면 조식은 시를 지어 부친을 찬양할 뿐이었다. 점차 조비의 효성과 성실함이 눈에 들어오면서, 조조는 조비를 세자로 책봉하기로 결정하기에 이르렀다.

그러던 어느 날 조조에게 급보가 날아들었다.

"마마, 동오의 노숙이 세상을 떴다고 합니다."

조조는 크게 놀라며 염탐군을 보내 자세한 소식을 알아 오도록 했다. 그로부터 며칠 지나지 않아 더욱 놀랄 소식이 전해졌다. 장비와 마초가 군대를 끌고 동천을 취하러 온다는 것이었다. 조조는 대경실색하여 친히 군사를 대동하고 다시 한중으로 출정했다.

건안 23년(218) 정월, 조조가 자리를 비운 사이 평소 조조의 위세를 못마땅해 하던 사람들이 음모를 꾸미기 시작했다. 경기耿紀, 위황韋晃, 금위金褘와 길평의 아들 길막吉邈·길목吉穆 형제는 연합하여 조조에 대항할 것을 피로써 맹세했다. 그들은 각자 자기 집의 하인과 장군들을 대동하여 정월 대보름날 밤에 거사를 일으키기로 했다.

어림御林장군 왕필王必은 금위의 친구로 술을 몹시 즐기는 자였다. 정월 대보름날 밤, 금위는 왕필이 아무것도 모른 채 연회를 베풀어 술을 퍼마시고 있는 틈을 타 몰래 진영에 숨어들어 불을 질렀다. 경기와 위황은 조조의 진영에 불길이 솟아오르자 군사를 이끌고 진영으로 쳐들어갔다. 천지는 삽시간에 불바다로 변하였다. 온통 아수라장이 된 속에서 왕필과 군사들은 불과 기습에 놀라 이리 뛰고 저리 뛰며 살 길을 찾았다. 사방에서 함성이 들렸다.

"역적 조조를 쳐부수고 한나라 황실을 일으키자!"

왕필은 몸에 화살을 맞은 채로 조조의 조카 조휴曹休의 집으로 가 변고를 알렸다. 조휴는 크게 놀라며 즉각 군사를 이끌고 나가 금위와 경기의 군사들을 막아냈다. 하후돈도 급보를 받고 성 밖에서 병마를 이끌고는 허도를 포위했다. 싸움은 이튿날 아침이 되어서야 진정이 되었다. 난을 일으킨 다섯 사람의 전 가족은 모두 몰살당했다. 경기는 죽음을 눈앞에 두고도 조금도 굴하지 않고 외쳤다.

"조조 이 역적 놈아! 네놈을 죽이지 못한 것이 천추의 한이나 내가 귀신이 되어서라도 꼭 너를 죽이리라!"

그는 의롭게 죽음을 맞이했다.

하후돈은 금위와 경기 등이 일으킨 난을 진압한 뒤, 문무백관들을 이끌고는 조조가 있는 업군鄴郡으로 갔다. 업군에 도달한 이들은 바들바들 떨면서 조조의 처분을 기다렸다. 조조는 훈련장에서 홍색 깃대와 백색 깃대를 세워 놓고는 명하였다.

"성안에 불이 났을 때 불을 끄려고 나온 자는 붉은 깃발 아래에 서고 가만히 있었던 자들은 흰색 깃발 아래에 서라!"

대신들은 명을 따라 붉은 깃발과 흰 깃발 아래로 나누어 섰다. 조조는 이를 보고 추상같은 명을 내렸다.

"붉은 깃발 아래 서 있는 놈들은 난을 틈타 밖으로 나와 역적들과 한패가 되려 했던 자들이다. 모두 당장 죽여라!"

한편 조조의 명을 받든 조홍은 한중에 당도했다. 마초는 하변下辨에서 꼼짝을 하지 않았다. 조홍은 마초의 군사들이 지나치게 조용하자 함정이 있을 것이 두려워 경거망동할 수가 없었다. 조홍은 마초가 무슨 계략을 꾸민 것만 같아 불안한 나머지 결국은 남정으로 돌아오고 말았다.

이때 장합은 파서로 가서 장비와 대적하라는 명을 받았다. 조홍은 장합이 장비와 싸우다 일을 그르칠까 두려워 장합에게 단단히 일렀다.

"장비는 대단한 용장이오. 절대 가벼이 볼 상대가 아니니 조심하시오."

장합은 기분이 상해서 큰소리를 쳤다.

"그깟 장비를 뭐 그리 겁낸단 말입니까? 내가 군령장을 써 놓고 가리다."

장합이 군령장을 써 놓고 길을 떠나니 조홍도 더 이상 어쩔 도리가 없었다.

장비는 장합이 병사를 이끌고 쳐들어온다는 소식을 듣고는 뇌동을 청하여 병법을 물었다. 뇌동은 상대방을 포로로 잡을 방도를 알려주었다.

"낭중閬中은 산세가 험하니 기병을 매복시킵시다. 그러면 장합을 산 채로 잡을 수 있습니다."

뇌동 자신도 기병을 이끌고 장합을 맞이하여 싸우러 갔다. 장합이 낭중에 도착하여 장비와 격전을 벌이는데, 홀연 커다란 함성 소리가 천지를 뒤흔들더니 사방에서 복병이 쏟아졌다. 장합은 적에게 첩첩이 둘러싸였다. 결국 장합의 군대는 대패하여 암거산巖渠山 진영으로 쫓겨 갔다.

장비는 장합의 진영 앞에 진을 치고는 매일 장합에게 욕지거리를 퍼부으며 싸움을 걸었다. 장합은 진중에 숨어 못 들은 척하며 아무런 대응을 하지 않았다. 장비는 분통이 터져 환장할 것 같았다. 장비는 날마다 막사에서 술을 거나하게 퍼마신 뒤 장합의 진을 향해 차마 입에 담지 못할 욕설을 퍼붓기를 반복했다.

그래도 장합은 끈덕지게 대응하지 않고 그저 진중에서 장비를 향해 욕설만 맞받아 할 뿐이었다. 이렇듯 장비는 대취하여 욕설을 해대고 장합은 장비의 약 올리기 작전에 한 치도 말려들지 않기를 수십 일이 지나도록 하였다.

장비가 술만 퍼마시고 있다는 보고는 이내 유비에게 전해졌다. 유비는 장비의 주벽이 못내 염려스러웠다. 그러나 제갈량은 빙긋 웃으며 말했다.

"진중에 좋은 술은 떨어졌을 테니 고급술을 장비에게 보내주십시오."

유비는 의혹에 빠졌다.

"아니 무슨 말씀이십니까? 아우를 말려도 시원치 않을 마당에."

제갈량은 미소를 흘리며 조용히 말했다.

"아무 염려 마십시오. 이는 모두 장비가 적을 물리치자는 계략입니다."

유비는 그래도 마음이 놓이지 않았지만 제갈공명의 말이니 하는 수 없이 따르기로 했다. 그는 이내 위연을 시켜 술을 수레에 실어 장비에게 보내주도록 명했다.

장비는 위연이 술을 가지고 당도하자 위연과 뇌동에게 군사를 이끌고 진영 밖에 매복해 있으라고 일렀다. 그리고는 또다시 술을 꺼내 마시기 시작했다. 장비는 진영 안에서 한가로이 술을 퍼마시며 병졸들에게 씨름까지 시켜 가면서 몹시 흥겨워했다. 장합이 산 위에 서서 이를 보고 있자니 부아가 치밀었다.

"저 장비 놈이 이 장합을 우습게보아도 정도가 있지, 전장에서 아예 놀이판을 벌이는구나. 즉각 모두 채비를 갖추어 장비를 공격할 준비를 하라!"

드디어 장합은 영을 내렸다.

밤이 깊어지자 장합은 병사들을 이끌고 장비의 진영으로 돌진해 들어갔다. 장비가 앞에 있는 것이 장합의 눈에 들어왔다. 그는 바람처럼 달려가 창을 힘껏 내찔렀다.

"푹!"

그런데 찔리는 느낌이 너무 푹신했다. 장합이 찌른 것은 사람이 아니라 장비와 똑같이 꾸며 놓은 짚 인형이었다. 장합은 장비가 파놓은 함정에 빠졌음을 깨달은 순간 말고삐를 죄며 급히 돌아가려 했으나 눈앞에서 진짜 장비가 갈고리눈을 부릅뜨며 길을 가로막고 서 있었다. 산 위에 있는 장합의 진영은 그 사이 장비에게 점령당해 사방에서 불길이 치솟고 있었다. 장합은 죽을 각오로 장비의 포위망을 뚫고는 병사들을 이끌고 와구관瓦口關으로 쫓겨 갔다.

장비는 양쪽 길로 나누어 장합을 추격했다. 허나 장비가 진즉 백성들에게 물어 와구관의 지리를 정확히 파악해 놓고 치밀하게 병법을 써 놓은 뒤였다. 느닷없는 장비의 기습에 장합은 다시 한 번 대패하여 도주해야 했다.

장비는 드디어 와구관을 점령하게 되었다. 참담하게 패하고 와구관을 빼앗긴 장합은 조홍에게 돌아갔다. 조홍은 장합이 군사를 모조리 잃고 거지꼴이 되어 돌아오자 노발대발해서 소리를 질렀다.

"그토록 큰소리를 치더니 꼴좋게 되었구먼! 당장 군령장대로 참형에 처하겠다!"

옆에서 지켜보던 모사 곽준이 극구 말렸다.

"한 사람의 장수를 잃는 것은 큰 손실입니다. 한 번 더 기회를 주시지요."

조홍은 이내 마음을 진정시키고 장합을 쏘아보았다.

"병마를 이끌고 가맹관을 공격하시오. 만일 이번에 패하면 정말 각

오해야 할 거요!"

조홍은 장비에게 참패한 것을 설욕할 기회를 장합에게 주었다. 제갈량은 장합이 군사를 이끌고 가맹관을 치러 온다는 보고를 받고는 말했다.

"익덕을 보내서 막아야 합니다."

노장 황충이 기꺼이 나서며 주장했다.

"비록 제가 나이는 적지 않으나 장합을 물리치고 가맹관을 지킬 자신이 있습니다."

"그러시다면 해 보시지요."

제갈량은 노장 엄안과 함께 군마를 딸려주어 장합을 막아내도록 했다. 황충과 엄안 두 노장은 지모와 무예를 두루 갖춘 명장들이었다. 장합의 군대는 이 두 노장의 군대에 연이어 패하여 쫓기게 되었다. 황충과 엄안은 천탕산天蕩山을 점령하여 군량을 손에 넣었다.

잇단 승보를 접한 유비는 승세를 몰아 대군을 끌고 한중을 취하기로 마음먹었다. 황충은 또 한차례 앞에 서서 군사를 이끌고 정군산定軍山으로 가서 하후연과 대적했다. 제갈량은 법정을 보내 황충을 돕게 하고 다른 장군과 병사들을 뒤에 따르게 해 황충의 뒤를 받치도록 했다.

유비가 친히 군대를 이끌고 한중을 취하러 온다는 보고를 받은 조조는 이만저만 놀란 게 아니었다. 조조는 가만히 앉아 있을 수가 없었다.

"한중을 빼앗기면 중원이 위험하다."

그는 직접 40만 대군을 대동하고 유비의 군대를 맞아 싸우러 길을 재촉했다. 군사를 이끌고 난전藍田에 이른 조조는 이름난 문장가 채옹의 장원을 보자 그의 딸 채염蔡琰이 생각났다. 그녀 역시 뛰어난 문장가였다. 그녀가 지은 아름다운 시구절은 중원에까지 퍼져 많은 사람들의 가슴을 울렸다. 조조는 채염의 재주를 높이 샀기에 오랑캐 왕에게 금은보화를 갖다 주고는 오랑캐에게 잡혀 있던 그녀를 데리고 왔다. 그리고 그녀를 지금의 남편 동사董祀와 혼인시켜 주어 이곳에서 편히 여생을 보내도록 해 주었었다.

조조는 장원 안으로 들어가 채염을 찾았다. 채염은 반가운 나머지 맨발로 뛰어나오며 조조를 맞이했다.

"위 왕 마마께서 이토록 누추한 곳에 친히 왕림하시니 몸 둘 바를 모르겠사옵니다."

채염이 눈물을 글썽였다. 조조는 그녀에게 그동안의 안부를 물으며 집 안으로 들어갔다. 그때 우연히 벽에 걸린 비문 하나가 조조의 눈에 들어왔다. 그가 채염에게 물었다.

"저 비문은 무엇이냐?"

"저것은 열세 살 소년 한단순邯鄲淳이 지은 조아비曹娥碑입니다. 그 뒤의 '황견유부 외손제구黃絹幼婦 外孫韲臼'라는 구절은 소첩의 아비가 쓴 것인데 무슨 뜻인지는 소첩도 모르겠사옵니다."

그녀의 대답에 답답했던 조조는 모사들을 모아 놓고 뜻을 물어보왔다. 모사들 역시 아는 이가 아무도 없었다. 그때 양수가 홀연히 나섰다.

"소인이 그 뜻을 알고 있사옵니다."

이어지려는 양수의 말을 조조가 가로막았다.

"아니다. 말하지 말고 기다려 보라."

조조는 채옹과 작별을 하고 말을 타고 3리쯤 가다가 문득 그 여덟 글자가 어떤 뜻인지 깨달았다. 조조가 양수에게 물었다.

"그 비문의 뜻이 무언지 말해 보게."

양수는 거침없이 대꾸했다.

"황黃은 빛을 나타내고 견絹은 천을 말하지요. 즉 빛 색色 자와 실 사絲 자입니다. 합하면 끊을 절絶 자가 됩니다. 유부幼婦는 소녀少女를 말합니다. 한 글자로 합하면 묘할 묘妙 자가 됩니다. 외손外孫은 딸의 아들입니다. 한 글자로 쓰면 좋을 호好 자입니다. 제구齏臼는 맵고 짜고 시고 쓰고 아린 것을 받아들이는 그릇을 말합니다. 그래서 받을 수受 변에 매울 신辛 자를 쓰면 말씀 사辭 자가 됩니다. 이를 모두 합해 보면 절묘호사絶妙好辭이니 글이 절묘하도록 좋다는 의미입니다."

양수의 해석에 조조는 크게 놀라며 양수의 재주를 칭찬했고 문무백관들도 그의 재능에 찬사를 보내며 부러워했다. 한편으로 조조의 마음 한구석은 켕겨 왔다.

제갈량의 속임수

하후연은 줄곧 정군산을 지키며 출전을 하지 않고 방어 태세만 취하고 있었다. 그러던 중 조조에게서 출전 명령이 떨어지자 하후연은 바로 촉군과 일전을 벌이러 나갔다. 황충은 거침없이 칼을 휘두르며 전장을 누비다가 하후연의 조카 하후상夏候尙을 취하러 달려왔다. 하후상은 몇 합 싸워 보지도 못하고 간단하게 황충에게 잡히고 말았다. 이를 본 하후연은 황충의 진영으로 돌진해 들어가 진식陳寔과 대적하였다.

하후상이 황충에게 잡히니 하후연은 애간장이 탔다. 하후연은 젖먹던 힘까지 다해서 진식을 취하고 난 뒤 황충에게 제안했다.

"인질을 교환하자! 북소리가 한 번 울리면 하후상을 우리 진영으로 보내라! 나 또한 진식을 돌려보내겠다!"

황충도 대답했다.

"좋다!"

이리하여 인질들은 각자의 진영으로 돌아갈 수 있었다. 이때부터 하후연은 다시는 출전을 않겠다고 결심하고 굳건히 진영만을 지켰다. 황충은 아무리 싸움을 걸어도 하후연이 반응이 없으니 속이 터졌다.

법정이 황충에게 간하였다.

"먼저 맞은편의 서산西山을 취하십시오. 서산에서는 위군의 허실이 훤히 내려다보입니다. 서산을 취한다면 정군산을 취하는 것은 시간문제입니다."

황충은 이 진언을 따라 서산을 취했다. 사태를 파악한 하후연도 서둘러 군사를 이끌고 서산으로 갔다. 서산에서는 반대로 황충이 일절 대응을 하지 않으니 하후연의 군대는 점차 풀어지기 시작했다.

황충은 때를 놓치지 않고 공격을 감행했다. 황충이 정예부대를 끌고 하후연의 진영을 갑작스레 기습하니 하후연의 부대는 칼집에서 칼을 뺄 정신도 없었다. 황충은 하후연을 발견하자마자 단숨에 칼로 내리쳐서 두 쪽을 냈다. 하후연이 미처 어떻게 손쓸 틈도 없이 일어난 일이었다. 하후연의 죽음을 안 조조는 땅을 치고 울었다.

"내가 반드시 너의 죽음을 갚아주리라!"

조조는 친히 군대를 끌고 하후연을 잃은 복수를 하러 나서기로 했다. 그리고 장합에게 미창산米倉山에 있는 양식을 한수의 북산北山으로 옮길 것을 명하였다. 이 소식은 즉각 유비의 진영에 전해졌다. 제갈량이 황충과 조자룡을 불러들였다.

"지금 조조가 군량을 북산 기슭으로 옮기는 중입니다. 조조의 대군이 아직 움직이지 않는 것은 군량미가 부족한 때문이니 옮기고 있는 군량과 군수품을 불태워야 조조가 우리를 공격하지 못합니다."

황충과 조자룡은 서로 자신이 출전하겠다고 나섰다. 제갈량은 이들에게 제비를 뽑게 하니 황충이 뽑혀 출전하게 되었다.

황충은 부장 장저張著와 함께 군사를 이끌고 조조 진영의 양식을 불사르기 위해 출전했다. 밤이 되자 이들은 북산으로 숨어 들어가 양식을 지키고 있던 조조의 군사들을 기습했다. 하지만 만반의 준비를 갖추고 있던 조조의 복병이 사방에서 쏟아져 내려와 황충을 수십 겹으로 둘러싸니 천하의 명장 황충도 어쩔 수 없었다.

제갈량은 만약의 경우를 생각해서 조자룡에게 몰래 황충의 뒤를 따르라고 은밀해 명했다. 조자룡은 황충이 돌아오지 않자 병력을 이끌고 조조의 진영으로 쳐들어갔다. 황충은 덤벼 오는 수백 명의 위군들에게 목숨을 잃기 직전에 있었다. 조자룡이 소리치며 일촉즉발의 포위망을 뚫고 들어갔다.

"상산 땅의 조자룡이다!"

조조의 군사는 조자룡의 이름만 듣고도 새파랗게 질렸다. 조자룡의 손에 죽어 넘어지는 병사들의 목이 눈발 날리듯 흩날렸다. 조자룡은 마침내 황충과 장저를 구해 본진영으로 돌아왔다.

조조는 황충을 놓치자 노기가 충천해서 손수 군대를 이끌고 황충과 조자룡을 추격해 왔다. 한동안 깊이 생각에 잠겼던 조자룡이 명을 내렸다.

"성문을 활짝 열고 구덩이를 파서 궁노수를 매복시켜라."

조자룡 자신은 아무도 대동하지 않은 채 단신으로 말 위에 올라 활짝 열린 성문 앞을 지키고 있었다. 조조의 군대는 조자룡이 홀로 위풍당당하게 열린 성문 앞에 서 있는 것을 보자 지레 겁을 먹고 감히 진격하려 들지 않았다. 조조는 이를 보고 더욱 분통이 터져 소리쳤다.

"뭣들 하느냐? 당장 성안으로 진격하라!"

조조의 외침에 그의 병사들이 성을 향해 몰려오자 조자룡이 창을 흔들어 신호를 보냈다. 순간 구덩이 속에 숨어 있던 궁노수들이 일제히 화살을 날렸다. 동시에 조자룡은 군사들을 이끌고 조조의 병사들을 공격해 들어갔다. 조조의 병사들은 날아오는 화살과 조자룡 군대의 공격에 맥을 못 추고 우수수 쓰러져 갔다. 조조의 군대는 대패하여 달아났고 군량미도 몽땅 잃고 말았다.

대패한데다 군량마저 빼앗긴 조조는 분노와 수치에 치를 떨며 서황을 선봉대장으로 삼고 왕평王平을 부선봉으로 삼아 한 번 더 출전시켰다. 서황이 배수진을 치려 하자 이곳의 지리를 잘 알고 있던 왕평은 만류했다.

"절대 안 됩니다. 후퇴해야 할 상황이 닥쳤을 때 군사들이 물에 빠져 모두 죽는 수가 있습니다."

그럼에도 서황이 고집스레 말을 듣지 않고 배수진을 치자, 왕평은 할 수 없이 수하의 군사들만 데리고 다른 곳에 진을 쳐야 했다. 조자룡과 황충이 양쪽에서 협공을 해오자 왕평의 우려대로 서황의 군사들은 물에 빠져 거의 전멸하게 되었다. 서황은 도리어 패배의 책임을 왕평에게 돌렸다.

"장군이 서둘러 구원병을 보냈다면 이렇게 무참히 패하지는 않았을 거요."

왕평은 서황의 모략으로 위험에 빠질 것을 예감하고 조자룡을 찾아가 투항하고 말았다. 서황이 대패하고 왕평이 유비 편으로 가 버리자 조조는 손수 대군을 거느리고 출전하여 유비의 군대와 강을 사이에 두고 대치하게 되었다.

제갈량은 군사들에게 명하였다.

"매일 밤 내가 포를 울리면 너희들은 북과 꽹과리를 쳐라."

깊은 밤에 홀연 유비의 진영에서 포가 울리고 북, 꽹과리 소리가 천지를 흔드니 조조의 군사들은 잠자리에 들었다가 허둥지둥 갑옷과 무기를 챙겨 나왔다. 그러나 적병은 그림자도 없었다. 그 후 밤마다 이렇게 요란한 북소리와 꽹과리 소리가 들려오자 조조의 군대는 불안하여 잠을 잘 수도 없게 되어버렸다.

조조는 유비의 군대가 뭔가 계략을 꾸민다고 생각한 나머지 30리 밖으로 철수하라고 명하였다. 그 시각 제갈량이 유비에게 계략을 알려줬다.

"군사를 이끌고 강을 건너 배수진을 치십시오."

유비가 놀라며 물었다.

"아니 어째서 위험하게 배수진을 치라고 하십니까?"

제갈량은 빙긋 웃으며 유비를 안심시켰다.

"조조는 병법을 쓰는 데는 능하나 의심이 많고 모략에 약합니다."

조조는 유비가 강을 건너 배수진을 치는 것을 보고는 출전을 명하였다.

"저들이 하는 행태가 참으로 괴이쩍다. 뭔가 함정을 파는 것 같으니 서둘러야겠다."

조조와 유비의 군사가 서로 대치한 앞에서 유비와 조조가 늠름하게 말에 앉아 서로를 마주 보았다. 조조는 유비에게 소리쳤다.

"이 배은망덕한 놈! 네가 조정을 배반하고 땅을 빼앗아 역적질을 해 대니 살려 둘 수 없다."

조조가 욕설을 퍼붓자 유비 역시 지지 않고 맞받았다.

"나는 한나라 황실의 자손으로 땅을 지키는 것뿐이다. 역적은 너다. 황후를 살해하고 감히 왕의 호칭을 쓰니 여섯 토막 내어 죽여도 시원찮을 역적 놈이다."

둘은 서로에게 더욱 험악한 욕설을 퍼부었고 결국 양편의 장수들은 싸움에 돌입했다. 그런데 싸움이 시작되자 촉군은 말과 무기 등 모든 것을 다 내버리고 강변을 따라 도망을 치기 시작했다. 조조의 군사들은 이를 보고 신이 나서 촉의 군수품을 거두어 챙겼으나, 조조는 아무리 보아도 촉군의 행동이 이상했다. 조조는 황급히 군사들에게 명령을 내렸다.

"배수진을 쳤다가 군수품을 모두 버리고 도주하는 것을 보니 아무래도 또 요상한 계교를 꾸미는 것 같다! 절대 촉의 군수품에 손대지 말고 지금 즉시 철수하라!"

조조는 촉의 군사 제갈공명에 대해서 많은 경험을 지니고 있는 터였다. 그가 이처럼 무지한 일을 벌이는 데에는 필경 까닭이 있으리라 여겨졌던 것이다.

조조의 군사가 말 머리를 돌려 후퇴하자 제갈량은 기를 흔들어 신호를 보냈다. 삽시간에 길이란 길에 매복해 있던 유비의 모든 군사들이 쏟아져 내려와 조조의 군사들을 포위했다. 조조의 군사들은 유비 군사의 손바닥에 놓인 거나 진배없게 되었다.

파도처럼 밀려오는 촉군을 보고 겁에 질린 위군들은 그 자리에서 얼어붙었다. 아무리 몸부림을 치며 촉의 포위망을 뚫으려 해도 제갈량의 한 치 빈틈없는 용병술은 이를 허락하지 않았다.

"유비와 공명의 간교에 걸려들었다!"

조조는 부르짖으며 황급히 목숨을 구해 달아났다. 조조 곁의 병사들이 필사적으로 촉병을 막으며 조조의 도주를 도왔다. 죽고 다치는 호위병들의 수가 헤아릴 수 없었다.

유비는 군대를 이끌고 남정 포주襄州까지 조조를 추격해 갔다. 유비가 제갈량에게 물었다.

"군사는 어찌하여 이처럼 빨리 조조를 격파할 병법을 생각해 내셨습니까?"

"조조는 본래 의심이 많은 위인입니다. 제 아무리 뛰어난 명장이라 해도 의심이 많으면 패하는 법입니다. 소인은 적을 의심케 하여 적을 이기는 계교를 쓴 것이지요. 조조는 이미 마음속으로 몹시 충격을 받았습니다. 주군께서는 이 틈을 놓치지 마십시오. 승세를 몰아 군사를 나누어 파병하여 계속 조조를 추격하십시오."

제갈량은 자신의 계교를 설명하며 조조를 계속 궁지로 몰아넣을 것을 주문했다. 유비는 군사 제갈량의 의견을 절대 존중하며 조조의 추격에 바싹 고삐를 쥐었다.

조조는 양평관으로 쫓겨 가서 몸을 피했으나 촉군 역시 양평관으로 바싹 따라온 상태였다. 촉군은 양평관 성을 둘러싸고 불을 지르더니 사방에서 북을 치고 고함을 지르며 양평관을 뒤흔들었다. 조조는 더욱 의심이 들어 성을 지키고 있을 수가 없었다. 마침내 양평관을 버리고 거듭 도주 길에 오르니 황충과 조자룡이 그 뒤를 쫓았다. 조조는 꽁지에 불이 붙은 듯 열심히 도망가는 길밖에 없었다.

'수치스럽구나. 이런 꼴로 비참하게 달아나야만 하다니!'

조조는 사곡계斜谷界 입구까지 쫓겨 갔다. 가는 곳마다 유비의 맹장들이 매복해 있다 뛰어나와 조조를 기습하니 말 그대로 목숨이 간당간당하였다. 이때 멀리서 또 뽀얗게 먼지를 일으키며 달려오는 병사들이 보였다. 조조는 이제 탄식할 수밖에 없었다.

"저들이 촉군이라면 난 정말 끝이구나!"

가까워지는 얼굴을 보니 조조의 둘째 아들 조창曹彰이었다. 조창이 말에서 내려와 예를 올리니 조조는 그제야 정말 살았구나 싶었다.

"아버님, 소자가 조금 늦었사옵니다."

조조는 아들의 도움을 받아 병사를 수습하고 사곡계에 진을 친 뒤에야 겨우 정신을 수습하였다. 조조는 사곡계에 주둔하면서 고민에 빠졌다. 끌어봤자 득이 될 것도 이길 리도 없는 전쟁이었으나 그만두고 돌아가자니 체면이 말이 아니었다. 군대를 물려야 할지 말아야 할지 망설이고 있는데 시종이 밥상을 들고 왔다. 닭국이 차려져 있는데 그릇 속에 담긴 닭의 뼈가 조조의 눈에 들어왔다. 이때 하후돈이 들어오며 물었다.

"마마, 오늘 밤 군호는 무어라 하면 좋겠습니까?"

조조는 혼잣말하듯 중얼거리며 답하였다.

"계륵鷄肋, 계륵."

하후돈은 그날 밤 군호를 계륵 즉 닭의 갈비라고 전했다. 군호가 계륵이라는 말을 전해 들은 양수는 갑자기 군사들에게 짐을 싸라고 명하였다. 곁에 있던 하후돈이 깜짝 놀라 물었다.

"아니 마마께서 아무 명령도 내리지 않으셨는데 짐을 싸게 하면 어쩝니까?"

양수는 입을 열어 설명했다.

"계륵은 먹자니 살점이 붙어 있지 않아 먹을 것이 못 되고 버리자니 고기 맛은 배어 있어 아까운 것입니다. 지금 우리가 하고 있는 전쟁이 이 닭의 갈비와 같습니다. 나아가자니 이기지 못할 싸움이고 물러서자니 웃음거리가 될까 무서운 것이지요. 허나 끌어도 아무 이득이 없으니 일찌감치 돌아가느니만 못합니다. 위 왕께서 계륵을 말씀하신 것이 바로 이런 뜻입니다. 내일 틀림없이 군사를 물리자고 하실 터이니 미리 짐을 싸라고 명한 것입니다."

양수의 이 말이 전해지자 군사들은 고향에 돌아갈 생각에 신이 나 모두 짐을 챙기기 시작했다. 그날 밤 조조는 마음이 심란하여 편하게 잠을 이룰 수가 없어 진영을 순시하고 있었다. 그러다 군사들이 모두 짐을 정리하는 것을 보고는 크게 놀라 당장 하후돈을 불러 물었다.

"군사들이 모두 떠날 채비를 하니 어찌 된 일인가?"

하후돈은 양수가 계륵에 대해 풀이한 내용을 조조에게 그대로 들려주었다.

"양수가 위 왕의 뜻을 미리 읽고 돌아갈 준비를 하라고 일러주었습니다."

조조는 양수가 자신의 생각을 물 속 보듯 훤히 내다본다는 사실에 소름이 끼쳤다. 조조는 대노하여 양수를 끌어오라고 명하였다.

"네가 감히 내 명령 없이 멋대로 군사를 철수할 준비를 시켜 군심을 어지럽혔으니 죽어 마땅하다."

조조는 당장에 양수를 참해버렸다. 양수는 너무 재주가 뛰어나고 지나치게 조조의 마음을 잘 꿰뚫어 보아 조조의 비위를 여러 번 거슬렀던 것이 화근이었다.

후퇴 명령 없이 군사를 물릴 준비를 했다는 이유로 양수를 죽였으니, 진격을 하지 않으면 체면이 더욱 땅에 떨어질 판이었다. 조조는 울며 겨자 먹기로 군사를 진격시켰다. 조조가 출전하자 그 틈을 탄 마초가 기다렸다는 듯이 조조의 비어 있는 진영을 점령하였다. 조조는 군심이 흔들리는 것이 두려워 검을 높이 빼들고 진격해 갔다.

위연이 조조를 발견하고 활시위를 당겼다. 화살은 정확히 조조 얼굴의 인중을 맞혀 앞니 두 개를 부러뜨렸다. 위연은 이때를 놓치지 않고 칼을 휘두르며 조조에게 달려왔다. 방덕은 조조의 목숨이 위태로워지자 앞뒤 재지 않고 용감하게 달려와 위연을 막고 조조를 구해서 돌아왔다. 일이 이 지경에 이르니 조조는 두려워서 전쟁을 더 이상 계속할 수가 없었다. 조조는 양수가 풀이한 대로 드디어 철수를 명하여 군대를 이끌고 허도로 돌아갔다.

황제에 추대된 유비

한중을 취하고 나자 유비의 수하 장군들은 입을 모아 유비를 황제에 추대해야 할 시기라고 말했다. 하지만 유비는 부하들의 끈질긴 간언을 완강히 거부했다.

"그리하면 한나라 황실을 배신하는 것입니다."

제갈량이 조목조목 따져서 유비에게 아뢰었다.

"지금 천하에는 제각기 다른 성씨를 가진 자들이 나서서 모두 제가 왕입네 하고 백성을 교란시키고, 조조는 황제를 꼭두각시로 만들어버렸습니다. 이런 때에 의를 중히 여기시는 황숙께서 한나라 정통성을 회복할 대의명분으로 제위에 오르심은 하늘의 뜻입니다. 그리고 이제 황숙께서 형주와 양양, 서천과 동천을 손에 넣으셨으니 그 기반도 튼튼하다 하겠습니다. 황제 호칭을 받는 것이 부당하다고 생각되시면 한중 왕에 오르시는 것은 합당하다고 여겨지니 황숙께서는 더 이상 물리치지 마십시오."

유비는 문무백관의 요청에 못 이겨 부득이 한중 왕의 자리에 오르기로 했다. 건안 24년(219) 7월, 촉에서는 유비를 한중 왕으로 추대하기 위한 준비가 한창이었다. 면양에 단이 만들어지고 의식에 쓰이는 의장들이 길게 늘어섰다. 엄숙하고 신성한 기운이 장내를 압도했다. 유비는 위엄 있게 단 위로 올라가 남쪽을 향해 앉았다. 왕관을 쓰고 옥새를 받은 유비는 문무백관들의 축하 속에 마침내 한중 왕에 올랐다. 그는 유선을 왕세자로 삼고 허정은 태부太傅에, 법정은 상서령에 봉하고 제갈량은 군사로 삼아 모든 군사 업무를 일임시켰다. 백성들도 하나같이 마음을 다해 축하하며 기뻐했다.

왕위에 오른 유비는 천자에게 이를 고하는 표를 써서 허도로 보냈다. 이를 받아 본 조조는 화가 나서 길길이 뛰며 나섰다.

"당장 전 군사를 다 동원하여 유비를 쳐야겠다."

이를 보고 사마의가 간하였다.

"그렇게 서둘러 결정하실 일이 아니라 생각되옵니다. 신의 미천한 생각으로는 먼저 동오에 사자를 보내 손권에게 형주를 취하라 권하고 유비가 군사를 끌고 형주를 지키러 간 사이 위 왕께서 한천을 취하시는 것이 어떨는지요. 손권은 유비에게 형주를 빼앗겨 감정이 좋지 않으니 그리하면 모든 일이 훨씬 수월해질 듯합니다."

조조는 이 말에 크게 기뻐하며 만총滿寵을 사신으로 하여 동오에 보냈다. 만총이 동오에 도착하여 손권에게 조조의 서신을 전하자 손권은 모사들을 소집했다. 손권이 물었다.

"조조가 함께 유비를 치자고 하는데 이를 어찌하면 좋겠습니까?"

고옹이 조심스럽게 간하였다.

"만총에게는 조조와 뜻을 같이 하겠다고 약속하여 우선 돌려보내십시오. 그리고 강 건너 형주를 지키고 있는 관운장의 동태를 살피는 것이 좋을 듯합니다."

이를 듣고 제갈근이 방도를 하나 제안했다.

"관운장의 딸이 아직 어려 혼처가 정해지지 않았다 합니다. 소인이 관운장을 찾아가 그의 딸을 주군의 왕세자비로 맞아들임이 어떨지 마음을 떠보겠습니다. 만일 관운장이 받아들인다면 유비와 함께 조조를 치고 관운장이 거절한다면 조조와 함께 형주를 취하는 것은 어떨까 합니다."

손권은 수긍하는 빛을 보였다.

"그 방법이 좋겠소."

손권은 즉시 제갈근을 형주로 보냈다. 형주에 도착한 제갈근이 관우에게 손권의 아들과의 혼사 이야기를 꺼내자 관우의 대춧빛 얼굴이 더욱 뻘게지더니 호통을 쳐댔다.

"아니 내 귀한 딸을 개의 아들에게 시집보내란 말이오? 내가 당신의 아우 제갈량 군사의 얼굴을 봐서 살려 보내지, 아니면 그 목이 무사하지 못했을 거요. 당장 돌아가시오!"

관우의 태도에 제갈근은 몹시 당황하였다. 관우는 부하들에게 명령을 내렸다.

"여봐라! 이분을 당장 끌어내라!"

"이보시오, 관운장!"

제갈근은 어떻게든 버티며 관우의 마음을 돌리려고 했으나 끝내 머리를 싸안고 쫓겨 나오는 수밖에 없었다. 제갈근은 동오로 돌아와 관우에게 당한 수모를 손권에게 있는 그대로 전하였다. 손권은 이를 갈았다.

"관우란 놈이 정말 겁이 없구나!"

손권은 관우의 대응에 분을 이기지 못하고 씩씩대다 모사들을 모아 놓고 말하였다.

"조조와 손을 잡고 형주를 취해야겠다."

이때 모사 보질이 아뢰었다.

"조조가 가장 두려워하는 이는 바로 유비입니다. 이번에 우리에게 형주를 취하라 함도 실은 우리의 손을 빌어 편하게 유비를 없애자는 계교입니다. 주군께서 먼저 조조에게 사자를 보내 양양에 주둔하고 있는 조인으로 하여금 육로로 형주를 취하게 하라고 하십시오. 그럼 관운장은 형주를 지키기 위해 번성으로 나가 조인을 맞을 것입니다. 관운장이 번성으로 가 조인을 대적하느라 형주를 비운 사이에 우리가 형주를 점령하면 되지 않습니까?"

손권의 안색이 단번에 밝아졌다.

"그 계책이 정말 묘하오."

손권은 비상한 대책에 감탄을 금치 못하며 모사 보질의 간언을 듣기로 결정하였다.

유비는 조조가 손권과 결탁하여 자신을 치려고 한다는 사실을 알고는 급히 제갈량에게 대책을 물었다. 제갈량은 동요하지 않는 얼굴로 침착하게 방도를 일러주었다.

"동오의 모사들은 틀림없이 조인에게 먼저 군사를 일으키게 하여 관운장을 형주에서 끌어내려 할 것입니다. 관운장이 번성에서 조인을 막아내려 할 것이라고 계산하고 있을 것입니다. 관운장에게 먼저 선수를 쳐서 번성을 공격하게 하십시오. 그럼 적은 간담이 서늘해져서 함부로 군사를 일으키지 못하고 지리멸렬 흩어질 것입니다."

유비는 드디어 안심하며 사마司馬 비시費詩를 사자로 형주의 관우에게 관고를 전달할 것을 명했다. 관우는 비시를 반갑게 맞이하며 궁금한 내용을 물었다.

"그래 이번에 형님이 왕위에 오르시면서 제게는 무슨 벼슬을 내리셨습니까?"

비시가 정중하게 말했다.

"오호五虎 장군 중 대장 자리에 봉하셨습니다."

"오호 장군은 누구누구가 속해 있소?"

비시가 대답했다.

"관운장 장군 외에 장비, 마초, 조자룡, 황충 장군이십니다."

관우는 인상이 달라지며 역정을 냈다.

"아니 어찌 늙은 졸개 황충이 나와 동등한 장군 급이오? 난 이 벼슬 못 받겠소!"

비시는 신중한 기색을 띠며 말했다.

"한중 왕은 장군과 의로 맺은 형제지간입니다. 한중 왕과 장군은 한 몸과 같거늘 어찌 벼슬의 높고 낮음을 탓한단 말씀이십니까?"

이 말을 들은 관우는 부끄러운 빛을 띠며 황망히 벼슬자리를 거두었다.

"정말 그렇군요. 선생의 가르침이 아니었다면 제가 못난 실수를 저지를 뻔했습니다."

관우는 곧 유비의 명에 따라 번성을 칠 준비를 해 나갔다. 관우는 부사인傅士仁과 미방을 선봉으로 삼고 일단 형주성 밖에 군사를 주둔시켰다. 그런데 정식으로 출정을 하기도 전에 부사인과 미방이 술을 마시다 부주의로 진영에 불을 내고 말았다. 이 때문에 병기와 군량이 몽땅 불에 타자 관우는 노기가 충천하여 명하였다.

"당장 저 두 놈의 목을 베어라!"

비시가 관우를 말렸다.

"출정도 하기 전에 선봉대장을 참하면 군심이 어지러울 수 있으니 너그러이 거두십시오."

"그 말씀이 옳습니다."

관우도 이내 수긍하고, 부사인과 미방을 참하는 대신 곤장 40대를 때리고 선봉대장 직을 박탈하는데서 그쳤다.

관우는 출전하여 먼저 조인에게 싸움을 걸었다. 그러다 짐짓 세가 밀려 달아나는 척하며 적을 유인하고 뒤에 복병을 숨겨 두었다 공격하는 전술로 양양을 취하였다. 조인의 군대가 번성으로 물러나자 수군사마隨軍司馬 왕보王甫는 관우에게 간하였다.

"지금 형주가 비어 있으니 이 틈을 타고 손권이 형주를 취할까 염려스럽습니다. 지금 반준潘浚이 지키고 있다고는 하나 그는 시기심이 강하고 이기적이니 형주를 잘 지켜내지 못할 것 같습니다. 반준 대신 청렴하고 충성스런 조루趙累로 하여금 형주를 지키게 하는 것이 어떨는지요."

이에 관우가 대답했다.

"나도 반준의 사람됨은 일찍이 알고 있네. 그러나 너무 의심하고 염려하는 것은 좋지 않아."

관우는 형주의 일을 더 이상 논하지 않았다. 조조는 관우가 벌써 양양을 취했으며 번성도 위급하다는 전갈을 받고는 급히 모사와 장군들을 불러 대책 회의를 열었다.

"번성이 관운장에게 포위되었다. 누가 나서서 관운장의 군대를 물리치겠느냐?"

우금이 나서며 말했다.

"제가 가겠습니다."

조조는 허락했다.

"좋다, 그럼 선봉은 누가 좋겠나?"

조조가 물으니 이번에는 방덕이 나섰다.

"소인이 죽을힘을 다해 관운장과 싸우겠습니다."

허나 방덕은 마초의 옛 심복이었으며 방덕의 형 또한 유비 수하에서 벼슬을 하고 있었기에 도통 미덥지가 않았다. 조조가 의심하며 주저하자 방덕은 땅에 꿇어앉아 머리를 조아리며 간절히 청했다. 머리를 땅에 부딪치며 절실히 출정을 청하여 머리에서 흘러나온 피가 온 얼굴을 적셨다. 이를 본 조조는 비로소 방덕을 믿고 선봉장으로 출정할 것을 허락했다.

"좋다. 너에게 기회를 주마."

번성으로 출전한 방덕은 군사들에게 관을 매고 따라오도록 했다. 모두가 괴이쩍게 여기며 그 연유를 물으니 방덕은 스스럼없이 말했다.

"내가 관우를 죽이지 못한다면 그를 죽이기 위해 싸우다 전사할 것이다. 그것도 안 된다면 내 스스로 목숨을 끊을 것이다. 그럼 내 시신을 이 관에 넣고 장사 지내라."

이 말을 듣고 숙연해지지 않는 자가 없었다. 방덕은 군사들에게 징과 북, 꽹과리를 울려 기세를 돋우며 번성으로 진격 명령을 내렸다. 관우는 방덕이 관을 끌고 와서 입에 담지 못할 욕을 하며 싸움을 걸어오자 삼각수 수염이 부르르 떨리도록 화가 났다.

"저놈 목을 단칼에 날려 본때를 보여주어야겠다."

관우는 방덕과 대적에 나섰다. 관우와 방덕은 숨 막히는 긴장 속에 1

백여 합을 싸웠으나 승부는 날 기미조차 보이지 않았다. 양쪽은 군사를 거두었다. 다음 날도 관우와 방덕은 겨루기를 시작했다. 몇 합 싸우지도 않았는데 방덕이 갑자기 몸을 돌려, 거짓으로 패하여 달아나는 체를 했다. 관우는 개의치 않고 그 뒤를 따라 쫓아갔다.

방덕이 뒤쫓아 오는 관우에게 화살을 쏘자 화살은 관우에게 날아가 왼쪽 팔을 정통으로 맞혔다. 방덕이 계속 관우를 공격하려는 순간 우금은 징을 울려 군사를 거두었다. 우금은 방덕이 관우를 잡아 공을 세울까 봐 시기심이 일었던 것이다. 어쩔 수 없이 돌아온 방덕이 우금을 향해 분통을 터뜨렸다.

"어째서 군사를 돌리라 하십니까? 관우가 화살에 맞아 부상을 당했으니 이대로 진격해 들어가면 번성의 포위망을 무너뜨릴 수 있습니다!"

우금은 적당한 변명으로 둘러댔다.

"아니오. 촉군들이 관운장을 구하려고 결사적으로 덤비면 장군이 위험할까 봐 징을 울린 것이오. 관운장이 부상을 당해 촉군들이 더 사나워져 있으니 당분간 출정을 해서는 안 되오."

그러고도 우금은 방덕의 군대가 자기 몰래 진격하여 관우를 잡고 공을 세울까 하는 염려를 놓을 수가 없었다. 그는 방덕에게 산 계곡 뒤편에 진을 치게 하여 방덕이 군대를 끌고 산을 넘어 몰래 출병할 수 없게 했다.

그동안 방덕의 화살에 맞은 관우의 상처가 거의 아물어 갔다. 관우는 우금이 군사를 물려 진을 쳤다는 보고를 받자 장수들을 대동하고 산 정상에 올라갔다. 우금 군대의 진영을 찬찬히 살펴보던 관우가 장수들에게 물었다.

"저곳의 지명을 뭐라 하는가?"

장수들이 대답했다.

"그물 입구라 하옵니다."

관우는 이 답을 듣고는 웃어 젖혔다.

"고기가 그물에 제 발로 걸어 들어왔으니 얼마나 버티겠느냐? 강둑의 물을 막았다가 홍수로 강이 넘칠 때 둑을 무너뜨리면 우금의 군사들은 몽땅 물고기 신세가 될 것이다."

관우는 강물을 막을 작전을 수행토록 했다. 과연 얼마 지나지 않아 폭우가 쏟아지기 시작했다. 비는 그칠 줄 모르고 줄기차게 쏟아졌다. 관우는 때가 되었다고 생각하고 제방을 무너뜨릴 것을 명했다. 제방이 치워지자 그 사이 쏟아진 폭우까지 더해져 삽시간에 물 천지로 변하기 시작했다. 물난리를 만난 우금 진영의 군사들은 물에 빠져 죽고 다치는 이가 부지기수였다.

마침내 우금은 항복을 청했으나 방덕은 끝까지 사력을 다해 싸우며 항복을 거부하다 물에 빠졌다. 물에 빠진 방덕을 사로잡은 이가 있었으니 관우를 보필하는 주창이었다.

관우의 부대는 별다른 피해 없이 대승을 거두었다. 우금과 방덕이 관우 앞으로 끌려 나왔다. 우금은 애걸복걸하며 목숨을 구걸했고 방덕은 죽기를 맹세하고 투항을 거부했다. 뿐만 아니라 관우에게 쉴 새 없이 욕설을 퍼부어대자 관우는 우금의 투항은 받아들이고 방덕에게 는 참형을 명하였다. 그때까지도 쏟아져 내려오는 강물의 기세는 거세기 짝이 없었다. 관우는 이 틈을 놓치지 않고 장군들과 전함을 대동하고 번성으로 진격해 갔다.

번성을 지키고 있던 조인은 관우의 공격을 받자 병사들과 백성들에게 고하였다.

"당장 흙을 쌓아 물살에 성이 무너지는 것을 막아라! 항복하고자 하는 자는 참할 것이다. 또한 절대 그 누구도 성 밖으로 나가지 말라!"

조인이 성안에서 관우를 내려다보니 가슴만 보호하는 갑옷 위에 청포를 걸치고 있었다. 그는 사수들에게 급히 명령을 내렸다.

"5백 명의 사수들이 일제히 관운장에게 활을 쏘게 하라!"

느닷없이 성안에서 빗발치듯 화살이 날아오자 관우는 황급히 말 머리를 돌리며 달아나려 했다. 하지만 결국 화살 하나가 왼쪽 팔에 와서 깊숙이 박히고 말았다. 관우는 그 자리에서 쓰러졌다.

아들 관평이 급히 관우를 구해 본진으로 돌아왔다. 화살촉에는 치명적인 독이 발라져 있어 독이 오른 관운장의 팔은 시퍼렇게 부어 왔다. 이를 본 장군들은 이구동성으로 관우에게 권하였다.

"상처가 심하옵니다. 먼저 형주로 돌아가서 상처를 치료함이 좋을 듯합니다."

관우가 버럭 역정을 내며 소리쳤다.

"아니 번성을 취하고 역적 조조를 멸하여 한나라 왕실을 편안케 해야 할 일이 눈앞에 있는데 이깟 상처로 대사를 그르치란 말이냐!"

관우가 호통을 치니 모두 그저 조용히 물러날 수밖에 없었다.

관우는 칼로 쑤시는 듯 팔 전체가 아팠지만 군심이 흐트러질 것을 우려하여 꾹 참으며 아무렇지도 않은 척 마량을 상대로 바둑을 두며 소일하였다. 장군들은 관우의 상처를 치료할 명의를 수소문했다. 당대 최고의 명의 화타華佗는 일찍부터 관우의 인품과 무예를 존경해 오고 있었다. 그는 관우가 독화살을 맞아 치료할 의원을 찾는다는 소문을 듣자 스스로 찾아왔다. 화타는 관우의 상처를 보더니 혀를 찼다.

"독이 팔의 골수까지 뻗쳤습니다. 장군의 뼈에 스민 독을 없애려면 살을 드러내고 독이 침투한 뼈 부분을 긁어내야 합니다. 그래야 완전히 치료될 수 있습니다. 이는 무섭고 아픈 치료이니 아픔으로 팔을 움직이시지 않도록 팔을 기둥에 단단히 묶는 것이 좋겠습니다."

관우가 호탕하게 웃으며 화타에게 말했다.

"별것 아닌 치료군. 팔을 기둥에 묶거나 할 필요도 없소. 그냥 시작하시오."

그리고 시종들에게 명했다.

"여봐라 술상을 내 오거라."

관우는 팔을 화타에게 맡기며 치료를 하라 일렀다. 그는 화타가 칼로 자신의 살을 베자 술을 마시고 마량과 담소하며 바둑을 두었다. 상처를 치료하는 팔에서는 피가 한 양동이나 쏟아지고 있었다. 뼈의 독을 긁어내는 "사각사각" 하는 소리에도 관우의 얼굴은 평화롭기만 했다. 화타는 독을 완전히 긁어낸 뒤 팔의 살을 합쳐 봉하여 치료를 마쳤다. 화타는 관우를 향해 진심으로 찬사를 아끼지 않았다.

"장군은 정말 천신이십니다!"

관우가 우금을 사로잡고 방덕을 참했다는 소식이 전해지자 관우의 명망은 천지에 진동했다. 이 보고를 들은 조조는 대경실색하며 문무백관들을 불러 말했다.

"일이 이 지경에까지 이르렀으니 더 이상 화를 입지 않기 위해 도읍을 옮겨야겠소."

사마의가 고개를 흔들며 반대했다.

"천도라니 아니 될 말씀이십니다. 지금 강동의 손권과 유비는 사이가 좋지 않으니 동오에 사신을 보내 이해득실을 따져 형주를 취하도록 설득해 봄이 좋을 듯합니다. 형주가 손에 들어오면 번성의 포위망은 자연 무너질 것입니다."

사마의의 말을 들은 조조의 긴 눈이 교활하게 빛났다.

"그 말이 옳은 듯싶소."

조조는 즉각 서황에게 병력을 주어 양릉파陽陵坡에 주둔케 하고는 동오에 사신을 보내 형주 일을 의논토록 했다.

동오에 도착한 사신이 손권에게 조조의 글월을 올렸다. 손권은 곧 문무백관을 모아 놓고 물었다.

"조조가 내게 형주를 취하라 하는데 어쩌면 좋겠소?"

이때 육구를 지키고 있던 여몽이 급히 손권에게 달려와서 간하였다.

"관운장이 번성을 취하느라 형주를 비웠으니 이 틈을 타 형주를 취함이 좋을 듯합니다."

손권은 흐뭇한 웃음을 지었다.

"장군의 마음이 나와 같소."

손권은 조조의 제의를 받아들여 형주를 취하겠다고 쾌히 승낙하고 여몽에게 형주를 취하는 중책을 부여했다.

육구로 돌아온 여몽은 형주의 정세를 살펴보았다. 강변에는 봉황대가 질서 정연하게 쭉 늘어서 있고 군사들은 정제되어 한 치의 빈틈도 없이 팽팽하게 긴장감이 흐르고 있었다.

뜻밖에도 형주의 관우 부대는 적을 맞아 싸울 준비가 완전히 끝나 있었으니 이를 본 여몽은 괜한 말을 꺼냈다 싶어 후회막급이었다. 그는 병을 핑계 삼아 아예 밖에 나오지도 않았다. 손권은 육손陸遜을 보내 여몽의 병세를 알아보게 했다.

육손이 여몽을 만나니 그에게는 아무런 병도 없어 보였다. 육손은 여몽이 형주의 정세가 빈틈없음을 알고 고민이 되어 거짓말을 하였음을 알았다. 육손이 여차여차한 계획을 일러주며 병을 이유로 사직을 하라 권하니 여몽은 이에 따랐다.

손권도 육손이 전하는 말을 듣고는 여몽에게 요양을 위한 휴가를 내주었다. 이어 젊디 젊은 육손에게 여몽을 대신하여 자리를 잇도록 했다. 육손은 육구를 맡아 지키게 되자 찬사 일색인 편지와 선물을 관우에게 보냈다. 이를 받아 본 관우는 크게 비웃었다.

"아니 손권의 생각이 그리도 모자란가? 이따위 애송이를 장군에 봉해 육구를 지키게 하다니!"

신경을 곤두세우고 경계하던 여몽이 자리를 비우자 관우는 형주에 대해 마음을 놓게 되어 형주 군사의 대부분을 번성으로 데려가고 말았다.

관우가 형주 군대를 번성으로 보내자 손권은 기회를 놓치지 않았다. 여몽을 대도독으로 봉하고 80여 척의 빠른 배를 장사꾼들의 배로 위장하여 배 안에다 정예부대를 숨겼다. 위장한 여몽의 배가 강기슭에 도착하자 봉화대의 수사들이 그들을 저지했다. 동오의 군사들은 자신들을 숨겼다.

"우리는 장사꾼들인데 풍랑을 만나 이곳에 오게 되었으니 부디 잠깐 있게 해주시오."

그들은 봉화대의 군사들에게 재물도 후하게 집어주었다. 봉화대의 사병들은 못 이기는 척 배의 정박을 허락했다. 밤이 깊어 시간이 이경에 이르자 배 안에 숨어 있던 정예부대는 봉황대의 사수들을 모두 묶어 끌고 가서는 형주를 점령해버렸다. 이렇게 해서 형주는 조용하고 어이없게 동오의 손에 넘어가게 되었다.

관우의 목을 베어버린 손권

공안을 지키고 있던 부사인은 형주가 동오에 넘어갔다는 소식을 듣고는 투항을 결심했다. 예전 실수로 불을 내고 관우에게 받은 벌 때문에 앙심을 품고 있었기 때문이었다. 손권은 부사인에게 미방도 투항시키라고 명했다. 부사인이 미방을 찾아가 설득하니 미방은 몹시 주저했다. 그때 마침 사병이 와서 보고를 올렸다.

"관운장께서 군량이 떨어졌으니 어서 군량을 보내라 하십니다. 기한을 어기면 참형에 처한다 하십니다."

그러한 명령에 미방의 마음도 흔들렸다. 군량을 보내려면 동오에 넘어간 형주 땅을 지나야 하므로 죽기를 각오해야 했다. 미방은 마침내 투항을 결심했다.

양릉파에 주둔하고 있던 서황은 동오가 이미 형주를 취했다는 소식을 듣고는 관평과 요화가 지키고 있는 언성偃城과 사총四塚을 취하기로 했다. 서황은 빈 진영으로 관평을 유인하여 대승을 거두고 관평은 대패하여 본 진영으로 돌아왔다. 그는 부친 관우에게 달려가 통곡하며 급보를 전하였다.

"아버님, 손권이 형주를 취했습니다. 계교를 써서 봉황수들을 묶어 놓고 기습하여 그날로 넘어가고 부사인과 미방은 동오에 항복했다 하옵니다."

관우는 이를 믿지 않았다. 그는 오히려 관평을 나무랐다.

"지금 여몽은 병세가 위중하여 집에 들어앉아 있고 육손이란 애송이 놈이 육구를 지키고 있으니 걱정할 바가 아니다. 누가 그따위 헛소문을 낸단 말이냐?"

관우는 아랑곳하지 않았다. 하지만 서황의 병사들은 이미 본진영 앞에 당도해 있었다. 드디어 사실을 알게 된 관우의 삼각수 수염이 파르르 떨렸다. 그는 화살 맞은 상처가 아직 다 낫지 않았음에도 직접 출전하겠다고 나섰다. 선봉에 선 관우가 서황에게 호통을 쳤다.

"나와 누구보다도 교분이 돈독했던 장군이 어찌하여 내게 칼을 겨누시오?"

"전장에서 사사로이 옛정을 논하다니 무장답지 않소. 이것은 국가의 대사요."

서황은 가차 없이 대답하며 칼을 들고 덤벼 왔다. 두 사람은 80여 합이 넘게 싸웠으나 승부가 나지 않았다. 이 무렵 조조가 친히 지원병을 끌고 온 덕분에 조인은 번성을 구할 수 있었다. 서황과 조조가 같이 협공을 가하니 관우의 군대는 버티지 못하고 대패하여 쫓겨 갔다.

관우는 병력을 끌고 강을 건너 양양으로 갔다. 정탐꾼이 와서 형주가 함락되고 공안과 남군의 병사들이 모두 동오에 투항했다는 보고를 하니 이를 들은 관우는 분을 이기지 못하였다. 결국 화살 맞은 상처가 터지면서 관우는 외마디 비명을 지르고는 혼절하여 쓰러졌다. 시간이 지나 정신이 돌아온 관우 앞에 조루의 얼굴이 보였다. 관우는 성도에 사람을 보내 구원병을 요청하는 한편 형주를 되찾으러 재차 출전하기로 결심했다.

조조는 번성의 포위망이 와해된 것을 보고는 흐뭇해하며 마피摩陂로 가서 군사를 주둔시켰다. 조조는 서황이 관우를 대패시키고 촉군의 본진영까지 깊숙이 들어온다는 사실에 대해 칭찬을 아끼지 않았다.

"천하 명장 관운장을 대패시키고 이처럼 적진에 깊이 들어오다니 서 장군의 지모와 용맹이 참으로 놀랍구나! 그에 비하면 나는 둔하기 짝이 없다!"

서황이 병사들을 이끌고 온다는 전갈이 도착하자 조조는 친히 진영 밖으로 나가 서황을 맞아들였다. 조조는 서황을 평남平南장군에 봉하여 양양을 지키게 했다.

관우는 아픈 몸을 이끌고 결사적으로 말을 달려 형주에 이르렀다. 위군의 복병이 가는 데마다 나타나 관우를 완전히 에워쌈으로 인해 관우는 사면초가의 위험에 빠졌다. 게다가 여몽이 형주성 안의 관우가족과 병사들의 가족에게 지극히 좋은 대우를 해주자 병사들은 투지를 잃고 동오에게 투항할 마음이 일어났다. 자신의 군대조차 와해되기 직전이 되니, 관우는 말 그대로 죽을 일만 남아 있었다. 관우는 절규하듯 외쳤다.

"내가 여몽 이 역적 놈을 살아서 죽이지 못한다면 내 기필코 귀신이 되어서라도 네놈을 죽여 설욕하리라!"

복병들의 포위망을 어렵게 뚫고 나간 관우는 위군에게 쫓겨 산골에 갇히게 되었다. 관평과 요화가 병력을 이끌고 구하러 왔으나 이미 위군을 물리치기는 역부족이었다. 군심 또한 변하여 무수히 많은 병사들이 몰래 도망쳐 형주의 가족에게 돌아가 동오에 투항하는 중이었다.

관우는 어쩔 수 없이 얼마 남지 않은 군사를 이끌고 맥성麥城을 임시 근거지로 삼아 주둔하면서, 요화로 하여금 상용上庸으로 가서 유봉과 맹달에게 구원병을 요청하도록 했다. 요화가 구원병을 요청하러 오자 유봉은 병사를 지원해주려 하였으나 맹달은 만류했다.

"관공께서는 장군이 한중왕의 양자가 될 때 이를 반대하신 분이니 별로 의를 생각할 것도 없는 사이입니다. 그리고 구원병을 보낸다 해도 계란으로 바위 치기이니 군사만 잃을 뿐입니다."

맹달의 말에 마음이 변한 유봉이 구원병을 보내지 못하겠다고 말했다. 요화는 통곡을 하며 요청했다.

"군사를 보내주시지 않으면 관공은 돌아가시게 됩니다. 한중왕의 아우님이며 장군의 숙부이신 관공께 어찌 이러실 수 있습니까? 부디 군사를 보내주십시오."

그래도 유봉은 거들떠보지 않았다. 요화는 땅을 치고 이를 갈며 유봉과 맹달을 원망했다. 요화는 그들에게 반드시 대가를 치르게 해주겠다고 다짐하며 유비에게 구원병을 청하러 성도로 길을 떠났다.

관우는 절대절명의 상황에 놓여 있었다. 군량은 떨어지고 병사들은 얼마 남지도 않았으며 구원병은 감감무소식이었다. 손권이 이를 모를 리 없었다. 제갈근이 맥성으로 찾아와 관우에게 투항을 권유하니, 관우는 결연히 말했다.

"만일 성이 넘어간다면 내게 남은 것은 죽음이지 투항이 아니오. 옥은 깨어져도 그 희고 아름다운 광택은 바래지 않으며 대나무는 불에 타도 그 절개는 꺾이지 않습니다. 사람의 몸은 비록 썩어 없어질망정 그 이름은 후세에 길이 남습니다. 내 생전에 치욕스런 투항은 없으며 내가 모실 분은 단 한분 현덕 형님뿐이오. 이제 그만 돌아가십시오."

제갈근은 동오로 돌아와 손권에게 있는 그대로 전하였다. 손권은 이를 듣고 여몽에게 물었다.

"관운장은 꺾이지 않을 충신이니 어쩌면 좋소?"

여몽은 자신 있게 답했다.

"아무 염려 마십시오. 제게 관운장을 사로잡을 묘안이 있습니다."

그러더니 명령을 내렸다.

"주연은 맥성 북쪽으로 병사를 이끌고 가 매복하고 반장은 임저臨沮로 가서 병사들과 매복하여 대기하라. 그리고 맥성의 북문 쪽만 비워 놓고 동 서 남쪽 삼면에서 일제히 공격하라!"

동오의 군사들이 맥성을 둘러싸고 포위하자 관우는 결연히 외쳤다.

"이곳에서 죽을 수는 없다. 목숨을 걸고 포위망을 뚫어 서천으로 갈 것이다. 형님께 지원군을 받아 다시 성을 찾아야겠다."

관우는 동오의 군사들을 헤치고 서천으로 통하는 좁은 길을 타고 촉으로 가겠다고 나섰다. 그러자 왕보가 충심으로 권하였다.

"좁은 길에는 복병이 있을 것이니 큰길로 가십시오."

관우는 고집을 꺾지 않았다.

"복병이 있다 해도 나는 두렵지 않소."

왕보는 관우가 자신의 간언을 듣지 않자 불길하고 슬픈 예감이 들었다.

"관 장군, 저는 목숨을 걸고 이 성을 지키고 있겠습니다. 부디 무사히 다녀오십시오."

왕보는 관우와 손을 맞잡고 그칠 줄 모르는 눈물을 흘리며 작별 인사를 했다.

관우는 북문에만 상대 병사들의 수가 적고 방비가 허술한 것이 보이자 아들 관평 등 병사들을 이끌며 북문을 뚫고 맥성을 빠져나갔다. 그러나 얼마 가지 않아 사방에서 복병들이 쏟아져 나오기 시작했다. 관우는 화살 맞은 상처가 낫지 않은 몸인데다 거느린 군사도 적어 대적할 수가 없었다. 동오의 군사들과 싸우는 것을 포기한 관우는 임저로 가는 길을 따라 부지런히 말을 달렸다. 결석決石에 이르자 이번에는 반장이 복병을 이끌고 나와 길을 막더니 관우에게 밧줄을 던졌다.

밧줄에 걸린 관우는 말과 함께 땅에 내동댕이쳐졌다. 마충이 달려와 밧줄에 걸려 넘어진 관우를 생포했다. 아들 관평이 구하려 했으나 그 역시 힘에 부쳐 같이 잡히고 말았다. 관우는 손권 앞으로 끌려 나왔다. 손권은 관우에게 감히 함부로 대하지 못하였다.

"내 옛날부터 관 장군의 덕과 무예, 지모와 의를 사모해 왔소. 이제 일이 이렇게 된 마당이니 내 편이 되어주지 않겠소?"

손권이 변절하기를 권하자 관우는 오히려 호통을 쳤다.

"시끄럽다! 내가 섬길 주인은 나와 도원결의를 맺은 한나라 황실의 피를 이은 현덕 형님뿐이다. 네놈 같은 역적과는 더 이상 상대하기 싫으니 군말 말고 날 어서 죽여라!"

부장 좌함左咸이 곁에서 간하였다.

"옛날 조조가 관운장을 묶어 두려고 별별 수를 다 쓰며 후하게 대접했지만 다섯 장수를 죽이며 오관을 지나 끝내 유비에게로 도망쳤습니다. 미련 없이 죽여 후환을 없애십시오."

한나절을 고민하던 손권은 마침내 명령을 내렸다.

"관운장 부자의 목을 베라!"

이로써 당대 최고의 명장 관우는 마지막을 맞이하게 되었다. 그는 기꺼이 의를 위하여 목숨을 내던졌다.

여몽은 자기 꾀로 형주를 취하고 관우를 없앴건만 기분이 우쭐하기는커녕 까닭 없이 불안하고 마음이 편치 못했다. 얼마 뒤 손권이 여몽의 공을 치하한다며 성대한 연회를 베풀어주었다. 그런데 연회 석상에서 여몽은 느닷없이 손권의 멱살을 잡더니 눈을 부라렸다.

"이 푸른 눈 붉은 수염의 애송이 역적 놈! 네가 감히 내 목을 베고 한나라를 취하려 하다니! 내가 누군지 아느냐? 황건적을 멸하고 천하 전장을 누빈 지 30년, 운이 없어 네놈과 여몽의 계략에 걸려들어 목숨을 잃었다만 지금 원혼이 되어 네놈과 여몽을 없애러 왔다!"

틀림없는 관우의 말투와 음성이었다. 손권과 좌우에 있던 신하들은 모두 혼비백산하여 덜덜 떨뿐이었다. 그러다 손권의 멱살을 잡은 여몽의 손이 힘없이 풀리더니 난데없이 눈 코 입 귀에서 피를 쏟고는 그 자리에서 죽어 넘어지고 말았다.

손권은 관우의 귀신이 여몽에게 옮겨 와 한바탕 섬뜩한 소동이 일어난 뒤 여몽이 죽자 근심이 이만저만이 아니었다. 장소는 그런 손권에게 말했다.

"관운장이 죽은 것을 알면 유현덕은 촉의 전 군사를 일으켜 동오로 쳐들어올 터이니 관운장 부자의 수급을 조조에게 보내십시오. 유비는 관공 부자의 죽음이 조조가 시킨 일이라고 생각할 것입니다."

그러나 조조는 손권의 계략을 훤히 내다보고 있었다. 손권이 보내온 상자를 여니 관우의 머리가 생시 그대로의 얼굴을 하고 있었다. 그 입에서는 당장 호령이 떨어질 듯했다. 조조가 중얼거렸다.

"장군, 꼭 살아있는 듯하구려."

순간 관우의 눈이 갑자기 번쩍 떠지며 입이 벌어지고 삼각수가 휘날렸다.

"왁!"

조조는 소리를 지르며 그 자리에서 까무러치고 말았다. 잠시 후에 깨어난 조조는 관우의 수급을 거두어 정중히 조문했다.

"관공, 편히 눈을 감으시오."

조조는 관우의 목에 맞추어 나머지 몸을 향나무를 깎아 만들게 했다. 그는 관우의 머리와 만든 몸을 관에 넣고 손수 제문을 읽고 통곡을 하며 왕후의 예를 갖추어 후하게 장사 지내주었다.

한편 유비는 이 모든 일들을 까맣게 모르고 있었다. 어느 날 밤 마량과 이적이 달려와 보고하였다.

"형주가 동오에게 넘어갔습니다."

"뭐라고? 그게 무슨 일이냐?"

그 소식이 전해지자마자 뒤이어 요화가 오더니 또 하나의 난관을 전해 왔다.

"유봉 장군과 맹달 장군이 관 장군의 구원 요청을 거절하였습니다. 지금 관 장군의 목숨이 경각에 달려 있습니다."

요화가 땅에 쓰러져 대성통곡을 했다. 유비는 그제야 사태가 심상치 않음을 알고는 명령을 내렸다.

"즉시 익덕에게 군사를 이끌고 가 운장을 구하라고 사람을 보내게."

하지만 그 뒤를 이어 믿을 수 없는 비보가 전해졌다.

"관 장군 부자께서 손권에게 잡혀 죽임을 당하셨다 하옵니다."

관우가 죽었다는 기별을 들은 유비는 비명을 떠나가게 한번 지르고는 혼절하여 쓰러졌다. 유비는 이때부터 물 한 모금 마시지 않고 통곡만 했다. 그는 정신이 반쯤 나가서는 울부짖었다.

"내가 운장과 도원결의하여 생사를 함께하기로 했건만 아우를 먼저 보내니 이 무슨 일이란 말이냐? 내 꼭 군사를 일으켜 동오를 멸하고 운장의 한을 갚으리라!"

유비의 슬픔이 쉬이 가시지 않은 것임을 안 제갈량이 냉정하게 대국을 판단하여 간하였다.

"만일 주공께서 군사를 일으키시면 조조를 돕는 형세가 되고 맙니다. 관운장 같은 명장을 잃은 마음이야 모두가 슬프고 억울하기 이를 데 없지만 이 또한 하늘이 정한 운명입니다. 먼저 슬픔을 추스르시고 장례를 치른 뒤 서서히 뒷일을 도모하십시오."

비로소 정신을 가다듬은 유비는 장군들에게 모두 상복을 입히고는 친히 남문으로 나가 초혼제를 올렸다. 그러다 다시 땅에 쓰러져 통곡하기 시작하여 그칠 줄을 몰랐다. 보는 이들의 가슴도 칼로 도려내듯 아팠다.

파란만장한 조조의 죽음

조조는 관우의 베어진 머리를 본 후 너무 놀란 나머지 병을 얻어 몸져눕게 되었다. 조조는 머리가 밤낮없이 아파 견딜 수가 없었다. 화흠이 조조에게 간하였다.

"화타라는 명의가 있사온데 한번 불러 봄이 어떠신지요?"

"익히 그 명성은 들어서 알고 있소."

조조는 화타를 부르기를 청했다. 조조의 부름을 받고 와서 조조의 병을 진맥한 화타가 말하였다.

"날카로운 도끼로 머리를 쪼개 열어서는 머릿속의 바람기를 빼내야 나을 수 있는 병이옵니다. 다른 방법으로는 병의 근원을 치료할 수 없사옵니다."

조조는 버럭 화를 내며 화타를 의심했다.

"뭐가 어째? 네놈이 내 머리를 박살내어 죽일 참이구나. 어떤 놈이

시킨 짓이냐?"

조조는 당장 옥리를 불러서는 명을 내렸다.

"당장 저 고얀 놈을 옥에 가두고 죄를 실토할 때까지 고문하여 자백을 받아내라!"

화타는 매일 모진 고문을 당하며 조조를 죽이려 한 죄를 고백하라는 협박에 시달렸다. 다행히 옥지기 중에 오씨 성을 가진 한 사람이 화타의 인품과 의술을 몹시 존경하여 몰래 술과 음식을 대접하며 화타를 위로했다. 어느 날 화타는 그에게 조용히 부탁했다.

"나는 머지않아 죽을 목숨이오. 아무 여한이 없으나 나의 의술을 전하지 못함이 원통하오. 부탁하건데 내 의술 비결을 적은 책인 『청낭서靑囊書』가 집에 있으니 가져다가 세상에 전해주기 바라오."

"염려 마십시오. 소인이 옥지기를 그만두고 의술을 공부하여 반드시 선생님의 의술을 세상에 알리겠습니다."

옥지기 오 씨는 눈물을 흘리며 약속했다. 얼마 지나지 않아 화타는 옥중에서 숨을 거두었고 오 씨는 몰래 관을 사다가 화타의 장례를 정성스레 치러주었다.

화타의 장례를 마치고 옥지기를 사직한 오씨는 집에 느지막히 돌아왔다. 그런데 부엌에서 저녁을 짓는 아내가 『청낭서』를 찢어 불에 태워가며 밥을 짓고 있는 것이었다. 오 씨가 눈이 뒤집혀 아내의 손에서 청낭서를 빼앗아 보니 이미 다 태워 없애고 겨우 두 쪽만이 남아 있었다.

"이 미친 여편네가 환장이 들렸나? 이 책이 어떤 책이라고!"

오 씨가 욕설을 퍼부으며 다그치자 아내는 눈물을 흘리며 애처롭게 말했다.

"당신이 그 책을 공부하여 화타 선생처럼 명의가 된다면 운명도 그분과 똑같이 됩니다. 옥중에서 억울한 죽음을 당하게 되면 명의고 의술 책이고 무슨 소용입니까? 아예 화근을 없애야지요."

오 씨는 아내의 마음을 헤아리지 않을 수 없었다. 화타가 죽고 난 뒤 조조의 병은 더욱 위중해졌다. 게다가 천하 통일이란 염원이 이루어지기는커녕 촉의 유비와 오의 손권이 범처럼 버티고들 있으니 초조하기 짝이 없었다. 그러던 어느 날 손권의 사자가 서신을 보내왔다.

〈어서 유비를 물리쳐 위업을 이루시고 제위에 오르십시오. 신은 아랫것들을 거느리고 땅을 바쳐 마마께 항복하겠습니다.〉

이 편지를 본 조조는 떠나가게 웃어댔다.

"이 아이가 날 화덕 위에 앉히고 어부지리를 취하려고 작정을 했구나."

조조가 손권의 내심을 엿보면서 내뱉었다. 그러나 곁의 모사들은 그에게 거듭 권하였다.

"대왕의 위업이 이제 만천하에 알려졌으니 응당 제위에 오르셔야 합니다."

조조는 한사코 거절했다.

"아니다. 이제 나는 이미 왕위에 이르렀거늘 더 이상 무얼 바라겠느냐?"

조조는 요양을 위해 새 궁전을 짓겠다며 수백 년 된 배나무를 베어 기둥으로 쓰려 했다. 헌데 베려고 해도 베어지지 않자 조조가 친히 나서서 배나무에 칼을 꽂았다.

"컥!"

순간 배나무에서 피가 쏟아졌다. 조조는 배나무의 피를 온몸에 뒤집어쓰고 혼절했다. 궁으로 돌아온 조조는 헛소리를 계속 지껄였다.

"네 목숨을 가지러 온 배나무 신이다."

조조는 집요하게 쫓아오는 배나무 신에게 시달리고 자신이 죽인 복황후와 동 귀인, 황자 등 수십 명의 원혼에게 쫓기며 하룻밤에 몇 차례씩 까무라치고 소스라쳐 깨곤 했다. 조조는 자신의 병이 돌이킬 수 없는 지경에 이르렀음을 깨닫고 모든 문무백관들을 불러 후사를 부탁하기로 했다.

"둘째 창은 용감하나 지모가 떨어진다. 셋째 식은 총명하나 방탕하고 사치스러우며 성실하지 못하다. 넷째 웅은 병이 많고 허약하니 앞일을 알 수가 없다. 이러하니 내 업을 이룰 자식은 장남 비밖에 없다. 그 아이는 성실하고 생각이 깊어 내 뒤를 이을 만하다. 그러니 그대들에게 비를 잘 부탁한다."

이어서 조조는 시녀들을 불러 모았다. 그는 간직하고 있던 향들을 나누어주며 말했다.

"너희들은 내가 죽은 후에는 각자 재주를 익혀 길쌈하고 신을 삼아 팔아서 스스로 살아갈 능력을 기르도록 해라. 그리고 내가 세상을 뜨면 무덤을 일흔 두 곳에 만들어 진짜 무덤을 찾지 못하게 하라. 내가 죽은 후 누군가 내 무덤을 파는 것을 막기 위함이니 명심하라."

유언을 마친 조조는 깊이 탄식하더니 눈물을 비 오듯 흘렸다. 그러다 이내 혼절하여 다시 깨어나지 못했다.

건안 25년(220) 정월, 일대를 풍미했던 간웅 조조가 파란만장한 일생을 마치니 그의 나이 66세였다. 조조의 운구 행렬은 낙양에서 업군으로 이어졌다. 조조 수하의 모든 관리들이 성 밖 10리까지 나와 조조의 마지막 가는 길을 전송했다. 장남 조비는 엎드려 통곡하며 일어날 줄을 몰랐다.

조비는 조조의 시호를 무왕武王이라 하여 업군에 안장하고, 자신은 헌제의 칙명을 받들어 위 왕魏王에 봉해졌다. 조비가 왕위에 오른 것을 경축하는 연회를 성대하게 베풀고 있는데 홀연 급보가 날아들었다.

"둘째 아우님 창이 십만 대군을 이끌고 입성한다 하옵니다."

조비의 안색이 새파랗게 질렸다.

"뭣이! 창이 지금 나와 왕위를 다투러 군사를 이끌고 나타났단 말이냐?"

조비가 외치자 간의대부諫議大夫 가규賈逵가 나섰다.

"소인이 나서서 한번 설득해 보겠습니다."

조비는 크게 기뻐하며 가규를 내보냈다.

"대부만 믿겠습니다."

가규는 조창에게 선뜻 나서며 공손하게 물었다.

"대군을 끌고 오신 뜻은 왕위를 뺏자는 것입니까? 아니면 부친 위왕 마마의 문상을 오신 것입니까?"

조창은 슬픈 얼굴로 대답했다.

"다만 문상을 온 것이지 다른 뜻은 없소."

조창의 말에 가규가 그를 타일렀다.

"정말 그러시다면 군사를 끌고 오시면 아니 되옵니다. 선왕은 장남이자 세자인 비에게 왕위를 물리셨으니 이는 전례이며 선왕의 뜻이옵니다. 이를 거스르고 형제끼리 다투신다면 도리가 아닌 줄로 아뢰옵니다."

조창은 이를 수긍하였다. 그는 군사는 성 밖에 남겨 두고 궁 안에 들어가 조비에게 절을 했다. 형제는 그만 서로를 부둥켜안고 통곡을 했다. 조창이 자신이 끌고 온 군마를 모두 형에게 넘겨주고 돌아감으로써 조비는 무사히 왕위에 오를 수 있었다. 왕위에 오른 조비는 건안 25년의 연호를 연강延康 원년으로 바꾸었다.

상국相國 화흠이 조비에게 말했다.

"셋째 아우님 조식과 넷째 아우님 조웅曹熊은 선왕이 돌아가신 후 아직 문상조차 오지 않고 있습니다. 응당 이를 문책해야 한다고 생각되옵니다."

조비는 화흠의 간언을 듣고 고개를 끄덕이더니 곧 조식과 조웅에게 사람을 보내 부친 조조의 문상을 오지 않은 죄를 문책했다. 조웅은 너무 두려운 나머지 목을 매어 자결했다.

조비의 사자가 명을 받들어 임치에 도착해 보니 조식과 그의 신하 정씨 형제가 어울려 술을 마시고 고주망태가 되어 있었다. 사자가 조식을 나무랐다.

"어찌하여 선왕께서 돌아가셨는데 문상도 오시지 않고 이처럼 술독에 빠져 계십니까?"

정씨 형제가 입을 열어 사자를 꾸짖었다.

"무능한 조비가 우리 주인의 자리를 빼앗아 왕좌를 차지하고는 감히 사자를 보내 애매한 죄까지 씌우려 드느냐?"

조식은 무사들에게 명을 내렸다.

"저놈을 당장 두들겨 패서 내쫓아라!"

조비의 사자는 무사들에게 몽둥이로 맞으며 문밖으로 쫓겨났다. 사자는 궁으로 돌아와 임치에서 조식에게 당한 수모를 그대로 조비에게 전했다. 조비는 화가 머리 꼭대기까지 나서 허저에게 영을 내렸다.

"당장 병마를 이끌고 임치로 가서 식과 정씨 형제를 잡아 오라!"

허저는 당장 달려가 조식과 정씨 형제를 잡아다가 조비 앞에 대령했다. 조비는 추상같은 명을 내렸다.

"저 방자한 정가 놈들을 당장 참해라! 그리고 식은 궁궐의 작은 방에 가두어라!"

태후 변卞씨는 넷째 웅이 목을 매어 자결하자 말할 수 없이 상심하던 차에 셋째 식이 잡혀 왔다는 소식을 듣고는 황급히 달려와 조비를 찾았다. 그녀는 조비에게 부탁했다.

"네 아우 식은 재주만 믿고 방종한 구석이 있기는 하다만 네가 형제 간의 의를 생각하여 넓은 마음으로 용서하거라."

조비는 태후를 안심시켰다.

"소자가 아우의 재주를 얼마나 아끼는데 그 애를 해치겠습니까? 다만 식의 성품을 바로잡으려 하는 것이니 모친께서는 아무 염려를 마십시오."

조비는 조식을 끌고 나오라 명하여 그에게 영을 내렸다.

"보다시피 이 그림은 소 두 마리가 서로 싸우다 한 마리가 우물에 빠지는 수묵화다. 이 그림을 글제로 삼아 글을 짓되 소가 싸운다는 말과 우물에 빠진다는 말이 들어가서는 안 되며 일곱 걸음을 걷기 전에 시를 지어야 한다. 만일 시를 짓지 못하면 네 목을 베리라."

조식은 그 글재주가 천하에 널리 알려져 모든 문인들의 찬사를 한 몸에 받았으며 조조도 생전에 그의 글재주를 몹시 아꼈다. 과연 조식은 일곱 걸음을 걷기 전에 훌륭한 시 한 수를 조비의 요구에 맞추어 지어내니 이를 듣고 모두 경탄을 금치 못했다.

그러나 조비는 거기서 용서하지 않고 또다시 엄포를 놓았다.

"좋다. 이번에는 형제를 글제로 삼아 시를 짓되 형제라는 말이 들어가서는 안 된다. 그리고 생각할 여지없이 지금 당장 시를 짓지 못하면 네 목을 참하리라."

말이 떨어지기 무섭게 조식의 입에서는 시 한수가 흘러나왔다.

"콩깍지에 불을 질러 콩을 볶누나. 콩은 가마솥 안에서 흐느껴 운다. 콩과 콩깍지는 본시 한 뿌리에서 나왔거늘 콩깍지는 어찌하여 이 다지도 급히 볶아대는가."

동생의 시를 듣고 난 조비는 그 의미심장한 시의를 깨닫고 눈물을 흘리기 시작했다. 그는 조식을 안향후安鄕侯로 강등시켜 봉하고는 살려 보냈다.

한편 한중왕 유비는 조비가 조조를 이어 왕위에 오른 것이며 동오가 신하를 자칭하며 조조 생전에 촉을 멸하라 부추긴 것을 알고 있었다. 유비는 먼저 나서서 동오를 정벌하고 중원을 차지하기로 결심했다. 그런데 요화가 땅에 엎드려 울면서 간절히 간하였다.

"관공이 돌아가신 것이 동오의 계략 때문이라고는 하나 기실은 유봉과 맹달 때문이옵니다. 먼저 그 둘을 처단해 주소서."

그러자 제갈량이 말했다.

"이 일은 서두르면 변이 생깁니다. 먼저 그 둘을 떨어뜨려 놓고 천천히 처벌함이 좋을 듯합니다."

유비는 고개를 끄덕이며 제갈량의 말을 받아들였다. 이어 유비는 사자를 보내 유봉의 벼슬을 올려 주며 면죽을 지키라고 영을 전했다. 이 소식을 전해 들은 맹달은 금세 자기 신변에 위험이 닥칠 것이란 사실을 알아차렸다. 그래서 그는 한중왕에게 사직서를 올린 뒤 위 왕 조비를 찾아가 투항했다.

제갈량은 맹달이 조비에게 도망치자 유봉을 시켜 맹달을 잡아 오라고 명을 내렸다. 유봉은 병마를 거느리고 양양으로 갔으나 서황과 하후상이 병력을 끌고 와 맹달을 거드는 바람에 대패하여 성도로 도망오고 말았다. 유비는 유봉이 돌아오자 서슬 퍼렇게 명하였다.

"저 못난 놈이 제 숙부를 죽게 놔두더니 애비의 영도 지키지 못하고 쫓겨 돌아왔구나. 저놈을 당장 참하라!"

유비의 양자 유봉은 양부의 손에 최후를 맞았다.

이때 조비는 한고조漢高祖 유방劉邦이 고향 패沛에 돌아와서 축하받던 일을 본떠 30만 대군을 이끌고 패국 초현을 돌아보고 있었다. 패는 조비의 고향이었다. 왕이 왕림하자 동네의 노인들이 앞 다투어 나와 술잔을 들고 술을 권하며 하례를 올렸다. 이 또한 한고조가 고향에 왔을 때 환영하던 백성들의 모습과 흡사했다.

조비가 왕위에 오른 해에 위국에는 여러 가지 상서로운 길조가 나타났다. 화흠을 비롯한 40여 명의 신하들은 대전에 들어가 헌제를 알현하며 입을 모았다.

"위 왕이 즉위하시고 나니 봉황이 내려와 춤을 추고 기린이 나타났으며 황룡이 모습을 보였습니다. 이는 위가 한을 대체하여 나라를 세울 징조입니다. 군신들이 심사숙고한 후 아뢰는 말씀이온데 이제 한조는 물러나야 할 때가 되었사옵니다. 그만 제위를 위 왕께 넘기십시오."

헌제는 하늘이 무너질 것 같았다.

"아니 그깟 허황되고 망령된 징조만 믿고 선대부터 이어온 4백 년 황조를 내놓으란 말이오?"

헌제는 울면서 뒷전으로 물러갔다. 이튿날 군신들은 다시 헌제를 찾아와 제위를 물려주는 일을 논하자고 했다. 헌제는 두렵고 겁이 나 감히 나가려고 들지 않았다. 그러자 조홍과 조휴가 칼을 차고 들어와 헌제에게 무례하게 채근했다.

"어서 나와 제위를 물리실 일을 논하십시오."

헌제의 황후 조 씨는 조조의 딸이자 조비의 누이였다. 그녀가 분을 참지 못하고 소리쳤다.

"아니 오라버니가 어찌하여 감히 이렇듯 역적질을 하신단 말이오? 반드시 하늘에서 그 응분의 죄과가 내려올 것이오. 너희들에게도 후에 그 대가가 있을 터이니 기다리거라!"

황후 조 씨는 퍼붓더니 통곡하며 후당으로 물러갔다. 헌제가 마지못해 후당 밖에서 나오니 화흠과 역적들이 작당을 하여 협박을 가했다.

"이제 그만 제위를 위 왕께 양도하시고 옥새를 주십시오."

"비켜라!"

헌제가 이들을 물리치고 뒤쪽의 당으로 가려 하자 화흠은 헌제의 옷소매를 잡고 놓아주지 않았다. 조홍과 조휴가 칼을 뽑아 들고 옥새를 내놓으라 하니 일국의 황제가 당하는 어떤 치욕이 이보다 더하랴 싶었다. 뜰아래 즐비한 것은 모두 위의 병사들이고 헌제의 편은 누구 하나 없었다.

어쩔 수 없이 헌제는 눈물을 흘리며 제위를 위 왕에게 양도하겠다고 약속했다. 헌제가 이내 조서를 내려 화흠에게 건네자 화흠은 이를 받들어 위 왕 조비에게 전했다. 조비는 천자의 조서를 받자 기뻐서 속마음을 숨길 줄을 몰랐다. 곁에 있던 사마의가 직언했다.

"그 조서를 그대로 받으시면 아니 되옵니다. 선왕께서 왕의 봉작을 받으실 때도 세 번 사양하셨습니다. 마마께서도 표를 올려 이를 거듭 마다하신 후에 제위에 오르셔야 제위를 찬탈했다는 비방을 듣지 아니하고 천하의 민심을 얻습니다."

조비는 이를 수긍했다.

"경의 말이 정말 옳습니다."

조비는 헌제가 내린 제위를 두 번이나 사양했다. 이에 화흠이 헌제에게 재차 간하였다.

"제위를 양도할 단인 수선대를 올리도록 명하시고 그 단 위에서 위 왕께 제위를 양도하십시오. 그리하면 위 왕도 더 이상 물리치지 않을 것이옵니다."

기실 이것은 황제에게 명령을 내리는 것과 진배없었으나 헌제는 이미 이를 반박할 힘이 없었다. 마침내 길일을 잡아 문무백관과 30만 대군이 보는 가운데 헌제는 조비에게 제위를 물려주었다. 제위에 오른 조비는 연호를 연강 원년에서 황초黃初 원년으로 또다시 바꾸었다. 헌제는 산양공山陽公에 봉해져 산양으로 내쫓겼다가 결국 조비에 의해 시해되어 한 많은 황제의 일생을 마치게 되었다.

조비가 제위를 받은 일과 헌제가 시해당한 일은 모두 유비에게 전해졌다. 유비는 이를 전해 듣고 통곡을 그치지 못했다. 유비는 영을 내려 문무백관들에게 상복을 입게 하고 제를 올렸으며, 헌제의 시호를 효민황제孝愍皇帝로 모셨다. 이때부터 유비는 너무 상심이 커서 병석에 눕고 말았다. 모든 정무는 제갈량에게 처리하도록 했다.

제갈량은 유비가 한나라 황실의 전통을 이어야 한다고 생각하고 허정을 불러 논의했다. 이어 유비에게 표를 올린 제갈량은 한나라의 정통을 이어받아 황제의 자리에 오를 것을 청하였다. 유비는 한사코 사양했다.

"하루아침에 황제의 자리에 오르는 것은 제위를 찬탈하는 행위와 별다를 바 없습니다. 이는 진정 의에 어긋나고 불충한 행위요."

대신들이 진심으로 제위에 오르시라고 재삼 청했으나 유비는 끝까지 이를 허락지 않았다. 그러자 제갈량은 급작스레 병을 얻었다며 아예 바깥출입을 하지 않았다. 제갈량이 병이 위중하다며 바깥에 나오지 않자 유비는 심히 염려되어 병문안을 갔다. 유비는 제갈량에게 자상하게 물었다.

"군사는 많이 편찮으십니까?"

제갈량은 매우 위중한 병인 양 말 속에 힘이 없었다.

"근심이 마음을 태워 얼마 살지 못할 것 같습니다. 주공께서 군신들의 마음을 외면하시고 제위를 한사코 물리시니 이제 문무 대신들이 모두 흩어질 것입니다. 그러면 위와 동오가 촉을 공격할 터이니 어찌 서천을 지킬 수 있겠습니까? 이를 생각하면 소인의 병이 어찌 갈수록 위중해지지 않을 수 있겠습니까?"

유비는 마지못해 제위를 응낙했다.

"정말 그러하다면 군사의 병이 다 나은 후 제위에 오르는 것을 차차 생각하겠습니다."

유비의 말이 끝나자마자 제갈량은 언제 아팠냐는 듯 벌떡 일어나서 기쁜 목소리로 아뢰었다.

"그 말씀을 듣고 신의 병은 다 나았습니다."

병풍 뒤에 숨어서 기다리던 문무백관들도 일제히 쏟아져 나오며 엎드려 절을 올렸다.

"폐하! 곧 대례를 거행하겠사옵니다."

제갈량은 성도 무담武擔의 남쪽에 대를 쌓도록 명했다. 대가 완성되자 대례가 거행되었다. 유비는 단 위에 올라가 하늘을 향해 제를 지냈고, 제갈량은 문무백관들을 이끌고 유비에게 옥새를 바쳤다. 모두 꿇어 앉아 유비에게 하례를 올리며 기쁨에 겨워 만세를 불렀다. 이때부터 유비는 연호를 장무章武 원년(221)으로 바꾸었으며 황후 오吳 씨는 황후에 봉하고 유선을 태자에 봉하였다. 또한 제갈량을 승상에 앉히고 허정을 사도로 삼았다.

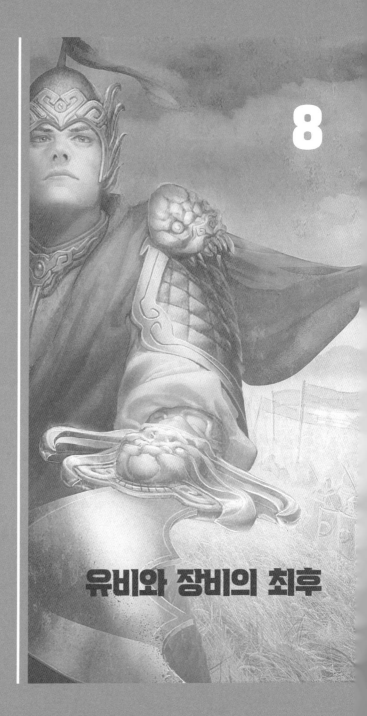

8

유비와 장비의 최후

살해당한 장비

유비는 제위에 오르고 나자 동오를 물리쳐 관우의 원수를 갚고 싶었다. 유비가 군사를 일으키기 위해 문무백관을 불러 놓고 조서를 내리려 하자 조자룡이 계단 밑에 엎드려 간하였다.

"아니 되옵니다. 폐하, 한나라의 역적을 치는 것은 공적인 일이나 형제의 원수를 갚는 것은 사적인 일이옵니다. 원컨대 폐하께서는 천하를 굽어 살펴 주소서."

하지만 유비는 자신의 생각을 굽히지 않았다.

"짐은 아우의 원수를 갚지 못하면 만 리 강산을 가진다 해도 귀하게 생각되지 않소."

유비는 조자룡의 만류에도 불구하고 영을 내려 동오를 공격하라고 하는 한편 오계吳谿에 사신을 보내 병사를 빌려 줄 것을 청했다.

이날로부터 유비는 매일 훈련장으로 나가서 병사들의 훈련을 참관

하고 친히 정벌에 나갈 요량으로 자신이 탈 수레도 준비하도록 일렀다. 제갈량이 나서서 조목조목 따지며 유비의 참전을 만류하자 유비도 점차 후회하는 마음이 생겼다.

그러던 때에 장비가 달려왔다. 유비와 장비는 서로 부둥켜안고 관우의 죽음을 애통해하며 목이 쉬도록 통곡했다. 장비가 유비에게 간청하였다.

"폐하! 부디 도원결의의 맹세를 잊지 마십시오. 반드시 둘째 형님의 원수를 갚아야 합니다."

이로써 유비는 꼭 동오를 멸하여 관우의 원수를 갚을 것을 거듭 약조하고는 장비에게 말했다.

"아우는 술이 너무 과하니 이를 조심해야 하네. 그리고 술에 취하면 병졸들을 채찍으로 때린다고 한다니 그래서야 되나."

유비는 장비의 나쁜 주사를 나무랐다. 낭중閬中으로 돌아온 장비는 부하들에게 명령했다.

"전군이 상복을 입고 흰 깃발을 들고 동오를 칠 터이다. 그러니 앞으로 사흘 안에 백기와 흰 갑옷을 모두 준비해 놓아라."

부장 범강范疆과 장달張達이 장비를 찾아와 청했다.

"사흘 안으로 준비하기는 어려우니 기한을 조금만 늦추어 주십시오."

장비는 이 말에 노기가 폭발하여 그들 부장을 엄하게 다스렸다.

"반드시 사흘 안으로 만들어야 한다. 만일 못하면 네놈들의 목을 치리라. 그리고 여봐라! 저 두 놈의 등짝을 채찍으로 50대씩 후려쳐라."

채찍으로 50대를 맞고 난 범강과 장달은 고통을 못 이겨 죽을 것 같았다. 온 등에는 피가 낭자했다. 그들은 몰래 공모를 하였다.

"사흘 안으로 물건을 다 만드는 것은 불가능하네. 이래 죽으나 저래 죽으나 마찬가지이니 우리 죽을 각오를 하고 아예 장비를 없애버리세."

그들은 밤이 되자 중요한 보고가 있다고 문지기를 속이고는 장비가 만취해서 떨어진 침실로 들어갔다. 장비는 섬뜩하게도 눈을 뜬 채 자고 있었다. 범강과 장달은 그 눈을 보자 무서워서 감히 손을 댈 엄두가 나지 않았다. 그들이 포기하고 돌아서려는 순간 장비의 코 고는 소리가 들리자 이내 안심하여 품고 있던 단도를 꺼내 장비의 배와 가슴을 동시에 찔렀다. 장비는 외마디 비명을 지르며 저세상 사람이 되고 말았다. 장비의 수급을 베어 동오로 도망친 범강과 장달은 손권에게 투항했다.

이때 유비는 병력을 이끌고 동오로 향하는 중이었다. 어느 날 밤 홀연 서북 편 하늘에서 유난히 크고 밝은 별이 떨어지는 것을 본 유비는 까닭 없이 살이 떨리고 우울하며 불안해지기 시작했다. 제갈량에게 사람을 보내 천문을 해석해 보도록 청하니 명장 하나를 잃을 조짐이라 전해 왔다. 과연 얼마 후 낭중에서 장군들이 와서 유비에게 표를 올리며 장비의 비보를 알렸다. 장비의 죽음을 안 유비는 통곡하다 그대로 혼절하여 쓰러졌다.

이튿날 장비의 아들 장포張苞가 달려와 장비의 죽음을 아뢰었고 뒤이어 관우의 아들 관흥關興도 달려왔다. 유비는 두 조카의 모습을 보자 앞서 간 아우들의 모습이 눈에 밟혔다. 유비는 두 조카를 부여안고 또다시 그칠 줄 모르고 통곡해대었다.

장군과 모사들은 유비가 허구한 날 통곡만 하고 있자 앞일이 못내 염려스러웠다. 은거하고 있는 선비 이의李意가 인간사의 길흉화복을 꿰뚫고 있다고 전해지자 그를 청하여 데려왔다. 유비는 이의에게 가르침을 청하였다.

"내가 두 아우의 원수를 갚으려 군사를 일으켰는데 앞일이 어찌 될 것 같소?"

이의는 지필묵을 달라고 하여 종이 위에 말과 창, 활 등 병기를 그려 나갔다. 40여 장을 그리던 이의가 홀연 그 그림들을 모두 찢어버렸다. 그러더니 그림 한 장을 다시 그리기 시작했다. 한 사람이 땅에 반듯이 누워 있고 옆에 있는 사람이 그 사람을 땅에 묻는 그림이었다. 그리고 그 위에 흰 백白 자를 썼다. 그림을 다 그리고 나자 이의는 유비에게 공손히 머리를 숙여 인사하고는 그길로 말없이 떠났다. 이의가 그린 그림은 확실히 보는 사람에게 불길한 느낌을 주었다. 유비는 기분이 몹시 언짢아져 왔다.

"머리가 이상한 노인이구나. 당장 그림을 불태워라."

유비는 명령을 하달하고 군사를 이끌어 계속하여 앞으로 갈 길을 재촉했다.

손권은 유비가 친히 70만 대군을 이끌고 아우들의 원수를 갚으러 동오로 쳐들어온다는 소식을 듣고는 문무백관들을 소집하여 긴급회의를 열었다. 모두를 놀란 빛이 역력했다. 제갈근이 손권에게 아뢰었다.

"신이 유현덕을 만나 이번 전쟁의 이해득실과 도리를 따져 화해를 청하고 군사를 돌리도록 설득해 보겠습니다."

손권은 적이 마음을 놓으며 이를 허락했다. 길을 떠난 제갈근이 유비를 만나 간곡히 말을 전했다.

"지금 오후吳侯께서는 촉과의 화친을 바라고 계십니다. 비록 관공이 돌아가셨다 하나 이미 여몽이 죽었으니 원수는 갚아진 것이며 오후께서도 관공을 돌아가시게 한 것을 후회하고 계십니다. 폐하께서도 그만 저희 오와의 화친을 윤허하시어 함께 역적 조비를 토벌하시길 청하는 바입니다. 또한 화친의 의미로 형주를 돌려드리겠으며 손 부인도 촉으로 돌아가시도록 하겠습니다."

유비는 크게 노하여 목청을 내질렀다.

"그대가 우리 공명 군사의 형님이 아니었던들 목숨을 보존치 못했을 것이오. 난 어떤 일이 있어도 내 아우를 죽인 원수와 같은 하늘 아래 살 수 없소. 당장 손권에게 돌아가서 내게 목을 갖다 바칠 준비나 하고 있으라 전하시오."

제갈근도 더 이상 어쩔 수 없음을 알고는 빈손으로 동오로 돌아갔다.

제갈근이 돌아와 유비의 강경한 태도를 전하자 손권도 유비가 절대 군사를 돌리지 않을 것임을 알아차렸다. 고심에 빠진 손권이 대책을 강구하고 있는데 조자趙咨가 나서서 말했다.

"위의 조비를 찾아가 이해득실을 말하며 촉병을 치도록 권한다면 동오는 무사할 것입니다. 주공께서 표를 한 장 써 주시면 신이 위로 가서 이를 전하겠사옵니다."

손권이 고개를 끄덕여 수긍했다.

"계교는 좋습니다. 다만 동오의 위신이 떨어지지 않도록 잘 처신해 주기 바라오."

조자가 동오에 당도하여 조비 앞에 섰다. 조비가 조자에게 질문하였다.

"오후는 어떤 주인인가?"

조자는 조심스럽게 답했다.

"총명함과 인, 지, 기백을 갖춘 주인이십니다."

조비는 하나 더 물었다.

"오후는 학문에도 일가견이 있는가?"

"저희 주인은 학문을 하시는 데 있어 그 중심을 파악하시지 서생들을 흉내내어 미사여구를 만들고 베끼는 데 열중하시지는 않습니다."

조비는 조자가 거만하지도 비굴하지도 않은 태도로 막힘없이 자신의 질문에 답하자 그를 칭찬하였다.

"사방에 사신으로 가서 주군의 이름을 욕되지 않게 할 수 있는 사람은 그대밖에 없을 것이다."

조비는 조서를 내려 손권을 오 왕으로 책봉케 하고 구석을 내리기로 했다. 그리고 이를 받들어 태상경太常卿 형정邢貞을 동오로 보냈다. 유엽劉曄이 이를 보고 조비에게 머리 숙여 간하였다.

"손권을 오 왕으로 책봉하고 그와 손잡고 촉을 치는 것은 그에게 날개를 달아주는 격이 됩니다."

조비는 미소를 지으며 간단히 정리했다.

"짐은 오를 돕지도 촉을 돕지도 않을 것이다. 오와 촉이 서로 싸우게 하여 한쪽이 망하고 한쪽이 살아남으면 그때 가서 힘이 다한 나머지 한 나라를 치면 될 것이니 무어 어려울 게 있겠는가?"

형정은 조비의 명을 받들어 동오에 당도했다. 고옹이 손권에게 권했다.

"위 왕 조비가 주는 벼슬을 받으실 것 없지 않습니까? 이미 주군은 상장군이며 구주백九州伯이시니 차라리 지금이 더 영예롭습니다."

손권은 그 간언을 듣지 않았다.

"옛날 한고조는 항우項羽가 주는 벼슬도 받았소. 상황을 보아 처세를 하는 것이 옳은 법이오."

손권은 사자를 맞아들였다.

그동안 유비의 부대는 장비의 아들 장포를 선봉장으로 하여 동오의 군대를 공격했다. 장포는 부친이 쓰던 장팔사모 창을 쳐들고 거칠 것 없이 전장을 누벼 동오의 장수 사정謝旌을 죽이고 최우崔禹를 사로잡았다. 관흥도 부친이 쓰던 청룡도로 이이李異를 죽이고 담웅譚雄을 붙잡았다. 이렇듯 촉병은 초반에 대승을 거두고 진영으로 돌아갔다.

밤이 되자 관흥과 장포는 동오의 진영을 한 번 더 기습했다. 장포와 관흥이 양 갈래로 나누어 치고 들어가며 사방에 불을 지르니 동오의 병사들은 우왕좌왕하며 대패하여 쫓겨 갔다. 손환孫桓은 대패하여 이릉성彝陵城으로 물러가고 수군을 끌고 오던 주연도 60리 밖으로 후퇴하여 진을 쳤다. 승전보가 잇달아 날아들자 유비는 기쁨을 감추지 못했고 손권은 피가 마르는 듯했다.

손권은 패보가 잇따르자 한당韓當 등 노장들에게 십만 대군을 이끌고 촉군을 맞아 싸우라고 명을 내렸다. 유비는 이미 대군을 거느리고 이릉의 경계 부분에 당도해 있었다. 유비의 대군이 무협巫峽 건평建平에서부터 진을 치자 그 길이가 7백여 리에 달했다. 유비는 장포와 관흥이 부친 못지않은 명장임을 칭찬하며 흐뭇해했다.

"짐과 함께 종군하던 장수들이 모두 늙어 구실을 못함이 안타까웠는데 두 조카가 이토록 뛰어나니 이제 걱정이 없도다."

노장 황충은 이 말을 들으니 가슴에 비수가 꽂히는 듯했다. 황충이 75세의 노구를 이끌며 나섰다.

"폐하는 늙은 장군들이 구실을 못한다 하시나 제가 아직 늙지 않았음을 보여 드리리라."

황충은 장포와 관흥의 도움을 뿌리치고 동오의 군사를 공격해 들어갔다. 그가 일진에서 승리를 거두어 돌아오니 이를 보고 놀라지 않는 이가 없었다. 황충은 다음 날에도 다시 적들을 뒤쫓았으나 매복해 있던 군사들의 공격을 받아 꼼짝없이 갇히게 되었다. 설상가상으로 마충이 쏜 화살이 그의 어깨에 깊숙이 박히고 말았다. 관흥과 장포가 급히 황충을 구하여 돌아왔을 때는 이미 늦어 있었다. 유비는 황충의 손을 잡고 흐느끼며 눈물지었다.

"짐이 실언을 하여 경의 목숨을 위태롭게 했소."

황충은 마지막 힘을 다해 입술을 떼었다.

"일개 무장인 신이 영광되이 폐하를 모시면서 극진한 대접을 받았습니다. 폐하를 위해 싸우다 죽으니 다시없는 영광입니다."

노장군 황충은 마지막 말을 남기고는 숨을 거두었다. 유비는 황충이 죽자 슬퍼 마지않았다.

"오호! 대장 중 셋이나 세상을 떠났는데 아직도 아우의 원수를 못 갚았으니 참으로 원통하다."

현덕 유비는 친히 어림군禦林軍을 이끌고 출전을 했다. 장포와 관흥도 폭풍처럼 전장을 휩쓸며 동오의 군사를 쓰러뜨렸다. 장포는 하순을 죽이고 관흥은 주평의 머리를 베었다. 유비가 전군을 통솔하며 동오의 군대를 마구 몰아쳐 쳐들어가니 동오 군사의 시체로 온 평야가 가득하고 피는 시냇물을 이루었다. 동오의 군대는 대패하여 후퇴했다.

감녕은 병이 들어 요양 중이었으나 유비가 친히 대군을 이끌고 동오를 쓰러뜨리러 왔다는 소식을 듣자, 병중임을 무릅쓰고 나는 듯이 말을 달려 전장으로 나왔다. 그러다 번왕番王 사마가沙摩柯의 화살이 감녕의 머리에 날아와 박히는 바람에 감녕은 말을 타고 달아나기 시작했다. 보통 사람이면 그 자리에서 죽을 상처였으나 감녕은 화살을 맞은 채로 말을 달려 부지富池 어구에까지 이르러 큰 나무 밑에 앉아 숨을 거두었다. 손권은 감녕의 죽음을 진심으로 통탄해 했다.

관흥은 전장에서 동오의 진을 쳐들어가다 진 앞에서 부친을 죽인 원수 반장과 마주쳤다. 반장은 관흥의 무시무시한 살기에 눌려 걸음아 살려라 하고 도망을 쳤고 관흥은 있는 힘을 다해 미친 듯 그 뒤를 쫓았다. 관흥이 산골짜기에 이르자 반장은 그림자도 보이지 않았다. 날은 이미 저물어 앞이 새까매졌다. 방향을 알 수 없게 되자 관흥은 마을의 한 민가에 들어가 노인에게 공손히 물었다.

"하룻밤 잠자리를 청해도 될는지요?"

노인은 관흥을 안으로 맞아들였다. 시간이 삼경이 지났을 무렵 밖에서 병사 하나가 잠자리를 청하러 들어왔다. 다름 아닌 반장이었다. 관흥의 눈에서 새파란 불꽃이 일었다. 반장은 관흥을 보자 소스라치며 도망치려 했으나 관흥이 단칼에 반장을 두 쪽 내어 저세상으로 보냈다.

반장이 관흥에게 죽은 이야기는 삽시간에 소문이 퍼졌다. 게다가 동오의 군대는 거듭된 패전으로 고생이 말이 아니었다. 마침내는 군심이 동요를 일으키기 시작했다. 게다가 부사인과 미방의 형주 군병들은 원래 촉병이었으니 촉에 투항하려는 마음이 더욱 굴뚝같았다. 부사인과 미방은 군심이 흔들리자 자신들이 위험한 것을 알고는 마충의 목을 베어 자진하여 유비에게 투항했다. 유비는 영을 내렸다.

"진 안에 관운장의 위패를 모시고 마충의 머리를 제물로 하여 제를 지내라."

유비는 부사인과 미방도 능지처참하여 관공의 영전에 바쳤다. 손권은 반장, 미방, 부사인이 처참하게 죽임을 당하고 시신은 관우 영전에 바쳐졌다는 소식에 좌불안석이 되었다. 촉병의 기세는 하늘을 찌를 듯 사납기 그지없으니 더 이상 맞서다가는 동오가 위태롭게 될 것은 불 보듯 뻔했다.

"범강과 장달 그리고 장비의 수급을 유비에게 돌려보내라. 그리고 이것은 화친을 청하는 뜻이니 그만 군사를 돌려보내고 후에 힘을 합쳐 위를 멸하자고 간청해 보라."

손권은 마지막 명을 내렸다. 범강과 장달이 결박당한 채로 유비 앞에 끌려오고 장비의 수급도 온전히 보존되어 도착하자 유비와 장포는 또 한바탕 통곡을 하며 장비의 넋을 기렸다. 유비는 장비의 위패를 모시게 하고는 범강과 장달을 장비의 영전 앞에서 능지처참하여 제물로 바치게 했다.

불바다 속의 촉군

유비는 손권의 청을 거절하며 동오의 사자를 쫓아 보냈다.

"너희 주공에게 내가 동오를 멸한 뒤에 위를 멸하겠다고 전하라!"

손권은 사자가 도착하여 유비의 뜻이 강경함을 전하자 문무백관을 모아 대책을 논의했다. 동오 대장 감택이 손권에게 간하였다.

"육손을 등용하십시오. 그의 지략은 주유에게 뒤지지 않습니다. 반드시 촉병을 물리칠 수 있을 것입니다."

장소와 고옹은 반대하고 나섰다.

"육손은 나이 어린 선비일 뿐이거늘 어찌 그리 큰일을 맡기려 하십니까?"

이에 감택이 더욱 큰소리로 간곡히 간하였다.

"만일 육손에게 일을 맡기지 않는다면 동오는 이대로 끝입니다. 신이 전 가족의 목을 걸고 아뢰는 말씀이옵니다."

손권은 감택의 소망대로 육손을 등용하기로 마음먹었다. 손권은 단을 쌓도록 명하였고, 단이 완성되자 문무백관이 모인 자리에서 육손을 올라오게 했다. 손권은 육손에게 인수를 내려 대도독 겸 진서 장군이자 누후婁侯에 봉하고는 보검을 하사하였다. 덧붙여 누구도 감히 불만을 표할 수 없도록 지시하였다.

"만일 그대의 명을 어기는 자가 있으면 이 검으로 형을 집행한 후에 보고하라. 나라 안의 군사 일은 과인이 다스릴 터이나 일단 나라 밖에 나서면 경이 책임지라."

동오의 신하들은 불만이 있어도 감히 표하지 못했다. 하지만 나이 어린 선비가 중책을 맡은 것을 달가이 여기는 이들은 아무도 없었다.

육손은 손권의 명을 받들어 병력을 이끌고 효정猇亭에 도착했다. 한당과 주태는 나이 어린 육손이 대도독으로 부임하자 몹시 고깝고 가소로웠다. 육손이 그들에게 명령을 하달했다.

"모두 수비를 굳게 하고 함부로 경거망동하지 마시오."

이때 한당과 주태가 급히 보고를 올렸다.

"지금 손환 장군이 이릉에 포위되어 갇혀 있습니다. 어서 도독께서 가서 구하시지요."

육손은 그 말을 묵살했다.

"촉병을 물리치고 나면 손환은 스스로 포위망을 뚫을 수 있습니다."

육손의 대응에 모든 장수들이 불만을 터뜨리며 육손의 명을 들으려 하지 않았다. 육손은 손권이 하사한 보검을 뽑아 들고는 목소리를 가

다듬어 위엄 있게 말했다.

"누구라도 내 명령에 불복하여 군심을 어지럽히는 자는 이 칼로 처단하겠소."

육손의 서슬에 놀란 장수들은 그제야 감히 반항할 엄두를 내지 못한 채 각자 투덜대며 명령에 복종하는 수밖에 없었다.

유비는 육손이 새로 도독이 되었다는 소식을 듣고는 물었다.

"육손은 어떤 사람인가?"

마량이 답하였다.

"그는 나이 어린 선비라고는 하나 지략이 보통이 아닙니다. 여몽에게 계략을 일러주어 형주를 취하고 관공을 죽게 만든 장본인이기도 합니다. 폐하께서도 그를 경계하셔야 하옵니다."

유비는 마량의 간언을 한 귀로 흘려들으며 말했다.

"짐은 용병술을 수십 년간 해온 사람이다. 어찌 그깟 젖비린내 나는 육손 따위를 두려워하겠는가?"

유비는 병사들을 이끌고 거침없이 각 요새를 공격해 갔다. 촉군은 육손의 진영 앞으로 가서 욕설을 퍼부으며 싸움을 부추겼다. 허나 오군이 도라도 닦는지 꿈쩍을 하지 않자, 유비는 차츰 초조해지기 시작했다. 때는 끔찍이도 더운 한여름이었다. 유비는 진을 철수시키고 숲속의 시원한 곳으로 군사를 이동시켰다. 기회를 보아 동오의 군대를 공격하기 위함이었다. 유비 자신은 친히 군대를 이끌고 산곡에 매복하고 오반吳班에게 늙고 허약한 병사를 주어 산 계곡 밖에 진을 치게 해 육손의 병사들을 유인하는 방책을 썼다.

"육손이 오반의 군사들을 보고 공격해 들어오면 우리는 그 뒷길을 끊는다. 그리하면 육손은 꼼짝없이 붙잡히리라."

유비는 나름대로 계략을 세웠다. 마량은 유비가 숲으로 진을 옮겨 들어가는 병법을 보니 그다지 마음이 놓이지 않았다. 그는 유비에게 간하였다.

"지금 제갈 승상께서 동천으로 가서 위병을 물리칠 계책을 세운다 하옵니다. 폐하의 병법을 그림으로 그려 승상께 물어봄이 어떨는지 요?"

유비는 웃음을 머금고 말했다.

"그럴 필요까지는 없네. 하지만 굳이 묻고 싶다면 장군이 직접 그림 을 그려 승상을 찾아가 보게."

마량은 유비의 허락이 떨어지자 진영을 그림으로 옮겨서는 동천을 향해 부리나케 말을 채찍질했다.

그 사이 오반은 유비의 명을 받들어 유인책을 썼다. 동오의 초소 앞 에서 욕설을 풀어대고 병사들은 갑옷을 벗고 낮잠을 자거나 나태하게 앉아서 쉬었다. 이를 본 동오의 군사들은 화가 나고 복장이 터졌다. 서 성과 정봉은 화를 참지 못하고 육손에게 권했다.

"동오의 병사들을 무시해도 유분수지 저 작태들을 좀 보시오. 병사 들도 별 볼일 없어 보이니 그만 군사를 일으킵시다."

육손은 고개를 가로저으며 반대했다.

"아니 됩니다. 저들이 저러는 것도 역시 우리를 유인하려는 계책이오. 틀림없이 복병이 숨어 있습니다. 시간이 지나면 스스로 복병을 풀고 숲에서 나올 거요. 사흘 후면 모든 것을 알게 될 것입니다."

하지만 군사들의 원성은 갈수록 높아졌다. 조용히 기다리던 육손은 사흘이 지나자 장군과 모사들을 대동하고 요새 위로 올라가 촉병의 정세를 굽어보았다. 오반은 군사를 이끌고 이미 물러나 있었고 촉병은 유비를 호위하여 둘러싸고 산골을 나오고 있었다. 육손이 이런 모습으로 촉병이 나올 거라고 장군들에게 여러 번 예언했던 바였으니 모두가 놀랐다. 육손은 장군들에게 일렀다.

"내가 군사를 움직이지 않은 이유는 촉병들이 스스로 지칠 때를 기다린 것이오. 이제 촉병들이 매복을 풀고 나왔으니 저들을 쳐부수는 것은 열흘 안에 끝날 것이오."

장군과 모사들은 육손의 선견지명과 탁견에 진심으로 탄복하며 그 후로는 마음을 다해 복종하기 시작했다.

유비는 산골에서 철수하고 나와 배를 타고 수군을 몰며 내려갔다. 동오의 국경 깊숙이까지 들어가서는 강변에 진을 치려 하자 부장 황권이 간하였다.

"나아가는 것은 쉬우나 물러서는 것은 어렵습니다. 원컨대 신이 앞부대를 지휘하여 나가겠으니 폐하는 뒤에서 후진을 이끌어 주십시오. 만에 하나 폐하의 신상에 무슨 일이 일어날 때를 생각하여 그리함이 좋을 듯합니다."

그러나 유비는 웃으며 계속 진격을 명했다.

"동오의 군사들은 지금 촉병의 위세에 눌려 간담이 서늘해져 사기가 바닥인데 짐이 앞에서 군대를 이끈들 무어 그리 두려울 것이 있겠는가?"

위나라의 조비는 촉병이 동오에서 어떤 상황인지 상세한 보고를 듣고 있었다. 염탐군을 통해 유비가 주둔하고 있는 진영의 그림은 조비에게 낱낱이 전해졌다. 조비는 이를 보더니 만면에 웃음을 띠고는 중얼거렸다.

"유비는 곧 육손에게 패할 것이다. 육손이 유비를 이기고 나면 그 승세를 몰아 서천을 취하려 들 것이다. 오군은 병력을 있는 힘껏 다 동원하려 할 터이니 그때 강동은 텅 비게 된다. 우리는 그 순간을 기다려 동오를 쳐야 한다. 조인은 병력을 끌고 유수로 가고 조휴는 군사를 끌고 동구로 가라. 조진曹眞은 병마를 끌고 남군으로 가서 대기하고 있으라. 우리는 기회를 보아 동오를 기습해야 한다."

한편 유비의 병법도를 가지고 제갈량을 찾아간 마량은 제갈량에게 병법도를 건네주고는 말없이 제갈량의 답을 기다렸다. 제갈량은 병법도를 보더니 책상을 치며 괴롭게 울부짖었다.

"이것이 정말 폐하가 직접 짜신 진영이란 말이냐? 당장 내 상소문을 폐하께 전하고 패하여 군사를 물리게 되면 반드시 백제성으로 가시라 일러라. 내가 어복포漁腹浦에 이미 십만 군사를 숨겨 두었으니 후에 쓸모가 있을 것이다. 어서 폐하께 가서 전해라. 시간이 없다."

제갈량은 마량의 등을 떠밀었다. 육손은 이미 병사들을 소집하여 명을 내리고 있었다.

"촉병의 네 번째 진영을 쳐야겠다."

육손의 말이 떨어지기 무섭게 한당, 주태, 능통이 서로 출전하겠다고 나섰으나 육손은 제지했다.

"아니오, 장군들이 나설 일이 아닙니다."

그러더니 말단 장군인 순우단淳于丹을 지명하여 영을 내렸다.

"장군이 나서서 촉병을 치라!"

순우단이 길을 떠나고 나자, 육손은 서성과 정봉에게 당부했다.

"장군들은 병사들을 이끌고 5리 밖에서 기다려주십시오. 만일 순우단이 패하여 쫓겨 오면 구해주시오. 그러나 절대 촉병의 뒤를 쫓아서는 안 됩니다."

순우단은 육손의 명을 받아 촉군의 네 번째 진영을 공격했지만, 기세 사나운 사마가의 부대까지 만나는 바람에 대패하여 정신없이 도망쳐 왔다. 군사도 반 이상 잃어서 돌아왔으나 육손은 조금도 나무라지 않았다. 육손은 주연을 부르더니 힘 있게 말했다.

"순우단을 보낸 것은 적군의 허와 실을 보기 위해 시험한 것이며 이제부터가 진짜 싸움이오. 주연 장군은 배에 짚을 가득 싣고 수로를 따라 촉병을 공격하시오. 한당 장군과 주태 장군은 각각 일지의 군마를 끌고 군사들에게 짚더미를 가지고 출전케 하여 촉군의 진영에 이르면 불을 지르시오. 다른 장군들은 밤낮을 가리지 말고 촉진을 공격하시오. 유비를 사로잡고 나면 이 전쟁은 끝날 것이오."

동오의 군대는 육손의 명을 받아 일사분란하게 움직였다. 초경初更 (저녁 7~9시 사이) 무렵 동남풍이 크게 불어오면서 촉군 진영 여기저기에서는 비명이 들려왔다.

"불이야!"

순식간에 나무들이 불에 타올랐다. 예상 못 한 불이 일어나자 놀란 촉병들이 서로 밟고 넘어지는 통에 진영은 이내 불지옥으로 변하였다. 거센 불길과 떠나갈 듯한 군사들의 비명이 처절하게 퍼졌다.

동오의 군대는 밀물처럼 쏟아져 나와 촉진을 공격했다. 유비는 동오의 군사들이 무서운 기세로 덤벼 오자 황급히 말을 달려 도망쳤다. 그때 서성과 정봉이 유비를 발견하고 양쪽 편에서 협공을 해댔다. 유비 곁의 군사들은 풀잎처럼 쓰러져 갔고 유비는 그들의 손에 잡히기 일보 직전이었다. 이 찰나 장포가 달려와 그들을 물리치고 유비를 구해내었다. 장포는 유비를 호위하여 마안산馬鞍山으로 도망쳤다.

유비의 마지막 유언

유비가 백제성으로 말 머리를 돌려 가려 할 때 육손이 병력을 이끌고 바싹 뒤쫓아 왔다. 설상가상으로 주연이 강변에서 병마를 이끌고 들어와 유비의 갈 길을 가로막았다. 유비는 절망하여 탄식했다.

"여기서 죽는구나!"

순간 홀연 주연이 거느린 병사들이 일순간에 무너지기 시작했다. 누군가 주연의 부대를 가로지르며 공격하니 주연의 군사들은 맥을 못 추고 쓰러져 갔다. 유비가 이상하여 바라보니 상산 조자룡이 병력을 이끌고 유비를 구하러 오고 있었다. 조자룡은 유비를 구하여 남은 1백여 기의 군사를 이끌고는 백제성으로 향했다.

육손이 유비를 쫓아 기관夔關 근처까지 갔을 때 지세가 복잡하고 이상한 기운이 돌았다. 복병이 있는 듯 느껴진 육손은 삼군에게 잠시 멈추라 이르고는 병사들에게 명을 내렸다.

"이곳의 백성을 하나 데려와 보라."

이곳의 토박이 백성이 육손 앞으로 불려왔다. 육손이 물었다.

"이곳은 무어라 불리는 지방인가?"

백성이 답하였다.

"어복포라 불리는 곳입니다. 제갈공명이 서천에 들어올 때 이 모래 사장 위에 돌을 세워 진을 쳤습니다. 그때부터 이곳에 구름이 피어오르듯 이상한 기운이 퍼져 나오기 시작했습니다."

육손은 이 답을 듣고 놀랍고 신기한 느낌이 들어 군사 10여 기를 끌고 돌로 만든 진을 보러 강변으로 나갔다. 그가 돌 진영 안으로 들어가려니 장군들이 만류했다.

"날이 저물었으니 어서 나와 들어가심이 좋을 듯합니다."

하여 육손이 진영 밖으로 나가려 하는데 돌연 광풍이 몰아치고 모래와 돌이 날리며 하늘을 뒤덮었다. 강물은 검이 허공을 가로지르고 전장의 북소리가 울리는 듯한 소리를 내뿜었다. 육손은 탄식했다.

"제갈량의 계략에 빠졌다."

육손이 아무리 돌 진영의 밖으로 나가려 해도 길이 없었다. 육손은 제갈량이 만든 팔진八陣의 '죽음의 문'에 갇힌 것이었다.

육손이 나가지 못해 어쩔 줄 몰라 하고 있을 때 홀연 한 노인이 육손의 눈에 들어왔다. 육손은 대뜸 그 노인을 향해 도움을 청했다.

"어르신! 제발 저를 좀 꺼내주십시오!"

노인은 육손을 보더니 길을 안내해주었다.

"날 따라오시오."

노인 덕분에 진영을 빠져 나온 육손은 거듭 감사를 표하고는 물었다.

"어르신은 누구십니까?"

노인은 탄식하며 말을 이었다.

"나는 제갈량의 장인 황승언이오. 사위가 촉으로 들어올 때 이 돌로 만든 팔진도를 만들었소. 이 돌 진은 일종의 둔갑법으로 변화가 무궁하여 이곳에 발을 한번 넣으면 빠져나갈 길이 없소. 공명이 예전에 동오의 대장이 여기서 길을 잃을 터이니 절대 길을 가르쳐주지 말라고 하였거늘 참으로 그 말이 맞구려."

육손은 황승언에게 백배치사를 하고 본진으로 돌아와서는 감탄하였다.

"공명은 정말 누워 있는 용이다. 과연 와룡 선생이야! 나는 평생 그를 따라 잡을 재주가 없다."

육손이 군사를 돌릴 것을 명하니 장군들은 이구동성으로 입을 열어 반박했다.

"우리가 이기고 있으니 승세를 몰아 유비를 사로잡아야 합니다."

하지만 육손은 강경하게 철수를 재촉했다.

"조비는 제 아비 조조 못지않게 간교한 놈이다. 틀림없이 동오의 군사가 빈틈을 타 강동을 공격할 것이니 서둘러 돌아가야 한다."

과연 군사를 돌린 지 이틀도 되지 않아 염탐군이 급보를 전했다. 위군이 세 갈래 길로 나누어 쳐들어오고 있다는 것이었다. 위 황제 조비가 친히 전선에 나와 전쟁을 지휘하였다. 그러나 육손이 조비의 움직임을 파악하고 단단히 대비를 갖추어 놓았으니 날아드는 것은 패보뿐이었다.

"조인이 동오의 주환朱桓에게 패했다 하옵니다."

보고가 들어온 지 얼마 되지 않아 염탐군의 보고가 이어졌다.

"조진이 육손과 제갈근에게 패했다 하옵니다."

또 얼마 있다가 패보가 날아들었다.

"조휴가 여범에게 패했다 하옵니다."

이로써 조비의 삼로 군마는 전패하고 말았다. 엎친 데 덮친 격으로 돌림병까지 도니 조비는 할 수 없이 군사를 돌려 위로 돌아갈 수밖에 없었다.

유비는 원수를 갚으려던 일이 수포로 돌아가고 군사를 거의 잃자 성도로 돌아갈 낯이 없었다. 그는 영을 내려 백제성에 머물기로 했다. 그로부터 얼마 후 유비는 몸에 중병이 들었다. 스스로 이제 명이 얼마 남지 않았음을 깨달은 유비는 제갈량과 이엄을 불렀다. 유비는 유언을 남기고 후사를 부탁할 마음을 정리하고는 조용히 제갈량 일행이 오기를 기다렸다. 먼저 간 두 아우의 모습과 반평생을 누벼온 전장, 그리고 많은 사람들의 얼굴이 주마등처럼 눈앞을 스쳐갔다.

제갈량은 유비의 병세가 위독하며 자신을 급히 찾는다고 하자 밤새 말을 달려 백제성에 당도했다. 유비는 용상에 누워 있다 제갈량이 들어오자 손짓하여 자신의 곁에 앉게 했다. 곁에 앉아 있는 마속馬謖을 물러가 있도록 한 유비가 제갈량에게 조용히 말했다.

"짐이 보기에 마속은 허풍이 심하고 행동이 말과 일치하지 않습니다. 쓸모 있는 인물이 아닌 듯하니 승상께서 잘 관찰하시고 처분하십시오."

유비는 지필묵을 대령하게 하여 유서를 쓰기 시작했다. 다 쓰고 나자 유비는 제갈량의 손을 꼭 잡고는 눈물을 흘리며 말했다.

"짐이 승상의 가르침을 흘려들어 지금 이 지경이 되었습니다. 태자 선을 부탁드리나 만일 선이 나라를 다스릴 재목이 아니라면 승상께서 직접 다스려 주십시오."

제갈량은 이 말을 듣고 놀라 울부짖었다.

"폐하, 무슨 말씀이시옵니까? 신은 온몸을 바쳐 죽을 때까지 충성을 다할 것이옵니다. 어찌 여부가 있겠사옵니까?"

제갈량이 머리를 땅에 찧자 흘러나온 피가 눈물과 겹쳐 온통 뒤범벅이 되었다. 비통에 잠긴 제갈량은 피가 흐르는지 아픈지도 느껴지를 못 했다. 유비는 이어 아들 유영劉永과 유리劉理를 불러 말했다.

"짐이 세상을 뜨고 나면 제갈 승상을 아버지로 섬기며 절대 태만하지 말라. 어서 승상께 절을 올려라."

절을 받은 제갈량이 유비에게 아뢰었다.

"황송하게도 폐하께서는 미천한 신의 재능을 높이 사주시고 삼고초려 하여 불러들이셨습니다. 그리고 오늘날까지 몸 둘 바 모르도록 황공한 대접을 해주셨습니다. 신이 목숨을 바친들 어찌 그 은혜를 갚을 수 있겠사옵니까?"

제갈량의 얼굴에는 눈물이 비 오듯 했고 목소리는 슬픔에 떨려 말을 제대로 잇지 못했다.

유비는 다음으로 조자룡을 불렀다.

"경은 짐과 참으로 오랜 세월 동안 동고동락해 왔소. 경이 짐과의 오랜 정을 생각해서 밤낮으로 짐의 철없는 못난 아들을 보살펴 줄 것을 부탁하오."

조자룡은 흐르는 눈물을 주체하지 못하며 흐느끼는 목소리로 답했다.

"신이 어찌 감히 폐하의 청을 사양하오리까?"

유비는 모두를 향해 마지막 유언을 내렸다.

"경들을 일일이 불러 말하지는 못하니 모두 스스로를 잘 갈고 닦으며 몸을 보중하라."

말을 마친 유비는 숨을 거두었다. 이때 유비의 나이 63세이고 때는 장무 3년(223) 4월 스무 나흗날이었다. 이렇게 해서 천하 통일과 한실 부흥의 웅대한 뜻을 품고 대륙을 누비던 큰 별 하나가 떨어졌다. 문무백관과 백성들 모두 유비의 죽음을 진심으로 애통해하니 나라 전체가 곡성으로 가득했다.

문무백관을 거느린 제갈량이 유비의 관을 모시고 성도로 돌아왔다. 태자 유선은 상복을 입고 성 밖으로 나와 대성통곡하며 아버지의 영구를 맞아들였다. 유비의 영구를 정전에 모신 유선이 곡을 하고는 장례를 치르기 시작했다. 이어서 유비의 유서가 읽혔다. 얼마 후 태자 유선이 제위에 올라 연호를 건흥建興으로 바꾸었다.

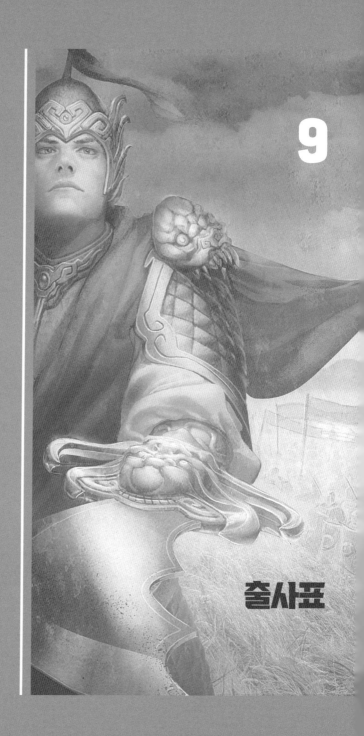

9

출사표

다시 시작된 삼국의 싸움

유비의 죽음은 금세 다른 나라에도 알려졌다. 위의 조비는 유비의 죽음을 알고는 기뻐 마지않았다.

"유비가 죽었다니 짐은 이제 근심거리가 없어졌다. 촉이 기둥을 잃은 틈을 타 다른 나라와 손을 잡고 어서 쳐야겠다."

조비의 말을 들은 가후가 만류하고 나섰다.

"유비가 죽었다고는 하나 제갈량이 있습니다. 촉을 결코 가벼이 대해서는 안 될 것입니다."

그러나 사마의가 조비를 거들며 전쟁을 부추기니 조비는 사마의의 말에 따라 촉을 치기로 결정했다. 조비는 요동遼東의 선비鮮卑, 남만南蠻과 동오의 손권에게 사자를 보내 군사를 지원해 달라고 했다. 또한 조진을 대도독으로 삼아 각국에서 빌린 군사들과 합쳐 다섯 군대로 쳐들어가 촉을 공격하기로 했다.

조비가 군사를 빌려 다섯 곳에서 촉을 향해 쳐들어오고 있다는 소문이 삽시간에 돌았다. 변방은 온통 쑤셔 놓은 듯 뒤숭숭해졌고 어린 나이에 제위에 오른 유선은 노심초사하여 어쩔 줄을 몰랐다.

제갈량을 찾아 대책을 논의하려 해도 제갈량은 병을 핑계 삼으며 아예 나오지를 않았다. 유선의 마음은 더욱 초조해져서 대신 동윤과 두경을 보내 제갈량을 급히 조정에 들라 일렀으나 역시 문밖에서 거절당하고 말았다. 제갈량이 승상부에 틀어박혀 나오지를 않자 여기저기서 수군대며 탄식하는 소리가 들려왔다. 문무백관들은 기막히고 황당하여 입을 모아 입방아를 찧어댔다.

"아니 선제께서 돌아가신 지 얼마나 되었다고 승상이 이렇게 나온단 말인가?"

"오로군이 쳐들어오니 아무리 제갈량이지만 별수 없는 모양이네."

동윤과 두경은 짚이는 바가 있어 유선에게 아뢰었다.

"승상이 뭔가 혼자 계획하고 계신 듯합니다. 폐하께서 친히 승상부로 찾아가심이 어떨는지요."

유선은 고개를 끄덕이더니 친히 승상부로 제갈량을 찾아갔다. 유선이 들어오는 것을 본 제갈량은 황급히 몸을 굽혀 절하며 예를 갖추었다. 제갈량은 유선에게 고개를 조아리며 말했다.

"신이 천만번 죽을죄를 지었습니다. 조비가 선동이 되어 오로군을 끌고 쳐들어온다기에 적을 물리칠 계략을 짜기 바빠 폐하의 부르심에 달려가지 못했사옵니다. 신이 사로군은 이미 물리쳤으나 손권을 물리치지 못했사옵니다. 그러나 입심 좋고 총명하여 군명을 욕되이 하지 않을 자를 사자로 보내 이해득실을 따져 군사를 물리라 설득하면 이 또한 문제없을 것입니다. 헌데 적당한 인물이 떠오르지 않아 주저하고 있사옵니다."

유선은 안심이 되고 기뻐서 물었다.

"참으로 신출귀몰하십니다. 아니 승상께서 어찌 앉아서 사로군을 물리치셨습니까?"

제갈량은 잔잔히 웃으며 유선을 안으로 모셨다.

"폐하께서 먼저 안으로 드십시오. 신이 상세히 설명해 드리겠습니다."

제갈량은 유선에게 사로군을 물리친 병법을 상세하게 말하기 시작했다. 유선이 제갈량의 말을 듣고 희색이 만면하여 밖으로 나가자 문무백관이 모두 어리둥절해 있는데 오직 한 사람 호부상서戶部尙書 등지鄧芝만은 모든 것을 파악한 듯 얼굴에 기쁜 빛을 띠었다. 제갈량이 이를 보고 등지를 조용히 불러 사람됨을 살펴보니 여간 구변이 좋고 식견이 높은 것이 아니었다. 제갈량은 즉각 유선에게 아뢰어 등지를 동오의 사자로 보냈다.

그 무렵 조비의 사자는 손권에게 군마를 빌려달라는 서신을 전했다. 손권이 육손에게 대책을 물으니 육손은 간하였다.

"조비가 군사를 빌려 파견한 사로군이 어찌 되었는지 알아보아야 합니다."

이때 염탐군이 달려와 손권에게 급보를 전했다.

"제갈량이 모든 것을 알고 대비한 듯합니다. 사로군은 한 번도 승전하지 못하고 제 발로 물러갔습니다. 선비의 군사들은 자신들이 신처럼 따르는 마초가 지키고 있자 스스로 물러갔습니다. 남만의 군사들은 위연이 좌출 우입하고 우출 좌입하는 병법을 쓰니 의심이 많아 감히 진격도 못하고 물러가고, 맹달은 돌림병이 돌아 군사들을 돌렸다합니다. 위의 조진은 양평관으로 쳐들어갔으나 요새가 너무나 험한데다 조자룡이 버티고 서서 단단히 지키는 것을 보고는 승세가 전혀 없어 군사를 돌렸다 하옵니다."

보고를 듣고 난 손권이 문무백관을 불러 다시 대책을 논의하려 할 때 시종이 전했다.

"촉의 사신이 도착했습니다."

이를 듣고 장소가 손권에게 간하였다.

"이는 틀림없이 조비를 도와 군사를 빌려주지 말라고 제갈량이 보낸 것입니다. 먼저 전각 앞의 가마솥에 기름을 가득 부어 불을 붙여서는 사자를 위협해보십시오. 그리고 그가 어떻게 답하는지를 보고 결정을 하심이 좋을 듯합니다."

등지가 손권을 만나려고 입궁하니 앞에 있는 커다란 가마솥에 기름이 가득 부어져 있고 시뻘건 불길이 활활 타오르고 있었다. 그래도 등지는 조금도 두려워하는 빛이 없었다. 오히려 호탕하게 웃음을 터뜨리고는 가마솥을 가리키며 말했다.

"이 못난 서생이 두려워 이런 것을 준비하시다니 동오에서는 손님을 접대하는 도량이 이것밖에 안됩니까? 소인은 단지 동오를 이롭게 하려고 왔을 뿐입니다. 정 못 믿으시겠다면 이 불가마 속에 뛰어들어 결백을 증명해 보이겠습니다."

말을 마친 등지는 정말 옷을 걷어 올리며 불가마에 뛰어들 자세를 취했다. 손권은 이를 보고 황급히 등지를 말리며 전으로 들라 이르고는 귀빈으로 대접하며 성심성의껏 가르침을 청했다.

손권은 등지의 말에 완전히 설득되어 위에 군사를 보내지 않기로 결정하고 촉과 화친하기로 했다. 손권은 촉에 화친을 청하는 뜻에서 중랑장 장온을 서천으로 답례 사신 삼아 보내기로 했다. 유선은 제갈량의 말을 좇아 장온을 반갑게 맞아 후하게 대접했으며 그가 떠날 때가 되자 역참에서 송별연을 베풀어주기까지 했다.

촉의 명사인 진복秦宓은 학식이 높고 말주변이 좋기로 따라갈 이가 없었다. 진복은 장온의 송별연에 동석하였는데 장온이 유선의 환대를 받아 오만이 하늘을 찌르는 것을 보고는 취기를 빌어 장온과 천리를 논하였다. 진복의 말은 한 치 틈이 없었으며 물 흐르듯 막힘이 없어, 결국은 장온의 말문이 막히고 말았다. 장온은 그제야 촉이 가벼이 볼 나라가 아님을 깨닫고 동오로 돌아가 손권에게 간했다.

"새 황제와 제갈 승상은 인과 덕이 높기 한량없으며 그에 따르는 인재들 또한 훌륭하기 그지없습니다. 주공께서는 응당 촉과의 화친을 돈독히 다지셔야 할 줄로 아뢰옵니다."

조비는 촉과 동오가 서로 사신을 왕래하며 화친을 맺고 위를 견제하려 한다는 것을 알고는 대노했다.

"촉과 오가 손을 잡은 것은 위가 자리하고 있는 중원을 도모하려는 것이다. 응당 내가 먼저 손을 써서 이들을 쳐야겠다."

조비는 황초 5년(224) 가을, 나랏일은 모두 사마의에게 넘긴 다음 자신이 몸소 30만 대군을 통솔하여 수륙 양쪽으로 동오를 치러 진격하였다. 그 기세의 무서움과 살기는 보고만 있어도 살갗에 소름이 돋을 정도였다.

조비가 악에 받쳐 몸소 동오를 치러 온다는 소식이 전해지자 손권은 황급히 문무백관을 불러 상의했다. 육손을 불러 대사를 맡기려 했으나 형주를 지키고 있어 가벼이 움직일 수 없었다. 손권은 대신들의 말에 따라 즉각 촉에 사람을 보내 도움을 청하는 한편, 서성에게 대군을 주어 조비를 대적하게 했다.

조비는 동오에서 아무런 대응 기미가 보이지 않자 이상한 느낌이 들었다. 위나라 대군이 벌 떼처럼 진을 치고 있는데 강 건너 동오 쪽에는 병사 한 명 깃발 하나 창 한 자루도 보이지 않았다. 조비가 직접 배를 타고 강 건너의 동정을 살피러 갔으나 역시 개미 한 마리도 보이지 않았다. 조비는 여전히 미심쩍어 경계를 늦출 수 없었다. 그는 병사들에게 배 위에서 잠을 잘 것을 명했다.

이튿날 새벽 조비가 다시 강 건너를 유심히 바라보니 온천지에 동오의 사병과 깃발, 병기들로 넘쳐났다. 그 수가 많기로는 시야에 다 들어오지 않을 정도였고 햇빛을 받아 반사되는 병기들은 눈이 아프도록 시려 왔다. 순간 조비는 자기 눈을 의심하여 여러 차례 눈을 비비고 뚫어지게 보았으나 틀림없는 사실이었다. 그러나 그들은 이 모든 병사와 병기가 서성이 만들어 놓은 가짜라는 것은 꿈에도 몰랐다. 하얗게 질려 있는 조비에게 기마병 하나가 나는 듯 달려와 급보를 전했다.

"조자룡이 양평관을 나와 지금 병력을 이끌고 장안을 취하려 합니다."

이 보고를 들은 조비는 한 번 더 심장이 철렁하는 듯했다.

"곧 군사를 거두어 회군하라!"

조비가 영을 내려 수군들이 일제히 배에 올라 회하淮河로 들어가자 서성은 갈대에 불을 붙이라고 명했다. 불길은 바람을 타고 사납게 치솟았고 조비 수군의 뱃전으로 옮겨 붙었다. 이에 배가 몽땅 불에 타버리니 위군은 불에 타 죽고 물에 빠져 죽는 등 아비규환이었다.

조비는 사태가 위급하자 작은 배에 옮겨 타서 강기슭에 도착했다. 순간 한 떼의 군마가 조비를 향해 달려오니 바로 동오의 장군 정봉과 손소孫韶가 병력을 이끌고 조비를 잡으러 오는 것이었다. 조비와 위병들은 기겁하여 쫓겨 갔다. 이로써 위의 동오 정벌 작전은 완전히 물거품이 되었고 위병들은 대패하여 돌아갔다.

드디어 남만을 평정한 제갈량

건흥 3년(225), 제갈량은 깜짝 놀랄 급보를 받았다. 건녕建寧 태수 옹개雍闓가 야만족 남만 왕인 맹획孟獲과 결탁하여 반란을 일으켰다는 것이었다. 장가군 태수 주포朱褒와 월정군 태수 고정高定이 이미 성을 바쳐 항복했으며 영창군 태수 왕항王伉은 절개를 지켜 항복하지 않고 있었다. 역적들은 지금 영창성을 둘러싸고 한창 공격 중이었다. 제갈량은 사태가 위급함을 알고 유선에게 조서를 올려 친히 나가서 정벌하겠다고 아뢰었다.

제갈량은 영창성에 당도해 역적들과 한바탕 격전을 치르게 되었다. 제갈량은 고정이 촉과 내통했다는 유언비어를 퍼뜨리고 고정의 군사들은 잡히는 대로 풀어주었다.

제갈량의 이간책은 맞아 들어가 고정은 옹개를 죽인 뒤 그 수급을 들고 주포와 함께 제갈량에게 투항해 왔다. 영창성의 포위망도 자연

풀어지게 되었다. 태수 왕항은 성문을 열고 제갈량을 맞아들였다. 그리고 영창을 지키는 데 큰 공헌을 한 여개呂凱는 제갈량에게 〈평만지장도平蠻指掌圖〉라는 그림을 바치며 말했다

"이 그림은 남만인이 반란을 일으킬 것을 눈치채고 각 요새와 둔병 기지를 조사하여 그린 것이옵니다."

제갈량은 크게 기뻐하며 그림을 받았다. 제갈량은 여개를 통솔 장군으로 삼아 남만 국경 깊숙이 진격해 들어갔다.

제갈량이 마속에게 물었다.

"남만의 반란을 완전히 평정하려면 어찌하면 좋겠소?"

마속이 아뢰었다.

"남만인들을 다루는 데 있어 그들의 마음을 공략하는 것을 우선으로 삼으시고, 성을 공략하는 것은 그 다음으로 생각하셔야 합니다. 그리고 심리전을 우선으로 생각하시고 병법을 그 다음으로 생각하셔야 합니다. 저들은 나라의 손길이 미치지 않는 험한 곳에서 살아왔기에 일단 성을 뺏기고 복종한다 하여도 한순간이지 또다시 반란을 일으킬 무리들입니다."

제갈량은 마속의 진언을 마음에 담아두었다. 제갈량은 남만을 평정하기 위해 병사들과 장군들을 파견했다. 그는 맹획의 삼동三洞 원수들을 완전히 대패시키고 남만 왕 맹획을 사로잡을 계책을 세웠다. 제갈량은 복병들을 가는 곳마다 매복시키고 왕평과 관색에게 따로 일렀다.

"너희들은 맹획과 대적하다 패하는 척 달아나 맹획을 유인하라!"

제갈량의 계책대로 왕평과 관색이 맹획에게 거짓 패하여 달아나자 맹획은 죽을힘을 다해 추격해 왔다. 맹획은 깊고 좁은 협곡에 유인되자 그제야 함정에 빠진 것을 알고 말 머리를 돌리려 했으나 사방에서 고함을 지르며 복병이 쏟아져 나왔다. 맹획은 결사적으로 포위를 뚫고 달아났다. 길이 험해지자 말마저 버리고 도망쳤으니 앞에서 기다리던 위연에게 쉽게 생포되고 말았다.

맹획은 결박되어 제갈량 앞으로 끌려왔다. 제갈량은 어림군을 풀어 진을 지키게 하고 위엄 있고 당당하게 그 속에 앉아 있으니 분위기는 엄숙하고 싸늘하기 그지없었다. 제갈량은 맹획을 내려다보며 물었다.

"이제 쫓기다 사로잡혀 끌려왔으니 응당 항복을 해야 하지 않겠는가?"

맹획은 뻣뻣이 대꾸했다.

"천만의 말씀이다. 산골짜기가 좁아 어쩌다 잡힌 것일 뿐이니 내 어찌 너희에게 항복을 하겠느냐? 나를 놓아주면 내가 군마를 정돈하여 다시 너희와 승부를 겨루어 보겠다. 그때 잡히면 촉에게 항복하겠다."

제갈량은 빙그레 웃더니 명하였다.

"맹획을 돌려보내라!"

맹획은 본진으로 돌아가서는 허풍을 쳤다.

"내가 끌려갔었으나 감시가 소홀한 틈을 타 촉병을 모조리 죽이고 또 추격해 오는 병사들도 전멸시키고 돌아왔다!"

장수들은 곧이들었다. 맹획이 군마를 정돈하고 인질로 잡혔다 돌아온 두 족장과 힘을 합치니 10만여 기마가 모였다. 그러나 제갈량에게 한번 당하고 나니 섣불리 움직일 수가 없었다. 맹획은 노수에 진을 치고 방벽을 쌓아 수비를 공고히 했다. 이때 날씨는 능히 사람을 태워 죽일 수 있을 만큼 뜨거웠기에, 맹획은 촉병이 더운 날씨에 지쳐 스스로 물러가기를 기다렸다. 제갈량은 맹획의 계략을 진작 꿰뚫어 보고는 명했다.

"산기슭 나무 그늘의 시원한 곳으로 진을 옮겨 인마를 쉬게 하라."

이어 마대를 부른 제갈량은 은밀히 영을 내렸다.

"군마 3천을 이끌고 물이 얕은 사구沙口로 강을 건너 적병의 후방을 에워싸고 군량이 공급되는 길을 끊어주시오. 그리고 적진과 내통하여 지난번 살려서 돌려보낸 족장 둘을 항복하게 하시오."

맹획은 노강의 지세가 험하므로 단단히 지키고만 있으면 끄떡없다 여기며 마음을 놓고 있었다. 그는 마음이 해이해져 매일 술만 퍼마시며 여흥에 취해 살았다. 그런 맹획에게 보발 군사가 급히 보고를 올렸다.

"마대가 몰래 사구를 통해 강을 건넜습니다. 족장 동다나董荼那가 공명이 목숨을 살려준 은혜를 갚는다며 마대의 군사와 마주치고도 싸우지 아니했다 합니다. 게다가 군량마저 하나도 남김없이 마대에게 빼앗겼다 합니다."

보고를 들은 맹획은 까무라치기 직전이었다. 대노한 그가 무사들에게 악다구니를 썼다.

"당장에 그 죽일 놈의 동다나를 끌어다가 곤장 백 대를 치고 내쫓아라!"

그야말로 죽을 정도로 맞고 난 동다나는 맹획을 원망하게 되었다. 하여 그는 부하들을 시켜 맹획이 대취하여 곯아떨어지자 결박 지어 제갈량에게 바치고 말았다. 제갈량은 또다시 묶여 온 맹획에게 말했다.

"지난번 너를 놓아줄 때 한 번 더 잡히면 진심으로 항복하겠다 했지 않았느냐?"

맹획은 고개를 가로저으며 버텼다.

"이는 수하의 부하가 배신한 것이지 싸워서 진 것이 아니다. 인정할 수 없다."

제갈량은 뜻밖에도 재차 명하였다.

"풀어주라."

그리고는 맹획에게 좋은 음식과 술을 대접한 다음 촉영의 정예부대와 명장들 그리고 뛰어난 군수품을 구경시키며 마음을 돌릴 것을 권했다.

"촉병이 이렇듯 우수한데 너희가 어찌 이기겠느냐?"

"난 절대 지지 않을 자신이 있소."

맹획은 듣지 않았다.

"그렇다면 한 번 더 기회를 주마."

제갈량은 순순히 맹획을 자기 진으로 돌려보냈다. 진영으로 돌아온 맹획은 동생 맹우孟優에게 일렀다.

"나는 촉군의 허와 실을 모두 파악했다. 이제 제갈량은 내 손바닥에서 벗어나지 못한다. 너는 내가 시키는 대로 일을 처리하라."

맹우는 고개를 연신 끄덕이며 열심히 형의 계책을 경청했다. 맹우는 명에 따라 제갈량에게 바칠 보화를 가득 싣고 정예 군사 1백여 명을 대동하여 제갈량을 찾아갔다. 맹우 일행이 도착하자 제갈량은 일단 깍듯이 맞아들였다. 그리고 마속에게 은밀히 물었다.

"맹획의 아우가 촉진을 찾아온 속내를 알겠소?"

마속은 즉각 아뢰었다.

"미천한 제 생각이 맞는지는 모르겠으나 입으로는 말씀드리기 곤란합니다. 글로 써드리지요."

그가 종이에 써서 제갈량에게 건네주었다. 제갈량은 이를 보고는 시원하게 웃음을 터뜨렸다. 제갈량은 비밀스레 명을 내려 술에 취면제를 타게 했다. 제갈량이 겉으로는 시치미를 뚝 떼고 성대하게 주연을 베풀어 맹우 일행을 대접하니 이들은 아무 생각 없이 술과 음식에 정신없이 열중했다.

밤이 되자 맹획은 자신의 계획대로 3만 병마를 이끌고 촉진으로 향했다. 이번에야말로 틀림없이 제갈량을 사로잡을 수 있을 것 같았다. 맹획이 막상 촉진으로 들어서자 이상할 만큼의 정적이 감돌았다. 응당 지금쯤 아우 맹우와 정예 병사들이 기선을 잡고서 대사를 치를 준비를 하고 있어야 마땅했다.

맹획이 조심스레 막사 안으로 들어가 보니 아우와 병사들은 엉망으로 취하여 늘어져 자고 있고 게다가 홀연 조자룡, 위연, 왕평이 세 군데서 협공을 하여 맹획을 공격하니 그의 병력 3만은 순식간에 붕괴되고 말았다. 맹획은 단신으로 나 살려라 하고 노수로 도망쳤다.

맹획이 가까스로 노수에 도착하자 자기 편 군사 10여 명이 작은 배를 끌고는 맹획을 구하려 대기하고 있었다. 맹획은 만면에 희색이 가득하여 냉큼 말을 버리고 배에 올라탔다. 그러나 누가 알았으랴! 이 병사들은 마대가 남만 병사 분장을 하고 맹획을 붙잡으려 기다리고 있던 것이었다. 마대의 호령이 떨어지자 병사들은 당장 맹획을 결박 지었다. 결국 맹획은 세 번째로 제갈량 앞에 끌려오게 되었다. 제갈량은 여전히 예의를 다하여 구슬렸다.

"어떠냐? 이제 세 번째로 잡혀 왔으니 항복해야 하지 않겠느냐?"

맹획은 이번에도 버텼다.

"이는 내 못난 아우가 술을 처먹고 뻗는 바람에 다 된 밥에 재를 뿌린 것이니 난 절대 승복할 수 없다."

제갈량은 이번에도 기회를 주었다.

"그럼 또다시 너를 놓아줄 테니 다음에 잡히면 진심으로 항복해야 한다."

제갈량은 선선히 맹획을 놓아주었다. 맹획은 세 번이나 제갈량에게 붙잡혔다 풀려나자 분하고 부끄러워 견딜 수가 없었다. 제갈량에게 복수를 하기로 결심한 맹획은 요燎에서 10만 병사를 빌렸다. 맹획은 몸에는 소가죽 갑옷을 걸치고 머리에는 주홍 투구를 쓰고 붉은 소 위에 올라탔다. 병사들은 실오라기 하나 걸치지 않은 홀랑 벗은 몸에 얼굴에 칠을 하고 머리는 산발로 헤친 채 출전하니 그 모습이 정말 가관이었다. 병사들은 맹획의 통솔에 따라 마치 발광이 난 듯 살기와 광기를 가득 뿜으며 촉진을 향해 진격했다. 이들의 기세를 본 제갈량은 진영을 굳게 걸어 잠그고는 아예 상대를 하지 않았다.

맹획의 병사들은 촉군이 아무 반응이 없자 처음의 기세가 차츰 꺾여 풀어지기 시작했다. 이때를 노린 제갈량은 계략을 짜서 장군들에게 일러 기습을 감행했다. 맹획의 군사들은 촉의 복병이 가는 곳마다 쏟아지자 당해낼 재간이 없었다.

맹획은 네 번째로 대패하여 쫓겨 가다 숲 속의 한 나무 아래 단정히 앉아 있는 제갈량을 발견했다. 당장에 칼을 쳐들고 덤비던 맹획은 어느 순간 '쿵' 하고 함정 속에 처박혔다. 촉병들은 구덩이 속에서 맹획과 군사들을 꺼내 결박 지어 끌어다 제갈량에게 대령했다. 제갈량이 물었다.

"이제 네 번째로 잡혔으니 그만 항복을 해야 옳지 않겠느냐?"

맹획은 여전히 떼를 썼다.

"닥쳐라! 내가 네놈들의 속임수에 당한 것이다. 정당하게 싸운 것이 아니니 난 승복 못 한다!"

제갈량은 그런데도 맹획을 놓아주었다.

"알겠다. 그럼 다음번에 잡히면 그때는 정말 항복해야 한다."

제갈량은 네 번씩이나 맹획을 살려서 돌려보냈다. 모든 장수들은 그 속내가 궁금하였으나 감히 묻지는 못하였다.

맹획은 촉진을 빠져나와서 독룡동禿龍洞이란 동굴로 숨고 말았다. 독룡동으로 가는 길은 지세가 험하고 물에 독이 있으며 치명적으로 위험한 동물이 많아 공략하기 힘든 곳이었다. 제갈량이 난감해하고 있을 때 은야동銀冶洞의 족장 양봉楊峰이 지난번 자신을 잡고도 살려준 제갈량의 은혜를 생각하여 맹획을 잡아다 바치기로 했다. 양봉은 독룡동으로 가서 맹획을 묶어다가 몸소 촉진으로 가서 제갈량에게 바쳤다. 제갈량은 맹획을 보면서 혀를 찼다.

"이제 다섯 번째로 잡혔으니 정말 항복해야겠구나."

맹획은 여전히 고집을 꺾지 않았다.

"이번엔 당신이 손수 날 잡은 것이 아니니 절대 불복이오."

그가 이어 말하였다.

"당신이 만일 내 조상 때부터 고향인 은갱산銀坑山에서 겨루어 나를 잡는다면 그때는 진심으로 당신에게 항복하겠소."

제갈량은 이를 허락하고 거듭 맹획을 놓아주었다.

은갱동으로 돌아온 맹획은 종당 1천여 명을 모아 놓고 설욕할 방도를 찾아 고심하고 있었다. 이때 맹획의 처제가 일러주었다.

"독사와 맹수들을 다루어 전쟁을 돋우고 바람과 비를 부를 줄 아는 목록木鹿 대왕이 도와주시면 제갈량을 잡을 수 있습니다."

맹획이 크게 기뻐하며 그를 어서 모셔 오라고 말하고 있는데 급보가 날아왔다.

"제갈량이 계교를 써 삼강성三江城을 취하여 이미 은갱동 앞에 본진을 치고 있습니다."

"내가 나가서 제갈량과 대적하겠소."

굵직한 여자의 목소리가 들렸다. 그녀는 바로 맹획의 처 축융祝融 부인이었다. 축융 부인은 웬만한 사내보다 훨씬 기개가 있고 무예가 뛰어난 여장부였다. 군사를 이끌고 나선 축융 부인은 신묘한 칼 솜씨를 보이며 전장을 누볐다.

축융 부인은 몇 합 싸우지도 않아 촉장 장의에게 칼을 던져 상처를 입히고는 그를 사로잡았다. 마충이 이를 보고 장의를 구하러 갔으나 축융 부인이 던진 밧줄에 걸려 말이 넘어지는 바람에 그마저 붙잡히게 되었다.

이튿날 전장에서 제갈량은 마대에게 지시를 내려 축융 부인의 말에 밧줄을 던져 그녀를 사로잡으라 했다. 축융 부인은 자신이 쓴 방법을 적이 쓰자 그대로 넘어가 말과 함께 나동그라져 사로잡히고 말았다. 승리에 의기양양하던 축융 부인은 결박 지어져 제갈량 앞으로 끌려갔다.

제갈량은 맹획의 진에 사자를 보내 이를 알리고 장의, 마충과 축융 부인을 맞바꾸자고 했다. 그리하여 축융 부인은 남편 맹획에게 돌아가고 장의와 마충도 무사히 촉진으로 돌아오게 되었다.

맹획은 목록 대왕을 청하여 촉군들을 물리쳐 달라고 했다. 목록 대왕은 화려하게 꾸민 흰 코끼리를 타고 손에는 꼭지가 달린 종을 들고는 한껏 거드름을 피우고 있었다. 촉병은 목록 대왕의 요상한 모습을 보느라 잠시 정신이 빠졌다. 목록 대왕은 입으로 주문을 외우며 손에 든 종을 흔들어댔다. 순간 일진광풍이 불더니 표범이며 승냥이, 독사 등의 온갖 맹수들이 뛰쳐나와 촉군을 공격했다.

제갈량은 이것까지도 대비책을 갖고 있었다. 제갈량이 병사들에게 신호를 보내자 입에서는 불을 뿜고 코에서는 연기가 나오는 커다란 목각 괴물을 데리고 왔다. 제갈량은 사병들에게 목각 괴물을 타고 적진을 향해 쳐들어갈 것을 명하였다. 몰려들던 맹수들은 이 괴물을 보자 기겁을 하고 돌아서더니 도리어 맹획의 군사들을 공격하기 시작했다. 촉병이 이때를 놓치지 않고 몰아쳐서 공격을 해 나가니 맹획의 군사는 일시에 무너지고 은갱동은 촉병의 손에 떨어졌다.

그런데 맹획의 행방이 묘연했다. 제갈량이 영을 내려 맹획을 샅샅이 찾으라 이르자 사병이 와서 보고를 올렸다.

"지금 맹획의 처제가 맹획 부부와 잔당 수백 명을 끌고는 투항하겠다고 찾아왔습니다."

제갈량은 언뜻 의심이 들었다. 병사들에게 명했다.

"저들의 몸을 뒤져 보라."

과연 그들은 모두 품 안에 날카로운 단도를 숨기고 있었다. 제갈량이 서릿발같이 차가운 목소리로 몰아세웠다.

"네가 감히 날 기만하려 하다니! 이제 네 계획이 모두 들통 났으니 그만 항복하라."

맹획은 일이 틀어지자 뻔뻔하게 말했다.

"한 번만 더 나를 놓아주시오. 또다시 잡히면 진심으로 촉에 항복하여 충성을 다하겠소."

제갈량은 여섯 번째로 맹획을 놓아주었다.

맹획은 오과국烏戈國에 도움을 청하여 군사를 얻었다. 등나무로 만든 갑옷을 입은 등갑군은 제갈량이 이끄는 촉군과 결전을 벌였다. 제갈량은 산골짜기마다 화약을 묻고 기름을 가득 담은 수레를 준비해 놓고 있었다. 맹획이 촉병을 쫓아 산골짜기로 들어서는 순간 촉병은 홀연 사라져버리고 느닷없이 천지를 뒤흔드는 폭발음이 나면서 불길이 치솟았다. 등갑군은 불을 만나자 황급히 도망치려 했으나 불에 타죽은 병사들의 수를 헤아릴 수가 없었다.

이때 제갈량이 눈앞에 나타났다. 이로써 맹획은 제갈량에게 일곱 번째 잡히게 되었다. 맹획은 공손하게 진심으로 말했다.

"이제 정말 승상께 항복하겠습니다. 다시는 딴마음을 먹고 반란을 일으키지도 않을 것이며 진심으로 폐하의 명에 복종하겠습니다."

드디어 제갈량은 남만을 평정하게 되었다. 제갈량은 마침내 군사를 돌려 성도로 돌아갈 채비를 갖추고 길을 떠났다. 제갈량의 군대가 노수에 이르자 홀연 사나운 바람이 일어나더니 병마가 강을 건널 수 없게 되었다. 제갈량이 괴이쩍게 여겨 백성들에게 연유를 물으니 그들이 대답했다.

"이는 원한을 품은 귀신들의 소행입니다."

제갈량은 병사들에게 명했다.

"이번 전쟁에서 목숨을 잃은 원혼들의 넋을 달래주어야겠다. 제를 올릴 준비를 갖추라."

밤이 깊어 시간이 삼경에 이르자 제갈량은 손수 지은 제문을 읽으며 강변에서 초혼제를 지냈다. 제문을 다 읽고 나자 대성통곡을 했다.

"내가 천하 대업을 이루겠다고 너무 많은 목숨을 희생했구나. 이 죄를 어찌 다 갚을꼬!"

제갈량은 통곡을 멈추지 않았다. 이를 지켜보던 병사들도 모두 눈물을 흘리지 않는 이가 없었다.

제를 올리고 나자 광풍은 일시에 조용해졌다. 제갈량의 대군은 무사히 성도로 돌아왔다. 유선은 성 밖 30리까지 마중 나와서 제갈량을 맞아들였다. 제갈량은 유선이 친히 먼 곳까지 나와 기다리는 것이 보이자 황망히 수레에서 내려 예를 갖추어 절을 올렸다. 유선의 얼굴에는 기쁨과 반가움이 가득했다. 유선은 제갈량을 부축하여 일으켰다.

"승상, 정말 수고하셨습니다. 덕분에 남만이 완전히 평정되었으니 큰 근심을 덜었습니다."

유선과 제갈량은 수레를 나란히 하여 성도로 돌아가서는 크게 연회를 베풀고 군사들에게 중한 상을 내렸다. 이때부터 근방 2백여 나라가 촉국에게 조공을 바치니 이는 제갈량의 남만 평정으로 촉국의 명망이 하늘을 찌르는 까닭이었다.

포위망에 갇힌 조자룡

한편 이때 위나라 조비는 병에 걸려 백 가지 약을 다 쓰고 용하다는 의원은 모두 불러 보았지만 아무 소용이 없었다. 조비의 후궁 곽 귀비는 견甄 황후를 시샘하여 내쫓고 싶어 했다. 그녀는 조비의 생년월일이 쓰여 있는 목각 인형을 하나 들고는 조비에게 거짓을 고해 바쳤다.

"이는 견 황후의 뒤뜰에서 파낸 것인데 틀림없이 황후가 폐하를 해하려고 한 짓입니다. 폐하의 병이 차도가 없는 것도 다 이 요망한 인형 때문일 것이옵니다."

이를 곧이들은 조비는 대노하여 견 황후를 처형시키고 곽 귀비를 황후로 삼았다. 그것과 상관없이 조비의 병은 갈수록 깊어만 갔다. 조비는 자신이 떠날 때가 된 것을 알고는 대신들을 불러 모았다.

"아들 조예曹睿를 후사로 삼을 터이니 부디 어린 황제를 잘 돌봐주시오."

조비는 신신당부하고는 숨을 거두었다. 조비의 나이 향년 40세였다. 제위에 오른 조예는 사마의의 간청을 받아들여 그를 옹주雍州와 양주涼州의 병마를 감독하게 하였다. 사마의는 총명하고 지략이 뛰어나 제갈량과 비견할 만한 인물이었으니 제갈량은 그를 몹시 경계했다. 제갈량은 사마의가 병권을 위임받았다고 하자 그가 병권을 강화하고 군사를 제대로 훈련시켜 촉을 위협하기 전에 먼저 쳐야겠다고 나섰다.

마속이 자신의 견해를 말하였다.

"남만을 평정하고 돌아온 지 얼마 되지 않아 병마가 피로합니다. 그러니 이간책을 한번 써보십시오. 낙양과 업군에 사마의가 딴마음을 먹고 반란을 일으키려 한다는 풍문을 퍼뜨리고 사마의가 조예를 성토하는 거짓 방을 사방에 붙여 놓으면 조예는 그를 의심하여 파면할 것이고 그리되면 우리가 군사를 일으킬 필요 없이 근심을 덜 수 있지 않겠습니까?"

"그것이 상책이겠다."

제갈량은 서둘러 영을 내렸다. 조예는 가짜 방문을 읽고는 대경실색했다. 조예가 문무백관을 불러 놓고 대책을 강구하니 조진이 간하였다.

"덮어 놓고 의심하기보다 군사를 거느리고 친히 안읍으로 가서 사마의의 동정을 살핀 뒤에 결정하십시오. 촉과 오의 이간책인지도 모르지 않습니까?"

조예는 십만 대군을 거느리고 안읍으로 갔다. 사마의는 천자가 납신다는 전갈을 받자 이참에 자신이 닦아 놓은 군사들의 기량을 천자께 보여 드리고 싶어 대군을 끌고 조예를 마중하러 나갔다. 조예는 사마의가 군사들을 대거 끌고 나타난 것을 보고는 의심이 더욱 굳어졌다. 그는 사마의를 파면시키고 조휴에게 병권을 위임했다.

제갈량은 사마의가 면직되었다는 소식을 듣고는 큰 우환이 사라졌다고 안도하며 대업을 이룰 계획을 짜기 시작했다. 건흥 5년(227) 3월 병인일, 제갈량은 천자에게 위를 정벌하겠다는 〈출사표出師表〉를 올렸다. 제갈량은 조자룡을 잃을까 두려워 출전시키지 않기로 했으나 조자룡이 찾아와 출전을 간청했다.

"내 나이가 많다고는 하나 누구보다 무예에 뛰어나오. 일평생을 나라와 폐하를 지키며 전장에서 살아온 몸이오. 전장에서 죽는다면 무사로서 그만한 영광이 없소. 만일 허락지 않으면 바로 여기서 머리를 찧어 자결하고 말겠소."

제갈량은 할 수 없이 조자룡을 선봉대장으로 삼아 군마를 이끌고 출전해 나섰다. 유선은 만조백관과 함께 북문 밖 10리까지 제갈량을 전송했다. 깃발을 휘날리며 한중을 향해 가는 촉군의 행렬은 햇빛에 칼과 창을 빛내며 끝없이 이어졌다.

조예는 제갈량이 30만 대군을 이끌고 기세 좋게 위를 향해 쳐들어오고 있다는 보고를 받고는 하얗게 질려 넘어갔다. 곧 문무백관을 불러 대책을 논의하는데 하후연의 아들이자 조조의 부마인 하후무夏侯楙

가 나섰다.

"촉군의 손에 돌아가신 부친의 원수를 갚겠습니다."

사도 왕랑이 반박하고 나섰다.

"전장에 한 번도 나가 보지 않은 사람을 어찌 대장으로 내보낸단 말이오?"

이 말에 하후무는 대노하여 소리쳤다.

"내가 제갈량을 산 채로 잡아 오지 못하면 돌아와 다시는 천자의 얼굴을 뵙지 않을 거요."

하후무는 조예의 앞에서 맹세했다. 조예는 결국 하후무를 대도독으로 삼고 관서關西의 군마를 맡겼다.

하후무는 서량 대장 한덕韓德에게 그의 네 아들과 8만 강병을 이끌고 촉병과 대적하라 명했다. 한덕의 군마는 봉명산鳳鳴山에서 촉군과 마주쳤다. 노장 조자룡이 창을 잡고 달려 나오니, 조자룡이 연로하다고 만만하게 여긴 한덕의 네 아들이 차례로 덤벼 왔다. 조자룡이 비록 나이가 들었다고는 하나 결코 만만한 존재가 아니었다. 한덕의 세 아들은 조자룡의 창에 저세상으로 가고 하나는 사로잡히고 말았다. 촉군이 승세를 몰아 진격해 가니 서량군은 대패하여 물러갔다.

다음 날 하후무는 복병을 교묘히 숨겨 놓고는 조자룡에게 싸움을 걸었다. 등지는 이상한 낌새를 눈치채고 일렀다.

"부디 복병을 조심하십시오."

조자룡은 그 말을 한 귀로 흘려들으며 말했다.

"그 젖비린내 나는 못난 놈을 뭐 겁낼 게 있겠는가? 난 평생을 전쟁 터에서 누빈 장수라네."

하지만 등지가 염려한 대로 복병이 도처에 깔려 있었으니 결국 조 자룡은 위병의 몇 겹 포위망 속에 갇히고 말았다. 조자룡은 저도 모르게 탄식했다.

"이렇게 죽게 될 줄은 몰랐구나!"

그런데 어느 순간 갑자기 위병들이 흩어지고 포위망이 무너지기 시작했다. 한 젊은 장수가 창을 휘두르며 달려오니 위병은 이를 보고 도망치기 급급했다.

"승상의 명을 받아 장군을 구해 드리러 왔습니다."

조자룡에게 절하는 이는 장포였다. 다른 편에서도 젊은 장수가 청룡도를 휘두르며 달려왔다.

"승상의 명을 받들어 장군을 도우러 왔습니다."

이번에 절하는 이는 관흥이었다.

촉군에게 대패한 하후무는 남안군南安郡으로 도망쳐서 꼼짝도 하지 않았다. 제갈량은 계교를 짜서 먼저 안정군安定郡을 취하기로 했다. 성이 함락되니 안정 군수 최량崔諒은 부득불 항복을 하는 수밖에 없었다. 제갈량은 최량의 항복이 진심이 아님을 꿰뚫고 있었다. 계책을 세운 제갈량이 최량에게 명을 내렸다.

"남안 군수 양릉陽陵을 설득하여 우리 촉에게 항복하게 하라."

남안으로 간 최량은 과연 군수 양릉, 피신해 있는 하후무와 머리를 맞대고 제갈량을 속여 거짓 항복을 하고 촉군을 칠 계략을 짰다. 최량이 돌아와 제갈량에게 거짓으로 고했다.

"양릉이 오늘 밤 성문을 열고 촉군을 맞아들여 항복하고 승상이 하후무를 잡는 것을 돕겠다고 했습니다."

제갈량이 답했다.

"아니네, 촉군이 아니라 안정의 병사들을 미리 들여보내야겠네. 그리고 그 속에 변장한 우리 촉군 두 사람을 섞어 보내어 외부와 내응하게 해야겠군."

최량은 가슴이 섬뜩했다. 응당 촉군이 먼저 들어갈 줄 알고 병사들이 들어오는 즉시 몰살시키기로 계략을 꾸몄기 때문이었다. 만약 안정의 병사들이 다치면 일이 틀어지게 되니 최량은 양릉에게 변동 사항을 급히 알리기로 했다. 그 사이 제갈량은 장포와 관흥을 불러 일을 처리할 방법을 은밀히 일러주었다.

밤이 되자 최량은 남안성 밖에서 양릉에게 외쳤다.

"성문을 열어주시오. 안정의 구원병들이오."

동시에 화살촉에 〈안정군 속에 촉장군 둘이 있으니 천천히 처단하시오〉라는 밀서를 달아 성안으로 쏘아 올렸다. 양릉은 밀서를 받아 보고는 성문을 열었다. 성문이 열리자 관흥은 날쌔게 쳐들어가 단칼에 양릉의 목을 벴고 뒤따라 온 장포는 최량을 찔러 죽였다. 촉병들도 일시에 사방에서 쏟아져 성안으로 들어왔다. 하후무가 사로잡혔음은 두말 할 나위 없었다. 등지가 감탄하여 어떻게 최량의 계교를 안 것이냐고 제갈량에게 묻자 그가 빙긋 웃으며 말했다.

"이것이 바로 상대방의 계교를 이용하여 상대를 이기는 장계취계將計就計요."

천수天水 태수 마준馬遵은 남안이 제갈량에게 함락되었다는 소식을 듣자 군사를 일으켜 남안의 촉병을 물리치려 했다. 중랑장 강유姜維가 나서며 막아섰다.

"안 됩니다. 만일 태수님이 성을 비우시면 제갈량이 천수를 취하러 올 것입니다. 제게 계략이 하나 있습니다. 이 수를 쓰면 제갈량을 사로잡을 수 있습니다. 틀림없이 제갈량은 이미 고을 뒤에 군사를 매복시켜 놓고 태수님이 성을 비우기만 기다리고 있을 것입니다. 제가 성의 요로에 매복해 있을 테니 태수님은 출병하시는 척하다가 제 쪽에서 횃불을 들어 신호를 보내면 다시 돌아오십시오. 같이 촉병을 협공하면 촉병은 대패할 것입니다."

천수 사람들은 모두 강유의 지략에 혀를 내둘렀다.

날이 밝자 마준은 강유의 계략에 따라 군사를 거느리고 나갔다. 얼마 지나지 않아 과연 매복해 있던 조자룡이 나타나 천수를 취하려 쳐들어왔다. 조자룡은 일사천리로 천수를 취하리라 가벼이 생각하고 있었다. 그런데 홀연 사방에서 병사들의 함성이 천지를 흔들더니 불길이 여기저기서 치솟았다. 강유는 조자룡에게 창끝을 겨누고 덤벼왔다.

'아니 천수에 이 같은 인물이 있었단 말인가?'

조자룡은 강유와 대적하면서 놀라움을 금치 못했다. 창을 휘두르는 동작은 날카롭고 힘찼으며 그 몸놀림과 무예는 가볍고 우아했다. 어느새 마준도 돌아와 촉병을 협공하였다. 조자룡의 군사는 앞뒤로 봉쇄되어 옴짝달싹할 수 없게 되었다. 조자룡은 마침내 말을 돌려 도망치기 시작했다. 강유가 비호처럼 조자룡의 뒤를 쫓았으나 다행히 장익과 고상이 조자룡을 구하러 왔다. 강유가 마준에게 간하였다.

"조운이 패하여 돌아갔으니 반드시 공명이 친히 올 것입니다. 군사를 나누어 매복시키고 성안의 방비도 물샐틈없이 해야 합니다."

제갈량이 과연 친히 군사를 끌고 와 진격했으나 천수성의 기치는 정제되어 있고 군용은 엄숙하기 짝이 없었다. 성은 한 귀퉁이도 함락되지 않았다. 밤이 되니 홀연 사방에서 불길이 치솟고 함성이 진동하더니 강유가 군마를 이끌고 나타났다. 강유의 군사들이 어디서 움직이는지조차 알 도리가 없었다. 촉병은 순식간에 무너졌다. 장포와 관흥은 제갈량을 호위하여 포위망을 뚫고 간신히 달아났다. 제갈량은 강유를 두고 경탄을 금치 못했다.

"천하에 둘째가라면 서러워할 영걸이다."

제갈량은 강유의 지모와 무예가 지극히 탐이 났다. 같은 편으로 끌어들이면 큰 재목이요 그렇게 못한다면 큰 우환이었다. 한동안 생각에 잠겨 있던 제갈량에게 계교가 떠올랐다. 제갈량은 병사들에게 영을 내려 기성을 공격하러 길을 떠나게 했다. 촉병의 움직임은 위 진영에 즉각 전해졌다. 강유는 이름난 효자였다. 기성에 계신 노모가 염려되어 견딜 수가 없어진 그는 마준에게 간청하여 병마를 끌고 기성으로 갔다. 한편 제갈량은 하후무에게 말했다.

"네가 기성으로 가서 강유를 설득하고 촉에게 항복하게 하면 너를 곱게 살려주리라."

하후무는 얼씨구나 하고 기성으로 강유를 찾아갔다. 하후무는 기성으로 가는 길에 피난을 떠나는 백성들과 마주쳤다. 하후무가 어디를 가느냐고 묻자 그들은 입을 모아 말했다.

"우리는 기성의 백성들입니다. 강유는 제갈량에게 성을 내주고 항복했습니다. 촉장 위연이 불을 지르며 백성의 재물을 약탈하니 견딜 수 없어 피난을 가는 중입니다."

깜짝 놀라 하얗게 질린 하후무는 즉각 천수로 가서 피난민들에게서 들은 이야기를 태수 마준에게 그대로 전했다.

하후무가 기성을 향해 떠난 후 제갈량도 병마를 이끌고 기성을 취하러 출발했다. 제갈량은 기성 안에 군량이 모자란 것을 알고는 일부러 병사들에게 명했다.

"성 아래에서 양식을 운반하라!"

강유는 성 위에서 촉군들이 양식을 옮기는 것을 내려다보고는 뇌까렸다.

'군사들의 밥이 모자라니 저들의 양식을 취해야겠다.'

밤이 되자 강유는 군사를 이끌고 촉의 군량을 취하러 나갔다. 군량을 손에 넣고 성으로 돌아가려는 순간 촉의 복병들이 쏟아져 나왔다.

강유가 성 밖을 빠져 나온 사이 성안은 어느새 촉병이 점령하고 있었다. 어쩔 수 없어진 강유는 정신없이 말을 달려 천수로 갔다.

"강유입니다. 성문을 열어주시오."

강유가 외치자 태수 마준은 성 위에서 호통을 쳤다.

"네 이놈! 공명에게 기성을 바치고 무슨 낯짝으로 돌아왔느냐?"

마준은 성문을 열어주지 않았다. 그리고 어디선가 관흥이 병마를 끌고 나타나 고함을 치며 강유를 가로막았다. 강유가 황급히 말을 돌려 달아나려 하는데 병사들의 호위를 받으며 수레 한 채가 나타났다. 수레 위에는 학창의를 입고 윤건을 쓴 제갈량이 부채를 든 채 앉아 있었다. 강유는 이제 달아나려 해도 길이 없으니 말에서 내려 항복하는 수밖에 없었다.

제갈량이 강유의 손을 잡으며 말했다.

"내 평생에 쌓아 온 학문을 가르쳐 물려주고 싶어도 적당한 인재를 찾지 못해 늘 근심이었다. 그런데 오늘 그대를 만나니 기쁘기 한량없구나. 부디 내 가르침을 따라주기 바란다."

천하제일의 모사에게 이렇듯 과분한 대우를 받자 강유도 가슴이 벅찼다. 강유는 제갈량의 청을 받아들여 촉에 투항하기로 하고 공손히 절을 올려 답례했다. 제갈량이 천수를 취할 계략을 묻자 강유는 지체 없이 계교를 알려주었다.

"천수성 안에는 양서와 윤상이라는 저의 절친한 친구가 있습니다. 그들에게 화살로 밀서를 전하면 틀림없이 내란을 일으켜 천수를 점령할 수 있습니다."

제갈량이 찬성하자 강유는 두 친구에게 보내는 밀서를 써서 성안으로 화살을 쏘았다. 화살이 마준 손에 들어가니, 마준은 양서와 윤상을 의심하여 참하려 했다.

양서와 윤상은 화를 면하기 위해 급히 군사를 거느리고 성문을 열어 촉군을 맞이했다. 천수는 일시에 함락되었고 하후무는 강중羌中으로 도망쳤다. 촉군이 이처럼 기세등등하자 조예는 조진을 대도독으로 삼고, 곽회郭淮를 부도독으로 삼고, 사도 왕랑을 군사로 삼아 대군을 거느리고 촉과 싸울 것을 명하였다. 위병들은 위수渭水 서편에 진을 쳤다.

이튿날 촉군과 위군은 결전을 벌이게 되었다. 위장 왕랑이 수레 위에 앉아 있는 제갈량을 향해 꾸짖듯 말했다.

"천명을 거스르지 말고 항복하라. 어찌하여 촉은 명분 없는 군사를 끌고 와 난동을 부리는가?"

제갈량의 차가운 웃음소리가 쩌렁쩌렁하게 울려 퍼졌다. 이어 제갈량은 낭랑한 목소리로 통렬하게 비꼬았다.

"무슨 자격으로 천명을 논하는가? 한실의 역적 조조 편에 붙어 더러운 녹을 먹고 산 주제에. 나는 한나라 황실 유씨를 주인으로 섬겨 왔으며 천자의 명을 받들어 역적을 토벌하러 왔는데 어찌 명분 없는 군사라 말하는가? 천하 사람들이 모두 너를 손가락질하며 절개 없는 늙은 도적이라 한다. 네놈은 죽어서도 한실 황제 스물네 분의 용안을 차마 마주하지 못할 것이다."

왕랑은 제갈량의 말을 듣고 나자 대꾸할 말이 없었다. 왕랑의 마음 속에 부끄러움과 후회와 분노가 참을 수 없이 끓어올랐다. 칠십 대의 노장 왕랑은 마음의 충격을 심하게 받자 이를 견디지 못하고 말에서 떨어져 숨이 끊어지고 말았다.

위군은 왕랑의 시신을 거두어 돌아와서는 밤에 촉군을 맞아 싸울 준비를 했다. 제갈량은 일부 군사는 위군을 습격하도록 하고 다른 군 사들은 각각 나누어 매복시키고는 가짜 진영을 꾸며 위병을 유인했다. 텅 빈 진영을 뒤지던 위병들은 촉병의 유인책으로 뒤늦게 도착한 위병과 마주쳤다. 이들은 서로를 알아보지 못하여 같은 편끼리 죽이고 밟는 참극을 빚었다. 그 사이 촉의 복병들이 사방에서 쏟아져 위군을 치니 또다시 위병은 대패하여 쫓겨 갔다.

조진은 패하여 돌아온 뒤 서강국西羌國의 철군鐵軍에게 지원병을 얻었다. 서강의 군대는 전쟁에 능숙하고 용맹하기로 이름난 병사들이었다. 이들은 위병을 도와 수레 가득 병기를 싣고 호호탕탕 촉군을 치러 갔다.

때는 겨울이라 폭설이 내리고 있었다. 제갈량은 서강국의 병사들까지 합세한 위병과 대적해야 하자 함정을 팠다. 정예부대는 강병 뒤에 숨겨두었다. 폭설은 파 놓은 함정 입구를 감쪽같이 감추어주었다.

제갈량은 폭설을 무릅쓰고 수레에 앉아 숲으로 도망가는 척하며 적을 유인했다. 강군은 제갈량을 쫓아 깊이 추격해 오다, 제갈량의 계략대로 앞에 가던 부대가 촉군이 파 놓은 구덩이에 빠지게 되었다. 뒤에 따라오던 병기를 실은 수레는 모두 엎어져 그 역시 구덩이 속에 곤두박질 쳤다. 순간 촉의 복병들이 나타나 화살을 무수히 쏘아대자 강군은 참패하여 돌아갔다.

위군이 강국 부대의 도움을 받고도 여지없이 전패하자 조예는 안절부절을 못 했다. 태부 종요가 나서더니 감히 아뢰었다.

"제 목숨과 전 가솔의 목을 걸고 올리는 말씀입니다. 지금 위에는 사마의가 아니면 촉을 물리칠 사람이 없습니다."

조예도 기실 그 말이 옳다는 것을 알고 있었다. 당장 조서를 내려 사람을 보내 사마의를 불러 올렸다. 조예 자신은 몸소 촉을 정벌하러 장안으로 향했다.

한편 이엄의 아들 이풍李豊이 백제성에서 제갈량에게 서신을 보내 왔다. 서신의 내용인즉 맹달이 촉에 귀환하겠다는 제의였다. 맹달은 옛날 관우가 조조에게 항복할 때 부득이하게 함께 항복한 것이지 그것이 결코 진심이 아니었으며 지금 금성金城, 신성新城, 상용과 손을 잡고 병력을 일으켜 낙양을 빼앗아 촉에게 바칠 터이니 제갈량은 장안을 취하라는 것이었다. 만일 낙양과 장안 두 수도를 취한다면 중원의 대세는 확실히 촉에게 기울게 될 것이었다. 한실 부흥의 숙원이 이루어질 서광이 비치는 듯했다.

제갈량이 이처럼 한실 부흥의 대업 실현에 부풀어 있을 때 급보가 전해졌다. 사마의가 복직되었으며 위 황제 조예가 친히 촉군을 치러 온다는 내용이었다. 제갈량은 이 전갈을 받자 순간 등줄기에 싸늘한 냉기가 흘렀다. 무엇보다 맹달의 계략이 사마의에 의해 수포로 돌아갈까 봐 염려가 되었다. 그렇게 되면 한실 부흥도 물 건너가게 될 터였다. 마속이 제갈량을 일깨웠다.

"사마의가 돌아왔으니 단단히 방비를 해야 일을 그르치지 않을 것이라고 서둘러 맹달에게 서신을 쓰십시오."

제갈량은 마속의 말을 듣고 황급히 서신을 썼다. 그러나 맹달에게서 날아온 답신은 너무도 태평했다. 사마의가 위 황제에게 표를 올리고 왕복하는 데 한 달이 넘게 걸리니 그때는 이미 촉에게 중원이 넘어갔을 거라는 내용이었다. 제갈량은 맹달의 서신을 땅에 내던지며 탄식했다.

"병법에서 이르기를 허를 찔러 불시에 기습해야 승산이 있다 했거늘 맹달은 사마의를 어찌 보고 태평하게 한 달을 말하는가!"

그는 서둘러 맹달에게 사람을 보내 비밀이 새나가지 않도록 철저히 조심하라 일렀다. 사마의가 조예의 조서를 받들어 병력을 일으켜 촉병을 치려할 때 금성 태수의 부하가 은밀히 맹달과 제갈량의 내통을 고해 바쳤다.

"그런 일이 있었단 말인가?"

사마의는 위국의 존망이 걸린 시급한 문제임을 알고 천자에게 아뢸 시간이 없다고 판단했다. 사마의는 병사들에게 추상같은 명령을 내렸다.

"오늘부터 이틀 걸릴 거리를 하루 동안 가야 한다. 이를 어기는 자는 참형에 처하겠다."

그리고는 계략을 꾸며 거짓 사자 양기梁畿를 맹달에게 보내 맹달이 안심하고 성안에서 기다리게 만들었다. 양기가 맹달에게 거짓 전갈을 전했다.

"사마의는 촉을 치러 장안으로 갔고 금성 태수와 상용 태수는 군량과 병기 준비가 늦어져 며칠 뒤에야 도착해 거사를 치를 것이라 하옵니다."

맹달은 아무것도 모른 채 더욱 안심하였다.

"드디어 일이 다 되어 가는구나!"

기실 금성 태수 신의申儀와 상용 태수 신탐申耽은 이미 맹달을 배신하고 위와 내통하고 있었다. 며칠 후 사마의의 병력이 신성 아래에 도착했다. 신탐과 신의가 병력을 이끌고 와 지원병이 왔으니 맹달에게 성문을 열라고 했다. 아무런 제지 없이 성문이 열리자 신탐은 맹달에게 창을 겨누며 소리쳤다.

"역적 맹달은 죽음을 달게 받아라!"

신탐은 맹달의 몸에 창을 꽂았다. 맹달은 신탐의 창에 맞아 죽었고 그의 반란은 수포로 돌아갔다. 맹달의 반란을 진압한 사마의는 조예에게 보고를 올렸다.

"소인이 죽을죄를 지었습니다. 상황이 위급하여 천자께 아뢰지 못하고 군사를 움직였습니다."

조예는 결코 노하지 않았다.

"아니오, 경이 아니면 정말 큰일 날 뻔했소. 이후로도 급한 일이 일어나면 굳이 짐에게 알리지 않고 군사를 움직여도 좋소."

조예는 맹달을 진압한 공을 치사하고 금도끼 한 쌍을 하사했다. 조예는 사마의의 말에 따라 장합을 전방 부대의 선봉장으로 삼고 사마의와 함께 친히 병마를 대동하고 촉병을 진압하러 길을 재촉했다.

제갈량은 맹달의 죽음과 사마의의 진격을 보고 받고 발을 동동 굴렀다.

"내가 염려한 것이 맞아 들었구나. 사마의는 틀림없이 한중으로 쳐들어와 내 목을 노릴 것이다. 그러니 한중으로 들어오는 중요 길목인 가정家亭을 지키지 못하면 촉군은 끝이다. 누가 나서서 가정을 지키겠느냐?"

마속이 나서며 청하였다.

"제가 병력을 이끌고 나가 가정을 지키겠습니다. 만일 가정을 지키지 못한다면 제 목을 베셔도 좋습니다. 군령장을 써놓고 가겠습니다."

제갈량은 마속이 영 미덥지 않았다. 그는 왕평을 같이 보내고 뒤따라 장군과 병사들을 보내 마속이 위기에 몰리면 돕도록 했다. 마속과 왕평은 대군을 이끌고 가정에 도착했다. 왕평이 마속에게 말했다.

"승상의 말씀대로 평지에 진을 쳐서 적을 막아야겠소."

하지만 마속은 고집을 부렸다

"아니오, 산꼭대기에 진을 칩시다. 병법에도 이르기를 높은 곳에서 굽어보아야 적을 물리칠 수 있다고 했소."

"우리가 산꼭대기에 진을 쳤다가 만일 적이 물을 끊고 산 주위를 포위하면 완전 결단 나게 됩니다."

왕평이 그런 마속을 만류해도 마속은 계속해서 우겨댔다.

"병법에 이르기를 사지에 빠져도 살 구멍은 있다고 했습니다. 저는 병법을 많이 읽어 병법에 통달했으니 의심치 마십시오."

왕평은 어쩔 수 없이 마속의 고집에 따라 산꼭대기에 진을 칠 수밖에 없었다. 사마의는 초군이 산 정상에 진을 치는 것을 보고는 만면에 웃음을 지었다.

"하늘이 나를 돕는구나!"

사마의의 군사들은 산을 둘러싸 포위하고는 장합에게 명하여 촉군이 구원을 청할 길을 끊도록 했다. 물이 끊어지자 산 위의 촉병들 내부에서 혼란이 일어났다. 설상가상으로 위병들이 산에 불을 지르기 시작했다. 촉병은 사기와 투지를 완전히 잃어버리고 제대로 싸우지도 못한 채 처참하게 무너져 내렸다. 마속은 포위망을 뚫고 결사적으로 도망쳤다. 위연이 마속을 구하러 달려왔지만 위군을 당해내지는 못하였다. 이렇게 해서 가정은 너무나 간단하게 사마의의 손에 함락되었다.

제갈량은 마속이 보내온 진의 도면을 보면서 안색이 확연하게 변하였다.

"마속이 촉병을 망하게 하려고 작정을 했구나!"

곧이어 가정이 함락되었다는 보고가 전해지자 제갈량이 가슴을 치며 탄식했다.

"내가 사람을 잘못 골라 대사를 그르쳤구나!"

제갈량은 서둘러 모든 장군들에게 철수할 준비를 하도록 명하고 자신은 5천 군사를 이끌고 서성西城으로 가 군량을 운반하기로 했다. 서성에 도착한 제갈량은 절반의 군사를 시켜 군량을 나르도록 했다. 그때 한 병사가 급히 달려와 급보를 전했다.

"사마의가 15만 대군을 이끌고 서성을 취하러 오고 있습니다."

그 말에 제갈량 곁에 있던 대신들은 새파랗게 질렸다. 제갈량 곁에는 병사도 얼마 없고 거의가 문관만이 남아 있었다. 제갈량은 차분히 앉아 대책을 강구했다. 이윽고 그의 머릿속에 기발한 계략이 떠올랐다. 제갈량이 침착하게 영을 내렸다.

"모든 깃발을 치우고 성문을 활짝 열어라. 그리고 각 문마다 군사 스무 명을 백성들로 변장시켜 길을 쓸도록 하라. 제멋대로 출입하거나 큰소리로 떠들고 다니는 자는 즉각 참형에 처하겠다."

사마의가 병력을 이끌고 서성 아래에 도착해 성을 살펴보니 장군들은 보이지 않고 제갈량 혼자 성루에서 향을 피워 놓고 금을 타고 있었다. 왼편에는 동자 하나가 보검을 받들고 서 있고 오른편의 동자는 총채를 들고 서 있었다. 실로 너무나 평안하고 고요하여 제갈량은 전장에 있는 것이 아니라 신선놀음을 하고 있는 듯 보였다. 사마의는 제갈량이 신중하고 지략이 뛰어나다는 사실을 일찍이 알고 있었다. 성문이 활짝 열리고 분위기가 평온한 것이 틀림없이 안에 복병을 숨겨 두고 무슨 계략을 꾸미고 있는 듯했다. 사마의는 제갈량의 함정에 빠질까 봐 두려워 군사를 철수시키고 말았다. 나중에서야 서성이 지키는 병력도 얼마 없는 빈 성임을 알고는 땅을 치며 한탄했다.

"내가 아직 공명을 따라 가려면 멀었구나!"

제갈량은 군사를 돌려 한중으로 돌아왔다. 가정에서 참패한 마속은 스스로 몸을 결박 지어 제갈량 앞으로 나왔다.

"제가 승상의 명을 따르지 않고 큰 실수를 저질러 군사를 잃고 나라를 위험하게 했으니 약속한 대로 벌을 받겠습니다. 다만 청이 하나 있으니 제 아들놈의 뒤를 잘 돌봐주십시오."

제갈량은 마속을 향해 대노했다.

"너는 다 된 밥에 재를 뿌려 대사를 완전히 그르쳤다. 군령대로 네 목을 베야겠다. 네 아들은 내가 친아들처럼 돌볼 터이니 걱정 마라."

마속은 더 이상 입을 열지 못하였다. 제갈량이 이를 악물고 무사들에게 명을 내렸다.

"어서 나가 이자의 목을 쳐라."

제갈량은 돌아서서 땅을 쳤다.

"선제께서 돌아가시기 전에 내게 마속을 등용치 말라고 당부하셨거늘 그 말씀을 거슬러 이 꼴이 되었다. 선제를 뵐 낯이 없도다!"

제갈량은 눈물을 멈출 줄 모르더니 마침내 목이 쉬도록 통곡하였다. 마속을 참하고 난 제갈량은 유선에게 표를 올리고 승상 직을 물러났다. 제갈량의 표를 받은 유선은 문무백관을 불러 놓고 입을 열었다.

"짐은 굳이 제갈 승상이 물러날 이유는 없다고 봅니다."

그러자 시중비侍中費 의진이 간하였다.

"신이 듣기로 나라를 다스리는 이는 법을 중하게 여겨야 한다고 했습니다. 만약 법을 제대로 시행치 않으신다면 무엇으로 사람을 복종케 하시겠습니까?"

유선은 할 수 없이 조서를 내려 제갈량을 우장군右將軍으로 강등시켰다. 하지만 승상의 업무는 계속 맡아 군마를 감독하게 했다.

제갈량은 다시 군마를 정돈하고 훈련시키며 위를 칠 준비를 하였다. 사마의는 이 소식을 듣고는 황제에게 보고를 올렸다.

"공명이 이번에는 틀림없이 옛날 한고조의 계략을 본떠 몰래 진창陳倉을 평정하고 들어오려 할 것입니다. 그러니 학소郝昭에게 진창 입구에 성을 쌓아 굳게 지키도록 해주십시오."

조예도 이를 허락하며 촉에 대한 방비를 늦추지 말라 일렀다.

제위에 오른 오나라의 손권

위는 한편으로 계속 동오를 치고 싶은 마음이 굴뚝같았다. 그 무렵 마침 동오 파양의 태수 주방周魴이 조휴에게 성을 바치고 손권을 물리칠 일곱 가지 계략을 알려주겠다고 나섰다. 조예는 이 보고를 받더니 즉각 사마의와 가규에게 명령을 하달했다.

"어서 군사를 끌고 가 조휴를 도와 동오를 치시오."

가규는 염려하는 마음이 들었다.

"이것이 만일 모두 동오의 계략이면 어쩝니까? 주방 그자가 거짓으로 항복하는 것일 수도 있지 않겠습니까?"

사마의는 대답하였다.

"물론 그것도 조심해야 하오. 그러나 무엇보다 때가 왔을 때 동오를 쳐야 하오."

가규는 군사를 이끌고 갈 길을 재촉했다. 사실 주방은 위에게 거짓 항복한 것이었다. 주방은 위의 군사를 깊숙이 유인해 놓고 동오의 군사들에게 위군의 뒤를 공격하게 할 참이었다.

손권은 육손에게 명을 내렸다.

"위군이 도착하면 병사를 이끌고 즉시 공격하시오."

육손이 허리를 굽혀 명을 받았다.

"전투태세를 준비하고 있겠나이다."

손권은 왕권을 잠시 대행시키고 몸소 채찍을 휘두르며 이번 전쟁을 지휘했다.

조휴 또한 주방이 꾀가 많은 것을 알고는 그가 거짓 항복한 것이 아닐까 의심이 들기 시작했다. 주방은 조휴의 의심을 받자 대성통곡을 하며 칼을 뽑더니 자신의 목에 대고 자결하려 했다. 조휴는 이를 보고 황급히 주방을 저지했다. 주방이 소리치며 자신의 결백을 주장했다.

"이는 틀림없이 동오의 이간책입니다. 저는 위에 대한 충성심을 표하기 위해 역시 자결해야겠습니다."

그가 또다시 칼을 자기 목에 겨누자 조휴는 온몸으로 달려들어 주방을 말렸다. 주방은 기어이 자신의 머리칼을 베어 땅에 던지며 진심임을 표하였다. 조휴는 이후 주방에 대한 한 점 의심도 갖지 않게 되었다.

조휴는 주방이 가르쳐 주는 대로 병력을 끌고 석정石亭으로 갔다. 오나라 장군 서성, 주환, 전종은 세 갈래 길로 나누어 위군을 협공했다. 주방에게 속아 아무런 대책 없이 있던 위군은 협공을 당하자 얼이 빠져 자기편끼리도 서로 몰라보고 난투극을 벌였다. 조휴는 병장을 모두 잃고 참패했다. 다행히 가규가 병력을 이끌고 나타나 오군의 포위를 뚫고 도주할 수 있었다. 조휴가 분기탱천하여 주방을 찾았을 때는 진작 흔적도 없이 자취를 감춘 뒤였다.

육손은 군마를 정리하여 돌아갔다. 위군에게서 빼앗은 군량과 군수품은 헤아릴 수 없이 많았고 항복한 위병은 수만에 이르렀다. 손권은 몸소 문무백관을 끌고 성 밖으로 나가 승전하고 돌아오는 병사들을 맞았다. 손권은 주방의 머리털이 잘려 나간 것을 보고는 그 노고를 치하했다.

"경은 머리털을 잘라 가며 대사를 완성케 했으니 그 공적을 책에 기록하게 하겠다."

육손은 손권에게 간했다.

"위가 오에게 대패하였으니 위군의 기세가 많이 꺾였을 것이옵니다. 주상께서 촉에 국서를 보내시어 공명에게 이때를 놓치지 말고 위를 치라 하심이 좋을 듯합니다."

제갈량은 동오로부터 소식을 전해 받자 문무백관을 불러 위를 칠 일을 논의하였다. 그때 조자룡의 아들 조통趙統과 조광趙廣이 들어가 뵙기를 청했다. 그들은 들어와 엎드려 울며 부친 조자룡의 죽음을 알렸다. 제갈량은 이 소식에 목을 놓아 울었다.

"촉이 기둥 하나를 잃고 내가 오른팔을 잃었구나!"

제갈량은 조통과 조광에게 어서 입성하여 천자께 조자룡의 죽음을 아뢰도록 했다. 유선도 조자룡의 죽음을 알고는 눈물을 흘렸다.

"짐은 조자룡이 아니었으면 젖먹이 때 진작 죽었을 것이다."

유선은 슬픔에 못 이겨 통곡을 멈출 줄 몰랐다.

이 시기 제갈량이 지휘하는 촉의 군사들은 병력이 강하고 말은 기운찼다. 병기와 양식이 풍족하니 만반의 준비가 갖추어진 듯했다. 제갈량은 다시 위를 치기로 결심하고 또 한 번 〈后後 출사표〉를 올렸다. 이를 반대하며 만류하는 장수들도 적지 않았으나 유선은 〈후 출사표〉를 읽고 나서 30만 대군을 파병하기로 하고 위연을 앞 부대의 총독으로 삼아 진창으로 떠나 위를 징벌하라는 칙령을 내렸다. 제갈량이 30만 대군을 거느리고 위국으로 쳐들어온다는 보고가 들어오자 조진이 조예에게 자청하고 나섰다.

"신이 병력을 이끌고 가서 촉을 대적하겠습니다."

조진은 또 농서 사람 왕쌍王雙을 선봉으로 삼게 해달라며 추천했다. 왕쌍은 키가 9척에 곰과 같은 허리와 호랑이 같은 등을 가졌으며 그 용맹은 장정 1만 명이 달려들어도 당해내지 못할 정도라는 것이었다. 조예가 대답했다.

"그렇다면 일단 입성하여 짐과 한번 만나도록 하지요."

조예가 왕쌍을 만나 보니 과연 조진이 말한 것과 틀린바가 없었다. 조예는 왕쌍에게 비단 전포와 금갑 옷을 하사하고는 조진과 함께 출전하여 촉군을 물리칠 것을 윤허했다.

제갈량이 이끄는 촉병은 드디어 진창에 도착하여 진을 치고 공격을 개시했다. 하지만 진창은 진작부터 학소가 사마의의 영을 받고 성벽을 쌓아 철통같이 지키고 있는 곳이었다. 공격한 지 스무날이 지나도록 진창은 함락될 기미가 보이지 않았다.

제갈량이 초조해하며 계책에 골몰해 있을 때 한술 더 떠서 조진과 왕쌍이 지원군을 이끌고 와 성 밖에 진을 치고 있다는 전갈이 왔다. 촉병과 위의 지원군 사이에 혈전이 벌어졌다. 과연 왕쌍의 무예와 용맹은 절륜했다. 왕쌍은 단칼에 사웅을 베어 죽였고 장의는 큰 상처를 입고 패하여 돌아왔다. 강유는 제갈량에게 여차여차하는 것이 어떠냐며 계책을 일러주었다. 제갈량은 이를 듣더니 곧 강유의 계책대로 일을 추진했다.

조진은 뜻하지 않게 밀서 한 장을 받았다. 밀서는 촉군에 있는 강유가 보낸 것이었다.

〈신은 위국의 녹을 먹은 지 오래입니다. 다만 어쩔 수 없이 촉에 항복하였으니 이번에 장군을 도와 촉과의 전쟁에서 공을 세워 속죄하고 싶은 마음뿐입니다. 저는 뒤에서 촉군의 군량에 불을 지를 터이니 이것을 신호로 하여 장군께서는 세를 몰아 촉을 치십시오. 틀림없이 제갈량을 생포할 수 있을 겁니다.〉

그 내용을 접한 조진은 크게 기뻐했다.

"천운이 절로 따르는구나!"

조진은 바로 비요費耀에게 명을 내려 병사 5만을 끌고 사곡으로 가 촉과 대적하게 했다. 비요는 병력을 이끌고 사곡으로 들어갔다. 하룻

밤이 지나도록 휩쓸며 돌아다녀도 촉병은 그림자도 보이지 않았다. 그리하여 비요가 진을 치려고 하는데 제갈량이 수레 위에 앉아 있는 것이 보였다. 후면에서는 불길이 솟고 있었다. 비요는 급히 사전에 약속한 대로 병력을 이끌고 쳐들어갔다.

그런데 부지불식간에 사방에서 촉의 복병들이 쏟아져 나오기 시작했다. 위의 병마는 완전히 기진맥진해 있는 상태였기에 촉의 포위망을 뚫을 힘이 없었다. 비요는 맥이 풀렸다.

"촉에 항복하여 수치스럽게 목숨을 구하느니 이대로 자결하겠다."

그는 칼을 뽑아 목을 찔러 장렬히 자결하고 말았다. 위의 대도독 조진은 비요가 자결하고 위군이 대패했다는 보고를 받자 발을 동동 굴렀다.

"강유의 거짓 항복에 속았구나!"

가슴을 치며 후회해도 이미 모든 것은 늦어 있었다. 조예는 조진이 강유의 계략에 걸려 병력을 잃고 크게 패했으며 촉병은 기산祁山으로 갔다는 소식을 듣자 급히 사마의를 불러 대책을 논의했다. 사마의는 조예에게 아뢰었다.

"촉군은 절대 진창을 함락시킬 수 없습니다. 진창을 통하지 않으면 군량을 운반하기 어렵기 때문입니다. 위군이 진창만 잘 지킨다면 촉군은 지금 식량으로는 얼마 버티지 못하니 군량이 떨어져 저절로 물러갈 것이옵니다."

조예가 사마의에게 물었다.

"경은 모든 것을 꿰고 있으니 직접 군사를 끌고 출전함은 어떻겠소?"

이에 사마의는 정중히 아뢰었다.

"신도 그리하고 싶으나 지금 동오의 움직임이 범상치 않습니다. 응당 이곳을 지키고 있어야 할 듯합니다."

조예는 조진에게 단단히 이르는 영을 내렸다.

〈절대 촉을 공격하지 말고 단지 굳건히 지키고 있으라! 적을 쫓아 깊이 추격하는 일도 없게 하라.〉

칙서를 받은 조진은 고개를 갸웃거렸다.

"그러나 촉병이 물러가지 않으면 어쩌라는 건가?"

곽회가 간하였다.

"왕쌍에게 양식이 운반되는 길을 순시하라 이르면 촉병은 감히 나오지 못할 것입니다."

손예孫禮도 계략 하나를 꺼내 놨다.

"촉군은 양식이 급할 테니 우리가 거짓으로 양식을 운반하는 척하면 촉군은 우리의 양식을 취하려 할 것입니다. 수레에는 땔나무와 유황을 가득 실어 촉군이 공격할 때 불을 지르고 또 뒤에서 복병이 공격하게 하면 틀림없이 대승을 거둘 테니 그리하면 어떻습니까?"

조진은 손예의 계략을 따르기로 했다. 염탐군이 번개같이 달려와 제갈량에게 보고를 올렸다.

"위군이 양식 일천여 수레를 서산에 저장해 두고 있습니다."

제갈량은 이를 듣고 빙긋 웃으며 말했다.

"나는 평생 동안 화공법을 써 온 사람이다. 감히 어찌 위군이 나를 속일 수 있겠느냐? 군량 수레 속에는 틀림없이 인화 물질이 들었을 것이다."

제갈량은 즉각 장군들을 불러 계교 하나를 일러주었다. 마대는 가짜 군량 수레에 불을 지르도록 하고 마충과 장의는 복병을 맞아 싸우게 했다. 오반과 오의는 촉진을 공격하는 위병을 대적하게 하고 장포와 관흥은 위군이 출병한 사이 위진을 점령할 것을 명했다. 장군들은 각각 명을 받들어 채비를 갖추었다.

밤이 되어 시간이 이경이 이르자 제갈량은 기산의 높은 곳에 앉아 전장의 상황을 살폈다. 군량 수레에 불이 붙어 불빛이 대낮처럼 밝았다. 예상처럼 사방에서 위의 복병이 쏟아져 나왔으나 마충과 장의가 이끄는 군사들이 단숨에 위병을 포위해버렸다. 위병들은 불길과 복병에 놀라 서로 밟고 넘어지며 혼비백산을 했다. 거센 바람에 불길은 더욱 세어졌고 촉병의 공격은 사납기 짝이 없었다. 위병은 대패했다.

패한 위병들이 위진으로 돌아가려 했으나 그 사이 위진을 차지한 장포와 관흥이 화살을 쏘아댔다. 한편 촉진을 습격하러 갔던 군사들은 촉진이 텅 비어 있자 도로 군마를 돌렸다. 그 길을 오반과 오의가 막아서고는 폭풍처럼 쳐들어갔다. 그러자 위병은 완전히 참패하여 쫓겨 갔다. 위병은 조진이 주둔하는 본진으로 대피하여 일절 촉병과 대적치 않기로 했다.

제갈량은 위병이 지금은 비록 패하여 방어 태세만 갖추고 있다 해도 촉군의 군량이 떨어지길 기다려 다시금 공격해 오리란 걸 잘 알고 있었다. 그는 비밀스레 각 진에 철수 명령을 내려 한중으로 군사를 거두어 돌아갔다. 위연에게는 따로 계책을 일러주어 촉군이 물러간 연후에 왕쌍을 물리치게 했다. 촉군은 하룻저녁에 모두 철수하였고 야경군만 남아서 밤에 야경을 돌도록 했다.

이 무렵 장합은 병력을 이끌고 조진을 만나러 와서는 숨 가쁘게 알려 왔다.

"촉군이 벌써 물러갔습니다. 어서 뒤쫓아야 합니다."

조진은 이를 듣고 깜짝 놀라며 물었다.

"그 말이 정말 사실이오?"

조진은 당장 사람을 보내 진상을 알아보게 했다. 염탐군이 촉영을 살펴보고 와서는 전했다.

"촉진은 텅 비어 있습니다. 벌써 군사를 물린 지 이틀이나 되었다고 합니다."

조진은 승전의 기회가 물 건너갔음을 알았다. 가슴을 치며 발을 동동 굴렀지만 소용없는 노릇이었다. 조진은 너무도 속이 상하고 기가 막혀 병석에 드러눕게 되자 낙양으로 돌아가 요양을 하기로 했다.

한편 위연도 제갈량의 밀령에 따라 군사를 철수하여 한중으로 돌아갔다. 이 소식은 왕쌍의 귀에 들어갔고 왕쌍은 죽을힘을 다해 위연의 뒤를 쫓았다. 위연의 군사가 눈에 들어왔다. 그때 홀연 병사가 외쳤다.

"우리 진영에 불이 났습니다. 적의 간교인 듯합니다."

왕쌍이 뒤를 돌아보니 진 전체에 불이 붙어 활활 타오르고 있었다. 왕쌍은 황급히 군사를 돌려 진으로 돌아가려 했다. 그 순간 위연이 숲 속에서 군사들을 이끌고 칼을 휘두르며 뛰쳐나왔다. 왕쌍은 어떻게 손을 쓸 틈조차 없었다. 위연의 단칼에 왕쌍의 목이 허무하게 떨어졌다. 대장의 죽음을 눈앞에서 본 위병들은 기겁을 하며 뿔뿔이 흩어졌다.

촉의 대승은 이내 동오 손권의 귀에도 들어갔다. 손권은 위의 기세가 크게 꺾인 것을 알게 되자 이 틈에 위를 정벌하고 싶었다. 군신들에게 말하니 장소가 나서서 아뢰었다.

"지금 산에는 봉황이 내려와 춤추고 강에는 용이 여러 차례 나타났다 하옵니다. 이는 나라의 길조이며 주군의 밝으심과 덕을 찬양하는 것이니, 응당 제위에 오르셔야 할 줄 아뢰옵니다. 황제가 되신 위를 치고 중원을 도모하소서."

문무백관들이 모두 이처럼 권하자 손권도 마침내 이를 받아들였다. 무창남교武昌南郊에 단을 쌓은 뒤 손권은 단에 올라갔다. 의식이 거행되고 손권은 황제가 되었다. 만조백관이 몸을 굽혀 절하며 제위에 오르심을 경하하였다. 손권은 연호를 황무黃武 8년에서 황룡黃龍 원년(229)으로 바꾸고 손등孫登을 태자에 봉했다.

제위에 오른 손권은 계획대로 위를 칠 준비를 서두르려 했다. 그런 손권에게 장소가 간하였다.

"폐하, 이제 막 제위에 오르셨으니 무에 힘쓰기보다는 문에 힘쓰셔야 하옵니다. 학교를 짓고 내실을 다져 백성의 마음을 평안케 해주시고 촉에 사신을 보내 화친을 다져 천하를 함께 도모할 일을 차차 논의하심이 좋을 듯하옵니다."

손권은 장소의 말을 따라 위군을 치고 중원을 도모하는 일을 잠시 미루기로 했다. 손권은 자신의 뜻을 전할 사자를 촉으로 보냈다. 사자가 촉에 도착하여 유선에게 알현을 청하자 유선은 문무백관을 불러놓고 물었다.

"오의 손권이 스스로 제위에 오르고 우리에게 화친을 청하니 어찌해야 좋겠습니까?"

군신들이 입을 모아 간했다.

"엄연히 한나라 황실의 정통을 이어 제위에 오르신 폐하가 계신데 손권이 황제를 칭하는 것은 있을 수 없는 일이옵니다. 응당 동오와는 연을 끊으셔야 합니다."

"승상께 여쭤보겠소."

유선이 제갈량에게 사람을 보내자 제갈량은 사람을 보내 다음과 같이 답하였다.

"동오에 사신을 보내 예물을 전하고 치하한 후에 동오의 육손으로 하여금 위를 치도록 하십시오. 그럼 위의 사마의가 육손을 대적할 것입니다. 그리고 나면 촉은 기산으로 가서 장안을 도모함이 좋을 듯합니다."

유선은 그 말을 따르기로 했다. 촉의 사신은 예물과 유선의 서신을 손권에게 전했다. 손권은 촉의 권유를 받고 곰곰이 생각하다 육손을 불러 이를 논의했다. 육손은 제갈량의 계산을 훤히 꿰뚫고 있었다. 육손이 간하였다.

"이는 공명이 사마의가 두려워 동오에게 덮어씌우는 것입니다. 병력은 일으키되 위와 동오의 전쟁이 아니라 촉과 위의 전쟁이 되게 해야 합니다. 기병하는 시늉만 하고 위가 촉병에게 패하기를 기다렸다 비어 있는 중원을 취하십시오."

손권은 고개를 끄덕였다.

"나도 경과 같은 뜻이오."

손권은 중원을 취할 채비에 들어갔다. 이때 제갈량은 학소가 병으로 위독하다는 소식을 듣고 다시금 진창을 함락할 계획을 세우고 있었다. 제갈량이 장포와 관흥에게 비밀스럽게 계략을 일러주었다. 이어 위연과 강유를 불러들인 제갈량은 3일 후 성안의 불을 신호로 무조건 진창성을 칠 것을 명했다. 위연과 강유가 미심쩍은 마음으로 진창성에 도달해 보니 병졸 한 명이 보이지를 않았다. 그런데 홀연 성안에 불길이 솟더니 제갈량이 나타나는 게 아닌가.

"왜 이리 더디 오느냐?"

제갈량은 위연과 강유를 내려다보며 호통을 쳤다.

"내가 3일 안에 기습하라 이른 것은 진창이 대비할 틈을 주지 않도록 한 것이다. 성안의 첩자에게 불을 지르게 하고 관흥과 장포를 먼저 출전시키고, 나는 그 병사들 사이에 변장을 하여 여기로 온 것이다. 너희는 어서 산관을 습격해라. 늦으면 위군이 당도한다."

제갈량이 명하자 강유와 위연은 제갈량의 병법에 혀를 내두르며 산관으로 향했다. 학소는 성안의 상황이 이 지경이 된 것을 알고는 병이 더 깊어져 숨을 거두고 말았다. 제갈량은 군사를 끌고 기산으로 돌아갔다.

조예는 동오의 군사가 위를 치러 곧 당도할 것이란 보고를 받고는 귀신이라도 본 듯 놀랐다. 조예는 사마의를 불러 대책을 물었다. 사마의는 결코 흔들리지 않았다.

"폐하, 염려 마십시오. 동오는 괜히 허장성세하는 것입니다. 기실은 굿이나 보고 떡이나 먹으면서 편히 앉아 어부지리를 취하겠다는 속셈입니다. 지금 우리는 단지 촉을 경계해야 합니다."

조예는 고개를 끄덕여 인정했다.

"경의 말이 옳소. 경이 대도독을 맡아 제갈량과 대적하도록 하시오."

무도武都와 음평陰平에서 상황이 급박하니 구원병을 보내 달라는 소식이 오자, 사마의는 곽회와 손예를 불렀다.

"어서 가서 무도와 음평을 구하고 촉병의 뒤를 공격하시오. 그러면 촉군은 저절로 혼란이 일어나 흩어질 것이오."

곽회와 손예가 명을 받아 길을 떠나는데 사병이 와서 급보를 전했다.

"무도와 음평은 이미 촉군이 점령했다 하옵니다."

"뭐라고? 그게 사실인가?"

곽회와 손예는 망연자실해서 서로의 얼굴을 바라보았다. 곽회와 손예가 돌아와 제갈량이 무도와 음평을 취했음을 사마의에게 알렸다. 사마의는 제갈량이 백성들을 안심시키기 위해 진 안에 머물지 않을 것이라 짐작하고는 장합과 대릉을 불렀다.

"지금 공명은 영문 안에 있지 않을 터이니 가서 촉진을 기습하라."

그의 명령을 받은 장합과 대릉은 촉진으로 쳐들어갔다. 하지만 제갈량은 진작부터 준비가 되어 있었다. 장합과 대릉은 순식간에 촉군에 포위되어 간신히 목숨을 부지하여 도망 나왔고 위군은 완전히 대패했다. 제갈량이 계속 승전보를 전하자 유선은 즉각 조서를 보냈다.

〈공명 선생은 위병을 물리쳐 촉의 위엄을 천하에 떨쳤으니 이제 승상의 자리에 복직해주시오.〉

제갈량은 거듭 사양했으나 장군들이 천자의 뜻을 받아들여야 한다고 강경히 권하니 그제야 향을 피우고 공손히 절하며 조서를 받았다.

사마의는 위군이 제갈량에게 거듭 패하자 대적하지 말고 굳게 문을 잠그고 들어앉아 지키고 있으라고 영을 내려 일렀다. 제갈량은 위군이 싸움에 응하지 않자 계략을 짜냈다. 보름마다 한 번씩 군사를 30리씩 물려 진을 쳤다. 그러기를 세 번하고 나자 장합이 초조함을 못 이겨 사마의에게 간하였다.

"촉군은 양식이 떨어져 계교를 써서 후퇴하는 것입니다. 이대로 가다가는 제갈량은 군사를 거두어 한중으로 돌아가고 말 겁니다. 빨리 쫓아 결전을 벌여야 합니다."

사마의는 어쩔 수 없이 장합과 대릉에게 출전을 허락하고 자신은 그 뒤를 따랐다. 위병이 추격하여 촉군과 대적하려 하자 제갈량도 장군과 병사들을 파견하여 싸우게 하고 자신은 산 위에서 직접 전장을 지휘했다.

촉군은 위군을 맞아 일대 혈전을 벌였다. 위군의 형세가 패색을 띠자 사마의가 구원병을 끌고 왔다. 사마의가 합세하자 촉군은 점차 무너지기 시작했다.

"대도독, 큰일 났습니다."

이때 위진이 촉병에 점령당했다는 급보가 날아왔다. 사마의는 말을 돌려 진영을 구하러 가야만 했다. 촉군은 이 틈을 타서 위병을 몰아쳤고, 결국 위병은 촉군에게 또다시 대패하고 말았다.

제갈량이 승전한 병사들을 추스려 새로이 전략을 짜고 있을 때였다. 성도에서 사람이 와서 장포가 세상을 떴다는 소식을 전했다. 제갈량은 대성통곡을 하다가 피를 토하고 그 자리에 혼절하여 쓰러졌다. 이때부터 제갈량은 장포의 죽음에 따른 충격으로 병을 얻어 자리에 눕고 말았다. 위병이 쳐들어온다는 소식을 들은 제갈량은 하명했다.

"내 몸이 허해져 전쟁을 계속 할 수 없으니 일단 돌아가야겠다. 그러니 절대 소문을 내지 말고 밤을 틈타 조용히 철수하라."

사마의는 닷새가 지나고 나서야 제갈량이 회군한 사실을 알았다.

"공명은 정말 신출귀몰하다."

사마의는 탄식하며 군사를 돌려 돌아갔다.

제갈량의 마지막 계책

　건흥 8년(230) 7월, 조진은 병세가 회복되자 천자에게 촉을 치겠다는 표를 올렸다. 조예는 이를 허락하여 조진을 서쪽 정벌의 대도독으로 삼고 사마의를 부도독으로 삼았다. 위군 40만 대군은 기세등등하게 검각劍閣을 지나 한중을 취하러 길을 떠났다. 곽회 등 다른 장수들도 각각 다른 길로 나누어 한중을 향해 파도처럼 진격해 갔다. 이번에야말로 촉을 정복하겠다는 일념이었다.

　이즈음 제갈량의 병도 거의 나아서 건강을 회복한 상태였다. 위군이 쳐들어온다는 보고를 받은 제갈량은 왕평과 장의를 불러 명령했다.

　"군마 일천을 줄 테니 진창으로 가서 위군을 막아내라."

　왕평과 장의는 크게 놀랐다.

　"아니 승상께서는 어찌 천 명으로 40만을 막아내라 말씀하십니까?"

　그들은 죽어도 가려고 하지 않았다. 제갈량이 빙그레 웃으며 그들에게 말했다.

"내가 밤에 천문을 보니 아주 큰비가 장기간 내릴 것이다. 위군은 감히 숲을 지나 진격할 엄두를 내지 못할 것이다. 너희가 해를 입을 일은 결코 없을 터이니 안심해도 좋다."

왕평과 장의는 그 말을 듣고서야 비로소 안도하며 병력을 이끌고 길을 떠났다. 조진도 대군을 끌고 진창에 진을 쳤다. 얼마 지나지 않아 제갈량의 예측대로 큰비가 내리기 시작했다. 장마철로 접어들어 장대비가 몽둥이처럼 땅에 내리꽂혔다. 평지의 수심이 3척에 이르러 병기는 모두 물에 젖었으며 병사들의 원망도 끊이지 않았다. 말들은 먹이가 떨어져 죽는 게 부지기수였다. 비는 한 달이 넘게 내리면서 날이 개일 기미가 보이지 않았다. 이대로 가다가 촉병의 기습이라도 받는다면 전멸할 태세였다.

조예는 어쩔 수 없이 조서를 내려 조진과 사마의에게 군사를 돌릴 것을 명하였다. 제갈량은 사마의가 철수하면서 복병을 매복시켜 놓은 것을 알고는 일부러 위병을 뒤쫓지 않았다.

조진은 촉병이 추격해 오지 않자 복병들을 철수시키려 하였으나 사마의가 반대했다.

"안 됩니다. 촉병은 반드시 양쪽 골짜기로 나와 우리가 멀리 간 후에 기산을 취하려 할 것입니다. 믿지 못하시겠다면 내기를 하십시다. 우리 각자 한 골짜기씩 지키고 있다가 열흘이 지나도 촉병이 추격해 오지 않으면 내가 화장을 하고 여장을 하여 용서를 청하겠습니다."

부도독 사마의는 결사적으로 조진이 복병을 철수시키는 것을 만류했다.

위연, 진식 등 촉장 네 명은 제갈량의 명을 받들어 2만 병력을 끌고 기곡箕谷을 향해 갔다. 반쯤 갔을 때 등지가 달려오더니 명을 전했다.

"승상의 명입니다. 틀림없이 위병이 매복해 있을 테니 절대 서둘러 앞에 가지 말라고 하셨습니다."

위연과 진식은 이 말을 듣지 않았다. 5천 군사를 끌고 계속 기곡으로 진격해 가던 진식 앞에 갑자기 포성 소리가 한번 울려왔다. 골짜기에서 천지가 들끓는 소리가 나며 매복해 있던 위군이 쏟아져 나왔다. 다행히 위연이 군마를 끌고 와서 진식은 간신히 목숨을 부지할 수 있었으나 완전히 대패하여 군사는 겨우 수백 기밖에 남지 않았다.

조진은 부장 진량을 시켜 촉의 정세를 염탐하게 했다. 일주일째가 되어도 촉병은 그림자도 비치지 않자, 조진은 사마의와의 내기에서 자신이 이겼다는 생각을 하고 더욱 해이해진 마음을 가졌다. 그날 밤이 되자 난데없이 촉군들이 진량의 부대를 거침없이 기습해 들어와 조진을 사로잡으려 했다. 조진은 불시에 당한 일이라 미처 방어할 태세조차 갖추지 못하고 있었다. 조진은 완전히 촉군에게 포위되어 있다가 사마의의 군사가 도착하여서야 겨우 목숨만 건진 꼴이 되었다. 수치심과 충격으로 조진은 또 병이 도져 몸져누웠다.

제갈량은 승리를 거두어 기산을 완전히 손에 넣게 되었다. 그는 진식이 자신의 명령을 어긴 죄로 참형에 처했다. 물론 위연에게도 책임이 있었으나 제갈량은 따로 계획이 있었기에 위연은 그대로 살려두었다. 조진이 병상에 누웠다는 소식이 들리자 제갈량은 장담했다.

"내가 편지 한 장을 써서 조진에게 전할 생각이다. 그는 틀림없이 이 편지를 읽고는 분을 참지 못하고 죽을 것이다."

제갈량은 항복한 위병을 시켜 조진에게 서신을 전했다. 조진은 지금까지 위병의 패적을 낱낱이 적은 제갈량의 편지를 받고는 정말 분을 못 이겨 화병으로 죽고 말았다.

조예는 조진이 제갈량의 편지를 받고 화병으로 죽었다는 소식을 듣고는 서둘러 사마의에게 출전 명령을 내렸다. 사마의는 대군을 끌고 나갔다. 위병과 촉병이 서로 마주 보고 대치하였다. 제갈량은 수레에 앉아 깃털 부채를 흔들며 여유롭게 앉아 있었다. 사마의는 제갈량에게 시비를 걸었다.

"우리 먼저 진법으로 싸워 보자. 진다면 나는 깨끗이 물러나겠다."

제갈량은 기다리고 있었다는 듯이 대답했다.

"좋다."

일세를 풍미하는 천재적 지략가들이 자웅을 겨룰 준비에 들어갔다.

제갈량은 팔진법을 펼쳤다. 팔진 안에 들어온 위병들은 문을 찾을 수가 없었다. 진 안에 갇힌 위장들은 모두 꼼짝없이 촉진에 끌려갔다. 제갈량은 웃으며 그들에게 일렀다.

"사마의에게 병법 공부나 좀 더 하고 오라고 일러라. 내 특별히 너희들의 목숨을 살려줄 것이나 군기와 말은 두고 가야 한다."

제갈량은 병사들에게 영을 내려 이들의 옷을 벗기고 얼굴에 검은 칠을 하여 위 진영으로 돌려보내게 했다. 사마의는 군사들이 우스운 몰골로 돌아오자 대노했다. 사마의가 삼군을 몰아 일제히 촉진을 공격해 들어가는데 관흥과 강유가 나타나더니 전후에서 협공을 하며 쳐들어왔다.

사마의는 정신을 차릴 수가 없었다. 촉군은 어디서 들어오는지 모르게 사방에서 쏟아져 나왔다. 사마의는 필사적으로 싸웠지만 위병은 이미 10분의 7, 8이 꺾여버렸다. 사마의의 패배였다.

제갈량은 대승을 거두고 회군하여 기산으로 왔다. 한편 도위 구안苟安이 군량을 열흘이나 늦게 수송해 온 데 대해 제갈량은 노기를 드러냈다.

"전장에서 군량은 가장 중요한 것이다. 단 하루가 늦어도 안 되거늘 너는 열흘이나 늦게 왔으니 군법에 따라 참해야겠다."

제갈량이 영을 내리려 했다. 이에 양의楊儀가 나서서는 극구 제갈량의 명령을 거두어 달라고 간청했다.

"지금 그를 참하시면 군량 수송에 더 큰 차질이 생기니 거두어주십시오."

제갈량도 이를 수긍하여 곤장 80여 대를 치고는 살려주었다. 하지만 구안은 앙심을 품고 위로 가서 투항하고 말았다. 그는 사마의의 명을 받고 제갈량이 제위를 찬탈하려 한다는 소문을 내서 유선에게 불려 가도록 일을 꾸몄다.

과연 소문은 꼬리를 물고 삽시간에 퍼졌고 어리석은 유선은 간교에 빠져 한창 전장에서 승전하고 있는 제갈량을 불러들이라는 칙령을 내렸다. 제갈량은 한탄했다.

"틀림없이 폐하의 곁에 간신이 있다. 이제 이런 기회가 언제 다시 올지 모르거늘!"

제갈량은 할 수 없이 철수할 채비를 갖추었다. 제갈량은 사마의의 추격을 막기 위해 계략을 썼다. 병사는 줄이고 아궁이는 늘리는 병법이었다. 병사들을 나누어 후퇴시키며 아궁이는 두 배를 늘려서 만들어 놓자 사마의는 자기 꾀에 넘어갔다.

"아궁이의 수를 보니 병사를 후퇴시키는 척하며 매복시켜 놓은 것인지 모르겠다."

제갈량의 계략에 빠지는 것을 경계한 사마의는 뒤를 쫓지 않고 자신도 군사를 철수시켰다. 군사를 이끌고 무사히 돌아온 제갈량은 유선을 알현했다. 제갈량이 조심스레 유선에게 말을 꺼냈다.

"폐하께서 급히 논의하실 일이 있다고 신을 부르셨지만 신이 뵙기에 그런 연유가 아닌 듯하옵니다. 신이 딴마음을 먹었다는 소문이 돌아 신을 부르신 것이 아니신지요?"

유선은 몹시 난감해하다가 사실대로 토설했다.

"실은 그렇습니다. 짐이 못나서 망령되이 환관들의 말을 곧이들었습니다."

제갈량은 추상같은 표정으로 간하였다.

"구안이 퍼뜨린 헛소문을 진실인 양 고한 환관들이 폐하를 미혹하여 신을 부르도록 했으니 그들을 참해야 합니다."

제갈량은 장완과 비위를 불러 천자께 제대로 간하지 않은 죄를 문책했다. 분위기를 수습한 제갈량은 거듭 중원을 도모할 계획을 세웠다. 건흥 9년(231) 2월, 제갈량은 마침내 새로이 군사를 일으켜 위를 정벌하러 나섰다. 사마의도 명을 받들어 출전했다. 사마의는 장합에게 명하여 기산에 병력을 주둔시켜 촉병을 막도록 했다. 사마의는 단언했다.

"지금 공명이 대군을 몰아 나오는 것은 농서의 보리를 베어 군량을 삼으려는 것이오. 나와 곽회는 천수의 모든 고을을 순시하여 공명이 보리를 베는 것을 막을 작정이오."

그는 곽회와 함께 기산으로 갔다. 촉병도 기산에 도착했다. 제갈량은 사마의의 예상대로 보리를 베어 군량을 보충할 생각으로 병사들을 농서로 보내 보리의 상태를 살펴보도록 했다. 돌아온 병사가 보고했다.

"사마의가 병력을 이끌고 이곳에 와 있습니다."

제갈량은 깜짝 놀랐다. 제갈량은 곰곰이 생각하더니 목욕을 하고 의복을 정제했다. 그는 똑같은 수레 세 대를 준비시키고 머리를 산발한 다음 맨발인 사병 스무 명씩을 수레마다 따르게 했다. 그리고 검을 차고 기를 든 사병이 수레를 밀게 했다. 제갈량은 1천 명의 군사는 이를 호위하고 5백 명의 군사들에게는 공격을 지시했다. 관흥은 천신으로 분장하여 수레를 밀었다. 수레 위에는 가짜 제갈량이 올라탔다.

다음 날 수레에 올라탄 제갈량이 적을 유인했다. 사마의는 병사들에게 명을 내려 제갈량을 잡으라고 지시했다. 위의 병사들이 쫓아가도 쫓아가도 제갈량의 수레는 일정 거리를 둔 채로 잡히지가 않았다. 게다가 제갈량 일행은 분위기가 음산하고 이상하여 마치 사람이 아닌 귀신처럼 보였다. 홀연 몇 대의 수레가 연달아 나타났다. 수레마다 제갈량이 앉아 있었다. 수레를 밀며 호위하는 사람들은 모두 괴이쩍고 요상하며 병사들이 몇 명인지도 파악하기 어려웠다. 복병이 숨어 있는 듯하여 감히 접근조차 할 수 없었다. 사마의는 탄식하며 영을 내렸다.

"공명이 또 요상한 계략을 꾸몄다. 아무래도 축지법을 쓰는 듯하다. 위험하니 그만 후퇴하라!"

결국 제갈량의 계략이 맞아떨어져 촉군은 보리를 벨 수 있었다. 사마의는 촉군이 노성鹵城에서 보리타작을 하는 것을 보고는 병력을 이끌고 기습하기로 했다.

그러나 제갈량은 과연 제갈량이었다. 일찌감치 준비가 되어 있던 제갈량은 위병이 노성 앞에 이르자 성 위에서 화살을 소나기처럼 쏟아부었다. 곧이어 포성이 울리더니 네 방향에서 촉의 복병이 벌 떼처럼 쏟아져 나왔다. 앞에는 화살비요 뒤에는 적병이니 위병은 앞으로 가나 뒤로 가나 죽을 판이었다. 결국 사마의는 대패하여 또 쫓겨 가고 말았다.

이때 제갈량에게 급보가 날아들었다. 이엄이 보낸 편지였는데 위급함을 알리는 것이었다.

〈위와 동오가 손을 잡고 촉을 취하기로 약조했다 하옵니다. 군사를 일으킬 듯하니 승상께서 서둘러 대책을 마련하십시오.〉

제갈량은 대경실색했다. 중원 정벌이라는 대사가 눈앞에 있기는 했지만 서천을 잃을까 두려워 돌아가지 않을 수가 없었다. 제갈량은 비밀스럽게 영을 내려 기산에서 조금씩 병사들을 철수시켰다. 장합은 제갈량의 계교에 빠질 것이 두려워 추격하지 않고 사마의에게 서둘러 촉병의 철수를 보고했다. 사마의는 장합의 보고를 받고 몸소 나가서 촉병이 주둔하던 성을 살폈다. 과연 성은 비어 있었다. 사마의는 주변을 둘러보면서 말했다.

"누가 나가서 촉병의 뒤를 쫓아 공을 세워 보겠느냐?"

말이 떨어지기 무섭게 장합이 나섰다.

"제가 가겠습니다."

사마의는 탐탁지 않게 여겼다.

"장군은 성정이 너무 급하오."

사마의의 미덥지 못한 말에 장합은 더더욱 고집을 피웠다. 사마의는 마침내 허락하지 않을 수 없었다.

"그럼 좋소. 다만 공명은 속임수를 잘 쓰니 특히 복병을 조심하시오."

사마의는 거듭 당부하고는 장합에게 병력을 이끌고 앞서 출전하게

472

했다. 사마의 자신은 뒤에서 병마를 이끌고 가 장합의 뒤를 후원하기로 했다.

장합은 병마를 이끌고 기세 좋게 촉군의 뒤를 쫓았다. 목도문木道門에 이르자 이미 날은 어두워져 있었다. 그런데 난데없이 불빛이 환해지더니 병사들의 요란한 함성 소리와 북, 꽹과리 소리가 천지를 흔들었다. 그리고 산 위에서 바위가 굴러 떨어지기 시작했다. 위군은 바위가 쌓여 오갈 길이 모두 꽉 막혔다. 장합은 이번에도 제갈량의 계교에 걸렸음을 깨달았다. 하지만 길은 끊어지고 양옆은 모두 절벽이니 기어오를 방법도 없었다. 이번에는 산 위에서 촉의 복병들이 화살을 비오듯 쏘아댔다. 장합과 1백여 명의 장군 외에도 수없이 많은 군사들이 촉병의 화살에 맞아 전멸하고 말았다.

군사를 돌린 제갈량이 마침내 한중에 도착했다. 어처구니없게도 이엄의 서신은 거짓이었다. 다만 군량을 제때에 수송할 방법이 없자 죄를 면하려고 제갈량에게 편지를 써서 돌아오게 한 것이었다. 제갈량은 화가 머리끝까지 치솟아 올라 영을 내렸다.

"네 한 몸의 죄를 면하려고 국가 대사를 망쳤으니 당장 참형에 처해야겠다."

비위가 나서더니 만류했다.

"이엄이 폐하께 군량은 충분한데 군사께서 왜 병마를 돌리셨는지 알 수 없다고 아뢰었다 하옵니다. 이엄을 참형에 처하면 폐하의 위신에 해가 될까 염려되옵니다."

제갈량도 생각을 해보니 이엄을 참하면 이엄의 말을 곧이들은 유선의 어리석음만 내보이는 꼴이 될 것 같았다. 제갈량은 황제께 청하여 이엄을 평민으로 강등시키고 귀양을 보냈다.

제갈량은 또다시 군사를 정돈하고 군량을 비축하며 위를 정벌할 계획을 세우기 시작했다. 건흥 12년(234) 2월 제갈량은 여섯 번째로 기산으로 출병할 뜻을 비추었다. 유선은 만류하였다.

"천하는 지금 위, 촉, 오가 솥발 형세를 이루며 안정되어 있는데 또 출정하시려고 합니까? 그냥 태평성대를 누리시면 안 되겠습니까?"

천문대를 관할하는 이도 나서며 제갈량에게 간하였다.

"신이 천문을 보니 위가 있는 북편의 기운이 너무나 왕성합니다. 뿐만 아니라 새 수만 마리가 한수에 빠져 죽었다 하고 잣나무가 밤이면 운다고 하니 이는 촉에게 아주 불길한 조짐입니다. 가벼이 군사를 움직이지 마십시오."

제갈량은 그들의 조언을 무시했다.

"그런 작은 조짐으로 어찌 천하 대사를 단정하려 합니까? 선제의 뜻은 중원을 정벌하여 한실을 부흥시키는 것이었소."

제갈량이 출정의 뜻을 굽히지 않고 있는데 비보 하나가 날아들었다. 관흥이 병으로 세상을 떠났다는 것이었다.

"의로운 젊은 맹장 하나를 잃었구나."

제갈량은 통곡하다 혼절하고 말았다. 출병 의지를 굳힌 제갈량은 30만 대군을 이끌고 다섯 갈래로 나누어 위로 쳐들어갔다. 조예는 제갈량이 중원을 정벌하러 온다는 전갈을 받고는 사마의를 불러 영을 내렸다. 조예가 촉을 맞아 싸우게 하니 사마의는 40만 대군을 이끌고 촉병을 막으러 길을 떠났다. 조예는 손수 조서를 써서 사마의에게 내렸다.

〈성을 군게 지키고 절대 나와서 싸우지 마시오. 촉군의 군량이 떨어지길 기다렸다 한꺼번에 치면 틀림이 없을 것이오.〉

사마의는 위수에 진을 친 뒤 위수에 다리를 세웠다. 용채 뒤에는 성을 쌓아 장기간 성을 지킬 준비를 했다. 곽회와 손예에게도 영을 내려 북원을 지키게 하고 촉군이 농도를 취하지 못하도록 방비를 했다.

제갈량은 병력을 파견해 북원을 취하는 척하며 위군 몰래 위빈渭濱을 취하려고 했다. 사마의는 제갈량의 이러한 의중을 훤히 내다보고는 병사와 사수들을 매복시켜 두었다. 뗏목을 타고 가 다리에 불을 지르려던 촉병들은 매복해 있던 위병들의 기습을 받았다. 화살에 맞고 물에 빠져 죽은 촉병의 숫자가 1만여 명에 이르렀다. 결국 촉군은 대패하여 도주할 수밖에 없었다.

촉군이 대패하여 쫓겨 돌아오자 제갈량은 우울하고 답답하여 견딜 길이 없었다. 그러던 중 홀연 비위가 성도에서 올라왔다. 제갈량은 그를 맞아들이며 부탁했다.

"내가 동오에 서신을 보내려 하는데 장군이 좀 가주실 수 있겠소?"

비위는 쾌히 응낙했다. 비위는 제갈량의 편지를 가지고 동오의 손권에게 전했다.

〈폐하께서 촉과 함께 손을 잡고 중원을 도모하여 천하를 같이 나누었으면 하는 바람 간절합니다. 청컨대 받아들여 주소서.〉

편지를 읽은 손권의 머릿속이 번쩍했다.

'바로 이것이다!'

손권은 진작부터 군사를 일으켜 중원을 취하고 싶던 차였다.

"30만 군사를 일으켜 내가 친히 출정하리다."

손권은 시원스레 응낙했다.

사마의는 계교를 써서, 정문鄭文을 촉진으로 보내 거짓 항복을 시켰다. 이를 알아챈 제갈량은 정문을 시켜 사마의에게 편지를 쓰게 했다. 사마의가 몸소 출병하면 정문 자신은 안에서 내응하겠다는 내용이었다. 사마의는 제갈량의 계교에 빠져 군사를 이끌고 촉진으로 갔다가 복병들의 기습을 받아 대패하고 말았다.

이때부터 위군은 굳게 성문을 닫아걸고는 절대 촉군과 대적하지 않았다. 제갈량은 나가서 지형을 살펴보다 조롱박처럼 생긴 골짜기인 상방곡上方谷을 발견했다. 제갈량은 이곳으로 장인들을 불러 모아 비밀스레 목우유마木牛流馬(나무로 만든 소와 양)를 만들어 식량을 수송하게 했다.

제갈량이 고안해 만든 목우유마는 움직일 수 있었다. 게다가 먹거나 마시지 않으니 성가시지도 않았다. 사마의는 촉군의 식량이 떨어져 물러가기만 기다렸으나 목우유마를 만들어 군량을 수월하게 옮겨 놓자 약이 바짝 올랐다.

군사들에게 명하여 목우유마 몇 필을 빼앗아 오도록 한 사마의는 제갈량의 지략을 모방하여 똑같은 목우유마를 만들어 사용하기 시작했다. 위군이 목우유마로 군량을 실어 오던 중 매복해 있던 촉군의 기습을 받게 되었다. 위군이 쫓겨 가자 촉병은 목우유마의 혀를 돌려 목우유마가 꼼짝 하지 못하도록 만들었다. 다시 돌아온 위병들이 아무리 움직여도 목우유마는 움직이지 않았다. 홀연 산 뒤에서 연기가 피어오르더니 기이한 옷차림에 무서운 탈을 쓴 병사들이 쏟아져 나와 위병들을 내쫓고 목우유마의 혓바닥을 돌려서는 유유히 끌고 갔다. 멀찍이서 이를 보던 위병들은 놀라서 소리쳤다.

"귀신이다!"

위병은 겁에 질려 떨면서 감히 덤비지 못했다. 이로써 촉군은 엄청난 군량을 손에 넣었다. 사마의는 빼앗긴 군량을 찾기 위해 병력을 이끌고 촉진으로 쳐들어갔으나, 중간에 복병이 있을 것은 생각지 못했다. 사마의는 촉군에 쫓겨 단신으로 간신히 포위를 뚫고 진영으로 돌아왔다. 얼마 뒤 조예가 보낸 조서가 도착했다.

〈동오의 군사가 세 갈래 길로 나누어 쳐들어오고 있습니다. 장군은 절대 이들을 대적하지 말고 성을 굳게 지키고만 계시오.〉

조예는 몸소 삼로군을 끌고 나가 동오 군대를 물리쳐 신성과 합비의 포위망을 풀기로 했다. 만총이 먼저 소호구에 도착했다. 그가 동오의 진영을 살펴보더니 조예에게 간하였다.

"동오는 우리를 가벼이 보고 왔습니다. 아직 준비가 없을 터이니 오늘 밤에 공격하는 것이 좋을 듯합니다."

밤이 되어 위군은 동오의 진을 기습했다. 아무 준비 없이 있던 오군은 어찌할 바를 몰랐고 전함과 군량은 불에 타고 병사들은 죽고 다치는 이가 부지기수였다. 제갈근은 패잔병을 끌고 면구로 달아났다.

육손이 상소를 올렸다.

〈지금 신성을 포위하고 있는 병사를 철수하여 위군의 귀로를 막고 앞뒤에서 위군을 치면 순식간에 승전할 수 있을 것입니다.〉

그런데 이 서신을 가지고 가던 보병이 위군에게 잡히고 말았다. 조예는 이 서신을 보고는 탄식하였다.

"육손은 정말 타고난 모사로구나!"

계획이 위군에게 완전히 탄로가 났으니 그 방법을 쓸 수는 없는 노릇이었다. 육손은 다른 계책을 생각하느라 고심했다.

제갈근은 육손에게 서신을 보내 동오의 군사들을 철수시키는 편이 좋겠다고 권했다. 이에 대해 육손은 따로 생각이 있다는 말만 전하니 의아해진 제갈근이 직접 육손의 진으로 가 보았다. 육손의 사병들은 콩과 팥을 심으며 농사를 짓고 있고 육손은 장수들과 활쏘기 놀이를 하고 있었다. 이를 본 제갈근은 의혹이 들어 육손에게 물었다.

"이것이 어찌 된 일입니까?"

육손은 쉽게 답하였다.

"계략을 적에게 들켜 철수하려 생각하고 있습니다. 다만 급하게 물러가면 위군이 쫓아와 공격할 터이니 서서히 안전하게 물러가야지요."

사마의가 병력을 그냥 묶어두고 움직이지 않자 제갈량은 상방곡으로 군량을 옮겨 위군이 이를 알도록 했다. 위병은 상방곡에 매복해 있다가 촉병의 목우유마를 여러 차례 빼앗았다. 촉병은 매번 거짓 패하여 달아나니 위병이 얻은 양식은 상당량이 되었다. 사마의는 이런 일이 계속되자 마침내 출전 결심을 굳히게 되었다.

촉병이 거짓 패하여 달아나는 척하니 사마의는 골짜기 깊은 곳으로 유인되었다. 이때 촉병이 사방에서 쏟아져 나오고 산 위에서는 화살이 비 오듯 날아왔다. 여기저기서는 불길이 치솟으니 사방이 불길에 둘러싸였다. 사마의는 두 아들을 끌어안고 길게 탄식했다.

"여기서 우리 삼부자가 죽게 되는구나!"

골짜기에 지뢰까지 묻어 놓은 제갈량은 산 위에서 이를 내려다보며 무한히 기뻐하고 있었다.

"이번에야말로 사마의를 해치우는구나!"

그 순간 느닷없이 하늘이 캄캄해지더니 하늘이 무너질 듯 거센 빗줄기가 쏟아졌다. 불은 순식간에 꺼졌고 지뢰는 터지지 못하였다. 사마의 부자는 이 틈을 놓치지 않고 결사적으로 포위망을 뚫고 도주했다. 제갈량은 가슴을 치며 탄식했다.

"사람이 하고자 하여도 그 이루어짐은 하늘이 결정하는 것, 어쩔 수가 없구나!"

제갈량은 병마를 돌려 오장원五丈原으로 갔다. 혼쭐이 난 사마의가 군게 버티며 촉의 도전에 응하지 않자 제갈량은 사마의에게 서신과 선물을 보냈다. 사마의가 제갈량이 보내온 편지를 뜯어보니 조롱이 가득했다.

〈대장부가 창과 칼을 피해 숨어 있으니 아녀자와 같구나. 여인의 의복을 보내니 잘 받아두어라.〉

선물은 여인의 옷 한 벌이었다. 그렇지만 사마의는 조금의 동요도 없이 태연하게 편지를 읽고 선물을 받았다. 선물과 서신을 전하러 온 사자에게도 후한 대접을 하며 물었다.

"승상은 요즘 어떻게 지내시는가?"

"일찍 일어나시고 식사는 적게 하시며 모든 일을 직접 처리하십니다."

사자의 대답에 사마의가 싸늘하게 웃었다.

"적게 드시고 일을 많이 하시다니, 쯧쯧 얼마 살지 못하시겠군!"

기실 제갈량의 건강은 심상치 않은 상태였다. 그때 비위가 급히 달려와 제갈량에게 소식을 전달했다.

"오군이 위에게 대패하여 군량과 병기가 모두 불타고 육손은 계략이 들통 나서 모두 철수했다고 합니다!"

제갈량은 이 전갈을 듣더니 혼절하여 반나절이 지난 다음에야 겨우 깨어났다. 제갈량은 밤이 되자 천문을 살피더니 강유를 불러 심각하게 말했다.

"내 명이 경각에 달렸다."

강유는 깜짝 놀라며 매달렸다.

"안 됩니다. 승상! 액막이 기원을 드리고 의식을 거행하여 명을 늘려 보시지요."

강유의 권고를 받아들인 제갈량은 수명을 연장할 기원을 드릴 준비를 했다. 검은 기를 들고 검은 옷을 입은 사람들이 앞에서 지키고 있고 안에는 일곱 개의 큰 등과 마흔아홉 개의 작은 등을 켜고 주등 하나를 켰다. 제갈량은 주변을 둘러보면서 중얼거렸다.

"이레 동안 이 주등이 꺼지지 않는다면 나의 수명이 연장될 것이다."

제갈량은 밤마다 북두칠성을 향해 기원했다. 제갈량은 낮에는 병을 무릅쓰고 일을 처리하고 저녁이면 의식을 치르며 기원을 드렸다. 제갈량이 안에서 축원을 드리면 강유는 밖에서 지키며 절대 다른 이들의 출입을 금했다. 그렇게 엿새가 지났을 때 제갈량이 켜 놓은 주등이 밝은 빛을 냈다. 제갈량은 너무나 기뻤다. 그 순간이었다. 갑자기 밖이 소란해지더니 위연이 황망히 문을 열고 거세게 바람을 일으키며 들어와 소리쳤다.

"위병이 쳐들어옵니다."

위연의 발길은 제갈량의 주등을 엎질렀고 불은 "탁!" 소리를 내며 꺼지고 말았다. 제갈량은 허망하게 칼을 땅에 내던지며 내뱉었다.

"하늘이 나를 버렸구나!"

병이 더욱 깊어진 제갈량은 강유를 불러 당부했다.

"이것은 내가 평생 동안 공부한 것들을 스물네 권의 책으로 엮은 것이고 이것은 열 개의 화살이 한 번에 나갈 수 있게 만드는 법을 그려 놓은 것이다. 이것들을 그대에게 전수하니 잘 간직하라. 그리고 촉의 다른 땅은 그다지 염려되는 바가 없으나 음평 땅을 주의하라."

강유는 제갈량의 마지막 부탁임을 알고 울면서 절을 하였다. 이어 제갈량은 마대를 부르더니 가까이 오게 했다. 제갈량은 마대의 귀에 바싹 대고 은밀히 무언가를 일러주고는 양의를 불렀다. 그가 양의에게 비단 주머니를 하나 주더니 속삭였다.

"내가 죽은 후 위연은 모반을 일으킬 것이다. 그때 진에서 이것을 풀어 보라. 반드시 위연의 목을 칠 사람이 있을 것이다."

제갈량은 그대로 정신을 잃었다. 유선은 제갈량이 몹시 위독하다는 소식을 듣자 황급히 이복李福을 보내 문안을 드리게 했다. 제갈량은 이복을 보더니 간신히 말을 이었다.

"불행히 선제께서 맡기신 여업을 이루기도 전에 명을 달리하게 되니 천하의 죄인이오. 내 천자께 유표를 올리리다."

그날 제갈량은 병든 몸을 억지로 끌고 수레에 앉아 각 진영을 순시했다. 가을바람이 싸늘하게 얼굴을 스치니 찬 기운이 뼈마디에 사무쳤다. 제갈량은 길게 탄식했다.

"다시는 진 앞에서 역적을 토벌할 수 없겠구나. 하늘은 저토록 끝없이 푸르건만 어찌하여 내 명은 여기까지인가!"

각 진영의 순시를 마치고 돌아온 제갈량의 병세는 더더욱 위태로워졌다. 병석에 앉은 제갈량은 문방사우를 대령케 하더니 떨리는 손으로 어렵게 유표를 작성했다.

〈마음을 깨끗이 하시고 욕심을 버리시며 백성을 사랑하시어 그 효가 선황께 미치도록 하십시오. 신은 공을 이루지 못하고 이렇게 가게 되니 그 한이 가슴에 깊을 뿐이옵니다.〉

이때 이복이 천자의 명을 받들어 승상의 후계자를 물으러 돌아왔다. 제갈량은 대답했다.

"장원이 승상 자리를 이을 만하오."

이복이 또 물었다.

"그 이후에는 누구를 후사로 합니까?"

"비위라면 능히 할 수 있을 거요."

이복이 한 번 더 물었다.

"비위 다음엔 누가 적합합니까?"

제갈량은 말이 없었다. 이미 숨을 거둔 후였다.

건흥 12년 8월 스무 사흗날, 지모가 신에 가까운 천하제일의 모사 제갈공명은 천하 통일과 한실 부흥의 위대한 포부를 끝내 이루지 못하고 오장원에서 숨을 거두었다. 그의 나이 54세였다.

양의는 제갈량이 생전에 명한 대로 곡을 하지 않고 제갈량의 시신을 그대로 방에 모시고 쌀 일곱 알을 입에 물린 뒤 발밑에는 등을 하나 켜 두었다. 이렇게 해야 장군의 기가 떨어지지 않아 사마의가 제갈량의 죽음을 눈치챌 수 없기 때문이었다. 모든 준비가 끝나자 양의는 비

밀스럽게 위연에게 명을 내려 뒤를 끊게 하고 한 채씩 한 채씩 조심스
레 군진을 후퇴시켰다.

10

진의 천하 통일

삼국의 주역 손권의 마지막

사마의가 밤에 천문을 살펴보니 붉은빛을 뿜는 큰 별이 떨어질 듯하다 솟구치기를 두 번 하더니 마침내 은은한 소리를 내며 촉영 쪽으로 떨어졌다. 사마의는 병사들에게 급히 명하였다.

"이는 틀림없이 공명이 죽은 징조이다. 어서 채비를 갖추어 촉진을 쳐라."

막상 군사를 끌고 촉진 앞에 당도한 사마의에게 더럭 의심이 들었다.

"또 공명이 계교를 쓰는 것 같다."

사마의는 하후패夏候覇를 시켜 오장원의 상황을 탐지하도록 했다.

하루는 위연이 자신의 머리 위에 뿔이 돋는 꿈을 꾸었다. 그는 조직을 불러 꿈 얘기를 하며 해몽을 청했다. 조직은 설명했다.

"기린과 창룡도 머리에 뿔이 돋아 있습니다. 그 꿈은 높은 자리에 오를 꿈입니다."

조직은 거짓으로 해몽해 주었다. 뿔 각角 자 위에는 칼 도刀 자가 있다. 머리에 뿔이 나는 꿈은 머리에 칼을 이는 꿈과 마찬가지니 아주 흉몽이었다.

위연은 해몽을 그대로 믿고는 기고만장하여 양의의 명을 듣지 않으려 했을 뿐 아니라 자신에게 자리를 양도하라고 고집을 피웠다. 양의는 이에 아랑곳하지 않고 강유에게 위병의 뒤를 끊게 하니, 위연은 대노하였다. 위연은 마대와 공모하여 양의를 죽일 음모를 꾸몄다.

하후패는 사마의에게 촉병이 완전히 물러갔음을 알렸다. 사마의는 제갈량이 죽은 것이 틀림없다고 여기고는 영을 내려 전속력으로 촉병을 추격하라고 일렀다. 사마의 자신도 몸소 병력을 끌고 앞장서서 촉병을 쫓았다.

사마의가 어느 산 밑에 이르렀을 때였다. 앞에 멀찍이서 가던 촉병들이 갑자기 되돌아오기 시작했고 산 뒤에서도 촉병이 쏟아져 나왔다. 수십 명의 장군들도 '한승상 제갈량'이라 쓰인 깃발을 휘날리며 수레를 호위하고 나왔다. 수레 위에는 제갈량이 단정하게 앉아 있었고 강유가 뒤에서 바짝 쫓아 오며 외쳤다.

"너는 우리 승상의 계교에 또 속았구나!"

사마의는 완전히 혼비백산하여 도망쳤다. 위병들도 제각기 살길을 찾아 도망치기에 바빴다. 사마의는 미친 듯이 50여 리를 달렸다. 하후패와 하후혜夏候惠가 달려들어 말 재갈을 잡은 후에야 겨우 멈춘 사마의는 두 장군도 제대로 알아보지 못하다 겨우 숨을 돌렸다. 사마의가 머리를 싸안으며 물었다.

"지금 내 머리가 온전히 붙어 있느냐?"

얼마 후 수레 위에 앉아 있던 제갈량이 나무로 빚은 목각 인형이었음을 안 사마의는 탄식했다.

"나는 어찌하여 공명이 살아 있다고만 생각하고 이미 죽은 것은 생각지 못했단 말인가?"

촉군은 위군을 따돌리고 나서야 비로소 상복으로 갈아입고 곡을 하기 시작했다. 촉군들은 가슴을 치고 발을 구르며 제갈량의 죽음을 애도했다. 울다가 혼절하여 죽는 이들도 있었다. 슬픔에 빠진 이들 옆에서 불을 지르며 길을 끊는 병사들이 있었으니 바로 위연이 이끄는 병사들이었다. 강유는 다른 길로 돌아 위연의 포위를 빠져나가 천자에게 위연의 모반을 알리기로 했다.

유선은 제갈량이 세상을 떴다는 사실을 알고는 대성통곡을 했다. 울다가 혼절하여 쓰러진 유선을 용상에 옮기니 깨어나서 또다시 울기 시작했다.

"하늘이 나를 버리는구나!"

태후와 백관들도 모두 목을 놓아 서럽게 울었다. 그때 위연과 양의는 서로 천자에게 표를 올려 상대가 모반을 꾀했다고 고했다. 유선은 갈피를 못 잡고 있다가 비위가 돌아와서 자세히 전말을 고한 후에야 위연이 반란을 일으켰음을 알게 되었다. 장완은 유선을 안심시켰다.

"승상은 진작부터 위연이 배반할 인물임을 알고 계셨으니 돌아가시기 전에 뭔가 조치를 취하셨을 것입니다. 염려를 놓으십시오."

위연은 병력을 이끌고 남정으로 가서 양의, 강유 등 나머지 촉군과 대치하고 있었다. 양의는 제갈량이 준 비단 주머니를 풀어 씌어 있는 계략을 읽어 보았다.

〈위연과 대적 시 "누가 감히 나를 죽이겠느냐!"를 세 번 외치면 한중 땅을 주겠다고 하여라.〉

영문을 알 수 없는 내용이 적혀 있었다. 그러나 양의는 씌어 있는 대로 위연에게 말했다.

"네가 '누가 감히 날 죽이겠느냐!'를 세 번 외치면 한중 땅을 너에게 주겠다."

위연은 떠나가게 웃어대더니 목청 높여 외쳤다.

"누가 감히 날 죽이겠느냐!"

위연의 뒤에서 단호한 한마디가 들려 왔다.

"내가 죽이겠다!"

그가 단칼에 위연의 목을 내리쳤다. 그는 위연과 모반을 약속한 마대였다. 제갈량이 죽기 직전 마대를 불러 귀에 대고 비밀리에 일러준 말은 바로 위연이 '누가 감히 나를 죽이겠느냐!'를 외치면 그 목을 치라는 것이었다.

위연의 반란을 진압한 촉군은 마침내 제갈량의 시신을 가지고 성도에 도착했다. 유선과 만조백관 모두가 상복을 입고 성 밖 20리까지 나가 제갈량의 시신을 맞아들였다. 황제부터 고위대관, 백성들에 이르기까지 제갈량의 죽음에 목을 놓아 울지 않는 이가 없었다. 그 슬픔은 천지를 진동시키고 귀신도 울리며 햇빛도 광채를 잃게 했다. 유선은 제갈량의 유언에 따라 제갈량의 시신을 정군산에 안장시켰다.

제갈량의 죽음이 전해지자 동오의 군사 수만 명이 파구계 입구에 주둔하기 시작했다. 유선은 이 소식을 듣고 깜짝 놀라며 동오에 사자를 보내 어찌 된 연유인지 알아보게 했다. 종예가 사자로 가서 손권에게 물었다.

"어찌하여 파구계에 병사를 늘려 주둔시키셨습니까?"

손권은 해명하였다.

"위병이 제갈 승상이 돌아가신 틈을 타 촉을 침입할까 염려되어 군사를 주둔시켰을 뿐 다른 뜻은 없소. 승상이 돌아가신 후 우리 동오 백관들도 상복을 입고 곡을 하였소. 어찌 촉과의 의리를 저버리겠소?"

그러더니 금 화살을 꺼내어 꺾으며 단단히 맹세했다.

"맹세컨대 촉과의 관계를 배신하면 내 자손의 대가 끊길 것이오."

손권은 사자를 촉에 보내 제갈량을 문상하게 했다.

때는 촉한 건흥 13년(235), 위는 청룡 3년, 오는 가화 4년이었다. 위, 촉, 오 세 나라는 모두 군사를 일으키지 않아 오랜만에 평화로운 세월을 누리게 되었다.

위 황제 조예는 허창에 대규모 토목공사를 벌여 호화로운 궁전을 지으라고 명했다. 백성들은 밤낮으로 부역을 나와 궁전 짓는 일을 도와야 했으니 그 원성이 천하에 자자했다. 대신들은 상소를 올리며 백성의 고통을 헤아려 달라고 간했으나 소용이 없었다. 그렇게 간하는 신하들은 모두 참형에 처해지거나 벼슬을 박탈당하여 쫓겨나는 신세로 전락했다.

조예의 사치와 방탕은 극에 달하고 있었다. 그는 불로장생을 누리고 싶은 욕심까지 생겼다. 무제武帝가 장안궁에 백양대栢梁臺를 세우고 승로반承露盤(이슬을 받는 쟁반)을 손으로 받치는 거인 구리 동상을 세운 후 그 승로반 위의 이슬을 받아먹어 장수했다는 이야기를 듣고는 영을 내렸다.

"장안의 구리 동상을 당장 옮겨 와라!"

그러니 백성들의 생활은 더욱 고달프고 피폐해져 원망이 끊이지 않았다. 하루는 일진광풍이 거세게 불어닥치더니 구리 기둥이 넘어져 그 밑에 깔려 죽은 사람이 1천 명에 달했다.

"구리 기둥이 너무 거대하고 무거워 옮겨 올 수 없사옵니다."

조예는 조금도 백성들을 생각하지 않았다.

"그렇다면 나누어서 옮겨 오라!"

조예는 제위에 오르기 전에는 아내 모毛 씨와 무척 금슬이 좋았으나, 조예가 주색과 여흥에 빠져 매일 방림원에 처박혀 미녀들과 노닥거리기 시작하고부터는 모 황후를 멀리했다. 당연히 모 황후는 조예를 원망하는 마음이 생겼다. 모 황후의 작은 원성이 조예의 귀에 들어가자 조예는 가차 없이 조서를 내려 모 황후를 참형에 처해버렸다. 이

후부터는 조예에게 불만이 있거나 간할 말이 있어도 누구 하나 나서지 않게 되었다. 조예가 주색에 취해 한창 정신을 못 차리고 있는데 상소 하나가 올라왔다.

〈요동 태수 공손연公孫淵이 모반을 꾀하여 스스로 연왕燕王이라 칭하고 나섰습니다.〉

급보였다. 사마의는 당장 군사를 끌고 출정하여 양평을 포위했다. 갇힌 공손연은 양식이 떨어지고 성안의 원성이 높아지자 항복을 청했다. 공손연은 사마의가 투항 의사를 전하러 온 사신마저 죽이자 몰래 성문을 열어 도주를 꾀했다. 그러다 사마의의 손에 잡힌 공손연이 그 자리에서 처형당함으로써 요동의 난은 평정되었다.

조예는 주색을 지나치게 탐하니 건강이 온전할 수가 없었다. 게다가 자신이 죽인 모 황후의 원혼에 시달리면서 병은 더욱 깊어졌다. 조예는 자신의 명이 얼마 남지 않았음을 알고는 사마의와 조상曹爽 그리고 태자 조방曹芳을 불렀다. 태자는 사마의의 목을 꼭 끌어안고 놓지 않았다. 조예는 사마의에게 당부했다.

"어린 태자를 경에게 부탁하오. 지금 태자 방이 그대에게 보이는 정을 잊지 말아주시오."

유언을 끝낸 조예는 이내 숨을 거두었다. 조방은 선제 조예를 고평高平에 장사지내고 시호를 명제明帝라고 봉했다. 제위에 오른 조방은 시호를 정시正始 원년(240)으로 바꾸었다. 조상과 사마의는 처음에는 서로 마음을 합쳐 모든 정사를 꾸려갔다. 조상은 사마의를 존경하고 존중하여 모든 대소사를 그와 의논했다. 그런데 조상의 문객 중 하나인 하안何晏이 조상을 부추겼다.

"어찌하여 응당 주공이 도맡으셔야 할 일을 사마의와 나누십니까? 그러시다 사마의로 인해 주공께 후환이 생길까 두렵습니다."

조상도 곰곰이 생각을 해보니 이대로 가다가는 권력의 무게가 사마의에게 실릴 것 같았다. 조상은 점차 모든 일을 독점하여 처리하기 시작했다. 사마의는 심상찮은 낌새를 알아차리고 병을 핑계 삼아 아예 은신에 들어가버렸다.

조상의 권력은 갈수록 강해졌다. 누각을 새로 짓고 금은으로 만든 식기를 사용했으며 춤과 노래에 능한 여인 3, 40명을 거느리고 매일 연회를 베풀며 환락에 빠져 살았다. 그가 누리는 호화로움과 사치는 가히 황제와 비교해도 뒤지지 않았다. 그는 그렇게 자신의 세도와 권력을 전횡하며 방탕한 생활을 즐겼다. 사마의가 모습을 감추고 나타나지 않으니 병권을 비롯한 모든 권리를 갖고 있는 조상을 저지할 사람은 아무도 없어 보였다.

조방은 이때 시호를 정시 10년(249)에서 가평嘉平 원년으로 바꾸었다. 조방은 이승李勝을 형주 자사에 봉하면서 영을 내리기를 사마의를 찾아가 작별 인사를 올리는 척하며 상황을 탐지하고 오도록 일렀다.

사마의는 진즉 이러한 동향을 눈치채고 연극을 꾸몄다. 그는 초췌하고 지저분한 몰골로 병상에 누워 이불을 싸안고 이승을 맞아들인 것 외에 말도 똑바로 못하고 귀까지 먹은 양 굴었다. '형주'를 '병주'

라고 말하고 '간다'를 '온다'로 말한다거나 갈라지고 쉰 목소리로 가쁜 숨을 내쉬었고 약을 마시면서 질질 흘려 소매를 적시기까지 했다. 누가 보아도 갈 날이 얼마 안 남은 중환자의 모습이었다. 이승이 본 그대로를 황제와 조상에게 전하자, 조상은 더욱 마음을 푹 놓으며 전혀 사마의를 경계하지 않았다.

사마의는 두 아들과 수하 장군들을 불러 은밀히 조상을 제거할 계략을 꾸미기 시작했다. 하루는 조상이 황제를 모시고 문무백관과 함께 선제의 제사를 모시러 갔다. 사마의는 이때를 놓치지 않았다. 사마의는 천자에게 조상의 죄를 고하며 역적을 처단하겠다는 표를 올렸다. 사마의는 성문을 굳게 걸어 잠그고 병력을 낙하洛河에 주둔시키며 조상을 기다렸다.

조상은 제례 의식이 끝나고는 황제 일행과 더불어 신명나게 사냥을 즐기고 있었다. 그러다가 사마의가 병력을 일으켜 자신을 처단하려고 황제에게 표를 올리자 소스라치게 놀라 말에서 떨어질 뻔했다.

조상 수하의 사람들은 조상에게 황제를 모시고 허도로 가서 기회를 보아 사마의를 치라고 권하였다. 청천벽력의 상황을 급작스레 맞은 조상은 하룻저녁 내내 눈물을 흘리고 주저하며 결정을 내리지 못하였다. 내내 고민하던 조상은 병권만 내주면 해치지 않겠다는 사마의의 말을 믿고 성안으로 들어갔다.

그로부터 얼마 지나지 않아 사마의는 조상이 왕위를 찬탈하고 역적 모의를 꾸몄다는 이유로 조상의 세 형제와 일가 1천여 명을 끌어내 삼족을 멸하였다. 조씨 가문의 재산은 몰수되어 국고로 들어갔다. 조상 일당이 죽고 난이 평정되자 조방은 사마의를 승상에 봉하고 구석을 내렸다. 이로써 사마씨 가문은 위국의 새로운 실세로 떠올랐다. 사마 의와 두 아들은 함께 위나라 정국을 장악했다.

하후패는 사마의가 자신의 조카 하후현夏候玄을 해치려 한다는 사실을 알고는 3천 병력을 거느리고 모반을 꾀하였다. 옹주 자사 곽회가 군마를 이끌고 하후패를 토벌하러 와서는 하후패를 잡으려 계교를 썼다. 하후패와 대적하다 거짓 패하여 달아나는 척을 한 것이다.

하후패가 열심히 곽회의 뒤를 쫓는데, 홀연 뒤에서 군사들의 함성이 들려왔다. 곽회를 구원하러 온 군대였다. 곽회도 다시 말머리를 돌려 하후패를 쫓았다. 양쪽에서 협공하니 하후패는 대패하여 군사는 태반이나 꺾인 것은 물론, 모반을 일으킨 이상 계속 위에 머무를 수도 없었다. 묘책은 떠오르지 않았다. 하후패는 군사들을 이끌고 촉의 유선을 찾아가 투항했다. 강유는 하후패가 진심으로 항복해 온 것을 알고는 연회를 베풀어 후하게 대접했다. 강유가 하후패에게 물었다.

"지금 위국의 군정은 어떤가? 혹시 촉을 칠 기미는 없는가?"

하후패는 사실대로 말해주었다.

"지금 사마의는 왕위 찬탈에 눈이 멀어 바깥에는 눈을 돌리지 못하고 있을 것입니다. 허나 지금 막 등장한 빼어난 인재가 둘 있습니다. 만일 그들을 등용하여 병법을 쓴다면 후에 촉과 오의 큰 우환이 될 것입니다."

강유는 궁금했다.

"그 둘은 누구인가?"

하후패는 주저 없이 말했다.

"하나는 종회鍾會이고 다른 하나는 등애鄧艾입니다. 이들은 모든 병서를 꿰뚫고 있으며 육도삼략六韜三略에 능합니다."

강유는 별로 대수롭지 않게 여겼다.

"그깟 애송이들을 겁낼 것이 무언가?"

강유는 하후패를 데리고 유선을 알현하러 갔다.

"사마의가 정권을 찬탈하고 하후패를 해하려 하여 우리에게 투항했습니다. 지금 위국의 상황이 어지러운 듯하니 지금 군사를 일으켜 중원을 도모하는 것이 어떻겠습니까? 강인羌人들과 맹약을 맺어 같이 거사를 꾀한다면 승산이 있는 일이옵니다."

비위는 만류했다.

"제갈 승상도 못 이루신 일을 그보다 훨씬 못한 우리가 경솔하게 덤빈다고 될 일이 아닙니다."

하지만 유선이 이를 허락하니 강유는 당장 강에 사자를 보내 후원을 청하고 구안과 이흠에게 명하여 동서 양쪽으로 국산麴山에 성을 쌓게 해 앞 부대의 거점으로 삼았다. 강유 자신은 대군을 이끌고 그 뒤를 이어 길을 떠났다.

드디어 촉과 위의 교전이 시작되었다. 구안과 이흠은 수적으로 밀려 이길 수가 없었다. 성 안으로 후퇴해 들어가자 곽회는 이들 성의 식수를 끊었다. 군사들은 목이 타서 견디지를 못 했고 이대로 가다가는 성을 모두 잃을 게 분명했다. 강유가 하후패에게 계교를 물으니 곧장 간하였다.

"지금 옹주가 비어 있습니다. 옹주를 공격하면 곽회는 이 두 성의 포위망을 풀어 군사를 옹주로 돌릴 것입니다."

강유는 그 말에 따라 옹주를 공격했다. 하지만 곽회는 이미 촉의 움직임을 정확히 읽어내고는 모든 대비를 완벽히 갖추고 있었다. 결국 강유는 군사를 태반이나 잃고 양평관으로 도망쳐야 했다.

국산의 두 성은 기다려도 기다려도 강의 구원병이 오지 않자 할 수 없이 성문을 열고 위에 투항했고, 강유도 패잔병을 이끌고 한중으로 돌아갔다. 이로써 촉과 한의 전쟁은 끝나게 되었다.

한편 사마의는 병이 들어 내일을 기약할 수 없을 만큼 위독해 있었다. 자신의 마지막을 예감한 사마의는 두 아들 사마사司馬師와 사마소司馬昭를 불렀다.

"나의 벼슬이 태부에 이르렀으니 군신으로서는 최고의 자리에 오른 것이다. 어떤 이는 내가 딴마음을 품었다고 생각했지만 나는 위국을 섬기면서 그런 마음을 가져 본 일이 없다. 너희들에게 당부할 것은 나랏일을 힘껏 보살피며 신중하고 또 신중하라는 것이다."

당부를 마친 사마의는 곧 숨을 거두었다. 위 황제 조방은 조서를 내려 사마의의 장례를 성대하게 치러주었다.

이때 오국의 육손과 제갈근도 세상을 떠났다. 그리하여 제갈근의

아들인 제갈각諸葛恪이 나랏일을 도맡아 처리했다. 태원 원년(251) 가을, 홀연 강풍이 크게 몰아치더니 오나라 선제 능의 잣나무와 소나무들이 몽땅 뽑혀서는 길거리 위로 날아와 거꾸로 처박히는 일이 일어났다. 참으로 불길하고 괴이한 일이었다. 이를 보고 크게 놀란 손권은 시름시름 앓기 시작하여 다음 해에 세상을 뜨고 말았다.

이로써 비등한 힘을 갖고 천하를 다투던 삼국의 원조 유비, 조조, 손권이 모두 세상을 떠났다. 손권의 아들 손량孫亮이 손권의 뒤를 이어 제위에 올라 시호를 건흥建興 5년으로 바꾸었다.

한바탕의 거센 피바람

위의 사마 형제는 손권이 세상을 뜨고 나이 어린 손량이 제위에 오르자 동오를 칠 것을 논의했다. 30만 대군을 일으켜 동오의 국경에 이른 사마소는 동흥東興이 동오를 치는 문지방인 것을 알고는 호준胡遵에게 동흥을 치라고 명했다. 부교浮橋를 내리고 제방에 병력을 주둔시킨 호준은 병력을 동원하여 동흥의 동서 양쪽 성을 취하도록 명했다.

오국의 태부 제갈각은 위병이 쳐들어와 동흥을 취하려 한다는 급보를 받자 동흥에 지원병을 보내는 한편 정봉鄭奉에게 일러 수로를 통해 은밀히 기습을 감행하도록 했다.

그 시각 진 안에서 연회를 즐기고 있던 호준에게 한 병사가 숨 가쁘게 달려와서 아뢰었다.

"오국의 수군이 쳐들어옵니다."

호준이 밖으로 나가 보니 오군의 전함 10여 척이 병사 3천을 싣고 정박하려 하고 있었다. 그런데도 호준은 술만 마셔댔다.

"폭설이 쌓인데다 저들은 수적으로도 적으니 걱정할 바 아니다."

오군은 단지 작은 단도 하나씩을 품고 위진을 덮쳤다. 아무 방비 없던 위병들은 날쌘 범처럼 덮쳐 와 단도로 사정없이 공격하는 오군에게 당하고만 있었다. 오군 1명이 위병 10여 명을 상대하는 꼴과 같았음에도 군심이 풀어질 대로 풀어진 위병은 10분의 1밖에 안 되는 오병들에게 대패하여 쫓겨 갔다.

위는 패보가 잇따르자 군사를 철수시키고 전쟁을 포기했다. 제갈각은 승세를 몰아 중원을 도모할 만하다고 보았다. 그는 바로 병력을 이끌고 위의 총 요새인 신성을 공격하기 시작했다. 신성을 지키던 장특張特은 성을 굳게 지키고 있다가 오군의 기세가 사나운 것을 보고는 계략을 세워 1백 일 내에 투항하겠다는 서신을 보냈다.

제갈각이 보기에 신성은 그다지 오래 버틸 것 같지는 않았다. 제갈각은 상대가 투항하겠다는 말만 믿고서 마음을 놓았다. 그런 와중에 신성에 지원군이 도착했다. 장특은 성안에서 제갈각을 공격하고 호준의 군사는 성 밖에서 치고 들어오니 제갈각의 군사는 위군의 공격 속에 갇혀 참패하고는 빈손으로 오국으로 돌아가야 했다.

제갈각은 패해 돌아오자 수치스러워 견딜 수가 없었다. 그는 병을 핑계 삼아 아예 조정에도 나가지 않았다. 황제 손량이 친히 가서 제갈각을 문병하고 문무백관들도 제각기 가서 문안을 청했지만, 제갈각은 패전의 책임에 대해 이러쿵저러쿵 자신에게 비난의 화살이 날아올까 봐 두려웠다. 그는 선수를 쳤다. 장수들의 과실을 문책하며 처벌을 내리기를, 죄가 가벼운 자는 벼슬을 박탈하여 귀양 보내고 죄가 무거우면 참형에 처했다.

한바탕의 거센 피바람이 불어 닥치니 만조백관은 모두 제갈각을 원망하고 증오하게 되었다. 대신들은 제갈각의 전횡에 대해 불만이 날로 커져갔다. 그중에 손준孫峻이란 자가 있었는데 그는 제갈각이 어림군을 장악하여 자신의 권한을 빼앗자 앙심을 품고 있었다. 손준은 천자를 뵙기를 청하여 은밀히 아뢰었다.

"제갈각이 권세를 빌어 궁 안의 대신들을 함부로 학살하고 내쫓으니 이는 폐하가 안중에도 없는 듯한 행동입니다. 어서 제거하여 후환을 없애시지요."

손량도 그 계략에 찬성했다.

"짐도 항상 그가 두렵고 거슬렸소. 경들은 충신들이니 믿고 맡기겠소. 은밀히 그를 처단하시오."

손량은 제갈각을 청하여 연회를 베풀었다. 제갈각은 느낌이 이상했지만 어쩔 수 없이 참석했다. 손준은 연회 중에 느닷없이 제갈각의 목을 쳤고 그 집안의 삼족을 멸하니 이때부터 오국의 정권은 손준에게 넘어갔다.

제갈각은 죽기 전 강유에게 서신을 보내 함께 위를 치자고 했었다. 강유는 천자에게 표를 올리고 윤허를 얻어 20만 대군을 일으키기로 했다. 이후 강유는 동오가 대패하여 물러간 일을 전혀 모르고 있었다.

그저 오와의 맹약에 따라 군사를 일으킬 준비를 한창 하고 있었다. 남안은 가장 풍족하고 둔병하기 적합한 곳이었기에, 강유는 동정董亭에서 남안을 직접 취하기로 했다. 강유는 강국에도 사람을 보내 강 왕에게 지원병을 요청했다.

지난번 촉이 위를 정벌하면서도 강국에 병력을 요청했으나 그들은 병력을 보내지 않았었다. 이번에는 지원 약속을 확실히 받아내야 했다. 촉의 사자는 강 왕에게 선물할 금은보화를 수레에 가득 싣고서 강국으로 갔다. 강왕 미당迷當은 금은보화를 보자 입이 귀밑까지 찢어졌다. 강 왕은 촉국의 병사들을 지원하여 전쟁을 돕기로 하고, 강 장군 아하俄何와 소과燒戈를 선봉으로 삼고는 몸소 군사 5만을 거느리고 남안으로 갔다.

위에서는 강유가 쳐들어온다는 보고를 받자 서질徐質을 선봉으로 하여 촉병을 막아내도록 했다. 촉군은 동정에서 서질이 이끄는 위병과 마주쳤다. 양편 군대는 몇 차례의 혈전을 벌였지만 승부가 나지 않았다.

강유는 위를 물리칠 계략을 세웠다. 강유가 목우유마를 써서 군량을 운반하기 시작하자, 서질은 촉군의 군량을 빼앗으면 촉군이 저절로 물러갈 것 같았다. 매복해 있다가 목우유마로 군량을 나르는 촉군을 덮치니 촉병은 뿔뿔이 달아났다. 위병이 빼앗은 군량을 가지고 돌아가고 있는데 눈앞에 병기를 가득 실은 수레가 길을 막고 있었다. 위병이 수레를 치우고 길을 재촉하려 하는 순간 갑자기 사방에서 불길이 일어나더니 촉병에 쏟아져 나왔다. 강유의 창끝이 서질을 향해 날아왔다. 말에서 굴러떨어진 서질은 외마디 비명을 지르며 저세상으로 갔다.

대패한 위병들이 촉에게 항복하니 그 숫자는 헤아릴 수가 없었다. 하후패는 위병들의 옷과 깃발을 몽땅 빼앗고는 자신의 병사들에게 명을 내렸다.

"너희들은 어서 위병들의 옷으로 갈아 입고 위군의 기치를 들고는 위군의 진영으로 들어가라!"

위진의 병사들은 촉군이 변장을 해서 들어오자 응당 아군이라 생각하여 진문을 활짝 열어 주었다. 변장한 촉병들이 밀고 들어와 위병들을 기습하자 사마소는 손쓸 틈이 없었다. 사마소는 패잔병을 끌고 철롱산鐵籠山으로 도주했다. 하나뿐인 철롱산의 길은 강유가 가로막고 있고 산속에는 물마저 모자랐다. 게다가 촉병이 겹겹이 산을 에워싸고 있으니 사마소와 위병은 독 안에 든 쥐였다. 또 철롱산의 샘은 하나였으니 하루에 1백여 명 마실 양밖에 되지 않았다. 위의 병사는 6천이었다.

사마소는 하늘을 바라보며 절망했다.

"내가 여기서 죽고 마는구나!"

주부 왕도가 이를 듣고는 권하였다.

"물을 달라고 축원을 해보시지요."

사마소도 그 말을 따라 샘에 올라가 절을 올리고는 진심으로 기도

했다.

"제 목숨이 여기서 끝나는 것이 아니라면 부디 물을 주셔서 여러 목숨을 살리게 해주소서."

정말 신기한 일이었다. 축원이 끝나자 샘물이 갑자기 용솟음쳐 올라왔다. 샘물은 끝이 없어 퍼도 퍼도 계속 넘쳐 나왔다. 위병들은 갈증에서 완전히 해방될 수 있었다.

곽회는 사마소가 철롱산에 갇혀 있고 강이 촉군을 지원하기로 약속했다는 사실을 알고는 진태와 5천 병사를 시켜 강 왕을 찾아가 거짓 항복을 하게 했다. 진태는 강 왕에게 말했다.

"곽회는 항상 저를 경계하여 없애려 합니다. 왕께서 저와 손잡고 곽회를 치시면 성공은 틀림없습니다."

강 왕은 이 말을 그대로 믿으며 좋아라고 진태를 받아들였다. 진태와 강 왕은 병사를 끌고 곽회의 진으로 쳐들어갔다. 그러나 강병들은 미리 파놓은 함정 속에 굴러떨어지고 진태는 말을 돌려 곽회와 강의 진으로 쳐들어가니 강병은 대패하고 강 왕은 사로잡히고 말았다. 곽회는 강 왕 미당에게 나무랐다.

"그대같이 충성스럽던 자가 이게 무슨 짓인가?"

미당은 부끄러움에 얼굴이 붉게 달아올랐다.

"내가 그대를 한번 믿고 공을 세울 기회를 주겠네. 철롱산으로 가서 촉병의 포위를 풀어 사마소를 구하라."

미당은 이를 응낙하고 군사를 끌고 철롱산으로 갔다. 미당은 강병을 대동하고 촉영으로 가서 강유를 만났다. 그런데 미당이 끌고 온 강병 중에는 변장한 위병이 태반이었다. 위병과 강병은 같이 강유의 촉병을 향해 몰려들어 공격해대었다. 강유는 칼 한 자루 챙길 틈도 없이 황망히 말에 올라타 도주하기 시작했다. 강유에게는 달랑 살 없는 활만 하나 있을 뿐이었다.

곽회가 강유에게 활을 쏘았다. "위잉" 소리가 나자 강유는 날아온 화살을 손으로 정확히 잡아냈다. 그리고 자기 활에 날아온 화살을 걸어 곽회를 겨냥하여 쏘았다. 강유의 화살은 곽회의 면상을 정확히 맞추었고 곽회는 그 상처로 죽음을 맞았다.

강유는 대패하여 한중으로 돌아갔고 사마소는 무사히 철롱산에서 빠져나가 조정으로 복귀했다. 조방은 사마 형제가 모든 실권을 가지고 정사를 좌지우지하며 지지 세력을 엄청나게 늘리자 불안감을 감출 수 없었다. 자신의 제위가 찬탈당할 것 같은 두려움에 휩싸인 조방은 자신의 손가락을 깨물어 혈서를 썼다.

〈사마사 형제가 대권을 농락하고 역적질을 하니 그대들은 짐의 조서를 받들어 역적 사마소와 사마사를 토벌하라.〉

조방은 이를 옷 속에 감추고 있다가 하후현, 이풍 그리고 자신의 장인인 장집을 불러 은밀히 혈서를 건넸다. 이들은 눈물을 흘리며 황제를 동정하고 사마 형제를 죽이기로 맹세했다. 궁 밖으로 나서던 장집 등 세 사람이 사마사와 마주치게 되었다. 사마사는 세 사람의 눈이 모두 붉어져 있고 이상하리만큼 비장한 분위기를 띠고 있자 낌새를 알아차렸다.

"너희는 어찌하여 이토록 늦은 시간에 퇴조하느냐. 눈물까지 짜면서 황제의 방에서 뭔가 작당을 한 게로구나!"

사마사가 병사들에게 명했다.

"이자들의 몸을 뒤져 보아라!"

그들에게서 황제의 혈서가 나오자 사마사는 분을 감추지 못했다.

"네놈들이 감히 우리 형제를 모해하려 했느냐! 날 속이고도 무사할 줄 알았느냐?"

곧장 영을 내려 세 사람의 허리를 잘라 죽이도록 한 사마사는 거리에 시신을 걸어두고 그들의 삼족을 멸해버렸다.

사마사는 장집의 딸이며 조방의 황후인 장 황후를 살려둘 수 없다고 생각했다. 사마사가 당장에 황제의 방으로 가니, 황제는 황후와 함께 사마 형제를 토벌할 계획을 이야기하고 있었다. 그때 사마사가 불쑥 들어오니 흠칫 놀라며 두려운 기색을 감추지 못했다. 사마사는 황제의 혈서를 내던지며 소리쳤다.

"저희 부친이 폐하를 제위에 모셔 충성을 다하였고 저희 형제도 또한 그러했습니다. 어찌하여 이런 일을 꾸미셨습니까?"

황제와 황후는 겁에 질려 벌벌 떨 뿐이었다. 사마사는 장 황후를 끌어내어 동화문 안에서 흰 비단으로 목매달아 죽게 하니 이는 조조가 복 황후를 죽였던 비사를 생각나게 했다. 사마사는 관리를 대동하고 기세등등하게 태후를 찾아가서는 아뢰었다.

"조방을 폐위시켜야겠습니다."

태후는 사마사가 두려워 이를 허락지 않을 수가 없었다. 조방은 원래 지위인 제왕齊王으로 강등되어 울면서 옥새를 반납하고 쫓겨났다.

사마사는 태후에게 간하여 고귀향공高貴鄕公 조모曹髦를 새 황제로 세우고 시호를 정원正元 원년(254)으로 고쳤다. 사마사는 대장군으로서의 권세가 더욱 커져 황금 도끼를 하사받는가 하면 선소를 올리지 않고도 조정에 출입하며 입조 시 절을 하지 않아도 되고 일을 아뢸 때도 이름을 대지 않고 칼을 차고 입궁할 수 있게 되었다.

해가 바뀌어 정원 2년(255)을 맞았다. 양주 도독 관구검毌丘儉과 자사 문흠文欽은 사마사가 황제를 폐위시킨 데 대해 분노를 참지 못하고 있었다. 그들은 사람을 모아 사마사를 토벌하기로 맹세했다. 이들이 난을 일으키니 사마사는 대경실색하였다. 사마사는 이때 눈에 난 종기를 없애느라 칼로 쨰는 수술을 하여 거동이 불편함에도 불구하고 수레를 타고 출정하기로 했다. 사마사는 병력을 음수 위로 진병시키고 중군은 음교에 주둔시켰다.

회남淮南 남둔성은 군사적 요충지였으므로 반드시 쟁취해야 할 땅이었다. 위군과 관구검이 이끄는 양편 군대는 모두 출동하여 남둔으로 향했다. 관구검은 위병보다 한발 늦게 도착하고 말았다. 관구검이 남둔에 이르러 보니 이미 사마사가 보낸 군대가 점령하여 진을 치고 있었다. 관구검은 수춘壽春과 낙가성樂嘉城을 지키기 위해 군사를 돌려 항성項城으로 갔다.

자사 문흠과 그의 아들 문앙文鴦은 관구검의 명에 따라 낙가를 지키기 위해 병마를 거느리고 달려갔다. 이곳에도 진즉 위병이 도착하여 진을 치고 있었지만 영채는 정비되어 있지 않은 상태였다. 문앙은 문흠에게 말했다.

"적이 아직 영채를 완비하지 않았으니 아버님과 제가 군사를 나누어 심야에 기습을 한다면 승산이 있을 것입니다."

문앙은 나이는 어렸으나 용맹과 기지가 비범했다. 밤이 되자 문앙은 군사를 이끌고 손에는 구리 채찍과 장창을 들고 종횡무진으로 위진을 기습해 들어갔다. 이에 맞아 죽은 위병은 수를 헤아릴 수 없었다. 그런데 부친 문흠의 병사는 아무리 시간이 흘러도 오지 않았다. 게다가 등애마저 병력을 끌고 위군을 응원하러 오자 문앙은 단신으로 철편을 던지며 위병을 따돌리고 도주했다.

문흠은 산속에서 길을 잃고 헤매다 문앙이 도주한 뒤에야 위진을 발견했다. 이때는 등애의 군대까지 합세한 뒤였기에, 문흠을 발견한 위군은 그를 뒤쫓아 공격해 왔다. 문흠은 항성으로 도망쳤으나 위병의 삼로군이 공격해 오자 항성의 형세가 위급해졌다. 문흠 부자는 할 수 없이 동오의 손준을 찾아가 투항했다.

관구검은 항성이 위군에게 점령당하자 신현愼縣으로 도망쳤다. 신현성의 현령 송백宋白은 성대하게 연회를 베풀며 관구검을 환대했으나, 관구검이 만취해서 쓰러지자 목을 베어 위군에게 바쳤다. 이로써 회남의 난은 평정되었다.

사마사는 종기가 터진 눈이 아파서 견딜 수가 없었다. 그는 제갈탄 諸葛誕을 불러 양주의 군마를 총감독하라고 위임시키고 자신은 조정으로 돌아가려 했다. 그러나 허창에 도착하기도 전에 사마사의 병은 손쓸 수 없을 만큼 악화되어 죽음이 코앞에 닥쳐 있었다. 사마사는 급히 아우 사마소를 불렀다. 사마소는 울음을 그치지 못하고 형님의 마지막을 지켜보았다. 사마사가 소리쳤다.

"내가 갖고 있던 모든 중책을 너에게 맡기니 부디 매사에 신중하고 가벼이 남을 신뢰하지 마라."

사마사의 안구가 눈꺼풀 속에서 튀어나오더니 사마사는 외마디 비명을 지르고 숨을 거두었다. 사마사의 죽음은 촉에도 알려졌다. 강유가 유선에게 보고를 올렸다.

"사마사가 죽고 그의 아우가 정권을 잡아 몹시 어수선합니다. 이 틈을 놓치지 말고 중원을 도모해야 합니다."

유선도 이를 허락하여 강유는 병력을 끌고 조수로 갔다. 옹주 자사 왕경王經이 위군을 끌고 강유를 막으러 오자 강유는 배수진을 쳤다. 뒤는 물이므로 패하면 빠져 죽는 길밖에 없었다. 촉병은 결사적으로 위병과 격전을 벌였다. 게다가 하후패와 장익이 병력을 이끌고 위군의 뒤를 치니 위군은 앞뒤로 공격을 받아 꼼짝없이 대패했다. 왕경은 촉병의 공격에 혼비백산하여 적도성狄道城으로 도주하고는 성문을 굳게 걸어 잠그고 나오지 않았다. 강유는 군사를 몰아쳐 적도성을 포위하고 공격해대었다.

며칠을 두고 적도성을 공격했지만 전혀 함락될 기미는 보이지 않았다. 강유는 가슴이 답답하고 초조했지만 별다른 묘안도 떠오르지 않았다. 설상가상으로 등애와 진태가 병력을 끌고 적도성 촉군 포위망을 풀러 왔다. 강유는 그 기회를 노리기로 했다.

"저들은 먼 길을 왔으니 피곤해 있고 아직 진영도 자리 잡히지 않았을 것이다. 이때를 놓치지 말고 쳐야 한다."

촉군이 진태와 등애의 진을 기습했으나 등애는 이미 상대의 술수를 예상하고 계략을 짜 놓고 있었다. 강유의 군대는 순식간에 위병에게 포위당했다. 강유는 쫓아오는 위군을 막아내고 종제鍾堤에 군사를 주둔시켰다.

옹주 자사 왕경은 진태와 등애 덕분에 적도성의 포위망이 풀리자 그들을 반갑게 맞이하며 연회를 베풀어 공을 치하하고 감사를 표했다. 등애가 왕경에게 말했다.

"강유는 반드시 다시 올 겁니다. 각 요새에 영채를 세우고 방비를 단단히 해야 합니다."

등애 자신은 각처의 요새에 둔병시키고 옹주와 양주의 군사를 매일 훈련시키며 촉의 침입에 대비했다.

등애의 예상대로 강유는 기산에서 병사를 훈련시키며 재차 위를 공격할 계획을 세우고 있었다. 등애 역시 기산에 영채를 세우고 병사를 주둔시켜 촉을 막을 만반의 준비를 갖추고 있었다. 강유는 이를 보고 혀를 찼다.

"참으로 등애는 스승인 공명과 겨룰 만한 인물이다."

강유는 궁리 끝에 기산에는 1백여 명의 병사만 남겨 그들이 매일 옷을 바꿔 입으며 순시를 돌게 하고 자신은 대군을 이끌고 남안을 취하러 떠났다. 등애는 이 계교마저도 빤히 꿰고 있었다. 등애는 밤새 말을 달려 무성산武城山으로 가서 강유를 막는 한편, 상규와 단곡段谷에 병사를 매복시켜 강유가 가는 길을 끊어 놓았다.

강유는 남안의 요새인 무성산을 취하면 남안은 절로 함락되리란 것을 알고 있었다. 이를 위해 군사를 이끌고 무성산으로 진격한 것인데, 그곳에는 등애가 매복시켜 놓은 병사들이 진을 치고 있었다. 병사들에게 대패해 쫓겨 가던 강유는 상규를 취하러 돌아가기로 했다. 상규는 반드시 단곡을 지나야 갈 수 있는 곳이었다. 단곡을 지나던 강유는 역시나 사방에 매복된 병사에게 완전히 포위되고 말았다. 다행히 하후패가 군사를 몰고 와 간신히 작은 길로 빠져 나왔지만 이번에는 진태의 병사가 매복하여 길을 끊고 있었다. 뒤에서는 등애가 추격하고 있으니 정말로 진퇴양난이었다.

위기일발의 순간에 장의가 지원병을 끌고 강유를 구하러 왔다. 촉군은 장의의 결사전으로 어렵게 포위망을 뚫었지만 무수한 군사를 잃었고 장의도 전사하고 말았다.

등애의 활약으로 촉군을 물리치자 사마소는 등애의 벼슬을 높여 등용했다. 이때 사마소는 제위를 찬탈할 음모를 꾸미고 있었다. 그러기 위해서는 무엇보다 지방관들을 자기편으로 끌어들여야 했다. 사마소는 먼저 자신의 오른팔 심복인 가충買充을 회남으로 보내 제갈탄의 마음을 떠보게 했다. 제갈탄은 가충을 매섭게 꾸짖으며 굳게 절개를 지킬 뜻을 내보였다. 가충은 돌아와 사마소에게 전했다.

"제갈탄은 주군의 큰 우환거리입니다. 어서 제거하십시오."

사마소는 제갈탄에게 사자를 보내 그를 사공司空에 봉하니 상경하라는 칙서를 전했다. 한편으로 양주 사자 악림樂綝에게 밀령을 보내 제갈탄을 죽이도록 지시했다.

제갈탄은 사마소의 움직임이 예사롭지 않음을 눈치채고 있었다. 칙서를 가져온 사자를 고문하여 자신을 제거하려는 모든 음모를 자백받은 제갈탄은 사자의 목을 치고 군사를 이끌며 양주로 향했다. 제갈탄은 양주성 안으로 사납게 쳐들어가서는 악림을 꾸짖고 단칼에 그의 목도 쳐버렸다.

천자에게도 표를 올려 사마소의 역적 음모와 죄상을 낱낱이 열거하여 올렸다. 제갈탄은 군사를 일으킬 준비를 하고 군량을 비축하는 등 사마소를 토벌할 채비를 갖추었다. 또한 장사 오강吳綱을 시켜 동오로 보내 자신의 아들을 인질로 보낼 테니 지원군을 보내 달라는 요청을 했다.

동오에서는 승상 손준이 병으로 세상을 떠나고 그의 사촌 동생 손침孫綝이 병권을 장악하고 정사를 꾸려 가고 있었다. 오강에게서 제갈탄의 뜻을 전해 받은 손침은 7만 군사를 지원해주기로 약속했다. 손침은 영을 내려 대장군 전역과 전단을 주장으로 삼고 우전于詮을 후군으로 삼고, 주이朱異와 당자唐咨를 선봉으로 하여 몸소 병력을 끌고 후군을 지휘하기로 했다.

사마소는 제갈탄이 동오와 손을 잡고 자신을 제거하려 하자 직접 군대를 끌고 대적하려 했다. 가충이 그런 사마소에게 물어왔다.

"만일 주군께서 허창을 비운 틈에 무슨 변고라도 생기면 어쩝니까? 차라리 표를 올려 제갈탄이 반란을 일으켰으니 천자께서 친히 토벌하라고 하시면 훨씬 명분이 서고 안전할 것입니다."

사마소는 가충의 진언에 몹시 흡족해했다. 사마소는 태후를 협박하여 천자의 친정을 허락받았다. 사마소는 왕기王基를 선봉으로 삼고 석포石苞와 주태州泰를 좌우 군으로 삼아 자신의 수레를 첩첩이 둘러싸 호위하게 하고는 천자와 함께 대군을 이끌고 위풍당당하게 제갈탄을 토벌하러 갔다.

종회가 사마소에게 간하였다.

"노새와 나귀와 수레를 사서 전장에 풀어 놓으면 동오의 군사들은 이들을 취하느라 싸울 의지가 없어질 것입니다. 그때 양쪽에서 협공을 하면 이들을 대패시킬 수 있습니다."

사마소는 그 말에 따라 전장에 소, 말, 노새, 나귀들을 가득 흩어 놓았다. 과연 오병들은 가축들을 잡느라 정신이 없었다. 이 순간 왕기가 선봉이 된 사마소의 군사들이 치고 들어오자 오병들은 대패하여 안풍安豊으로 쫓겨 갔다. 제갈탄은 수춘壽春으로 들어가 성문을 걸어 잠그고 굳게 수세를 취했다.

동오 장군 주이가 수춘으로 가서 제갈탄을 구하려 했으나 중도에 위병들을 만나 대패하고 안풍으로 되돌아왔다. 손림孫綝은 대노하여 부르짖었다.

"너는 위군에서 패하는 재주밖에 없구나. 너 같은 장수는 쓸모가 없다."

손림은 주이를 끌어내어 참형에 처해버리고는 전단과 그의 아들 전휘를 불러 출정을 명했다.

"만약 너희가 위병을 물리치지 못하면 단단히 각오해야 할 것이다!"

전단과 전휘가 나아가 위군의 수와 기세를 보니 승산이 전혀 없었다. 그들 부자는 목숨이 위태로울 것이 두려워서 위군에게 냉큼 투항하고 말았다.

제갈탄은 구원병은 오지 않고 양식은 다 떨어져 가는 절박한 상황에서 홀로 성을 지키고 있었다. 문흠이 제갈탄에게 간하였다.

"양식이 다 떨어져가니 북쪽의 군사들을 성 밖으로 보내서 군량을 줄여야겠습니다."

제갈탄은 노발대발하며 소리를 질렀다.

"뭣이 어째? 모자란 군사를 또 내보내라니 너는 틀림없이 딴마음을 먹었구나. 당장 이놈을 참해라."

문흠의 아들 문앙과 문후는 부친이 이처럼 죽음을 당하자 성벽을 뛰어넘어 도망쳐서는 위군에게 투항하고 말았다. 일이 이렇게 되자 수춘성의 인심도 변하기 시작했다. 종회가 사마소에게 간했다.

"수춘성의 군심이 변했습니다. 이 틈을 타서 공격하는 것이 좋겠습니다."

사마소도 이를 허락하여 대군에게 수춘성을 치라고 영을 내렸다. 수춘성 북문을 지키던 수장 증선曾宣은 성문을 활짝 열고 위군을 맞이했다. 제갈탄은 황망히 군사를 끌고 대적하러 나가다 위장 호분胡奮과 마주쳤다. 호분이 칼을 허공에서 내리치자 선혈이 공중에 뻗치면서 제갈탄의 머리가 굴러떨어졌다. 다른 장수들은 모조리 위군에게 항복하였다. 이로써 회남의 제갈탄이 일으킨 의거는 완전히 평정되었다.

촉 왕 유선의 항복

한편 촉의 강유는 제갈탄이 의거를 일으키고 사마소가 천자와 함께 이를 정벌하러 나섰다는 보고를 듣고는 크게 기뻐했다. 강유는 천자에게 표를 올렸다.

〈지금 위국이 비어 있으니 이때 위를 쳐야겠습니다.〉

유선도 이를 허락하자 강유는 서천 장수인 부첨傅僉과 장서蔣舒를 앞 부대의 선봉으로 삼고 낙곡駱谷으로 가서 심령沈峯을 넘어 장성長城을 취하러 갔다.

장성을 지키는 장수 사마망司馬望은 강유가 군사를 몰고 쳐들어온다는 보고를 받자, 서둘러 부장 왕진王眞과 이붕李鵬에게 명하여 군사를 성 밖에 주둔시키고 촉병을 맞아 싸울 준비를 했다. 다음 날 양쪽 군대는 교전을 벌였다. 부첨은 무예가 빼어난 장수로 강유의 지극한 총애를 받고 있었다. 왕진과 이붕이 부첨과 대적했으나 그들은 부첨의 적수가 못 되었다. 이붕은 부첨의 창에 맞아 숨지고 왕진은 부첨의 손에 땅에 내던져졌다가 어지러이 날리는 촉병의 창에 맞아 전사했다. 사마망은 어쩔 수 없이 군사를 거두어 장성으로 돌아와서는 성문을 굳게 잠그고 나오지 아니했다.

촉군은 화포를 쏘고 불을 지르며 장성을 공격했다. 성안의 초가집에 불이 붙어 타오르니 성안은 삽시간에 불바다가 되었다. 성안에는 서럽게 통곡하는 위병들의 울음소리가 천지를 흔들었다. 강유가 나무에 불을 지펴 성 밖에도 불을 지르고 있는데 홀연 뒤에서 위군의 함성이 들려왔다. 돌아보니 등애의 아들 등충鄧忠이었다. 강유가 등충과 결전을 벌이다 등충이 강유에게 잡히기 직전, 등애가 아들을 구하러 왔다. 등애는 등충을 구해 군사를 거두고는 본진으로 돌아갔다.

이날부터 등애는 진영을 지키고 앉아서 미동도 하지 않았다. 사마망도 역시 성을 지키며 나오지 않았다. 모두 촉군의 양식이 떨어졌을 때 협공할 생각을 하고 있었다. 강유는 아무리 싸움을 걸어도 위군이 응하지를 않자 부아통이 치밀었다. 그러던 하루는 염탐군이 달려와 숨 가쁘게 급보를 전했다.

"제갈탄이 위군에서 죽임을 당하고 오군은 모두 위군에게 항복했다고 합니다. 사마소는 이미 병력을 돌려 장성을 구하러 온답니다."

강유는 숨이 넘어가도록 놀랐다. 만일 이러다가 사마망, 사마소, 등애가 삼면에서 공격을 해온다면 촉군은 그길로 전멸인 것이다. 강유는 조용히 군사를 물리기 시작했다.

동오의 손침은 제갈탄을 도와 출정했던 오군이 대패한 후 위군에게 투항했다는 사실을 알고는 광분하여, 투항한 장수의 가솔들을 잡아다가 모두 참형에 처해버렸다. 오나라 황제 손량은 무척 총명하고 사리에 밝았으나 국가 실권을 손침이 완전히 장악하고 있으니 힘을 쓸 수가 없었다. 하지만 손량은 손침이 걸핏하면 살육을 저지르고 전횡을 일삼자 마침내 결단을 내렸다. 손량은 눈물을 흘리며 장인 전기全紀에게 호소했다.

"손침이 짐의 권력을 모두 앗아가고 살육을 밥 먹듯 하며 짐을 기만하니 이대로 두었다고 무슨 후환이 있을지 두렵습니다."

전기는 손침을 없애겠다고 비밀히 약속을 하고 일을 도모할 준비에 들어갔다. 그러나 전기가 일을 꾸미는 과정에서 모친에게 말이 새 나가고 말았다. 손침은 전기의 외삼촌이었으니 전기의 모친이 남동생을 죽게 내버려 둘 리 없었다. 몰래 편지로 전기의 음모를 알려 줌으로 인해 손량과 전기의 음모를 알게 된 손침은 일찌감치 대궐을 포위하여 손량을 폐위시켰다.

손량은 눈물을 뿌리며 한 맺힌 궁전을 떠나야 했다. 손침은 손량의 동생인 손휴孫休를 새 황제로 세우고 연호를 영안永安 원년(258)으로 고쳤다. 손침은 승상 자리에 앉아서는 자기 일가친척들을 모두 높은 벼슬에 봉하였다.

손휴는 제위에 올랐으나 손침의 그늘에 가려진 실권 없는 허수아비 황제일 뿐이었다. 어느 날 손침이 손휴에게 술을 바쳤으나 손휴가 이를 거절하며 받지 않자 손침은 앙심을 품게 되었다. 손침은 무창에 병력을 주둔시키고 무기고에서 병기를 이동시키는 등 심상찮은 움직임을 보였다. 이를 눈치챈 손휴는 노신 장포張布, 정봉丁奉과 비밀히 만나 손침을 없앨 계교를 짰다.

동지 뒤 세 번째 술일戌日인 납일臘日, 손휴는 각 군신들을 청하여 연회를 베풀겠으니 손침에게도 자리를 같이 하라고 일렀다. 손침이 거드름을 피우며 대궐로 들어오자 손휴는 황망히 옥좌에서 일어나 그를 맞아들여 상좌에 앉혔다. 손침이 안하무인인 태도로 자리에 앉으려 할 때 장포가 호령을 했다.

"어서 저 역적을 끌어내려라!"

무사들은 비호처럼 달려들어 손침을 결박시켰고 그와 동시에 손휴가 망설임 없이 명하였다.

"당장 저놈을 참하라!"

손침은 비굴하게 꿇어앉아 목숨을 구걸했으나 황제 손휴의 뜻은 완강했다. 손침의 머리는 순식간에 굴러떨어졌고 그의 삼족도 모조리 죽음을 당하였다.

촉에서는 동오 황제가 권위를 찾았다며 사신을 보내 축하를 해왔다. 동오에서는 설후薛珝를 사자로 보내 답례를 했다. 설후가 돌아오자 손휴가 물었다.

"요즘 촉의 정세는 어떻습니까?"

설후는 본 대로 아뢰었다.

"중상시 황호黃皓가 권세를 장악하고 있습니다. 후주後主 유선은 어리석고 유약한데다 주색에만 빠져 황호에게 국정을 모두 맡겨두고 있습니다. 만조백관도 그에게 아부하는 자들뿐이니 조정에 들어가면 제대로 된 직언은 한마디도 들리지 않고, 들판에 나가 보면 백성의 얼굴에는 굶주린 빛이 가득합니다."

손휴는 촉에 서신을 보냈다.

〈사마소가 머지않아 왕위를 찬탈하고 오와 촉을 침범할 듯하니 대비를 갖추어야겠습니다.〉

강유는 크게 기뻐하며 또다시 표를 올려 위를 정벌하기를 청했다. 유선이 이를 윤허하자 강유는 군사를 거느리고 기산으로 가서 곡구에 진을 쳤다. 등애는 이를 미리 내다보고 지하에 굴을 파 놓고 촉군을 기다리고 있었다. 촉군의 진영은 바로 등애가 파 놓은 땅굴의 입구와 맞닿아 있었다. 등애가 쾌재를 부르고 있었음은 두말할 나위가 없었다.

밤이 되자 위군은 땅 속에서 나와 촉진을 기습했다. 촉군 역시 위군이 야밤에 공격을 할 것을 대비하여 갑옷도 벗지 않고 있었다. 강유는 말을 타고 막사 앞에서 소리쳤다.

"절대 영채에서 나오지 마라! 어서 적에게 화살을 쏘아라!"

강유가 병사들에게 명함과 동시에 화살이 쏟아지니, 위군은 촉진에 접근조차 할 수 없었다.

다음 날 강유와 등애는 서로 진법을 써서 겨루었다. 강유는 장사권지진長蛇卷地陳을 쳤다. 등애는 그 속에 빠져 입구를 찾을 수가 없었다.

사방에서 촉군의 함성과 군마가 쏟아져 나옴에도 힘을 쓸 수 없자 등 애는 점점 지쳐 갔다.

"내가 내 재주만 과신하여 강유의 계교에 넘어가는구나!"

그가 한탄하고 있을 때 사마망이 진을 뚫고 들어와 등애를 구해냈 다. 강유의 진법에 혼쭐이 난 등애는 진법으로는 이길 수 없다는 것을 깨닫고 이간책을 쓰기로 했다. 등애는 당균黨均을 촉으로 보내 중상시 황호에게 뇌물을 주고 그를 매수했다. 황호는 예상대로 뇌물을 받자 홀딱 넘어와 강유가 반란을 일으키려 한다는 거짓 고백을 유선에게 전했다. 이를 곧이들은 유선은 조서를 내려 강유를 돌아오게 했다.

강유는 승리를 거두고도 어쩔 수 없이 군사를 물리고 돌아와 유선 을 알현해야 했다. 와 보니 조정에는 강유가 돌아와야 할 아무런 이유 가 없어 보였다. 강유는 그제야 등애의 이간책에 넘어갔다는 것을 알 았다. 강유가 유선에게 아뢰었다.

"소인은 한 번 더 군사를 일으켜 역적들을 토벌하여 선제와 제갈 승 상 그리고 폐하께 입은 은혜를 갚고 싶습니다. 부디 이후로는 의심치 마시고 허락해주십시오."

유선은 한동안 아무 말없이 침묵을 지키더니 한참 후에 입을 떼어 말했다.

"경은 일단 한중으로 돌아가시오. 위에 다시 변고가 생긴다면 그때 정벌하는 것이 좋겠소."

강유가 유선의 의심을 사서 군사를 돌려 돌아가자 사마소는 은근히 기뻤다.

"촉은 군신이 서로 믿지 못하니 필경 머지않아 나라 안에서 화가 일어날 것이다. 이때를 놓치지 말고 촉을 쳐야겠다."

그러자 가충이 만류했다.

"지금 폐하께서 주군을 의심하고 계십니다. 폐하께서 〈잠룡시潛龍詩〉라는 시구를 지은 것을 보아도 주군이 딴마음을 먹었다고 생각하는 것이 틀림없으니 만일 지금 조정을 비우시면 무슨 일이 생길지 모르는 것 아닙니까?"

사마소는 가충의 말을 듣고는 촉을 치는 일은 잠시 접어 두기로 했다. 하루는 사마소가 칼을 차고 전상에 올라서는 오만방자하기 짝이 없는 태도로 조모에게 닦달하였다.

"그래 〈잠룡시〉를 지으셨다구요? 그 시 속에 제 이야기를 비꼬아 놓으신 듯한데 이는 어찌 된 일입니까?"

조모는 아무런 대꾸를 하지 못했다. 조모는 더 이상의 모욕을 견딜 수 없었다. 그는 늙고 힘없는 수백 명의 호위병들을 거느리고 사마소를 치겠다고 나섰다. 충신들은 울면서 거듭 말렸다.

"이는 양 몇 마리를 거느리고 호랑이 수백 마리와 싸우는 것과 다를 바 없습니다. 부디 인내하시고 천천히 일을 도모하소서."

그렇지만 소용이 없었다. 황제의 수레를 호위하여 성 밖으로 나가는데 가충과 성제 등 단단히 무장한 사마소의 심복들과 마주쳤다. 가충은 성제에게 명령을 내렸다.

"주군이 저자를 죽이라 명하셨다!"

성제의 창은 조모의 등으로 날아와 사정없이 꽂혔다. 조모는 제대로 싸워 보지도 못 하고 저세상으로 가고 말았다. 사마소는 조모의 죽음을 알고서 슬퍼하는 척하느라 수레에 머리를 부딪치며 수선을 피웠다. 그리고는 비난을 면하기 위한 계교를 꾸몄다.

"네놈이 폐하를 시해했으니 응당 죽어야겠다. 당장 저놈을 참형에 처하라!"

사마소는 성제를 참해버렸다. 가충의 무리는 사마소에게 권유했다.

"이제 응당 주군께서 제위에 오르시는 것이 타당한 줄로 아뢰옵니다."

사마소는 이를 거부했다.

"옛적 문왕文王은 천하의 삼분의 이를 가지고도 은殷을 섬겼고 위무제 조조께서도 제위에 오르지 않으셨다."

사마소는 조조의 손자이며 조우曹宇의 아들인 조환曹奐을 황제로 세우고 시호를 경원景元으로 고쳤다.

강유는 사마소가 조모를 시해했다는 소식을 듣자 분연히 일어났다.

"다시 위를 정벌할 명분이 섰다!"

강유는 유선에게 표를 올려 군사를 일으키길 청하는 한편 동오에도 서신을 띄워 함께 출병하길 권했다. 유선이 이를 허락하니 강유는 대군을 일으켜 세 길로 나누어 진격해 갔다. 등애는 촉병의 삼로군이 진격해 온다는 소식을 듣고 대책을 고심했다. 그런 등애에게 왕관王瓘이

나서더니 계교를 내놓았다.

등애는 흡족해하며 이를 따르기로 했다. 왕관은 위병들을 데리고 거짓으로 강유에게 항복했다. 왕관의 계략을 꿰뚫어 본 강유는 쾌히 항복을 받아들였다. 뿐만 아니라 왕관에게 촉군의 군량을 운반하게 하고 몰래 군사들을 시켜 그의 행동을 감시하게 했다.

왕관은 강유가 자신의 머리 위에 올라앉아 더 고단수의 계략을 꾸미고 있음은 꿈에도 알지 못했다. 왕관을 감시하던 촉병은 드디어 왕관이 등애에게 보내는 밀서를 입수하게 되었다. 8월 스물 닷샛날에 촉군의 양식을 빼돌려 위진으로 갈 터이니 골짜기에서 이를 맞아들이라는 내용이었다. 강유는 서신의 날짜를 위조하여 등애에게 보내고는 등애를 칠 작전을 짜기 시작했다.

등애는 왕관의 밀서를 받고는 회심의 미소를 지으며 정해진 날짜에 군사를 끌고 나갔다. 물론 강유의 계교가 있으리라고는 눈곱만큼도 의심하지 않았다. 그런데 홀연 사방팔방에서 매복해 있던 촉군이 쏟아지며 위병들을 에워쌌다. 등애는 혼비백산하여 도망갈 길을 찾았다. 온통 들리는 고함은 그를 노리는 함성이었다.

"등애를 잡아라! 죽여도 좋다!"

등애는 갑옷과 투구를 벗어 던지고 보병들 사이에 묻혀서 도망쳤다. 모든 일이 들통 나고 틀어진 것을 알고 있던 왕관은 모든 요새와 길목에 불을 지른 뒤 나머지 병사들을 이끌고 한중으로 도망쳤다. 강유는 왕관이 위로 도망친 것이 아니라 한중으로 도주했다는 사실을 알게 되자 한중에 변고가 생길까 봐 두려웠다. 강유는 등애를 쫓는 것을 포기하고 밤새 왕관을 뒤쫓았다. 왕관은 촉병에게 쫓겨 부상을 입고 포위당하자 강물에 뛰어들어 스스로 목숨을 끊었다.

강유는 이대로 주저앉을 수 없다는 생각이 들었다. 서둘러 왕관이 불태운 길들을 복구하고 군마와 병기를 정돈해 나갔다. 채비가 끝나자 강유는 다시금 유선에게 표를 올려 위를 정벌할 뜻을 밝혔다. 주위의 만류를 무릅쓰고 유선은 이번에도 강유의 출정을 허락했다. 강유가 출정을 앞두고 노장 요화에게 물었다.

"어느 곳을 먼저 취하는 것이 좋겠소?"

요화는 직언했다.

"해마다 정벌을 일삼아 군사를 일으키니 병사와 백성들의 생활이 편안치 않습니다. 게다가 등애는 가벼이 볼 인물이 아닙니다. 저는 이번 출정을 반대하고 싶습니다."

강유는 대노했다.

"그렇다면 장군은 남아서 한중을 지키시오."

강유는 대군을 이끌고 출정을 감행했다. 하후패는 앞 부대의 선봉대장이 되어 조양을 취하러 길을 재촉했다. 하후패가 조양이 이르러 보니 성문이 모두 활짝 열려 있고 백성들도 모두 피난을 가서 텅 빈 것 같았다. 하후패는 이를 보고 웃었다.

"위군이 조양을 버린 모양이다."

그가 거침없이 대군을 끌고 성안으로 들어가는 순간 북소리, 꽹과리 소리와 군사들의 함성이 천지를 흔들더니 현수교가 번쩍 들렸다. 하후패가 위병의 계교에 떨어진 것을 깨닫고 군사를 돌리려 했을 때는 너무 늦은 뒤였다. 성 위에서는 촉병의 머리 위로 돌멩이와 화살이 소나기처럼 쏟아졌다. 하후패는 5백 명의 군사와 함께 살과 돌에 맞아 전사하고 말았다.

강유는 하후패가 죽은 사실을 알고 가슴을 치며 통탄을 금치 못했다. 곧 정신을 수습한 강유는 장익에게 밀령을 내려 기산을 공격하도록 했다. 이번에도 등애는 강유의 계략을 정확히 읽어내었다. 뒷산에 매복해 있던 위의 군사들은 촉병이 들어오자 사방에서 쳐들어갔다. 장익은 때 아닌 복병을 만나자 세가 밀리고 피로해 왔다. 다행히 강유가 병력을 끌고 와 앞뒤에서 위병을 치니 등애는 군사를 거두고 본채로 돌아가 꼼짝을 하지 않았다. 촉병은 위진을 둘러싸고 공격을 멈추지 않았다.

강유가 위병과 격전을 계속하고 있는데 이번에도 유선으로부터 돌아오라는 조서가 빗발치듯 내려왔다. 유선은 여전히 내시 황호에게 미혹되어 그에게 정사를 맡기고 자신은 술과 여색에 빠져 방탕한 나날을 보내고 있었다. 우장군 염우閻宇는 아무 재주도 공도 없었으나 황호에게 아첨을 잘하여 높은 자리를 차지하고 있었다. 황호는 강유 대신 염우에게 공을 세울 기회를 주고 싶었다. 그리하여 황호는 유선에게 아첨하였다.

"강유는 여러 번 출정해도 아무 공도 없이 출병만 거듭하고 있습니

다. 그만 그를 돌아오게 하시고 염우를 그 자리에 앉혀 중원을 도모함
이 좋겠습니다."

유선도 이를 허락하고 조서를 내려 강유에게 어서 조정으로 복귀하
라고 재촉한 것이다.

강유는 어쩔 수 없이 위병과의 격전을 중지하고 조용히 군사를 물
려 나갔다. 등애는 강유가 계교를 쓰는 줄 알고 감히 추격하지 못했다.
조정으로 돌아온 강유는 내시 황호의 농락에 놀아나 불려 온 사실을
알고는 분해서 죽을 것 같았다. 강유는 유선을 알현하자 머리를 조아
려 울면서 간했다.

"폐하, 응당 황호를 죽이고 조정의 기강을 바로잡으셔야 합니다. 그
는 영제 시절 십상시보다 더한 자입니다. 황호를 살려두면 큰 화가 닥
칠 것이옵니다."

유선은 그 말을 가볍게 흘려들었다.

"경은 그깟 내시를 뭐 그리 개의하십니까?"

강유는 비서랑秘書郎 극정隙正을 찾아가 속내를 털어놓았다. 극정은
지극한 심정으로 권유했다.

"장군에게 화가 미치기 전에 옛날 제갈 승상을 본받아 처신하십시
오. 답중沓中은 비옥한 곳이니 천자께 아뢰어 그곳으로 내려가 둔전을
하십시오. 장군께서 화를 당하시면 나라가 위태롭습니다."

강유는 그 말을 따르기로 했다. 강유는 군사 6, 7만 명을 거느리고
답중으로 가 농사를 지어 군량을 비축하고 기반을 잡으며 위병을 견

제하였다.

첩자를 통해 촉의 정황을 전해 듣던 사마소는 종회와 등애를 불러 논의했다.

"촉의 후주는 무능하고 방탕하며 강유는 둔전을 한다니 이때 촉을 쳐서 후환을 없애야겠소."

사마소는 촉을 칠 채비를 갖추게 했다. 그러자 종회는 전함을 만들게 하고 수군을 훈련시켰다. 이에 사마소가 괴이쩍게 여기며 물었다.

"어찌하여 촉을 치는데 군함을 만드는가?"

종회가 자신의 계략을 토로하였다.

"수군을 훈련시키고 전함을 만들면 동오를 치는 듯이 보입니다. 그리하면 촉은 우리를 경계치 않을 것이며 촉이 나중에 동오에게 구원을 청한다 해도 동오는 우리의 움직임이 두려워 감히 응하지 못할 것입니다. 그리고 전함이 완성되면 동오를 도모할 수 있습니다."

"오오!"

사마소는 종회의 지모가 뛰어난 것을 알고 감탄을 금치 못했으나, 의심하고 시기하는 마음도 싹트기 시작했다.

답중에 있던 강유는 종회와 등애가 병력을 끌고 촉을 치러 온다는 급보를 받고는 대경실색했다. 급히 유선에게 사자를 보내 위병이 쳐들어오니 답중의 병사를 일으켜 막아내겠다는 표를 올렸다. 밤새워 말을 달린 사자가 황궁에 도착하여 유선에게 이를 전했다.

"드디어 일이 터진 것이냐?"

유선은 강유의 표를 받고 황호에게 어찌해야 할지 물었다. 황호는 별일 아니라는 듯이 말했다.

"아주 용한 무녀가 하나 있사옵니다. 앞날의 길흉화복을 기막히게 잘 맞춘다고 하니 한번 불러다 물어보는 것이 좋겠습니다."

황호가 무녀를 불러들였다. 무녀는 맨발에 산발을 하고는 한바탕 요상한 난리를 치며 신이 내리는 의식을 치르더니 입을 열었다.

"위국 강토가 모두 폐하의 손에 들어옵니다. 지금은 그저 태평연월을 즐기소서."

유선은 이 말을 곧이듣고 더욱 안심하더니 황음무도한 생활에 깊이 빠져 강유의 거듭된 진언을 들은 체도 하지 않았다. 황호는 계속해서 올라오는 강유의 상소문을 아예 황제에게 알리지도 않고 없애버렸다.

종회는 출정하자마자 남정관을 손에 넣었다. 이어 그는 군사를 나누어 악성樂城과 한성漢城으로 진격하게 하고 자신은 양평관을 취하러 갔다. 양평관을 지키던 장서는 수세를 취했다.

"위병의 기세가 엄청나니 지키고 있는 것이 상책이겠소."

장서는 전혀 출전하려 들지 않았으나 부첨의 생각은 달랐다.

"우리가 여기서 주저앉으면 끝이오."

부첨이 병력을 이끌고 위병을 맞아 싸우러 나갔지만 수적으로 열세였다. 촉병은 완전히 위병에게 포위되어 죽고 상하는 자가 열에 아홉이었다. 부첨이 성안으로 군사를 물리려 하니 이미 장서는 위에 항복하여 성루에는 온통 위국의 깃발이 펄럭이고 있었다. 부첨은 싸우는 수밖에 없었다. 상처투성이가 되어 피를 흘리면서도 물러나지 않았다.

"죽더라도 촉국의 귀신으로 죽으리라."

부첨은 결사전을 벌였다. 부첨은 군사들이 전멸하자 스스로 목을 찔러 의롭게 최후를 맞았다.

강유는 등애가 대군을 끌고 답중으로 쳐들어온다는 급보를 받고는 황급히 요화에게 격문을 보내 병사를 일으켜 지원하도록 일렀다. 강유 자신도 병사를 이끌고 출전했다. 위병의 대장은 왕기와 견홍이었다.

강유가 이끄는 촉병은 사납게 진격해 들어갔다. 위병은 대패하여 진영이 무너지고 쫓겨 가기 바빴다. 강유는 승세를 몰아 바싹 추격했다. 그러나 이는 모두 등애의 계교였다. 등애는 매복해 있다가 강유가 쫓아오자 강유가 이끄는 촉병들을 순식간에 겹겹이 포위했다. 강유는 죽기를 각오하고 싸워 간신히 포위망을 뚫고 빠져나왔다.

부장 영수寧隨는 강유에게 간하였다.

"옹주를 치는 척하면 제갈서諸葛緖는 필경 음평의 군사를 거두어 옹주를 구하러 갈 것입니다. 그 후 장군께서 군사를 거느리고 검각을 지키시면 한중을 찾으실 수 있을 것입니다."

강유는 영수의 말을 받아들였다.

"그 계책이 좋겠소."

강유는 즉각 옹주를 치는 체했다. 과연 제갈서는 계략에 떨어져 황급히 음평의 군사를 끌고 옹주로 갔다. 강유는 유유히 군사를 돌려 음평을 통과해 검각으로 향했다. 강유가 병력을 끌고 검각에 도착하자 동궐과 장익, 요화도 잇따라 검각으로 왔다. 장익은 강유를 보자 목을 놓아 울었다.

"폐하께서는 황호에게 현혹되어 국사를 돌보시지 않습니다. 게다가 황호는 장군께서 올리신 출병 요청을 폐하께 올리지도 않았습니다. 이러다가 나라가 어찌 될지 모르겠습니다."

강유는 이를 듣고 분하고 한스럽기 짝이 없었으나 그런 것을 논하고 있을 때가 아니었다.

"너무 근심치 마십시오. 이 목숨이 붙어 있는 한 위병이 감히 촉을 치지는 못할 것입니다. 먼저 검각을 지켜낸 후 적을 물리칠 일을 서서히 도모하겠습니다."

강유는 동궐과 장익 등을 위로했다. 제갈서는 뒤늦게 강유의 계교에 넘어갔음을 알고는 병력을 이끌고 검각으로 되돌아와 촉병과 결전을 벌였다. 강유는 말을 달리며 거침없이 좌충우돌하며 적을 무찔렀다. 위군은 죽고 다치는 자가 수도 없었으며 사방으로 흩어져 도망가기 바빴다. 제갈서는 대패하여 10리 밖으로 쫓겨 가 진을 쳤다. 촉병은 위군이 버리고 간 수많은 병기와 말을 획득했다.

제갈서는 검각 밖 20여 리에 진을 치고 있던 종회를 찾아가 무릎을 꿇고 용서를 빌었다. 종회는 대노하여 고함을 쳤다.

"너는 어찌하여 명령도 없이 철병하여 이같이 패전했느냐? 응당 군법에 따라 참형에 처해야겠다."

장군들이 이구동성으로 청하였다.

"제갈서는 등애 장군의 부하입니다. 그를 참했다가 장군과 등애 장군이 서로 반목하게 되면 군기가 꺾이니 군령을 중지해 주십시오."

종회는 겨우 분을 참고는 제갈서를 낙양의 등애에게 보내 처분을 내리게 했다. 이 같은 사실은 등애에게도 즉각 알려졌고 등애는 종회가 제갈서를 죽이려 했다는 사실에 대노했다. 이때부터 종회와 등애의 관계는 이상한 기류를 띠기 시작했다.

등애는 종회와 공을 다투려는 마음이 생겼다. 그는 위험을 무릅쓰고 험준한 길을 지나 성도를 취하겠다고 나섰다. 등애는 병력을 끌고 죽을 고생을 하며 행군을 시작했다. 병사들은 밧줄과 끌을 가지고 절벽을 오르고 길을 만들며 앞으로 나아갔다. 병사들이 가는 길은 사람의 그림자 하나 없는 곳이었다.

마천령摩天岭에 이르자 지세의 험준함에 기가 질린 병사들은 감히 더 이상 앞으로 가려 하지 않았다. 말을 타고는 나아갈 수 없고 길을 뚫어도 끝이 나올 기미가 보이지 않는 곳이었다. 등애는 몸에 이불을 감고는 절벽 아래로 데굴데굴 굴러 내려갔다. 이를 본 병사들도 몸에 밧줄을 묶고는 나무와 돌을 의지하여 기어 내려가기 시작했다.

죽을 고비를 넘기고 간신히 마천령 아래로 내려간 등애의 눈에 홀연 비석 하나가 들어왔다. 비석 전면에는 '제갈 무후 쓰다'라고 새겨져 있고 계속해서 '둘이 공을 다투다 하나가 이리 오고 머지않아 죽음에 이른다'는 문장이 쓰여 있었다.

"헉!"

비석 앞에는 빈 영채가 하나 있었는데 이는 제갈량이 옛날에 병사를 주둔시켜 위병의 침입을 대비한 것이라 했다. 그러나 유선이 말하기를 "어느 누가 그곳을 넘어 촉으로 들어오겠느냐" 말하고 철병을 명하였다. 제갈량은 오늘 일어날 일을 모두 내다보고 이를 기록해 놓은 뒤 병력까지 주둔시켰던 것이다. 만일 어리석은 유선이 이곳의 촉병을 철수시키지 않았다면 오늘 등애의 운명은 불 보듯 뻔한 것이었다. 등애는 홀연 느껴지는 한기에 진저리를 치며 내뱉었다.

"공명은 신인지 사람인지 모르겠구나!"

등애는 군사를 몰아쳐 강유, 부성, 면죽으로 진격해 갔다. 촉의 관리와 군민들은 위병을 보고 혼비백산하였다. 설마 위병이 마천령을 넘어올 수 있으리라 생각지 못했던 촉은 완전히 무방비 상태였다. 후주 유선은 그제야 정황을 바로 보고는 은거하고 있던 제갈량의 아들 제갈첨諸葛瞻에게 세 번이나 조서를 내려 불러들였다. 유선은 제갈첨에게 울면서 간청했다.

"선제를 보아서라도 짐을 구해주시오."

제갈첨은 유선이 황호에게 휘둘리며 방탕한 생활을 하자 병을 핑계로 조정에서 물러나 있었다. 하지만 촉의 정황이 이 지경에 이르자 아들 제갈상諸葛尚을 선봉으로 하여 7만 병력을 이끌고 면죽으로 가서 위병을 막기로 했다.

등충과 사찬은 면죽으로 가서 촉병과 대적했다. 촉병은 팔진을 치고 있었다. 그런데 갑자기 북소리가 둥둥둥 울리더니 "와!!" 하는 함성이 들리고 수십 명의 군사가 수레 한 채를 호위해 나왔다. '한승상 제갈 무후'라 쓰인 깃발이 휘날리고 수레 위에는 윤건을 쓰고 깃털 부채를 들고 학창의를 입은 제갈량이 앉아 있었다. 기실 이것은 제갈량의 목상이었다. 그럼에도 위병들은 혼비백산을 했다.

"공명이 살아 있다!"

위병은 일제히 말 머리를 돌려 달아났다. 제갈상은 기세를 몰아 진격해 들어갔다. 위병은 크게 패하여 도주했다. 제갈첨은 비록 승전했다고는 하나 이미 안에는 군량이 없고 밖에는 지원군이 없었다. 성을 지키기에 너무 늦었던 것이다. 제갈첨은 죽을 각오로 칼을 휘두르며 위 진영으로 뛰어들었다. 제갈첨이 가는 곳마다 위병들의 목이 굴러 떨어졌다. 위병들의 화살도 비 오듯 쏟아져 제갈첨의 몸에 화살이 박혔다.

제갈첨은 마지막까지 싸우다 스스로 목을 찔러 장렬히 자결했다. 아들 제갈상도 부친의 죽음을 알고 위병들 속으로 칼을 휘두르며 진격해 갔다.

"아버님이 나라를 위해 돌아가신 마당에 나도 구구히 목숨을 보존할 생각이 없다!"

제갈상도 수백 명의 위병을 죽인 후에 진중에서 전사하고 말았다.

등애는 이미 병력을 끌고 성도로 들어오려 하고 있었다. 유선은 문무백관을 불러 놓고 대책을 물었다. 초주譙周가 목을 길게 빼고 아뢰었다.

"위에 항복하면 폐하께 땅을 내리고 왕으로 봉해드릴 것입니다. 그리하면 종묘를 편안케 하고 백성들을 지킬 수 있사옵니다."

나약하고 무능한 유선은 이를 따르고자 했다. 그 순간 병풍 뒤에서 유선의 다섯째 아들인 북지왕北地王 유감이 나오더니 머리를 조아리고 통곡하며 말했다.

"아니 되옵니다. 위병이 입성하려 한다고는 해도 아직 성도에 수만의 군사가 있고 강유가 검각을 지키고 있습니다. 죽을 때까지 싸워 선제의 혼령을 떳떳이 뵙는 것이 도리이지 어찌 욕되이 항복을 하자고 하십니까?"

유선은 아들의 간언을 외면하였다.

"시끄럽다. 모두가 항복하여 후일을 기약하자는데 어찌 너만 망령되이 구느냐?"

유선은 초주에게 어서 항서를 쓰라고 재촉했다.

이튿날 촉의 군신들은 모두 성 밖으로 나가 위에게 항복하기로 했다. 유감은 부인에게 작별의 말을 했다.

"부황께서 항복을 결정하셨다 하오. 이제 사직은 망했소. 나는 무릎을 꿇어 목숨을 구걸하느니 차라리 죽어서 선제를 뵐 생각이오."

부인은 눈물로 그 뜻을 받들었다.

"장하십니다. 소첩도 마마의 뒤를 따르겠습니다."

유감의 부인은 기둥에 머리를 부딪쳐 자결했다. 유감은 가슴이 칼로 에이는 듯했다. 통곡하며 아내의 시신을 거두고 머리를 베어낸 유감은 어린 두 아들도 죽여 수급을 거두었다. 유감은 일가족의 수급을 들고 소열 황제 유비의 묘를 찾아갔다. 분향 사배하고 땅에 엎드린 유감이 통곡하며 소리쳤다.

"신은 선제의 위업이 무너지고 나라가 욕되이 넘어가는 것을 차마 두 눈 뜨고 볼 수 없어 처자의 수급을 베어 들고 할아버님을 찾았습니다. 분한 마음을 이길 수 없사옵니다."

유감은 마지막으로 창으로 자기 목을 찔러 자결했다.

이튿날 유선은 스스로 몸을 결박 지은 다음 태자와 왕, 신하 수십 명을 거느리고 관을 끌며 북문 수십 리 밖으로 나가서 등애에게 투항했다. 등애는 친히 유선의 결박을 풀고 관을 불사르게 했다. 등애는 유선과 나란히 수레를 타고 입성했다. 이로써 촉한은 망하게 되었다. 유비의 천하 통일의 꿈과 그동안에 흘린 피의 대가가 무의미하게 황제 유선의 무능 때문에 송두리째 수포로 돌아간 것이다.

장현蔣顯은 검각으로 가서 강유에게 영을 전했다.

"폐하께서는 군신들과 함께 등애에게 항복을 하셨습니다. 어서 장군께서도 위에게 투항하라는 어명입니다."

강유는 귀를 의심할 수밖에 없었다. 장군들도 이 기막힌 소식을 듣고 목을 놓아 통곡하니 그 곡성이 수십 리 밖에서도 들릴 정도였다. 강유는 장군들이 모두 촉한을 생각하는 마음이 간절함을 알고는 말했다.

"그대들은 너무 슬퍼 마시오."

강유는 장군들에게 자신의 계교에 대해 일러주었다. 장군들의 얼굴에 순식간에 희색이 만면해졌다.

강유는 검각관 위에다 항복한다는 백기를 가득 꽂았다. 그리고 장익, 요화 등 장군들을 거느리고 종회의 진영을 찾아가 항복했다. 종회의 기쁨은 이루 말할 수 없었다. 강유를 보자 당장 자리에서 일어나 맞아들이며 상석에 앉혔다. 강유는 눈물을 흘리며 말했다.

"오늘 이렇듯 장군께 머리를 숙인 것은 등애에 대한 원한 때문입니다. 그자는 촉한을 멸망시켰습니다. 소인은 사마씨를 보좌하여 오늘에 이르게 하신 종회 장군과 손을 잡고 등애와 죽기를 각오하고 싸워야겠습니다."

종회는 강유의 말을 듣고 나자 춤이라도 추고 싶었다. 강유와 종회는 화살을 꺾어 의를 맹세하고 의형제를 맺었다. 강유는 등애와 종회 사이의 반목과 질시를 알고서 이간책을 써 거짓 항복을 한 것이었다.

등애는 자기의 공으로 유선이 항복하자 의기양양하게 사마소에게 조서를 올렸다.

〈동오가 망동하는 일이 없도록 유선을 예우해야겠습니다. 성도에 계속 머무르게 하고 왕에 봉하면 동오의 손휴도 후에 선선히 무릎을 꿇을 것입니다. 그리고 서서히 동오를 도모함이 좋겠습니다.〉

이 내용을 받아 본 사마소는 노기가 충천했다. 유선을 항복시켰다는 공으로 제멋대로 촉한의 일을 이러저러하게 처리하라 하는 등애가 오만 방자하기 짝이 없게 느껴진 것이다. 사마소의 마음에 꺼림칙한 의심이 고개를 들기 시작했다. 사마소는 종회에게 서신을 보내 비밀리에 등애의 동향을 살펴볼 것을 일렀다.

종회는 사마소로부터 은밀히 이러한 지시를 받자 강유에게 알려주었다. 강유는 지도 한 장을 보이며 설명했다.

"이것은 제갈 무후께서 선제께 드린 지도입니다. 익주는 백성이 번성하고 토지가 비옥하니 패업을 도모할 만한 곳입니다."

산천의 형세까지 자세히 설명한 강유가 덧붙여 말했다.

"사마 공께서 등애를 의심하고 계시니 등애가 모반하려 한다고 알려 드리면 틀림없이 등애를 제거하라고 하실 겁니다. 장군께서는 지리를 훤히 알게 되셨으니 일을 도모하실 수 있습니다."

등애의 공을 시샘하고 있던 종회는 좋아서 어쩔 줄을 몰랐다. 종회는 사람을 시켜 등애가 사마소에게 올리는 서신을 가로채 오만불손한 어투와 내용으로 위조하여 사마소에게 보냈다.

사마소는 종회가 위조한 서신을 받자 화가 치밀어 견딜 수가 없었다. 등애를 의심하는 마음이 더욱 짙어졌으나 기실 사마소는 종회 역시 신뢰하고 있지 않았다. 사마소는 종회의 관상을 보고 언젠가는 반드시 모반을 꾀할 인물임을 알았다. 게다가 지금 종회는 등애가 거느리는 병사의 여섯 배의 병력을 거느리고 있었다.

사마소는 천자까지 옆에 모시고 몸소 등애를 토벌하겠다고 장안으로 출정했다. 그러나 이것은 등애를 친다는 명복으로 종회를 치려는 것이었다. 종회는 몸소 출정하여 등애를 잡겠다는 사마소의 조서를 받고는 깨달았다.

"사마소는 나를 의심하는구나. 내가 가진 병력으로 등애를 잡는 것은 손바닥 뒤집기보다 더 쉬우니 사마소가 친히 출정을 해야 할 이유가 없다."

종회는 곧 위관을 시켜 명을 내렸다.

"당장 병력을 거느리고 가 등애 부자를 잡아 오라."

위관은 당장에 알아챘다.

'종회가 내 손을 빌어 등애를 죽이려 하는구나.'

위관은 30여 장의 격문을 띄워 등애의 부하들에게 등애를 잡을 계략을 은밀히 알리고는 등애가 잠든 틈을 타 그를 결박 지었다. 아들 등충도 같이 잡혀 낙양으로 압송되었다.

종회는 대군을 끌고 성도로 들어갔다. 종회는 강유와 모반을 일으키기로 공모하고는 대사를 꾀하기 시작했다. 이때 사마소가 이미 장안에 입성했다는 보고가 들어왔다. 종회는 사마소의 창끝이 자신을 겨누고 있음을 알았다. 이에 강유가 권하였다.

"곽 태후께서 승하하셨다고 하니 곽 태후의 밀서를 받들었다 하고, 수하의 병사들을 일으켜 사마소와 대적하십시오."

종회는 고개를 끄덕이며 장군들을 모아 놓고 선언했다.

"내가 곽 태후의 조서를 받들어 역적 사마소를 치기로 했다. 불복하는 자는 참하리라!"

장군들은 모두 깜짝 놀랐다. 그들은 종회의 모반에 동참하고 싶지 않았으나 종회가 두려워 울며 겨자 먹기로 사마소를 토벌하겠다는 맹세서에 자기 이름을 썼다. 종회는 장군들의 불만과 불복을 눈치채고는 그들을 궁 안 깊숙이에 감금시켰다.

구건丘建은 종회의 심복이었다. 그러나 종회의 반란에 반심을 품게 된 구건은 몰래 바깥의 장군들과 연락을 취하여 종회의 모반 사실을 알리고는 이를 진압할 준비를 진행시켰다.

어느 날 밖이 소란해져 종회가 내다보니 이미 성은 겹겹이 위장들이 포위하고 있었다. 종회는 포위를 뚫으려고 안간힘을 썼다. 순간 어디선가 화살 한 대가 날아오더니 종회의 가슴 한복판에 박혔다. 종회는 고통스런 비명을 올리고는 이내 허망하게 숨을 거두었다. 강유도 칼을 휘둘러 위병을 사살하며 빠져나갈 길을 찾고 있는데 갑작스레 강유의 심장이 쪼개지듯 아파 왔다. 강유는 하늘을 우러르며 깊이 탄식했다.

"내가 하고자 해도 하늘이 이를 허락지 않는구나!"

칼을 빼 든 강유는 눈을 감고 스스로 목을 찔러 자결했다. 그의 나이 59세였다.

한편 종회와 강유가 반란을 공모하다 죽었다는 소식이 알려지면서 등애의 부하들은 등애를 풀어주고 성도로 향하고 있었다. 위관은 이를 알고 수하의 부하들을 시켜 등애를 사살케 했다.

"내가 등애를 묶어 사마소에게 바치려 했으니 무사할 수 없겠다."

종회가 죽었다는 사실을 알고 아무 방비가 없던 등애 부자는 허무하게 죽임을 당하고 말았다. 가충은 성도의 난을 평정시키고 민심을 가라앉힌 이후, 유선을 낙양으로 데려가 사마소와 만나게 했다. 사마소는 싸늘하게 말했다.

"유선은 황음무도하고 국정을 돌보지 않았으니 죄가 크다. 참해야겠다."

"그건 아니 되옵니다."

만조백관이 모두 나서서 만류하자 사마소는 유선의 죄를 사하고 안락공安樂公에 봉해주었다. 내시 황호는 나라와 백성을 좀먹은 죄가 크다 하여 능지처참에 처하였다.

유선은 사마소가 목숨을 살려주자 머리 숙여 거듭 사의를 표했다. 사마소는 성대하게 연회를 베풀어 유선을 대접했다. 위나라 음악을 연주하게 하여 무희들에게 춤을 추게 하니 위나라 음악을 듣는 촉관들은 그 마음이 쓰리기 한이 없었다.

그 속에서 유선만은 아무 감상이 없다는 듯 마냥 좋아하고 있었다. 사마소는 이번에는 촉의 음악을 연주하고 무희들에게 춤을 추라고 명했다. 촉의 음악이 나오자 촉관들은 모두 눈물을 흘리며 잃어버린 나라 생각에 가슴이 찢어지는 듯했다. 이때에도 유선은 희색이 만면하여 연회를 즐겼다.

촉의 후주 유선의 몰골은 정말 한심하기 짝이 없었다. 원통하거나 수치스런 빛은 한 점이 없으니 이를 보는 촉관들은 한탄을 금할 길이 없었다. 사마소가 유선에게 물었다.

"촉이 그립지 않소?"

유선은 헤벌쭉하니 웃었다.

"이곳에 있으니 이처럼 즐거운데 어째서 촉 생각이 나겠습니까?"

사마소는 같잖은 마음에 실소를 터뜨렸다. 유선은 가히 경계할 인물이 아님을 알고는 마음을 놓았다.

사마염의 천하통일

위국은 이미 사마씨의 천하였다. 천자는 아무 실권이 없었다. 조정 대신들이 사마소가 서촉을 취한 공이 있으니 그를 진공에서 진왕晉王으로 높여 봉해야 한다고 간했다. 힘없는 천자는 그에 따라 사마소를 진왕에 봉했다.

그러던 어느 날 사마소는 급작스레 중풍이 걸려 시름시름 앓더니 세상을 떴다. 사마소의 장자이며 세자인 사마염司馬炎은 총명하고 용맹하며 야심이 컸다. 사마염은 가충 등 신하들이 제위에 오르라고 간하자 칼을 차고 황궁으로 가서는 거만하고 위협적인 몸짓으로 조환에게 말했다.

"이제 폐하께서는 운수를 다하신 듯하니 덕과 지를 겸비한 이에게 나라를 양도하심이 옳다고 여겨집니다."

황문시랑黃門侍郎 장절張節이 사마염을 향해 호통을 쳤다.

"이 역적 놈아! 감히 제위를 찬탈하려 하느냐!"

장절은 사마염의 무사들에게 순식간에 죽임을 당했다. 조환은 울면서 애원했다.

"목숨이나 보존케 해주시오."

조환은 제위를 물려줄 것을 응낙했다. 사마염은 수선대를 짓고 단위에 올라가 제위를 받았다. 군신들은 모두 단 아래에서 절하며 축하를 올리고 산이 떠나가도록 만세를 불렀다. 사마염은 제위에 올라 국호를 위에서 대진大晉으로 정하고 연호를 태시泰始로 바꾸고는 조환을 진류왕陳留王에 봉했다. 이로써 위는 조조가 한실을 무너뜨린 지 45년 만에 진晉에게 패망했다.

오주 손휴는 사마씨 가문에 의해 촉이 망하고 위도 망했다는 사실을 알고는 머지않아 동오에도 화가 미칠 것을 짐작했다. 이를 근심하던 손휴는 병을 얻어 자리에서 일어나지 못하고 얼마 못 가 숨을 거두었다. 그 뒤를 이어 손권의 손자인 손호孫皓가 제위에 올랐다.

손호는 내시 잠혼岑昏을 총애하며 정사는 뒷전으로 미루고는 주색만 밝히며 방탕과 향락에 빠져 지냈다. 뿐만 아니라 호전적이기까지 해서 틈만 나면 진을 치려고 했다. 손호의 사치로 국고는 바닥이 나 있었고 동오의 기강은 기울어진 지 오래였다. 그럼에도 손호는 육항陸抗에게 영을 내려 군사를 강구에 주둔시키고 기회를 엿보다 진의 영토인 양양을 도모하라고 명했다.

사마염은 육항이 양양을 취하러 온다는 보고를 받자 도독 양호羊祜

에게 영을 내려 육항을 막으라 했다. 양호는 육항이 용병술에 능하고 총명하다는 사실을 알고는, 굳게 진영을 지키며 육항의 도발에 대비할 뿐 싸우려 들지 않았다. 육항은 양호가 오군에게 덕스럽게 대하며 인격이 고상한 것을 알자 흠모하는 마음이 생겼다.

양편 군대는 모두 각자의 진형을 지킬 뿐 싸우지 않았다. 오히려 육항이 병이 나자 양호는 약을 보내주었다. 육항은 한 점 의심 없이 이를 받아먹고 깨끗이 낫는가 하면 육항이 양호에게 술을 보내니 양호도 이를 아무 의심 없이 받아 마셨다. 이처럼 양쪽은 서로 사이좋게 왕래까지 하며 군사를 움직일 생각을 하지 않았다.

육항은 손호의 명을 받고 군사를 물려 돌아갔다. 육항은 진군을 공격하지 못한 이유를 상세히 상소에 쓰면서 나라 안의 인심을 평안케 하고 정벌을 일삼지 말라는 진언을 올렸다.

손호는 이를 보고 대노하여 육항이 적과 내통했다는 구실을 붙여 병권을 내놓게 하고 사마 벼슬로 좌천시켰다. 양호는 늙고 병들자 도독 자리를 내놓고는 고향으로 내려가 병석에 누웠다. 사마염이 친히 그를 문안하자 양호는 힘겹게 입을 열었다.

"두예杜豫는 지용을 겸비하여 천하 통일을 도모할 대사를 맡길 만하니 그를 등용하십시오."

양호는 유언을 남기고 세상을 떠났다. 사마염은 목을 놓아 울며 궁으로 돌아갔다. 천하에 양호의 죽음을 슬퍼하지 않는 이가 없었다. 사마염은 양호의 유언에 따라 두예를 대도독에 봉하고 20만 대군과 전함 1만 척을 끌고 동오로 진격할 것을 명했다.

두예는 명을 받들어 병력을 끌고 장강에 이르렀다. 그는 주지周指를 시켜 작은 배에 수군 8백여 명을 싣고 몰래 강을 건너 강릉을 취하도록 했다. 두예는 병력을 끌고 비밀스레 강을 건너 온통 진나라 기를 꽂아 놓고 다시 군사를 산 아래에 매복시켰다. 두예가 후에 군사를 끌고 와 협공을 했다.

오군은 순식간에 패하여 장수 세 명을 잃고 강릉을 빼앗겼다. 이처럼 오군이 어이없이 패하자 각 고을의 관리와 군사들은 진군의 그림자만 비쳐도 알아서 기어 나와 투항했다. 두예는 승세를 몰아 모든 장수들을 동원하여 건업성을 취하게 했다.

손호는 두예가 이끄는 진군의 손에 성이 연이어 함락되자 동오의 운명도 바람 앞에 촛불임을 알았다. 다 늦어서 만조백관을 모아 놓고 대책을 물으니 모두가 이구동성으로 말하였다.

"나라가 이리된 것은 모두 환관 잠혼 때문이옵니다. 그를 참하고 한 번 결사전을 벌여 나라를 지키겠습니다."

손호가 이를 응낙하자 모두가 나서서 잠혼을 칼로 짓이기고 쑤셔서 죽이고는 생살을 씹어 먹었다. 그러나 오나라 장군들은 대세가 그른 것을 알고는 저마다 항복하기 바빴다. 진나라 군대는 이미 성안으로 들어오고 있었다. 손호가 이를 알고 칼로 찔러 자결하려 하자 신하들이 말리며 애원했다.

"차라리 촉의 유선처럼 항복하여 목숨을 보존하소서."

손호는 그들의 말을 따라 유선이 항복했을 때처럼 스스로 결박을 짓고 관을 끌고 나가서 항복했다. 진나라 황제 사마염은 반갑게 손호를 맞아들이며 그를 귀명후歸命侯에 봉하였다. 사마염은 자리를 주어 앉게 하고는 은근히 말했다.

"짐은 이 자리를 만들어 경을 기다린 지 오래요."

이는 손호가 진즉에 항복하여 이런 날이 올 줄 알았다는 말이었다. 손호는 웃으며 대꾸했다.

"신은 남방에서 이런 자리를 만들고는 폐하를 오래 기다렸습니다."

자신이 진을 취하여 사마염의 항복을 받으려 기다렸다는 말이었다.

'그래도 유선보다는 나은 인물이다.'

사마염은 속으로 생각하며 크게 웃었다. 가충이 물었다.

"경은 동오의 황제로 있으면서 사람의 얼굴 가죽을 벗기고 눈알을 뽑아 죽였다는데 어찌 그리 잔악한 형벌을 내렸소?"

손오는 아무렇지 않다는 듯이 태연히 답했다.

"신하된 자가 불충하니 응당 그래야지요."

가충은 그 말을 듣자 홀연 한기가 들고 오싹해져 입을 다물 수밖에 없었다.

이로부터 위, 촉, 오 삼국으로 나뉘어 솥발의 형세를 이루고 있던 천하는 진나라의 사마염에 의해 통일되니 삼국 간에 끊이지 않던 전쟁도 비로소 그 막을 내렸다. 세월이 흘러 나라를 빼앗긴 위, 촉, 오의 황제들은 모두 저세상 사람이 되었다. 무릇 천하는 하늘의 운수로 나뉘고 합쳐지고 하면서 돌고 도는 법이다. 『삼국지연의三國志演義』의 이야기도 여기서 끝나니 영웅도 패자도 전쟁에 멍들어 울부짖던 백성들의 한숨도 역사 속으로 사라졌지만 그들의 지략과 전략전술은 전설로 남아 지금까지 살아 숨 쉬고 있다.

표지 사진 Camille Kuo / Shutterstock.com

한 권으로 단숨에 읽는 **삼국지**

초판 1쇄 발행   2020년 8월 31일
초판 10쇄 발행   2024년 8월 21일

지은이   나관중
편역자   장윤철
펴낸이   김상철
발행처   스타북스
등록번호   제300-2006-00104호
주소   서울시 종로구 종로 19 르메이에르종로타운 A동 907호
전화   02) 735-1312
팩스   02) 735-5501
이메일   starbooks22@naver.com
ISBN   979-11-5795-541-1 03800

ⓒ 2024 Starbooks Inc.
Printed in Seoul, Korea